DU MÊME AUTEUR

LE VENTRE DE LA FÉE, Actes Sud, 1993 ; Babel n° 1387.
L'ÉLÉGANCE DES VEUVES, Actes Sud, 1995 ; Babel n° 280.
GRÂCE ET DÉNUEMENT (prix Culture et bibliothèques pour tous), Actes Sud, 1997 ; Babel n° 439.
LA CONVERSATION AMOUREUSE, Actes Sud, 2000 ; Babel n° 567.
DANS LA GUERRE, Actes Sud, 2003 ; Babel n° 714.
LES AUTRES, Actes Sud, 2006 ; Babel n° 857.
PARADIS CONJUGAL, Albin Michel, 2008 ; Babel n° 990.
PASSÉ SOUS SILENCE, Actes Sud, 2010 ; Babel n° 1126.
CHERCHEZ LA FEMME, Actes Sud, 2013 ; Babel n° 1276.
LE RÈGNE DU VIVANT, Actes Sud, 2014 ; Babel n° 1427.
LES BOURGEOIS (prix *Historia* du roman historique), Actes Sud, 2017 ; Babel n° 1662.
L'INTIMITÉ, Actes Sud, 2020 ; Babel n° 1815.
DEUX INNOCENTS, Actes Sud, 2023.

ISBN 978-2-330-20504-1

ALICE FERNEY

L'INTIMITÉ

roman

BABEL

Pour Ana Luana,
qui écrit au nom des autres.

Une idée qui nie l'existence de notre corps est contraire à notre esprit.

BARUCH SPINOZA,
Éthique – Des affects.

Quand un homme et une femme font la même chose, ce n'est pas la même chose. L'homme viole, la femme castre.

MILAN KUNDERA,
Le Livre du rire et de l'oubli.

I

ADA

1

Le pressentir ou l'imaginer aurait été funeste : elle les vit ensemble pour la dernière fois ce jour-là, un samedi de septembre, en fin de matinée. Ils formaient un de ces couples que les autres admirent sans les connaître ou même envient, et elle les admirait en effet. Les architectes du quatrième, ainsi les appelait-on dans l'immeuble. Ils étaient jeunes et amoureux, instruits et entreprenants, franchement doués sans être pour autant arrogants ou orgueilleux, ce qui les rendait sympathiques. Des gens à qui tout souriait, comme on dit, et qui, preuve supplémentaire d'intelligence, ne la ramenaient pas. L'heure de la naissance étant venue, ils s'en allaient à la maternité. En tant que voisine familière et amicale – elle occupait l'appartement au-dessous du leur sans jamais s'être plainte du bruit qu'occasionnent forcément des jambes enfantines –, Sandra avait accepté de garder leur fils et c'est avec sa main dans la sienne, avec cette inhabituelle sensation de petitesse et de fragilité, qu'elle leur a dit au revoir, ne vous inquiétez pas pour Nicolas, on va bien s'amuser tous les deux. Elle faisait là une promesse difficile à tenir car elle ne s'était jamais plu dans la compagnie des enfants et croyait ne pas savoir s'y prendre avec eux. À ce soir mon grand, a dit l'homme, tandis que la mère – la belle Ada – envoyait un dernier baiser. Aussitôt le jeune Nicolas a refait vers elle le même geste : embrasser ses doigts et lancer sa main vers le ciel, un geste que visiblement il faisait pour la première fois et qui l'amusa, comme nous enthousiasment les inaugurations et les découvertes. Les yeux d'Ada brillaient anormalement, Sandra le remarqua, la future mère devait être émue par l'inquiétude, l'appréhension, et lutter pour cacher à son petit garçon la minuscule probabilité qui existait de ne pas revenir, ce risque infime qui pesait sur elle et alarmait son esprit à l'instant de quitter son aîné. Près de cent femmes meurent en France chaque année en accouchant, ça fait presque un accident tous les trois jours, depuis que je l'ai découvert je ne peux pas m'empêcher d'y penser, après tout, pourquoi cela ne tomberait pas sur moi ? avait-elle confié à Sandra quelques semaines plus tôt, au moment d'organiser avec elle cette journée particulière. (Je préfère ne pas faire venir ma mère, elle s'installerait à la maison et agacerait Alexandre, elle est capable d'être très énervante ! avait expliqué Ada en riant, gênée de critiquer sa mère.)

Ada s'était mise à avoir peur. Tous les périls que court la chair lui étaient apparus ; elle était passée du côté de ceux qui savent que le corps est sournois, un traître redoutable, un étranger sans pitié qui peut nous tuer et un jour ou l'autre finit par le faire. Elle avait compris. Rien de semblable ne l'avait troublée pour la naissance de Nicolas, elle était alors heureuse sans arrière-pensées, mais ce temps d'innocence était dépassé. Plus nous avançons dans la vie, plus nous en connaissons les dangers, plus nombreux sont les récits qu'on nous a faits – terribles maladies dont nous apprenons l'existence et la forme, accidents affreux ou stupides, malchances ou erreurs qui coûtèrent la vie à des malheureux. Il y a tant de morts possibles et tant de défunts nous ont déjà précédés dont nous avons connu les épreuves. La plupart du temps, nous sommes distraits ou nous nous distrayons de ces menaces, engagés dans l'action, captifs de nos jours tels qu'ils sont constitués, mais parfois, à l'instant d'une situation que nous savons périlleuse, reviennent tous les récits funestes qui s'y sont attachés, comme une traîne d'effrois, une escorte macabre. Dieu sait que les femmes enceintes entendent toutes sortes d'histoires, Ada les avait entendues, ces histoires de femmes (de bonnes femmes, disent les misogynes), des épopées, des tragédies, qui se transmettaient autrefois à voix basse, dans les cercles restreints dont on excluait les jeunes filles, et qui désormais se postent sur internet ou se racontent en public, parce que l'on divulgue plus facilement sa vie, on aime la dire et la montrer, on en expose et diffuse volontiers les réussites, avec fierté et assurance, comme une proclamation de son accomplissement, de sa propre fécondité en l'occurrence, et peut-être avec une ambition de convertir toute femme à la maternité en lui faisant sentir que manquer ça c'est passer à côté de la vie (car on pense ainsi le jour où l'on accouche). C'est un fait : les mères se parlent entre elles, et parlent à celles qui le seront bientôt, et souvent plaignent celles qui ne le seront jamais. L'instant de mettre au monde ? Le sujet ne s'use pas. Chaque fois qu'il arrive sur le tapis il se déploie, rebondit, en expansion vers une mythologie dont on ne compte pas les héroïnes et les drames. Chacune a son mot à dire, son incident à raconter. Une telle dont le bébé est mort dans son ventre, et celle qui attendait un enfant sans cerveau. Une autre qui a perdu les eaux dans le taxi et celle qui a espéré pendant six heures une césarienne pourtant programmée. Une à qui la péridurale n'a fait effet que d'un seul côté et celle qui a failli mourir, dont le mari a poursuivi la clinique pour négligence et a gagné son procès, comme cette autre dont le fils était mort à peine né. En plus de ces conversations, les forums sur internet accueillaient désormais une prolifération de récits, écrits de toutes les manières possibles et livrés en pâture aux futures parturientes en quête d'informations, les saisissant dans leur attente incertaine et inquiète, pour les réjouir, les effrayer ou les éblouir.

Le jeune Nicolas n'avait aucune idée de ces péripéties, il était trop petit pour imaginer ce que sa mère allait vivre sans lui et qui n'était anodin ni pour elle ni pour lui ; cela semblait même injuste qu'une chose si importante dans sa vie lui fût à ce point inconnue. À quel âge conçoit-on ce duel de la vie et de la mort dès le commencement et au moment du commencement ? À quel âge associe-t-on la naissance et la mort ? Donner la vie peut être mortel, donner la vie c'est donner la mort. À quel âge se formule-t-on cette double combinaison ? Certainement pas à cinq ans. Ada avait peur mais Nicolas pas du tout. On cache tant de choses aux enfants, on leur ment parfois, et ils ne savent pas, et ils croient, et ils obéissent, abandonnés à l'autorité de leurs parents, enveloppés dans leurs discours, ils ne s'appartiennent pas. Les enfants sont des aliénés, ils ne vivent pas dans le même monde que nous, disait Sandra, voilà pourquoi j'ai tant de mal à parler avec eux.

Sandra Mollière avait regardé le beau couple disparaître dans l'ascenseur, lui en tête, serein et prévenant, portant le bagage léger, ouvrant la porte à ce ventre proéminent (colossal, pensait Sandra à qui cette transformation, comme à toute personne qui n'en a pas fait l'expérience, semblait relever de l'impossible) qui renfermait leur enfant, puis faisant un dernier signe à l'intention de ceux qui restaient et attendraient – la voisine et le garçonnet – avant de s'engouffrer à son tour dans la cabine derrière celle qu'il était censé protéger, sans avoir les moyens de le faire, puisque nous sommes démunis avec nos corps distincts, si peu capables en vérité de nous tirer les uns les autres des catastrophes qui menacent nos vies séparées. Le beau couple de ses voisins en chemin vers sa séparation, Sandra y reviendrait souvent. Cette image resterait-elle indéfiniment dans sa mémoire, moins solide ou fidèle qu'elle ne le croyait ? On oublie beaucoup, tout peut s'effacer, et justement les moments cruels, les épreuves insurmontables, dont plus tard on édulcore la substance (ou bien s'effiloche-t-elle toute seule et nous la perdons ?) pour trouver la force de continuer, finissant même d'une manière incroyable par nous étonner d'en avoir fait autrefois une montagne. Mais il y a des drames bel et bien, et nous ne les voyons pas venir, car nous voulons les bannir par avance de notre imagination, à quoi sert d'être superstitieux ou enclin aux pressentiments sinon à se gâcher l'existence ? Interdis-toi de penser à ça, avait répondu Sandra aux évocations inquiètes de sa voisine. Et Ada avait acquiescé aussitôt – tu as raison ! –, faisant virer son esprit du côté de la lumière et d'un aveuglement nécessaire, et de la raison qui calcule, remplaçant les cent jeunes mortes – les hémorragies, les arrêts cardiaques, les infections – par les sept cent mille nourrissons sains qui vagissaient chaque année dans les maternités du pays à côté de leur mère éblouie. Et maintenant la parturiente se mettait en route, les contractions avaient commencé tôt le matin ; c'était une chose indescriptible, Ada ne trouvait pas de mots et Alexandre ne s'imaginait rien qui approchât la réalité du séisme. Touche mon ventre ! Dur comme du ciment ! lui avait dit Ada en faisant la grimace. Ils partaient accueillir leur enfant, sans hâte, avec une gravité heureuse, un mélange de sérieux, de peur et de confiance, au début de cette première phase qui lentement ouvre une issue dans le corps maternel. Sandra se disait qu'ils s'en allaient ensemble mais au cœur même de l'inégalité naturelle des sexes : l'une impliquée et l'autre concerné, l'une prise dans le travail et l'autre libre dans l'observation, l'une au péril de sa vie et l'autre intact autant qu'hors de danger, lui futur père et elle déjà mère par l'attente. L'utérus est l'ennemi numéro un de l'égalité, l'organe sexiste par excellence, il faudrait ne pas s'en servir, avait écrit Sandra dans un article provocateur. On naît femme mais on peut ne pas le devenir. C'était la décision à laquelle elle se tenait quant à elle : ne pas passer le pacte avec la nature, ne pas douter que la nature est puissante. La propriétaire de la Librairie des Èves, féministe active au sein du groupe de réflexion Les Hérétiques, n'était pas, on le voit, un épigone de la grande Simone.

— Au revoir ! cria le jeune Nicolas les yeux fixés sur le bouton qui clignotait pendant la descente de l'appareil.

Il sembla hypnotisé. Avait-il jamais été séparé de sa mère ? Sandra n'en savait rien mais oui, forcément, pensa-t-elle, il l'avait été comme les gamins dont les mères travaillent et voyagent, il avait eu cette chance d'échapper un moment au regard maternel.

— Ne t'inquiète pas, ton père revient ce soir, lui dit-elle.

Elle crut le voir vérifier d'un coup d'œil qu'elle ne mentait pas, mais elle se faisait des idées, l'expression du visage enfantin se concentra et il répondit avec sérieux :

— Je sais.

— Viens, proposa-t-elle, allons déjeuner, ta mère m'a dit que tu aimais le poulet et les pommes sautées.

Et comme Nicolas se contentait d'entrer chez elle sans un mot, attentif à tout – les livres, les meubles, les tableaux, les photographies –, elle referma sur eux la porte, se disant malgré la curiosité du garçon qu'il n'y avait rien dans son intérieur ou dans sa vie pour le distraire (ce qui prouvait à quel point elle connaissait mal les enfants) et ajoutant :

— Si tu as besoin tout à l'heure d'aller chercher chez toi un jouet ou autre chose qui te manque, tes parents m'ont laissé une clef.

Elle n'avait pas pris une autre voix que la sienne, elle n'en avait pas adouci la tonalité naturelle, elle lui parlait sans bêler ou minauder, de la même manière qu'à un adulte. Il était vif d'esprit, au point qu'il la surprendrait souvent, et dégourdi, un enfant calme et intelligent (sans quoi elle n'en aurait pas accepté la responsabilité), sensible elle le devina, à cause de cette manière d'épier le réel qui tout de suite gagna sa considération et lui fut sympathique. Est-ce qu'il n'était pas le premier gosse à réussir ce tour de force de l'intéresser ? Elle aurait été honteuse de le penser, ayant cinq neveux et nièces qui, en effet, ne l'intéressaient pas. Trop bien élevés sans doute. Les êtres ont une substance, elle se sédimente peu à peu dans le face-à-face avec le monde, et l'autorité maternelle peut retarder cet enrichissement, pensait Sandra. Ada devait être une de ces mères qui laissent un espace à leur progéniture, qui n'accaparent pas le lien. La preuve, d'ailleurs : elle était capable de confier son fils à sa voisine aussi bien qu'à une grand-mère.

— Que regardes-tu comme ça ? demanda Sandra avec un rire.

— Ta maison, dit Nicolas, c'est la première fois que je viens chez toi.

— Elle te plaît ?

— Elle est belle, dit-il tout en posant par terre son petit sac à dos.

Après réflexion, il ajouta :

— Tu as beaucoup de livres mais je n'aime pas trop tes peintures.

— Ça ne m'étonne pas, dit Sandra, elles ne sont pas pour les petits garçons.

— Mais j'ai le droit de les regarder quand même ? dit Nicolas.

— Quel âge as-tu ?

— Cinq ans et demi.

Il avait répondu sans se détourner de ce qui l'intéressait. Ses yeux noirs, allongés en forme d'amande (une réplique de ceux de sa mère, remarqua Sandra, frappée par l'exactitude de la transmission), observaient une peinture sur bois de petit format qui justement représentait des yeux, isolés, hors de tout visage, flottant comme des paramécies autour du corps nu d'une femme en lévitation. Nicolas se mit sur la pointe des pieds pour hausser le bout de son doigt à la hauteur du tableau.

— Le bébé naît par ce petit trou, dit-il en montrant la vulve stylisée et déplacée par l'artiste de l'entrejambe vers le bas du ventre.

— Tu as raison, c'est parfaitement juste, je n'ai rien à t'apprendre !

Sandra n'en dit pas davantage, ne signalant pas l'inexactitude anatomique, contente au fond que son jeune compagnon ne lui posât pas de questions auxquelles elle ne saurait répondre. On ne se représente pas la réalité de la naissance tant qu'on reste non seulement sans enfant mais de surcroît désemparée devant l'idée même d'en avoir.

— Ce tableau s'intitule *Watched Woman*, dit-elle en traduisant aussitôt, cela veut dire *Femme observée.*

— Tu l'as acheté parce que tu l'aimais ? Tu l'as acheté où ?

— Une amie l'a peint pour moi, je ne l'ai pas choisi, c'est un cadeau.

Le jeune Nicolas s'approcha tout près de la toile et décrypta la signature de l'artiste.

— Lu-cchi-ni, lut-il en prononçant le *h*.

— Tu sais déjà lire ?

— Ada m'a appris, dit-il.

Il appelait souvent sa mère par son prénom, au lieu de dire *maman* comme le font la plupart des enfants, et même certains adultes, d'une manière impropre et un peu ridicule. Sandra l'avait entendu dans l'immeuble, de même qu'elle entendait parfois le mari appeler la mère *marquise*, donnant à sa famille un cachet original. Ces détails plaisaient à Sandra, parce qu'elle n'aimait pas ce qui semblait trop conventionnel, et la famille peut l'être, cette vieille structure patriarcale qui concourt encore trop à l'asservissement féminin et au lissage des comportements.

— Mon amie se nomme Christine Lucchini (elle rectifia la prononciation). Si tu veux je te montrerai d'autres toiles d'elle, tu verras, elle a beaucoup de talent. Le talent, tu sais ce que c'est ?

— Oui je sais très bien, répondit l'enfant.

Elle ne lui fit pas l'insulte de vérifier sa définition bien qu'elle eût été curieuse de l'entendre. Et ils passèrent – le garçon de cinq ans et l'intellectuelle militante de trente-huit ans – aux choses prosaïques pour lesquelles elle n'avait guère de passion.

— As-tu faim ? J'ai mis la table à la cuisine, tu viens avec moi ?

Il la suivit en sautillant avec gaieté tout le long du couloir. Avait-il déjà oublié sa mère ? pensa Sandra. Non. À peine assis, il parla d'elle et de l'enfant à venir. Il avait parfaitement compris qu'Ada était partie donner naissance à une petite sœur et se représentait l'importance que cet événement aurait pour lui.

— Elle va s'appeler Sophie et elle sera d'abord toute petite, dit-il à Sandra lorsqu'ils se trouvèrent installés face à face sur des tabourets hauts.

Sandra ne lui demanda pas s'il était content, ni rien d'autre d'aussi niais d'après elle, comment aurait-il pu se réjouir de ce dont il n'avait pas idée ? Une fois encore elle se trompait. Il était impatient, ses amis de classe maternelle avaient des frères et sœurs, raconta Nicolas, et il en avait envie lui aussi, pour être comme eux, avoir la même chose qu'eux. L'éternel ressort était déjà en place, l'imitation et l'envie, pensa Sandra en l'écoutant.

— Je ne pourrai pas tout de suite jouer avec elle, dit Nicolas en hochant la tête d'un air de regret.

Elle le regardait babiller de sa voix aiguë et fluette, ce petit homme qui déjà se tenait correctement à table, alors qu'il était un vaste chantier, une force insoupçonnable, une personne entière mais inachevée, encore complètement différente de l'adulte qu'il serait et qui le contiendrait. Elle lui servit un blanc de poulet et des frites.

— Je sais couper, dit-il quand elle voulut l'aider. Pourquoi toi tu n'as pas d'enfant ? demanda-t-il tout de suite après, comme si d'instinct il s'intéressait aux choses les plus secrètes.

— Tu es sûr que je n'en ai pas ?

Sandra commença de s'amuser à le regarder droit dans les yeux, en pleine face comme le font eux-mêmes les enfants qui, sans gêne, dévisagent ceux qu'ils rencontrent pour la première fois. Il n'était pas effrayé et sans se l'avouer elle en était contente, encore plus contente qu'épatée par cette personnalité qu'il avait.

— Alors ? Tu es sûr ? répéta-t-elle en mettant ses poings sur les hanches, ce qui fit rire son jeune interlocuteur.

— J'ai entendu Ada en parler un jour, avoua Nicolas. Et puis j'ai vu que tu vivais toute seule.

— Tu vois beaucoup de choses pour un petit garçon !

— Tu ne connais pas les petits garçons, remarqua-t-il, sans avoir conscience de son étonnante perspicacité.

Et la conversation prit un tour étonnant en effet : Sandra fit presque des confidences à un enfant de cinq ans.

— Tu as raison et tu as tort, lui dit-elle. Je connais mal les enfants, c'est sûr. Je vis seule, c'est vrai. Mais je ne suis pas toute seule.

Pourquoi avait-elle besoin d'écarter l'idée que la solitude l'affligerait ? Par souci de vérité d'abord, et pour montrer à Nicolas que tout le monde ne vivait pas comme il le voyait faire, pour lui éviter aussi toute inquiétude qu'il aurait pu entretenir à l'idée qu'elle fût une femme abandonnée. Et de fait, le garçonnet comprit très bien ce qu'elle entendait.

— Tu veux dire que tu as un amoureux ? demanda-t-il.

— J'en ai même deux !

— Qu'est-ce que tu racontes ? Deux en même temps, ça n'existe pas.

L'enfant avait l'air convaincu, et sa formulation *en même temps* semblait prouver qu'il savait que les amoureux parfois se succèdent. Sandra n'insista pas, s'en voulant déjà d'avoir plaisanté.

— Oublie ces bêtises, je blaguais. Mais tu as dit vrai : je n'ai pas d'enfant et je n'en veux pas. Je n'en ai jamais voulu. Même quand j'avais ton âge je ne jouais pas à la poupée et je ne rêvais pas d'être maman. J'ai rêvé des tas de choses mais ni de me marier ni d'avoir des enfants. Jamais !

— Ah bon ! Pourquoi ?

Elle renonça à lui expliquer que son corps n'était pas destiné à la reproduction de l'espèce ! Ces idées qui l'avaient mobilisée – je refuse de donner ma vie à quelqu'un d'autre, je ne veux pas disparaître derrière un enfant, je ne suis pas vouée à me remplir, je résisterai à l'instinct –, un gamin n'y comprendrait rien. Elle ne raconta pas non plus qu'elle se connaissait et se protégeait d'elle-même : elle plaçait si haut la maternité que si elle avait un enfant elle ferait tout pour lui et ne s'appartiendrait plus. De cet amour dévorant, absolu au sens premier de ce mot, elle ne voulait pas. Elle n'était pas tentée de fabriquer son propre tyran. Et comment avouer ce qu'elle pensait de la plupart des bambins, ces charmants vampires, qui lui étaient le plus souvent indifférents si ce n'est insupportables ? Cherchant à embrasser le tout de sa perspective, elle résuma :

— Je crois que c'est au-dessus de mes forces.

Jamais cette expression ne lui était venue à la bouche, d'ordinaire elle justifiait autrement sa position : Je sais trop bien de quoi ont besoin les enfants. Ou bien : Je garde mon énergie pour ma propre existence. Nicolas pencha la tête comme s'il la regardait par en dessous.

— Tu penses que ma mère est très forte, elle ?

Plus tard, après la fin de cette journée, Sandra se demanderait si Nicolas pensait qu'Ada était vulnérable ou au contraire s'il avait seulement envie d'entendre encore une fois (Alexandre faisait souvent l'éloge de sa femme) qu'elle était vaillante, forte, infatigable. Le garçon était-il étonné de ce que disait Sandra ou voulait-il être rassuré ? Voulait-il chasser une crainte ou entendre un compliment ? La question sur le moment ne se posa pas et Sandra répondit :

— Elle est capable de s'occuper de ta vie et pas seulement de la sienne. Oui, je pense qu'Ada est très forte.

Toutes les mères l'étaient, croyait Sandra, surpuissantes, inépuisables, parce que sauvages, habitées par un instinct complexe, difficile à contrôler une fois qu'il s'était installé, une force goulue, possessive et ambivalente comme l'amour, qui les liait à leurs rejetons et finalement se retournait contre elles jusqu'à les dévorer. Mais cela, elle le garda pour elle.

Nicolas avait opiné, Sandra le sentit fier, il pensait à Ada, il dressa la liste de ce qu'elle faisait pour lui.

— Elle me prépare des tartines et un chocolat chaud, elle choisit mes habits et m'amène à l'école, elle me donne le bain, elle me lit une histoire, elle fait des puzzles, elle m'a appris à lire et à nager, elle m'a déjà emmené au cinéma et même au musée.

— Tu as aimé le musée ? demanda Sandra pour faire parler l'enfant.

— Oui ! Les tableaux étaient plus beaux que les tiens, dit-il en rougissant, j'ai vu des tableaux pleins d'or et certains étaient grands comme un mur.

Il ouvrit ses bras pour essayer d'en témoigner.

— J'en suis sûre ! Mais tu comprends que j'aime les miens ?

Elle le regarda encore dans les yeux, sensible à cette connaissance naturelle qu'il témoignait pour ce qui risque de froisser celui ou celle avec qui l'on parle. Elle lui sourit, parce qu'il soutenait le regard sans insolence, avec une sorte de finesse épanouie. Il acquiesça.

— C'est normal, dit-il.

Et il rit joyeusement.

— Tu es un gentil garçon, Nicolas ! s'exclama Sandra. Un garçon intelligent.

— Moi ?

— Oui, toi !

Puis s'apercevant qu'il ne mangeait plus :

— Tu ne veux pas finir ton assiette ?

— Non merci, je n'ai plus faim. Est-ce que je peux sortir de table maintenant ?

L'après-midi avec Nicolas passa beaucoup plus vite que Sandra n'aurait pu l'imaginer. Ils jouèrent à ce jeu où l'on retourne des cartes cachées en recherchant les paires semblables. Sandra perdit toutes les parties de Memory. Tu ne fais pas attention ! s'étonnait Nicolas, à quoi penses-tu ! Et il trouvait la carte qu'en vain elle avait cherchée. Il riait, content de gagner. Ses mains trop petites serraient maladroitement l'épais paquet, preuve de sa victoire. Il lui enseigna un nouveau jeu, le Rapido, où elle excella.

— Je suis plus rapide qu'Ada et tu es plus rapide que moi, remarqua Nicolas, donc tu es plus rapide qu'Ada.

— Jeune homme, vous venez d'imaginer tout seul la transitivité, dit Sandra, chapeau bas ! (Et il fallut expliquer cette expression.)

Décidément, ils s'amusaient bien tous les deux, contre toute attente elle avait tenu sa promesse. Nicolas avait apporté un dessin animé. Ils regardèrent *La Tortue rouge*, un conte philosophique et poétique, et Sandra fut aussi étonnée que touchée par la précocité de ce jeune invité prompt à faire des remarques.

— C'est bien, dit-elle, tu n'es pas comme tous ces enfants que je vois s'exciter sur un téléphone portable en jouant à des jeux idiots.

Justement, le téléphone sonna.

— C'est sûrement ton père, murmura Sandra.

Elle courut répondre, prenant dans ce mouvement vif la mesure de sa propre excitation, un sentiment naturel et de bon aloi. Nous avons ce pouvoir de fabriquer de nouvelles personnes, en voici une qui vient au monde, comment ne serait-on pas dans une stupéfaction émue ? pensait-elle. La voix dans l'appareil n'était pas celle d'Alexandre. Le secrétariat de la clinique avertissait que M. Perthuis rentrerait tard, sans donner ni explication rassurante ni raison de s'inquiéter. Cette manière de procéder exaspérait Sandra. On ne s'avance pas, on ne se mouille pas, on n'excite pas le consommateur : la norme nouvelle des relations cherchait la neutralité informative. *Mesdames et messieurs, notre train est arrêté en pleine voie !* Voilà où nous en sommes, pensait-elle, à annoncer aux gens des choses qu'ils constatent eux-mêmes et à leur refuser l'information qui les intéresserait. Façon de dire : Patientez sagement et ne posez pas de questions, bande de moutons. Sandra bien sûr questionna – elle n'était pas un mouton. Je ne peux rien vous dire, madame, répondit à deux reprises l'employée de l'accueil, s'appliquant à rester polie et qui certainement ne savait rien. Le bloc est au sous-sol, elle ne bouge pas de son poste, elle n'est même pas en contact avec les médecins, cet appel n'a rien d'alarmant, pensa Sandra quand la communication eut pris fin.

Il était un peu plus de six heures du soir, Nicolas n'avait pas fait de sieste, Sandra lui proposa de s'allonger sur le canapé à côté d'elle et de se reposer pour être en forme quand son père arriverait et voudrait fêter l'événement.

— Je te réveillerai, c'est promis, dit-elle.

Et le garçon s'endormit tandis qu'elle prenait un livre.

Elle lut le chapitre 42 dans *Portrait de femme*, cette rêverie devant le feu qui amène Isabel Archer à la compréhension complète de son malheur conjugal, cette avancée romanesque par la seule psychologie, une manière propre à Henry James et qui, dans la plupart de ses romans, comme le lui avait fait remarquer son amie Edith Wharton, provoque paradoxalement une paralysie du personnage éclairé. Est-ce que réfléchir nous prive de quelque chose ? Du bonheur ? De la capacité d'agir ? Sandra avait eu cette conversation avec un client de la librairie. Elle avait donné son interprétation du roman, une lecture féministe sans doute : l'ignorance des jeunes filles en matière sexuelle, leur absence d'expériences sensuelles, en alimentant des fantasmes, faisaient d'elles des proies faciles. Parce qu'il était le moins respectueux envers elle, Osmond avait séduit Isabel et anéanti son indépendance : en s'approchant tout près d'elle, en la humant au lieu et avant de la demander en mariage, il avait submergé sa volonté. Il s'était adressé directement à son sexe et la force d'Éros en elle avait dominé la clairvoyance. Lucidité, perspicacité, ambition personnelle, projets établis avaient compté pour rien sous le coup de la sensualité réveillée. Le corps est premier dans nos attachements, répétait volontiers Sandra. Elle voulait dire qu'il apparaît, s'impose, avant le moindre mot et sachant son désir, et porteur d'une puissance qui nous échappe. Il nous représentait même lorsque nous étions mentalement absents. Sandra baissa les yeux sur le garçonnet qui, près d'elle, en était comme la preuve. Nicolas respirait fort, il devait être enrhumé. Elle sentait sa chaleur intense. Elle mit sa main sur le front pour vérifier qu'il n'avait pas de fièvre. Il s'était recroquevillé en chien de fusil, le haut de sa tête touchait la cuisse de Sandra et ses cheveux s'électrisaient au contact du velours du pantalon. Qui ne s'attendrirait pas devant ce corps originel et neuf, la clarté rosée de la joue enfantine, le petit lobe de l'oreille dépassant des cheveux, les cils longs et les paupières fermées, l'enfance de la peau sans pores ni taches ? La délicatesse de ce visage appelait le baiser. Sandra posa ses lèvres sur l'aile du nez. Être jeune, c'est être embrassé, pris dans les bras, chatouillé, cajolé, adoré comme un bijou. Être vieux, c'est perdre tout cela, la chair ratatinée n'ayant plus d'attrait voire devenant repoussante. Les gens âgés ne sont pas fous et le savent très bien, ils ne réclament même plus qu'on les embrasse. Qui étreignait encore mamie ? pensa Sandra. Sa grand-mère faisait sûrement la différence entre son existence à quatre-vingt-six ans et les jours anciens où, dans les cocktails des Européens de Djibouti, elle portait des robes décolletées. Les hommes se pendaient à ses basques et elle adorait ça ! Sandra contempla Nicolas. Les enfants apportent dans nos vies le sentiment du temps et de la perte ; ils nous mettent sous le nez l'évidence des transformations que sans leur présence, entre adultes, nous ne remarquerions pas. On couvre les petits de baisers, on s'assoit en face des anciens en pensant qu'on est déjà gentil de leur rendre visite. L'agonie seule ramène une dernière fois la douceur tactile dans la vie des vieillards, on leur tient la main au moment de mourir. Tout cela était horrifiant. Victoire de la technique : la peur de la déchéance remplaçait la peur de la mort, et la mort pourtant existait encore. Comme tous ceux de sa génération, Sandra craignait la dépendance et la sénilité. Elle en avait discuté avec Ada : une loi autorisant le suicide assisté dans certains cas strictement définis pourrait être votée un jour ou l'autre et Sandra avait expliqué pourquoi elle y était favorable. Malgré tout ce qu'on raconte, l'espérance de vie en bonne santé n'a pas tellement augmenté, disait-elle. En réparant tout sauf le cerveau, notre médecine fabrique des *nonagénaires déments* (l'expression était celle d'un médecin). Celui qui se sent perdre la raison mérite s'il le désire de dire au revoir aux siens en toute intelligence et d'être aidé à mourir par le corps médical, tu ne crois pas ? Je ne veux pas finir ma vie dans un Ehpad. La réponse d'Ada l'avait agacée : Tu parles comme ça parce que tu tiens à vivre seule. Fais des enfants, ils prendront soin de toi quand tu seras vieille. C'est ça la vie, un cycle et une transmission. Chacun s'en remet un jour au dévouement des autres, à la fin comme au commencement. Je crois que la mort et la naissance doivent rester naturelles, avait conclu Ada. C'est l'idée que je me fais. Mais tu sais que je ne suis pas une intellectuelle. Sandra s'était retenue de casser du sucre sur le dos de la nature, et pour cette raison, parce qu'elle avait ravalé une objection qui lui tenait à cœur, elle avait gardé en tête les paroles d'Ada. Et maintenant Ada et son bon sens affrontaient la nature tandis qu'elle-même s'en était si scrupuleusement gardée. Les femmes ne vivent pas comme nage un banc de poissons, la brèche est ouverte pour échapper aux conditionnements. Ada incarnait cette femme prétendument idéale : belle à faire tourner les têtes, amoureuse, dévouée, perfectionniste, maîtresse de maison qui cuisinait bio, faisait son pain, soignait aux essences naturelles, s'entretenait (dansait, courait…), en somme faisait tout parfaitement selon les critères dominants et, surtout, se montrait ravie-de-tout-jamais-fatiguée-de-rien (ce qui est expressément demandé aux épouses et mères). Et bien sûr elle allaiterait son enfant pendant six mois, l'emmenant partout avec elle dans ces entrelacs de lanières qui vous attachent le nourrisson sur le ventre, pensa Sandra à l'idée qu'à cette heure il était sans doute né. Qui était ligoté dans tout ça ? Qui en profitait sinon le bienheureux mari ? Sandra leva la tête du livre qu'elle ne lisait pas. Trois coups légers suivis d'un grattement continu sur la porte d'entrée interrompirent cette rêverie. Le mari ! Elle courut lui ouvrir. Il était plus de minuit, Nicolas dormait profondément et Alexandre Perthuis se tenait sur le palier, revenu au même point de l'espace mais seul cette fois, silencieux et sombre, victime d'un drame qu'il était encore seul à connaître.

2

Une expression navrée avait pris possession de son visage, il restait muet, littéralement privé de la parole, exproprié de son langage, regardant sa voisine avec une fixité anormale qui devenait l'effrayant substitut de la langue perdue. Un homme à la fois inaccessible et lourdement présent. Il s'en remettait à Sandra, elle le perçut aussitôt, il était un poids d'accablement tombé dans ses bras. Alexandre Perthuis s'abandonnait comme s'il n'avait plus personne, et par une intuition immédiate Sandra comprit qu'Ada faisait défaut. Le malheur n'était pas causé par l'enfant mais par la mère. Sous l'effet de la surprise, Sandra murmura le prénom de son amie, Ada, avec une légère intonation interrogative. En l'entendant, Alexandre eut un sanglot, un bruit animalisé sortit par sa bouche à la place des mots et Sandra fit un pas vers lui, stupéfiée, elle aussi silencieuse – que pouvait-elle dire ? –, saisie par la soudaineté du saccage qu'elle imaginait – le beau couple de ses voisins frappé par quel malheur ? Frêle et bouleversé, il appuyait son front sur l'épaule féminine qui l'accueillait et, debout sur le paillasson, ils pleurèrent ensemble, lui sachant exactement à cause de quoi – quel accident de la vie, quelle malchance, quel drame – et elle à cause de lui, qui s'était préparé depuis des mois à ramener deux femmes à la maison – parce que l'échographe avait dit : c'est une fille – et qui revenait désespéré.

— Viens, dit-elle sourdement.

Elle le fit entrer en le déplaçant elle-même, l'attirant, le poussant doucement de ses deux mains qui saisissaient le haut des bras ou se posaient sur le dos, et referma la porte derrière lui sans faire de bruit. Depuis l'entrée, il aperçut Nicolas endormi dans le salon, aussitôt un surcroît de désolation brilla dans ses yeux. Les chagrins se répondent, s'additionnent, rebondissent les uns sur les autres, sont un seul et même destin, et ceux de nos enfants nous causent une peine dont nous n'avons pas idée avant de l'éprouver.

— Viens à la cuisine boire quelque chose, proposa Sandra.

Il la suivit à travers le couloir, à la manière d'un somnambule ou d'un esprit simple tétanisé par quelque chose d'inhabituel.

— Du coca, ça te va ?

Il était silencieux et absent. Sans réponse, elle remplit d'autorité deux verres à ras bord. Alexandre but d'un trait, retira sa veste et se mit à parler, douloureusement, fiévreusement, comme un torrent déverse des tumultes. La retenue lâchait, les mots substituts se présentaient pour que fût mise à l'extérieur la bogue de souffrance. Il fallait l'enfermer dans leur signification et la partager, Sandra était là pour la recevoir. Alexandre Perthuis parlait à la copine de sa femme, à la voisine familière qui avait vu le couple heureux partir à la maternité et qui pouvait être prise à témoin. Il voulait lui raconter l'accident, ce qui s'était passé, le reconstituer avec exactitude, revenir sur chaque instant, pour exorciser l'effarement, l'angoisse, trouver peut-être un réconfort dans un récit qui le mettrait hors de cause.

— Tout se passait très bien ! Nous sommes arrivés facilement à la clinique, j'étais même étonné, aucun embouteillage, c'était le rêve ! Ada était calme et me souriait chaque fois que je la regardais. Elle voulait me rassurer parce que je la voyais souffrir. C'est impressionnant, tu sais, le corps a pris les commandes, même quand les contractions sont encore espacées les unes des autres.

Le drame avait gravé en lui ce mot qu'il avait appris depuis peu. Son expression gémissante fit une pause, comme s'il pensait aux *contractions*, puis reprit avec effort, maladroitement. Sandra ne le quittait pas des yeux, reconstituant ce qui somme toute avait commencé banalement, comme n'importe quelle naissance. Le médecin, la sage-femme, l'anesthésiste se trouvaient déjà sur place lorsque les futurs parents étaient arrivés. À l'accueil, l'infirmière les avait rassurés, le pédiatre de garde était lui aussi dans la maison. Ils s'étaient félicités d'avoir choisi cette maternité privée. Alexandre avait attendu pendant qu'une sage-femme examinait Ada dans une petite pièce adjacente. Il n'était pas rare que le travail fût insuffisamment avancé, on renvoyait chez elle la parturiente : non, madame, vous n'êtes pas en train d'accoucher. C'était presque humiliant et Ada fut heureuse d'être gardée, elle ne s'était pas trompée, les choses étaient bel et bien engagées. Sans poser de questions et tandis que la future mère était emmenée en salle de travail, Alexandre avait rempli les formulaires d'entrée. Quand il l'avait rejointe, Ada s'était déjà déshabillée et portait la blouse bleue donnée par la clinique, elle était allongée, attendant la péridurale. Elle avait envisagé d'accoucher sans anesthésie mais l'obstétricien n'avait eu aucun mal à la convaincre lorsqu'il s'était agi de planifier l'accouchement ; du moment qu'il ne le déclenchait pas, elle était d'accord avec ce qu'il conseillait, vous profiterez mieux de la naissance, disait-il, elle avait acquiescé. Elle n'avait aucun regret, à quoi bon souffrir, et Alexandre lui aussi profiterait mieux de ces instants. Elle lui souriait. Assis à côté de sa tête, il lui donnait la main. Elle la serrait chaque fois que revenait l'onde de choc et qu'Alexandre alors s'impatientait. Enfin l'anesthésiste était arrivé, très sympathique et loquace, un ancien médecin militaire, il avait expliqué à Ada ce qu'il allait faire, une anesthésie locale d'abord, puis la piqûre qui ne ferait pas mal mais exigeait l'immobilité parfaite. Ada savait tout cela mais elle l'écoutait attentivement. Ensuite elle ne sentirait plus rien ! avait-il promis en riant parce que c'était une bonne nouvelle, une sorte de miracle. Mais il était impératif de ne pas bouger, avait-il répété, il piquerait dans l'intervalle entre deux contractions. Vous êtes prête ? avait-il demandé. Ada avait hoché la tête. Le type était gai, sans inquiétude, il ne pouvait que plaire à ses patients. Alors on y va ! Il avait aidé Ada à s'asseoir au bord du lit dans la position requise, les pieds pendants, le dos rond. Son pouce avait suivi le tracé de la colonne vertébrale, de haut en bas au niveau des lombaires, dans la zone où il devait piquer, et il avait demandé à Alexandre de sortir. Sans doute voulait-il être concentré, le geste de la péridurale est délicat, ou bien craignait-il que le père fût impressionné, l'aiguille est longue, capable de pénétrer dans la colonne vertébrale. Il est préférable que vous attendiez dehors, avait dit l'ancien militaire. Alexandre Perthuis avait ressenti avec violence combien la médecine, aussi performante soit-elle, n'est pas une pratique si facile et évidente qu'on a envie de le croire. La vérité est tout autre : la médecine est un exploit de funambule, sans cesse répété et sans cesse menacé d'échec. Le danger ne quitte pas le chevet du patient. Dans le rôle du spectateur prié de sortir, Alexandre en avait eu la fulgurante intuition. De cet éclair de désastre il parla les yeux dans le vide comme s'il regardait droit dans le danger. Sandra ne disait pas un mot, accompagnant d'une empathie silencieuse ce récit difficile et nécessaire.

Dans le couloir, tout à coup conscient des risques, Alexandre avait marché en long et en large en attendant qu'on le rappelle. Il se trouvait dans l'ancienne situation des pères, évincés comme son propre père avait dû l'être, qui n'assistaient pas à l'accouchement et faisaient les cent pas pendant que leur femme souffrait. Ça devait être tout autre chose d'attendre seul des heures durant, tel un inconnu ou un importun, ou un homme qui ne devait pas voir le corps de sa femme nu et déchiré, et d'être rappelé quand tout était fini, de découvrir la mère et l'enfant en dyade étrangère arrivée par magie, alors qu'il n'y avait aucune magie mais un muscle extraordinaire ! Cette mise à l'écart du père – une relégation et une séparation des futurs parents – serait aujourd'hui inacceptable, elle n'avait été que momentanée et Alexandre avait eu hâte de retourner auprès d'Ada, même s'il ne pouvait rien faire qu'être là, et même s'il avait peur de craquer ! C'est bientôt fini, monsieur, était venue lui dire une aide-soignante, et cinq minutes après en effet elle avait ouvert la porte et l'avait fait revenir dans la salle de travail. Ada était de nouveau allongée et cela avait semblé merveilleux, elle ne sentait plus la douleur. On lui avait posé une perfusion. La sage-femme était au pied du lit. Je vais percer la poche des eaux, leur avait-elle expliqué en même temps qu'elle ébauchait le geste qu'elle avait à faire. Alexandre et Ada l'avaient regardée recueillir le liquide dans lequel avait baigné leur enfant pendant neuf mois. Voilà, c'était fait et c'était irréversible. Alexandre avait senti à ce moment l'impossibilité de revenir en arrière, la naissance était vraiment lancée. Il lui semblait que tout s'engageait très vite et il avait raison. Une ceinture de toile comme celles qu'on boucle dans les avions maintenait sur le ventre d'Ada un petit appareil qui enregistrait les battements de cœur du bébé. Les médecins vérifiaient ainsi que le jeune muscle ne se fatiguait pas. La souffrance fœtale est une indication de césarienne, avait expliqué l'infirmière. Naître est en vérité la première épreuve physique de la vie, distincte de celle de l'accouchement. Alexandre n'avait jusqu'alors pensé qu'à Ada, sans distinguer le moins du monde *naître* et *accoucher*, le personnel de la clinique au contraire se préoccupait à la fois de l'enfant et de la mère. Les contractions étaient mesurées elles aussi. La sage-femme les annonçait. Ah, en voilà une grosse ! disait-elle. On voyait un pic dans la courbe affichée sur l'écran de contrôle à côté du lit. Et l'onde passait comme une caresse. Ada s'en amusait. Son ventre durcissait mais elle ne sentait plus rien, elle était coupée de sa douleur. Alexandre était fasciné et surtout soulagé : Ada était tellement contente, elle savait que la péridurale ne fait pas effet à tout coup et appréciait sa chance de ne pas vivre un de ces échecs. C'est parfait, disait la sage-femme, et le futur père se réjouissait, sentant reculer l'inquiétude diffuse qui l'habitait (parce que l'abondance de matériel, la perfusion, l'odeur d'hôpital, tout lui donnait l'impression qu'Ada était devenue une grande malade et qu'en lui faisant un enfant il avait mis sa vie en danger).

Mais Ada était paisible. Un drap couvrait ses jambes et de toute façon Alexandre ne regardait que son visage, qui souriait pour le rassurer. L'avait-il jamais aimée comme à ce moment ? Non, bien sûr ! Elle était occupée à mettre au monde leur enfant, il n'y avait pas d'équivalent à cela, c'était un cadeau inégalable, le gouffre d'une dette tout à coup entre eux se creusait. Alexandre l'avait éprouvé ainsi. Ses sentiments avaient été exacerbés par ce qu'Ada faisait pour lui et qu'il ne pourrait jamais lui rendre, sous aucune forme, d'aucune façon. Il restait près d'elle, il lui tenait la main. Il ne pouvait rien offrir d'autre à ce moment. Il n'y avait qu'à demeurer tranquille et patient. Ada devait s'appliquer à respirer et se détendre. Périodiquement, et cela était déplaisant pour Alexandre, la sage-femme soulevait le drap et vérifiait l'avancement du travail. Cela consistait à regarder ce qu'ils ne voulaient pas connaître : le sexe dilaté et méconnaissable. Ada ne doutait pas que c'était effrayant, une béance, un inconnu, un *énorme trou* qu'Alexandre ne devait absolument pas regarder et qu'elle refusait de voir ! Sans quoi tu perdrais tout désir pour moi, lui avait-elle soufflé à l'oreille. Comme si la maternité et la séduction s'excluaient. Ada le pensait. La sage-femme n'allait pas jusqu'à ces délicatesses et donnait des informations en centimètres. La dilatation progresse bien, disait-elle. Alexandre prenait conscience du processus en train de s'accomplir. L'accouchement réclame beaucoup plus de temps qu'on ne croit, le corps suit un long parcours pour délivrer ce qu'il a conçu. Ils attendaient que l'ouverture fût assez grande pour entrer dans la phase d'expulsion. Et pendant cette patience, l'infirmière préparait Ada. En introduisant un mince tube souple dans l'urètre, elle avait vidé la vessie. L'urine coulait dans un récipient métallique sans qu'Ada n'eût rien à faire ni ne sentît rien. Je vais vous nettoyer la vulve, avait ensuite dit l'infirmière. Elle annonçait chacun de ses gestes. Alexandre avait pensé qu'elle aurait pu simplement dire : je vais vous nettoyer. Tout en sachant qu'il avait tort, il ne s'habituait pas à cet usage médical des termes anatomiques exacts. Les pudeurs communes nous reposaient, alors que les mots techniques avaient quelque chose de laid, pensait-il, la posture des médecins devenait aussi sèche que ce vocabulaire était rude. Il avait détourné les yeux pendant que l'infirmière faisait donc la toilette intime d'Ada. C'est bien, disait-elle chaque fois qu'une tâche était accomplie. Alexandre éprouvait un soulagement. Une machinerie énorme s'était emparée de sa femme, il était assailli par la nouveauté et l'incertitude, et quand on lui disait que tout se passait comme il fallait, la joie le comblait.

Mais la joie avait disparu en quelques instants.

À ce moment de son récit, Alexandre Perthuis s'interrompit, cessant de regarder Sandra comme il le faisait depuis qu'il parlait. Une grande inspiration s'était emmêlée à un sanglot ravalé, un raclement de gorge sembla remettre en selle le narrateur. Il reprit son monologue, soudain inquiet, l'air effaré, s'approchant de revivre un désastre.

Les choses n'avançaient pas comme elles auraient dû. Le temps avait passé, l'obstétricien et la sage-femme avaient jugé que le bébé ne descendait pas dans le bassin. Ils ne comprenaient pas pour quelle raison mais ils étaient d'accord sur un point : le travail se faisait pour rien. L'échographie du dernier mois n'avait révélé aucun défaut de position, rien qui permît d'anticiper un problème. Alors l'infirmière avait suspendu une poche de liquide à la perfusion. L'accoucheur avait réclamé de l'ocytocine pour augmenter les contractions. L'attention s'était aiguisée pour guetter l'effet d'efficacité. L'intensification déclencherait-elle l'engagement dans l'entonnoir osseux ? En cas d'échec, ce serait la césarienne. Ada redoutait cette agression de la paroi abdominale. Disait-elle non avec sa tête ? Alexandre la vit s'agiter, exténuée, sur l'oreiller, les joues brûlaient, le cou prenait une couleur rouge sombre. Tout s'était mis à aller de travers. Ada frémissait, tremblait même, elle semblait ne plus pouvoir respirer. Alexandre restait éperdu, condamné à l'impuissance.

— Je caressais ses doigts, dit-il avant de se taire.

Le visage grave de Sandra était à l'écoute, presque aux aguets.

— Je ne peux pas te raconter ce qui s'est passé ensuite, je ne peux pas, dit Alexandre.

— Ne le raconte pas, murmura Sandra en saisissant les deux mains abandonnées sur la table.

Elle tenait les deux mains inertes qui avaient tenu celles d'Ada. Elle les enfermait comme un oiseau blessé dont les paupières se ferment avant de mourir sans parole, en nous laissant désemparés. Elle figurait l'éternelle présence silencieuse et insuffisante mais la chaîne humaine était rompue.

— J'ai besoin de boire quelque chose, dit Sandra, vodka ?

Sans attendre un acquiescement, sans bruit, emportant deux verres minuscules et la bouteille glacée, elle entraîna Alexandre au salon. Elle s'inquiétait que Nicolas se fût éveillé et entendît le récit tragique. Mais le garçon dormait dans la même position, sur le même coussin, la tête accolée à la trace qu'avait imprimée le corps de Sandra quand ensemble ils attendaient la vie, à l'heure où elle ne savait rien. Elle reprit sa place près de l'enfant, comme si elle pouvait le protéger de ce qui allait le frapper ou comme s'il lui transmettait la force de son ignorance.

Sandra servit de nombreux verres, ils buvaient sans dire un mot, jusqu'à ce qu'Alexandre, se redressant, exprimât l'affreuse pensée qui l'accablait :

— Elle est à la morgue !

Chut ! fit le doigt de Sandra. Devant la révolte, et à ce mot glaçant, elle se sentit affolée mais garda son sang-froid, montrant Nicolas d'un léger mouvement du menton.

— Rien ne peut le réveiller, dit Alexandre.

À son tour, Sandra restait muette et les yeux pleins de larmes. En la voyant bouleversée, Alexandre pleura lui aussi.

— Oh, Sandra ! Sais-tu quelque chose de plus affreux ?

Non ! Elle n'avait rien vécu de pareil. Sa sœur avait attendu un enfant anencéphale et subi un avortement thérapeutique tardif, le dépistage n'avait pas été efficace, c'était un accident qui arrivait encore. Elle repensa à la phrase d'Ada. Cent femmes par an. Mais mourir en couches semblait un événement du passé. La mère et le nourrisson étaient alors souvent unis dans la mort.

— Et l'enfant ? demanda doucement Sandra.

Pour la première fois elle y pensait. Toute son attention avait été concentrée sur Ada. Alexandre avait eu raison de le dire, l'accouchement et la naissance, ces deux événements concomitants ne concernaient pas les mêmes personnes et l'une, celle qui donnait la vie, existait davantage dans l'esprit des vivants que celle qui la recevait et qu'ils attendaient sans la connaître. Celle qui accouchait était vivante, celle qui naissait était une potentialité, une inconnue.

— Sauve, murmura-t-il.

Et comme si ce mot avait porté l'estocade, parce qu'il invitait à une joie qui avait sa place mais n'avait pas de place, ils se turent jusqu'au bout de la nuit bienfaitrice et traîtresse, ce moment suspendu, arrêté, qui peut être bien pire que le jour, mais dans lequel à cet instant restaient enfermés le deuil et la détresse, avant le matin où reviendraient la parole et l'action.

3

Ni Alexandre ni Sandra ne réveillèrent Nicolas. Elle s'entendait pourtant encore lui dire : Je te réveillerai c'est promis. Et bien sûr elle ne souffla mot à Alexandre de cet engagement associé au bonheur de son retour et rompu par la réalité tragique. Mais en regardant dormir le garçon, pleine de l'affreux secret qu'on lui cachait, elle se sentait affligée, honteuse et désarmée. Que valaient les promesses aux enfants quand ceux qui les faisaient pensaient savoir ce qui était bon pour eux ? Quand le contexte pouvait changer brutalement et les rendre intenables. Nicolas consomma la nuit entière, sur le canapé de la voisine, serrant contre son menton une peluche râpée, sans savoir que son monde s'achevait, que l'irréparable avait déchiré sa vie. Il s'était endormi en attendant des nouvelles de sa mère et de sa petite sœur, cette attente était close et il dormait dans l'ignorance. Comme si l'urgence de connaître la vérité pour lui n'avait pas cours, pensa Sandra. Alexandre avait fini par s'assoupir aussi, assommé par la vodka et le cadencement mortel de cette journée. Sandra laissa le veuf et le fils au salon. Allongée dans son lit, sur le dos, elle revoyait Ada sur le palier envoyant un baiser, Ada et son pressentiment irraisonné, Ada et son ventre colossal. Sandra ferma les yeux sur cette vision trop précise. À travers la ligne des cils, ses larmes coulèrent jusqu'à l'oreiller. Comment les choses avaient-elles dérapé ? Elle imaginait la seule catastrophe qu'en cette matière elle connaissait, l'hémorragie de la délivrance, le sang qui déferle, n'obéit plus, ne coagule pas. Sandra se représentait la panique et Ada vidée de son sang comme seule une femme peut l'être, le corps béant en son sexe. Tout était inadmissible et confus, mais l'absence d'Ada ne pesait pas encore. La vie paraissait normale bien qu'elle ne le fût plus, la mort n'avait pas encore pris sa consistance réelle. Vivante, Ada n'aurait pas davantage été là, elle aurait dormi dans sa chambre d'hôpital à côté du berceau de sa fille. Cette image familière (Sandra avait visité de nombreuses amies à la maternité) accroissait la tristesse. Le nourrisson était sans sa mère. Ada manquait définitivement. Sandra Mollière embrassait peu à peu cette absence dans l'avenir, cet avenir d'absence. La réalité n'est pas immédiatement appréhendée lorsqu'il faut se la représenter et une disparition anéantit la lucidité : il est impossible de mesurer dans l'instant ce qui s'en va avec une personne, l'ensemble des événements (des gestes, des conversations) qui n'auront plus jamais lieu. C'est petit à petit que nous découvrons l'espace de la mort des autres dans notre existence où ils avaient leur part. Sandra vit ce qui se passerait après la nuit. Nicolas se réveillerait là où il s'était allongé la veille après les jeux et le film, revenu de ses rêves, frais et vif comme un jeune enfant. Il serait joyeux de voir Alexandre sans savoir qu'il ne reverrait jamais Ada vivante, et peut-être même morte (Dirait-il adieu à sa mère ? La lui montrerait-on ? Sandra était incapable de deviner ce que déciderait la famille), alors que la roue du malheur avait écrasé son cœur et qu'au réveil son père lui-même viendrait le lui arracher.

Le père était là, devancé par son visage gonflé où disparaissaient ses yeux, et dans cet état de défiguration qui révélait son chagrin, il lui fallait expliquer à l'enfant ce qui était arrivé. Si jeune, Nicolas n'avait pas les connaissances pour comprendre mais il était en droit de savoir, pensait Alexandre Perthuis en prenant la jeune main – l'autre tenait la peluche fétiche –, encore une main qu'il serrait sans empêcher le mal.

— Ta petite sœur est née, dit-il.

Il regarda le garçonnet dans les yeux avec une gravité – et ce visage commotionné par le drame – qui pouvait le préparer à ce qui allait suivre.

— Mais Ada ne s'est pas remise.

Il n'avait pas choisi de dire *ta maman*, il se sentait incapable de prononcer le mot *maman*, il en aurait sangloté sans doute, et c'était *son Ada* qu'ils perdaient ensemble, la femme aimée, la compagne, l'amante et la mère. Il attendit, cherchant le mot le plus juste ou peut-être l'euphémisme pour dire l'ampleur du désastre.

— Nous l'avons perdue, dit-il.

— Elle est morte ? s'écria la voix aiguë et fluette du garçon.

Le fils d'Ada pouvait voir Alexandre comme il ne l'avait jamais vu, dans le puits du malheur, extirpant du chagrin chacun de ses mots insuffisants, et maintenant obligé de répondre à cette épouvantable question qui faisait résonner entre eux la phrase qu'il n'avait pas pu prononcer.

— Oui, dit Alexandre, comme s'il acquiesçait à la mort d'Ada mais encore refusant de dire *oui Ada est morte*.

Et alors Nicolas, sans réclamer ces mots, n'en ajouta qu'un seul qui les entérinait :

— Déjà !

Le petit adverbe stupéfia Alexandre et Sandra. Il rappelait ce qui est écrit d'avance et que nous nous efforçons d'oublier, la mort comme horizon prévu, connu même d'un garçonnet qui spontanément résumait l'entièreté de l'existence et la certitude de l'issue.

Nicolas sembla s'éclipser dans son étonnement, rejoindre l'adulte dans le silence et s'immobiliser au fond de ce refuge, libéré lui aussi des efforts que la vie réclame avec intensité. Sandra le regardait, debout, muet, petit devant l'homme malheureux. Une part d'innocence était entamée, la tragédie avait fait son entrée, la souffrance incontrôlable s'insinuait. Les enfants ne restaient pas longtemps des êtres sans passé. Comment Ada avait-elle pu mourir, alors que la médecine caracole, fleuron de la modernité ? Avec cette science miraculeuse dont les exploits nous effraient par leurs promesses. Personne ne meurt plus dorénavant ! Sandra n'aurait pas partagé ces pensées avec Alexandre, mais elle ressassait ce coup du sort qui les frappait justement eux. Deux mille naissances par jour et c'était sur Ada que tombait l'accident. Une jeune femme saine et en pleine forme. L'accouchement est une tempête dans un ciel bleu. Pourquoi

Sandra avait-elle cette phrase dans la tête ? Elle avait dû l'entendre lors d'un colloque féministe : *En obstétrique, l'accident est une tempête dans un ciel bleu.* Autrement dit, rien ne vous y préparait et l'on tombait des hauteurs du grand bonheur.

Alexandre s'était laissé choir dans le canapé, le garçon n'avait pas bougé, Sandra vint derrière lui et l'enferma dans ses bras. Elle sentait le dos frêle, les petites omoplates saillantes, sa chaleur de vivant, elle caressa ses cheveux. Il passerait par toutes les étapes de l'existence, le penser était vertigineux au moment où une vie bien engagée venait de s'achever. Il devenait la suite de cette trajectoire interrompue. Ada l'avait lancé dans le monde. Il aurait fallu le lui dire, encourager la confiance percutée : Ta mère t'a aimé pour toujours. N'aie pas peur d'aller dans la vie. Mais bien qu'elles fussent la vérité, ces phrases semblaient emphatiques, impossibles – la vérité à certains moments peut être semblable à un délire –, et Sandra n'en prononça aucune. Il sait, pensa-t-elle, nous savons pour lui. Elle coiffait les cheveux avec sa main. Le garçon restait contre elle, si démuni et si puissant, les bras ballants, la peluche à la main. Tout à coup, il se retourna vivement, serrant ses petits bras autour des hanches, pressant sa joue contre le ventre de Sandra. Il s'accrochait de toutes ses forces, avec ténacité, plein d'affection. Il la voulait toute à lui. Tu es fort ! dit Sandra – affirmation, injonction, vœu. Elle aussi voulait le garder. Elle ressentait combien le drame la liait à l'enfant. Ensemble et sans rien savoir, ils avaient vécu des heures funèbres, les derniers instants d'Ada. Impossible de faire défaut quand un truc comme ça arrive, dirait-elle à sa sœur, à ses amies, même si tu n'es que la voisine tu te sens embarquée.

C'est ainsi que Sandra Mollière devint l'amie intime de son voisin veuf et du jeune Nicolas, une confidente pour l'homme sans femme, une présence par le souvenir associée à *la* mère. Un fanal, une égérie, un témoin, un point de ralliement.

4

Car les jours qui suivirent la mort d'Ada furent sombres et éprouvants, de ceux dont sur le moment on croit ne jamais se remettre, et dont il se peut qu'on ne revienne jamais, sinon un quart de siècle plus tard, quand il semble presque inutile d'en revenir, quand le temps qui a enfin émoussé les dagues de la mémoire (les traces visuelles, les griffures de l'émotion vive, chaque mot dit ou tu ou entendu ou ressassé) a aussi déplacé de l'avenir vers le passé la vie qu'on avait devant soi et que le chagrin a confisquée. Mais c'est une question de caractère, personne ne réagit de la même façon et les mémoires ne sont pas égales. Il y a ceux qui n'oublient rien, les éléphants, et ceux en qui rien ne laisse trace, les poissons rouges, dit-on, et parmi les éléphants il y a ceux qui *refusent* d'oublier, qui tiennent à leur souffrance parce qu'elle dit la vérité de leur vie et qu'elle finit même par constituer leur identité – une identité mortifère. Et personne ne sait à l'avance à laquelle de ces catégories il appartient. Personne ne le choisit.

Dès le lendemain, le drame encore abstrait cessa de l'être et mit en mouvement le monde matériel. Les faits, les actes, les obligations succédèrent aux pensées, aux paroles et aux larmes. Les parents de la jeune défunte arrivèrent de province à Paris et, après quelques hésitations, acceptèrent l'invitation d'Alexandre à résider chez lui, dans l'appartement qui avait été celui de leur fille. Une inquiétude avait d'abord retenu le vieux couple : Bernard – l'ex-mari d'Ada – n'en serait-il pas affecté ? Lui aussi souffrait de ce deuil (Sandra avait découvert son existence en même temps qu'elle acceptait de le prévenir par téléphone), il ne fallait pas le blesser davantage. Pour peu que les sentiments ne fussent pas morts, le divorce créait des situations délicates ou cruelles de juxtaposition, de remplacement, de partage de soi, et mettait en porte-à-faux cette génération qui l'avait moins pratiqué. Comment n'offenser personne ? avait pensé la mère d'Ada. Mais être réunis serait un réconfort, se disait-elle, et Bernard ne les avait ni conviés ni contactés. L'hôtel ne serait-il pas préférable pour tout le monde ? pensait au contraire son mari. Ces considérations avivaient un agacement installé de longue date au cœur du vieil attelage soudain malmené de la plus effroyable manière. À ce fond désaccordé s'ajoutait désormais l'opposition des expressivités : Martine Bertoux était habitée par un constant besoin de parler, d'évoquer sa fille unique, de la louer et de la pleurer – ma belle chérie ! Mon Dieu ! –, Jacques Bertoux à l'inverse cherchait refuge dans un mutisme sans faille. Tandis que la mère s'enivrait de divagations dans les souvenirs, le père se refermait, il avait soudainement vieilli, aucune énergie ne soutenait plus les traits de son visage, abandonnant le terrain au temps, la perte l'avait anéanti. La tension s'accroissait entre ces deux chagrins et, si l'attente avait duré, voilà un homme qui pour obtenir le silence aurait bien pu étrangler sa femme, pensait Sandra avec le sens de l'exagération et la brutalité qui en certaines occasions la caractérisaient. Le deuil désunissait ceux que l'usure des ans avait un peu séparés. Martine et Jacques Bertoux figuraient ces couples où un homme intelligent a épousé une belle femme qui, elle, ne l'est pas autant ou du moins trop différemment. À la longue, l'entente se fêlait et personne n'y pouvait rien, surtout pas les intéressés qui bien sûr restaient ceux qu'ils étaient. D'ordinaire Sandra Mollière ne plaignait pas ces hommes-là : ils avaient ce qu'ils méritaient. Mais les circonstances autant que la douceur de Jacques attendrissaient son jugement et elle s'était avisée que peut-être, si elle ne voulait pas d'enfant, c'était qu'elle avait la certitude que leur survivre est un supplice.

Comme on pouvait le prévoir, Nicolas ne voulut pas aller à l'école. Avait-il besoin de rester auprès des siens ? Craignait-il le regard des autres enfants que la maîtresse aurait sûrement prévenus du malheur de leur camarade ? Ou bien fantasmait-il le retour de sa mère à la maison, voulant absolument être là pour l'éventualité ? s'inquiétait Sandra. Elle n'avait aucune idée de la manière dont le deuil s'inscrit dans l'esprit d'un enfant. Comprend-il aussitôt qu'il doit cesser de compter, dès lors qu'ils sont morts, sur ceux qu'il chérissait et qui prenaient soin de lui ? Cesse-t-il tout à fait d'espérer et même de s'attendre à les revoir une dernière fois ? La grand-mère – et c'était une chance pour elle autant que pour la famille – s'occupa de son petit-fils. Alexandre était sollicité par les formalités en vue des obsèques que les circonstances retardaient. Ils veulent pratiquer une autopsie, avait-il dit à Sandra le lendemain du drame. On soupçonnait une embolie amniotique. Le tableau clinique étant à la fois vaste et insuffisant pour en certifier le diagnostic, l'autopsie permettrait de confirmer la cause du décès. Tout serait écrit, consigné devant la médecine et la loi, et ceux qui aimaient Ada sauraient exactement de quoi elle était morte.

— Ma belle chérie, ma fille ! Mon Ada ! répétait Martine Bertoux dès qu'elle eut appris qu'on allait ouvrir le corps de la jeune défunte.

— Martine je t'en prie ! Tais-toi ! suppliait Jacques Bertoux.

Mais a-t-on le droit de faire taire une mère qui vient de perdre un enfant de cette manière ? Non, pensait-il. Et que dire lorsque le responsable des greffes lui faisait part de ses options ? La réalité avait les moyens d'être insoutenable. Le mari épuisé passait une lourde main triste sur le dos de son épouse qui, aussitôt touchée par cette tendresse, attendrie sur elle-même, se remettait à pleurer.

Les cellules fœtales retrouvées dans les vaisseaux pulmonaires mirent fin au doute et à l'attente. Ada était décédée des suites de cet accident imprévisible et imparable devant lequel les médecins se trouvent désarmés dans soixante-quinze pour cent des cas.

— L'étiologie de l'embolie amniotique est mal connue, la survenue brutale avec une détresse vitale souvent immédiate pour l'enfant et pour la mère. L'équipe a fait tout ce qui était en son pouvoir mais la césarienne en urgence, le massage cardiaque continu et la transfusion sont restés sans effet, votre femme n'a pas repris connaissance.

Le rapport d'autopsie et celui de l'obstétricien concordaient. Agitation avec dyspnée, cyanose, collapsus cardiovasculaire, bradycardie fœtale, extraction, atonie utérine, coagulopathie, hystérectomie d'hémostase, hypotension. Des mots savants, un vocabulaire technique à la fois inconnu et évocatoire, avaient déferlé sur le père survivant. Le verdict remplissait une dernière demi-ligne avant le point final. Patiente décédée une heure après. Cette écriture sèche et sans détour aurait accablé le moins concerné des hommes. Range ça, conseilla Sandra, jette-le si tu peux. Mais Alexandre, à force d'y revenir, savait le texte par cœur. Il se collait sous les yeux des vérités terrifiantes. Il était méticuleux, obsessionnel et maniaque dans ce qu'il entreprenait, ce caractère difficile et pugnace qui lui avait assuré ses succès lui valait aujourd'hui des souffrances.

Pourquoi les mots qui lui faisaient le plus mal étaient-ils *extraction* et *hystérectomie* alors qu'Ada était morte et que ces gestes devenaient des détails ? Mais le ventre intérieur, le ventre matriciel, est un cœur, un centre de vie, le lieu sacré où elle se crée, Alexandre Perthuis l'avait ressenti dès lors qu'on y avait porté atteinte. Cette matrice devenait l'essence même de sa femme. Extraction de l'enfant, ablation de l'utérus. Avait-on tout enlevé en même temps ? La laideur des mots accroissait celle des faits. Alexandre Perthuis se représentait des choses abominables. Un trait de bistouri sur la peau qu'il avait effleurée, des doigts gantés qui écartaient la chair au lieu de la caresser, le sang qui emplissait le champ opératoire, les organes déchirés. Un haut-le-cœur prenait le père. Ce qu'il n'avait pas vu et qu'il imaginait s'ajoutait aux souvenirs, à cette atmosphère tendue et à l'accélération soudaine des symptômes impressionnants qui avaient entraîné l'équipe vers le bloc opératoire. Le rythme si rapide de la catastrophe l'avait épouvanté. Ce désastre brutal, l'agitation d'Ada, le bout de ses doigts violet, qu'il n'avait pas tout de suite remarqué, les difficultés respiratoires, la panique qui gagnait, comment se dégager de la violence des signaux ? Chaque nuit, dans les heures où les pensées sont sombres avec le ciel, Alexandre s'éveillait. Jamais encore il n'avait senti comme maintenant battre son sang emballé. Il avait vu sa femme secouée comme une possédée, vision atroce, la mort entrait en elle et elle ne voulait pas l'accueillir, pensait-il. À l'idée qu'Ada s'était tant débattue, interprétant les réflexes du corps comme une volonté, il enfonçait son visage dans l'oreiller comme s'il voulait s'étouffer et avec lui sa révolte. Il pleurait seul, ne retrouvant la compagnie des mots qu'avec celle de Sandra.

— Accoucher est une expérience mortelle, pourquoi ne le dit-on jamais ? disait-il.

— On le dit, murmurait Sandra. Certaines femmes en ont conscience et n'hésitent pas à le rappeler.

Elle n'avait pas raconté l'inquiétude d'Ada. Qu'aurait éprouvé Alexandre en découvrant cette crainte prémonitoire ? Il se fustigeait assez sans même la connaître. Il n'avait pas assez écouté les femmes, déplorait-il. L'accouchement, il n'ignorait plus de quoi il s'agissait, il connaissait sa démesure, son déchaînement inouï. Un acte naturel et dangereux, un instant sauvage où le corps échappe et agit seul. Sa haute médicalisation ne le rendait ni banal ni bénin. Les médecins le savent, mais les simples patients – les futurs parents – le nient, refusent de le penser. Quant à ce qui s'était passé quand le brancard était parti vers le bloc, une boucherie, jurait Alexandre. C'était évidemment faux mais il ne se défendait pas de le concevoir, puisque c'était son impression.

— Tu te fais une mauvaise idée des médecins maintenant, regrettait Sandra.

Ils n'avaient pas réussi mais n'avaient pas failli, leurs mains n'étaient pas indifférentes même lorsqu'elles s'avéraient impuissantes. L'amie plaidait pour l'apaisement. Le geste médical demeurait tourné vers la vie. Alexandre secouait la tête, envenimé, immodéré, voyant les choses de la pire manière. Ada était morte sous la lumière crue des lampes scialytiques. Son agonie avait été éclairée comme un spectacle. Sur fond glacé de carrelage blanc, au milieu des instruments métalliques, des toiles délavées, des masques, des gants, du sang lavé, son propre sang avait jailli comme dans un abattoir. Alexandre se représentait Ada en suppliciée, seule et démunie devant le scalpel, ouverte, souffrant un martyre, blanche comme une morte. L'accouchement avait saigné sa femme.

— On lui a littéralement vidé le ventre, disait-il.

Cette déploration s'arrimait à une idée amplifiée, presque fantasmatique ou fétichiste, d'une féminité pleine de mystère et de magie.

— Et ça n'a été d'aucune utilité. Pourquoi le faire, alors ?!

— Pour la sauver, pour stopper l'hémorragie, disait Sandra.

— C'est une amputation.

Puisqu'Ada était morte, ce mot n'avait plus de sens, il le savait bien, elle était morte, pas amputée. Pourtant le regret et le refus subsistaient en lui qu'on eût retiré de sa femme LE grand muscle de LA femme. Il protestait contre toute la réalité. L'irrationalité l'empoignait.

— Je comprends que tu sois choqué, qui ne le serait pas, je le suis moi aussi.

À la vérité, Sandra Mollière était révulsée. L'immémoriale malédiction, risquer sa vie pour la donner, le supplice des femmes, leur place dans la reproduction de l'espèce, en frappant Ada s'étaient à la fois approchés et concrétisés. Lorsqu'Alexandre revenait sur les faits, Sandra le priait sur-le-champ de s'interrompre.

— Tais-toi, ne me dis rien.

Elle ne voulait pas d'un récit concret et physique. Toute image de la parturition soulevait en elle un incoercible dégoût. Il y a des femmes que cet événement horrifie parce qu'il met en scène l'empire de la nature sur nous-mêmes. Mettre au monde, mettre bas, le parcours est le même, les hommes et les animaux s'y rejoignent. Une vache qui vêle a quelque chose d'humain. Mais la femme souffre plus que n'importe quel mammifère, le diamètre de son bassin est à peine supérieur à celui du crâne de son enfant, la naissance est forcément difficile. Sandra l'avait appris dans les réunions féministes. Il faut des heures de travail, une centaine de contractions du muscle pour expulser le nouveau-né. Il faut la prodigieuse puissance de l'utérus qui fait passer son ouverture de deux millimètres à dix ou onze centimètres. Tu veux voir comment ça se passe ? avait demandé Ada en montrant à Sandra les photographies que donnait la sage-femme chargée de la préparation. Non ! Non ! Je ne suis pas intéressée ! disait Sandra, riant, mais sans ranger son œil assez vite. Quelle erreur ! Personne ne la reprendrait à regarder. Un moment plein de toutes les sécrétions dont nous nous lavons chaque jour. La nature ! Elle la détestait jusqu'en elle. Elle s'en désolidarisait.

— Le sang nous assaille, nous y pensons, il ne faut pas, disait-elle à Alexandre.

Le sang devait rester oublié, invisible au-dedans, à sa place sous la peau. Voilà d'où venait leur désarroi. Alexandre acquiesçait et serrait la main de Sandra qui prononçait ces paroles tellement ajustées. Ils partageaient un même effroi devant le pouvoir spectaculaire et périlleux de la femme. Bien sûr, c'était plus naturel de la part d'un homme que de sa part à elle. Même si je voulais un enfant, je serais incapable de le fabriquer, le processus entier m'est refusé, disait Sandra Mollière dans l'intimité. Le sang de la naissance comme n'importe quel sang lui valait de l'angoisse, avec la mort d'Ada il avait cessé d'être une chose abstraite à laquelle elle refusait de penser, il était devenu une réalité, un flux mortel. Une rivière de sang pouvait venir à bout d'une jeune femme. Désormais elle en avait la preuve. Sa présence le soir du drame auprès du futur orphelin l'entraînait avec lui dans le deuil. Les confidences d'Alexandre l'embarquaient dans des conversations difficiles. Je ne suis pas la bonne personne, pensait-elle. Elle s'inquiétait de répondre le contraire de ce qui convenait et de blesser celui qui cherchait une consolation. Elle s'efforçait de l'offrir sans trahir ses convictions.

— Pourquoi te faire du mal en pensant à ces choses affreuses qui ne sont pas l'essentiel ? Ada ne se réduisait pas à son utérus.

— Je ne choisis pas ce que je ressens et à quoi je pense. J'ai le sentiment d'une profanation intime.

Il était passé d'*amputation* à *profanation*, qui s'accordait davantage avec la mort.

— Je suis le premier étonné, crois-moi, bien sûr que je n'ai jamais regardé Ada comme un ventre !

Il n'avait pas imaginé que l'intégrité du corps de sa femme et ce qu'il avait de spécifiquement féminin acquerraient à ses yeux cette importance. Il voulait oublier combien son désir d'un enfant l'avait fixé sur cette capacité d'Ada à le porter, il ne l'oubliait pas. Il avait utilisé le pouvoir d'Ada, un pouvoir exclusif qui, au moment de se révéler mortel, avait été profané et aboli. Il en tremblait parfois. Il avait demandé sans rien risquer.

— Je me sens responsable de sa mort, disait-il.

— Tu ne l'es en rien, disait Sandra. Tu n'as commis aucun crime !

5

La nature avait commis ce crime, pensait Sandra Mollière. La vie se sert de nous, elle nous pousse à vouloir des enfants, elle plante en nous l'amour et le désir sexuel, nous les confondons, nous nous berçons d'illusions romantiques alors qu'il s'agit en vérité de perpétuer l'espèce, et le danger existe d'en mourir. Alexandre et Ada étaient les victimes du grand principe de la vie, de son acharnement à perdurer à travers nous. Tous, à un moment ou l'autre, nous en étions les victimes. L'instinct de reproduction était la plus grande banalité de notre existence, que les bêtes partageaient avec nous. Et notre société le vivifiait ! Elle l'avait domestiqué et célébré dans les lois du mariage et aujourd'hui que le cadre éclatait, elle exaltait encore cette force reproductive des femelles. Un mouvement de fond vers l'enfant était perceptible. Plus que jamais objet de convoitise, signe extérieur d'accomplissement, il devenait le fétiche qui assurerait le bonheur à son possesseur. Les formes infertiles de sexualité devaient ne plus l'être. Chacun – chacune – réclamait une progéniture qui lui fût génétiquement liée. Une industrie suscitait les demandes qui simultanément la justifiaient. La glorification de la fonction maternelle n'avait jamais été si ardente que depuis qu'il était possible de lui échapper. Comme s'il fallait contraindre les femmes libérées par la contraception, leur faire croire qu'il n'y avait pour elles aucun épanouissement complet hors d'un devenir maternel, revêtir de splendeur la maternité. Le bonheur inouï de *donner la vie* ? Parlons-en, disait Sandra quand elle était entreprise sur le thème *pourquoi ne veux-tu pas d'enfant*. C'est le travail de toute une vie. Neuf mois et dix-huit ans logé, nourri, blanchi. Des milliers ou des millions d'heures, il faudrait faire le compte, passées à soigner, éduquer, élever. L'enfantement avait un coût exorbitant. Et qui le payait ? Mesdames les merveilleuses mères, à la sollicitude infinie. Elles avaient moins de loisirs, moins de revenus, encore moins de retraite que leurs homologues masculins. L'Insee était formel, les hommes continuaient de rechigner à mettre la main au berceau ou au fourneau. Tout le poids de la reproduction pesait sur les femmes. Sans moi ! concluait Sandra. Tant que les pères ne seraient pas célébrés, sollicités, utiles comme ils pourraient l'être, elle refuserait ce discours à propos de l'enfant qui rendrait prétendument au centuple à *sa* mère ce qu'elle lui donne. *Sa vie* qu'elle lui donne. S'il n'y a pas d'égalité dans l'amour, je ne veux pas du couple. S'il n'y a pas de partage des tâches dans l'engendrement, je m'en passe, disait Sandra à sa sœur. On n'est pas obligé de mettre au monde des enfants, au contraire on devrait y réfléchir à deux fois. L'aînée prenait ça à la rigolade. Tu te rends compte de ce que tu me balances ? Natalie Mollière ne connaissait personne qui aurait osé tenir de tels discours à une mère de cinq enfants. Tu trouves que je perds ma vie avec mes gosses ? Préfères-tu que je mente ? demandait Sandra. Non, je veux que tu imagines : ce que je donne m'est largement rendu. Par quoi ? demandait Sandra. Par de l'amour, de l'attachement, des succès, répliquait Natalie. C'est bien ça, disait Sandra, les parents attendent un retour sur investissement, je ne veux pas de ce marché. Accepte que je sois différente, une femme à part.

Avant de travailler dans la librairie de sa sœur, Natalie avait frôlé ce sommet extrême de la maternité où une mère préfère ses enfants à n'importe quoi d'autre. Elle régnait sur un royaume domestique, certaine que le mariage, et malgré la facilité du divorce, favorisait la constance des amours masculines. Quelque chose d'elle-même s'exprimait dans son intérieur et le soin qu'elle en prenait. Le rapport archaïque au nid et à la sécurité, pensait Sandra. Les féministes plus radicales auraient dit : une collabo. Elles l'auraient dit aussi d'Ada, bien qu'elle fût architecte. Mais Sandra avait un faible pour sa voisine et Natalie, en tant que sœur, avait son indulgence. Ada appartenait à ces personnalités que la maternité comble sans leur suffire. Ces assentiments pacifiés à la vie domestique et familiale existaient, le nier aurait été idiot. D'un profil maternel parmi d'autres, Sandra n'inférait ni une nature ni une image canonique de la féminité à laquelle les mères de famille épanouies auraient donné corps. Ada mettait à profit son énergie pour vivre toutes les expériences, son bonheur ne tenait pas tout entier dans sa famille, en ce sens elle était féministe. Elle avait le mérite de parler moins de son fils que de ses activités, elle n'était pas une de ces mères prosélytes qui vous assomment avec les succès de leur gosse. Et sa grossesse était passée inaperçue jusqu'au dernier moment, jusqu'au jour de l'organisation, se rappelait Sandra. C'est alors seulement que les dangers de l'accouchement avaient surgi dans la conversation. Ada ne banalisait pas l'heureux événement, mais ne cherchait pas pour autant à le faire mousser et à *vendre* les bienfaits de la maternité. C'était assez rare pour être remarqué.

Célibataire par conviction, sans enfant par volonté à bientôt quarante ans, Sandra Mollière s'était accoutumée aux questions et remarques de plus en plus fréquentes au fur et à mesure qu'elle avançait en âge. Cette indiscrétion remarquable soulignait combien certaines lignes sont difficiles à tenir. Les donneurs de conseils abondaient, les avis ne manquaient pas de s'exprimer, les commentaires et mises en garde foisonnaient autour des choix les plus intimes. Le refus d'enfanter semblait d'entre tous l'un des plus épineux. Tu sais que le pic de fécondité d'une femme est circonscrit entre vingt et trente-cinq ans ? Tu n'as plus de marge pour attendre, c'est maintenant ou jamais. Tu entres dans la zone d'alerte. L'hibernation des ovaires commence dix ans avant la ménopause. Ces phrases avaient été prononcées, de cette manière crue, extravagante, pensait Sandra, et déplacée. Es-tu certaine que tu ne regretteras pas ? avait simplement demandé sa mère, qui se disait *soucieuse du bonheur de sa fille*, et qui connaissait les regrets. Au futur, je ne suis certaine de rien maman, disait Sandra. La jeunesse d'une femme est si courte, disait Mme Mollière. Justement ! plaisantait Sandra. À défaut d'être sûre de l'avenir – comment le pourrait-elle ? –, elle l'était du présent. Elle écoutait sans changer d'avis : les autres ne parlent que d'eux-mêmes, ils ne connaissent que leur expérience personnelle.

Les fameux récits de maternité ne lui étaient pas davantage épargnés. Au risque de passer pour anormale, il arrivait qu'elle s'enfuît dans une autre pièce pour ne pas entendre la cacophonie des mères en émoi, leur autocélébration, leurs louanges répétitives, alors même que toutes n'avaient pas l'air si heureuses. Les gens confondent *normal* et *commun*. Notre époque est pédo-centrée, martelait Mlle Mollière dans les colloques où elle prenait la parole en tant que représentante du cercle de réflexion Les Hérétiques. L'enfant est devenu une richesse qu'il est de bon ton d'exhiber. Que faut-il en penser ? se demandait la militante. Longtemps le corps des femmes a appartenu aux hommes et celui des hommes à la Patrie, nous assistons à un basculement : désormais nos corps appartiennent au vaste réseau marchand. La bioéconomie a pris le pouvoir et contrôle notre idée de *la bonne vie*. Tout doit être fait pour aider les malchanceux de la procréation. Mais pourquoi veut-on faire croire aux gens qu'il est impossible d'être heureux sans enfant ? Pourquoi ne leur dit-on pas aussi que le travail est précaire, le logement coûteux, l'école en difficulté, les nouveaux loisirs abêtissants, les études longues, les diplômes dévalués, l'entrée dans le travail difficile, le mariage à durée limitée et l'humanité trop nombreuse ? Élever des enfants est devenu une gageure qui vaut à beaucoup de femmes seules une vie gâchée par cette responsabilité. Laissons les gens penser et choisir seuls ! Ces interventions étaient applaudies, des femmes et des hommes pensaient comme elle, mais les banques de sperme s'enrichissaient et les prospectus en faveur du don d'ovules se multipliaient en même temps que les agences procréatives en contact intime avec un capitalisme médical pressé de voir s'ouvrir la consommation libre. Notre société du conditionnement et de la publicité jouait à plein, qui avait fabriqué les instabilités et les peurs, et promouvait ensuite les réconforts. La famille était le premier de tous. Nous pouvons vous fabriquer une famille ! assuraient les marchands. Rappelons-nous que le premier problème de l'humanité n'est pas la stérilité mais la surpopulation, disait Sandra.

En société, la militante se montrait moins théoricienne et plus méchante : la glorieuse aventure de l'accouchement faisait parler celles qui jusque-là n'avaient rien à dire. Accoucher leur avait fait percevoir l'effrayante puissance de la vie et la mort qui en est l'horizon, elles commentaient sans fin cette inimaginable découverte. Elles discouraient sur l'événement majeur de leur existence.

Plus jamais Sandra ne parlerait de cette manière. La mort d'Ada coupait court à ses moqueries et attisait de nouvelles colères. Les femmes meurent encore en couches mais on leur propose de louer leur utérus, dirait bientôt Mlle Mollière.

6

Après ces quelques jours intenses et graves, comme extirpés de la vie – parce que les vivants n'exigent plus rien d'eux-mêmes, épuisés par les forces contraires du chagrin, happés par un accès de lucidité qui discrédite l'activité –, Ada fut inhumée dans le cimetière du chef-lieu de province où résidaient ses parents. Les notables de la ville étaient présents, pour saluer une dernière fois la jeune femme douée partie vivre et travailler à Paris. Ils pouvaient reconnaître dans l'assemblée Bernard Boué, l'ex-mari, et peut-être, s'ils avaient été autrefois invités à la fête, se rappeler le mariage dans cette même église où le prêtre qui officiait aujourd'hui avait béni les alliances que deux ans plus tard les époux retireraient. Tous avaient eu vent du divorce difficile d'Ada – dont les parents avaient peu parlé, ce qui était un signe qu'il se passait mal – et certains dévisageaient Alexandre Perthuis, supposant ou ayant appris par la rumeur qu'il était le compagnon et *le père de l'enfant*. Ces mots se murmuraient tout bas comme une chose à la fois intéressante et terrible. C'est un architecte urbaniste, il a été consulté lors du projet du Grand Paris, disait un homme apparemment renseigné. Le pauvre, déplorait-on, car tout le monde redécouvrait cette évidence que la réussite ne protège ni du malheur ni de la mort. On plaignait aussi Martine et Jacques Bertoux. Je ne sais pas ce qui est pire, perdre sa fille ou perdre sa femme, disait quelqu'un. Ou perdre sa mère, dit une petite dame attentive à la situation du jeune Nicolas et de la minuscule Sophie (tel était le prénom qu'Ada avait souhaité pour sa fille). Cet éternel commentaire des uns par les autres, qui accompagne les vies comme un inévitable bruit de fond, avait en pareilles circonstances quelque chose d'odieux. Pouvait-on l'empêcher ? S'y soustraire était plus facile. Parlez, vous ne savez pas, aurait pu dire Alexandre. Mais il ne voyait pas les autres autour de lui. Ni ceux qui pleuraient, ni ceux qui jetaient un œil à leur téléphone portable, ni ceux qui le considéraient, parfois avec compassion.

Il regardait ses pieds pour faire sortir de son champ visuel l'épouvantable boîte, pour éviter d'imaginer aussitôt le corps d'Ada allongé à l'intérieur, son corps pillé, son visage clos dans l'ombre sous le bois scellé et son ventre vide sous les cicatrices. Un jeune corps, un cadavre qui venait d'enfanter. La colère et la culpabilité irraisonnée accompagnaient encore la tristesse. Il avait perdu la compagne de sa vie, l'objet de son désir et l'amour qu'il éprouvait, l'intimité. Le destin lui avait dérobé la seule femme, *la* bonne personne, celle qui sur lui portait ce regard bienveillant et attentionné qu'il ne retrouverait pas. Alexandre l'aurait juré, il resterait incapable d'aimer, le fantôme d'Ada se tiendrait immanquablement entre lui et toute nouvelle amante. Alexandre Perthuis n'échappait pas à cette règle qui veut que, dans le présent d'un désastre, la résurrection à venir soit inconcevable. Seigneur, accueille en ton royaume Ada Boué, disait le prêtre. Par ces mots il marquait la persistance du lien sacré entre Ada et Bernard, sans doute n'avait-il pas été informé de la séparation des époux. Une parole malvenue, un rite dépassé, une inattention coupable, jugea Sandra qui, à l'occasion de la mort d'Ada, avait découvert son passé matrimonial. Alexandre n'avait pas relevé la tête au moment où ce patronyme qui éludait le sien aurait pu le blesser. Il n'avait pas entendu, confirmant que notre relation au monde est une perpétuelle reconnaissance plutôt qu'une attention minutieuse. Qu'aurait pensé Ada de ces noms accolés par l'homme de Dieu alors qu'elle s'était battue pour les disjoindre ? Ada était absente de ce monde qui parlait d'elle. Ses parents avaient choisi son cercueil blanc comme celui d'une jeune vestale sacrifiée à la procréation. Ils avaient été timorés, pensait Sandra : il aurait pu être rouge, comme le sang de la naissance et le don radical de la maternité.

En quittant le premier rang de la nef, le jeune Nicolas donnait la main à sa nouvelle amie, plutôt qu'à Alexandre, plutôt qu'à sa grand-mère Martine, plutôt qu'à Bernard ou Jacques, et ce geste exprimait, pour tous ceux qui le voyaient, un incoercible et poignant désir de mère. On regardait donc Sandra. Qui était-ce ? Quelqu'un savait-il qui était cette femme à côté du jeune Nicolas ? Une amie d'Ada, certainement. Une voisine, souffla une dame qui était mieux renseignée. La main du fils était dans celle de la voisine à qui la sensation de petitesse et de fragilité devenait habituelle. Lorsqu'ils arrivèrent à pied au cimetière qui jouxtait l'église, dans le bruit de graviers que faisait le cortège, s'arrêtant en retrait de la fosse, Sandra enferma dans les siens les doigts chauds de Nicolas. L'officiant parlait de retour à la poussière, de notre corps rendu et de notre âme devant Dieu. Le silence était immense autour de ces mots inconcevables pour un enfant. Sandra avait horreur de cette insistance morbide des heureux croyants à la résurrection. Le corps était essentiel dans la vie de l'esprit, la vie spirituelle était physique, toute la vie l'était ! Elle embrassa les cheveux de Nicolas, c'était par le corps que se transmettaient l'affection ou la tendresse, c'était un corps, et l'affection et la tendresse en son pouvoir, qui allaient être enfouis. Un mouvement se fit autour du cercueil dont s'approchaient quatre hommes en costume noir. Sandra retourna contre elle le garçonnet et le tint blotti, l'oreille sur son ventre, de sorte qu'il ne vît pas les cordes descendre sa mère dans la terre. La chair qui avait porté deux enfants avait rendu les armes, Ada laissait un fils et un nourrisson, elle était forcée de commettre ce qu'elle n'aurait jamais voulu. Nicolas était immobile et muet, les bras de Sandra l'enserraient et elle se rappelait : lorsqu'elle avait vu sa mère morte, elle avait crié comme une bête. Elle entendait, si puissantes dans l'impuissance, les larmes de Martine, et plus puissante encore, la mort intérieure de Jacques. C'était fini, les derniers mots étaient dits, les fleurs et la terre, jetés. Un mouvement s'initiait, le groupe retournait à la vie, Ada retrouvait la solitude essentielle de l'être. Au milieu de l'allée, Alexandre et Bernard se serraient la main. Je vous appellerai dans les jours qui viennent, proposait Bernard. Alexandre baissait la tête en signe d'acquiescement et de résignation. Que pouvaient se dire les deux hommes d'Ada ? se demandait Sandra. La femme auprès de laquelle ils s'étaient succédé était morte et enterrée, ensevelie et pleurée. Le cœur qui les séparait avait cessé de battre. Ils reprenaient langue l'un avec l'autre, rendus à l'évidence que certaines batailles finissent avec la vie et brutalement apparaissent dérisoires, nocives, regrettables. Alexandre avait affirmé un jour que Bernard aimait encore Ada, il en était convaincu et parfois désolé. L'amour, ce qui n'arrive qu'une fois, disait-il alors, avec une admiration mélancolique, sans doute parce qu'il partageait cette conception passéiste. Les philosophes du Moyen Âge le pensaient tandis que l'époque contemporaine l'infirmait avec vigueur. L'amour, ce qui ne dure pas. Bernard avait des fidélités d'un autre temps.

— Viens, mon bel ange, murmura Sandra à Nicolas, voyant Alexandre occupé.

Le cortège s'éparpillait. Les Parisiens regagnèrent la capitale le soir même. Sandra était assise à l'arrière de la voiture d'Alexandre, Nicolas somnolait contre son bras.

— Venez grignoter quelque chose avec moi, proposa-t-elle tandis qu'ils pénétraient tous les trois dans le petit immeuble qu'affectionnait Ada.

Le bel ange avait mangé un yaourt et s'était endormi sur le canapé.

— Son sommeil me soulage, quand il dort je suis sûr au moins qu'il n'est pas malheureux, dit Alexandre.

Il découvrait quelle peine peuvent causer les enfants, combien sont touchants leurs efforts, leurs désarrois, lorsqu'un malheur les blesse que l'on ne peut prendre sur soi pour les en décharger, lorsqu'ils sont aussi seuls que leurs parents pour vivre, pour perdre ou réussir. On répétait tellement que les enfants apportent de grandes joies, c'était vrai, bien sûr, mais les adultes étaient aussi les témoins impuissants de leurs expériences les plus douloureuses. Pourquoi était-il moins naturel de l'imaginer ?

— Mon cœur se serre à l'idée du chemin qu'il devra parcourir. Quand je pense qu'il m'a vu partir avec sa mère et qu'elle n'est jamais revenue ! Que peut-il bien se représenter ?

— Que lui as-tu dit ?

— La vérité. Avec les mots que j'étais capable de prononcer.

Alexandre Perthuis avait dit la malchance, le sang qui se trouble, le corps qui ne veut plus répondre, et la petite fille qui n'y pouvait rien.

— Est-ce qu'il te pose encore des questions ? Tu parles avec lui ? demanda Sandra.

— J'essaie. J'essaie de répondre à ses regards. Il ne demande rien, il me regarde. Et je vois sa bonne volonté ! Il voudrait me faciliter la tâche et sent qu'il ne le peut pas. Pour la première fois, être un bon garçon ne suffit pas. Quand on dit que l'enfance est désarmante, c'est surtout qu'elle est désarmée et que nous le sommes aussi.

— Je sais que tu fais tout ce que tu peux. Viens !

Elle l'entraîna vers son bureau, ils s'affalèrent dans deux fauteuils, laissant le garçonnet dormir et abandonnant leur maintien, la bonne contenance à laquelle devant lui ils s'obligeaient.

— C'est ici que tu travailles ? demanda Alexandre.

C'était la première question qu'il posait qui n'eût pas trait à la mort d'Ada ; tout son malheur l'avait absorbé et coupé de l'extérieur.

— C'est ici que je fais la compta. Ça me prend presque une journée par semaine.

— C'est beaucoup, dit Alexandre. On oublie que le libraire est un commerçant et pas seulement un lecteur.

Il conversait avec une distraction visible, il n'était pas derrière ses mots, il parlait de façon abstraite et générale, sans implication de soi, mais Sandra fit comme si ce n'était pas le cas, elle entretint ce premier échange.

— Tu ne crois pas si bien dire. J'ai moins de temps pour lire que n'en ont la plupart de mes clients.

— As-tu quelque chose à boire ? demanda Alexandre. Un truc fort. Un truc qui assomme.

Il n'avait pas la force pour bavarder ou tout simplement pour la réalité, cette interruption le révélait, et d'ailleurs il l'exprima :

— Je voudrais dormir des semaines et des semaines, pour ne pas penser et tout oublier.

7

Resté longtemps silencieux, détendu par l'alcool, Alexandre Perthuis en vint à faire cet aveu qui lui pesait :

— C'est moi qui voulais cet enfant. Ada préférait attendre. Je crois maintenant que son refus était une prémonition.

— Ne dis pas de bêtises, dit Sandra.

— Je l'ai tannée jusqu'à ce qu'elle cède, comment me le pardonner ?

— Personne n'est coupable d'avoir désiré un enfant.

Elle voyait qu'il écoutait sans entendre, sans pouvoir de transformation. Ils étaient assis à la table haute de la cuisine, ils avaient mangé des petits sandwichs que Sandra avait préparés et ils s'attardaient en buvant. Alexandre occupait la place où quelques jours plus tôt le jeune Nicolas évoquait le prénom de sa future sœur. Le rouleau de parchemin invisible où se gravent les jours avait avancé, et nul ne remonte le temps. On ne pouvait revivre aucun moment pour en dévier le cours, la seule solution était de continuer et d'arpenter les lieux sur la trace parfois ignorée des fantômes, pensait Sandra. Peut-être Alexandre s'accrochait-il à elle parce qu'elle appartenait au temps d'avant, au temps d'Ada. Il parlait à celle qui, mieux que lui, était la dernière à avoir vu Ada vivante et intacte.

— Quoi de plus naturel que vouloir un enfant ? dit-elle. Les hommes le demandent aux femmes, ou les femmes aux hommes, et il arrive qu'ils soient d'accord.

Plaisanter n'aurait pas été en harmonie avec cette conversation douloureuse, mais ces mots ne venaient pas spontanément à Sandra. Elle n'avait jamais été d'accord ! Elle s'était refusée à engendrer et elle avait connu l'effet sur les hommes de cette réticence trop tenace. Les compagnons les plus amoureux avaient fui. Sans la promesse d'un enfant l'amour s'atrophiait, il révélait alors son utilité et sa nature : non pas sentiment élevé mais instrument de reproduction de l'espèce. Malgré les désaffections et les ruptures, l'envie de dissidence avait perduré : naître-enfanter-et-mourir, elle ne reproduirait pas ce cycle. Parfois Sandra ne se l'expliquait pas. Car le revers noir de cette liberté s'appelait solitude. Mais fait-on un enfant pour garder un amour ? Pour ne pas vivre seul ? C'est possible. En tout cas la plupart des gens voulaient des enfants, elle en était certaine, elle avait observé et parfois vu grandir ce désir de descendance.

— Les hommes veulent des enfants, crois-moi j'en sais quelque chose. Et je les comprends. Je pense même qu'à leur place je voudrais une famille nombreuse ! Si j'étais un homme, je tiendrais à être père.

Une nouvelle fois elle tut sa conviction : les pères perpétuaient leur nom – une glorification –, les mères donnaient leur temps – une abnégation. Pouvait-on comparer un orgueil à une dévoration ?

— Être père, c'est posséder d'un coup les enfants et la mère, dit-elle.

L'ovule gros et rare, le spermatozoïde petit et abondant, le sexe de la femme à l'intérieur, celui de l'homme à l'extérieur, la fécondité spectaculaire de l'une, la fertilité discrète de l'autre, l'une coûteuse et l'autre légère : les différences sexuelles expliquaient de nombreux comportements, et même si les progressistes aimaient la déconstruction. Emplir une femme revenait bel et bien à l'immobiliser, à la fragiliser, à lui dérober son temps et son autonomie, pensait Sandra.

— Je souhaitais ardemment un enfant, dit Alexandre. Mais pas Ada, pas cette année en tout cas. Nicolas suffisait à son bonheur. Le travail, la maison, un fils, c'était lourd pour elle. Et sais-tu pourquoi je l'ai tannée ?

— Non, pourquoi ?

Alexandre Perthuis baissa les yeux.

— Tu n'es pas obligé de me le dire, murmura Sandra.

Leur conversation ne visait pas la connaissance mais l'apaisement. Sandra ne faisait aucun commentaire, elle ne demanda pas à Alexandre pourquoi sa femme qui travaillait s'occupait seule de la maison et de l'enfant, elle ne posait pas de questions. Le désir de savoir est souvent un manque d'égards, disait-elle. D'une manière générale elle craignait les confessions plus qu'elle ne les sollicitait. Révéler, confier, n'est jamais anodin. On oublie trop au moment de parler que les choses sont dites pour toujours et plus elles sont intimes et secrètes, moins les oublient ceux à qui on les a dites. Les confidences graves gâtent souvent les relations, soit qu'elles détruisent un passé, soit qu'elles entrent en contradiction avec la forme de l'avenir quand il advient, soit qu'elles deviennent une arme – une épée de Damoclès –, soit qu'elles fabriquent une rancune – le précipité de notre colère – envers celui qui sait, connaît, fut témoin de notre faiblesse au moment où on se livra et délivra sans réaliser que ce qui est dit l'est à jamais.

— Je vais te le dire, dit Alexandre, tu l'apprendras de toute façon, et d'ailleurs tu devrais le savoir depuis longtemps, ça n'est pas un secret. J'ai tanné Ada parce que Nicolas n'est pas mon fils. Et pas même mon beau-fils puisqu'Ada ne voulait pas m'épouser.

Il but une énorme gorgée de vin, la surprise se lisait sur le visage de Sandra, elle avait découvert l'existence d'un ex-mari sans imaginer qu'il était aussi le père.

— Nicolas est le fils de Bernard ?

Il acquiesça.

— J'avais tout faux, dit-elle, je pensais que vous étiez les heureux parents mariés d'un petit garçon.

— Mais nous ne l'étions pas.

Il soupira et dit :

— Tu comprends ce que ça signifie maintenant ? Il n'existait aucun lien juridique entre Ada et moi, je n'ai donc aucun droit. Ni sur Nicolas ni sur Ada. Pas même celui d'accepter les prélèvements post mortem.

C'était aux parents Bertoux que le service des greffes s'était adressé officiellement, Alexandre n'avait été qu'un témoin convié. Sandra ferma les yeux mais Alexandre poursuivit comme si elle n'avait pas marqué sa difficulté à l'écouter.

— Savais-tu que sans refus écrit nous sommes des banques d'organes sur pieds ? Cela s'appelle le consentement présumé. Nous appartenons à la science. Elle nous dépouille en pièces détachées. Nos cornées, nos tibias… tu n'imagines pas.

Elle voulait qu'il se tût et dit :

— Je refuse d'y penser mais c'est un bien, non ?

Elle avait parlé bas, avec une voix amenuisée dans son souffle, dans l'idée d'effacer l'agression que recélaient ces dispositions juridiques et son propre acquiescement, et serrant son verre sans le boire – elle voyait qu'Alexandre était ivre et il fallait que l'un d'eux au moins eût l'esprit clair. Mais il lui parut qu'Alexandre avait toute sa lucidité :

— Un bien ? C'est une saisie légale organisée presque en secret. Je ne me souviens pas d'une quelconque publicité autour de cette loi, elle est déjà ancienne mais la plupart des gens ne la connaissent pas, ils ignorent qu'ils sont donneurs de fait. Personne ne m'empêchera de préférer le don éclairé.

L'efficacité n'était pas tout, pensait-il, nos sentiments n'étaient pas négligeables, le caractère symbolique des gestes, les plus irrémédiables et dans les moments les plus douloureux, ne pouvait être balayé par décret.

— Mais la vie doit l'emporter, tout doit être fait pour la vie, c'est ce que tu penses en vérité. Ada l'aurait pensé.

Alexandre Perthuis ne répondit pas et parla d'une autre séparation qui le préoccupait.

— Aux yeux de la loi, je n'ai aucun droit sur Nicolas. Je vis avec lui depuis trois ans, mais il va maintenant partir chez son père. Je n'ai aucun recours. Si Bernard le décide, je peux ne plus jamais voir son fils.

— Tu en es certain ?

— Il faudrait au moins que je sois le beau-père et d'ailleurs je crois que ça ne changerait rien. Bernard est le père.

— Pourquoi Ada ne voulait-elle pas se marier ? s'étonna Sandra. Elle était très amoureuse de toi. Est-ce que c'était pour cette raison ? Pour laisser toute la place aux sentiments ?

— Tu es romantique ! Je crois que le divorce l'avait dégoûtée du mariage. Elle avait mis deux ans à se séparer d'un homme qui faisait tout pour maintenir le lien, y compris lui pourrir l'existence. Se marier, pour elle, c'était terminé. Elle avait compris que le mariage civil n'est qu'un contrat qui scelle des obligations et se résout comme une affaire d'argent. Elle voulait vivre l'amour sans contrat.

— Un contrat autrefois conçu pour protéger les femmes… dit Sandra.

— Je ne discuterai pas ça, c'est toi la passionnée de l'histoire des femmes. Mais on dirait que la protection des mères au foyer se retourne maintenant contre celles qui travaillent. Ada gagnait aussi bien sa vie que Bernard, il a prétendu qu'elle travaillait beaucoup trop et demandé la garde alternée. Ada ne voulait pas en entendre parler. Bernard est devenu fou de se voir imposer à la fois l'absence de son fils et une pension alimentaire à payer alors qu'il voulait tout partager, le temps et les dépenses ! Ils se sont déchirés.

— J'ai toujours détesté entendre ce genre d'histoires, dit Sandra.

Elle était déçue qu'Ada n'eût pas laissé Bernard jouer son rôle, elle découvrait une face cachée de sa personnalité maternelle. Une féministe n'accapare pas ses enfants.

— Tu as raison, ces querelles ne nous regardent pas, je t'explique juste le refus réitéré d'Ada, sa répugnance à m'épouser.

— Nicolas est-il au courant de son prochain déménagement ? demanda Sandra.

— Pas encore. Son père l'a emmené déjeuner avant-hier mais préfère ne lui parler de rien avant de s'être organisé.

— Et toi, tu ne veux pas lui parler ?

— À qui ? Au père ou au fils ?

— Au fils.

— Il me semble que Bernard a priorité pour lui annoncer la nouvelle forme de sa vie.

— Êtes-vous en bons termes, Bernard et toi ?

— Comment le savoir ! Ada ne voulait plus le voir. Il en est peut-être encore à s'imaginer que je lui ai pris sa femme.

Il avait dit *s'imaginer* et non pas *croire*, ce qui semblait signifier que Bernard se faisait des idées, supposait à tort qu'Alexandre lui avait ravi Ada. Sandra n'osa pas demander si c'était le cas, si la rencontre amoureuse d'Alexandre et Ada avait eu lieu avant le divorce et l'avait peut-être précipité, ou si Alexandre avait rencontré une femme déjà divorcée et libre qui était tombée amoureuse de lui (c'était bien ce qui s'était passé), mais dans ce cas le premier mari ne peut jamais en être certain, le doute subsiste.

— Il faut parler avec Bernard. Tu as les droits de l'amour. Sans le lui dire de cette façon, tu dois le convaincre de te laisser Nicolas de temps en temps, dit Sandra. Il y a une sœur désormais dans cette histoire.

— Tu as raison, Nicolas et Sophie devront se connaître. Et si les pères ne sont pas foutus d'organiser ça… honte à eux.

Une fois de plus Sandra observait tout ce que la famille exige de nous, pour être construite, vivante, et maintenue malgré les épreuves et les ruptures : de grands sacrifices intimes, une souplesse des sentiments, la chasse aux rancunes, des conversations dont on se passerait volontiers, toute recomposition impliquant des rencontres – des confrontations –, des renoncements et des partages.

— Je suis en colère, et je m'en veux tellement, dit Alexandre. Et je m'interroge ! Pourquoi voulais-je tellement être père ?

— Oui pourquoi ? rebondit Sandra dont la curiosité balaya la délicatesse.

— Nicolas ne me suffisait pas, je voulais moi aussi un enfant. Et maintenant j'ai peur de Sophie et je gémis après Nicolas ! On veut toujours ce qu'on n'a pas, sans réfléchir à ce qu'on possède.

Il s'étonnait de ses sentiments. N'avait-il pas méconnu puis découvert qu'il avait une famille ? Il en tirait leçon : lorsque s'est envolé et perdu le trésor qu'on ignorait, on reste stupéfait devant sa propre imbécillité.

— Tu n'as pas peur d'une petite fille ! dit Sandra.

— C'est toi qui me dis ça ?

— Ne compare pas des choses pas comparables. Tu as désiré devenir père.

— Maintenant c'est comme si j'avais désiré la mort d'Ada. Vais-je arriver à aimer cette enfant ?

— Tu l'aimeras de plus en plus, le processus le veut, tu donneras ta vie pour cette petite. Et tu jouiras comme les autres d'être dépossédé par ton rejeton. C'est pour cette raison que je n'en veux pas. Je ne veux pas changer.

— Pourquoi changerais-tu ?

— La mère est une autre femme, une inconnue qui débarque et s'impose, et plus rien ne sera comme avant.

Il ne commenta pas cette dernière remarque, écoutait-il même ce qu'elle disait d'elle-même ? Il soupira dans la nuit, abattu soudain devant le vide, après la fièvre des derniers jours, les formalités pour mener Ada dans sa tombe.

— Je n'ai la force de rien, dit-il. Je vais transmettre le goût du deuil !

Il se perdait dans le moment, sous l'effet du vin il disait n'importe quoi, l'insupportable vérité que l'on tient tue, Sandra fut pragmatique.

— Laisse-toi le temps. Accepte la faiblesse.

— Qu'est-ce que je fais d'autre ?! Rien.

— Cherche une nurse pour les premiers mois. Tu en as les moyens, profites-en. Tu as vécu une tragédie, tu n'es obligé à rien.

— Je sais, dit-il (exactement comme avait dit Nicolas). Je ne me reconnais pas. Rien ne m'intéresse plus, même mon métier. Je travaillais pour Ada, pour nous. L'amour adoucit et éclaire tout.

Alexandre se racontait un passé idyllique où son amour pour Ada rayonnait sur sa vie. Était-ce une reconstruction ou une vérité ? Était-ce l'extraordinaire vision masculine de l'amour, dans lequel les hommes se réservent, plus habilement que les femmes, l'expression naturelle de leurs privilèges ? Sandra aurait dit que l'amour ne transformait pas tout, au contraire on était souvent déçu parce qu'il ne suffisait pas et qu'il fallait encore agir, entreprendre, accomplir, si l'on voulait boire quelques gouttes de joie profonde. Elle était à y penser sans l'exprimer quand, la prenant à témoin, Alexandre revint à son inquiétude du moment.

— Que pèsent les sentiments dans notre société ? Pas bien lourd en vérité. On peut quasiment dire qu'ils n'ont pas d'existence et que tout est contrat. Ada et moi n'étions pas mariés, ni concubins, ni pacsés, nous étions seulement amoureux. Conclusion ? Je ne suis rien. Je n'ai aucun statut. Je n'existe pas après la mort d'Ada Bertoux.

— L'amour n'est pas un lien social, c'est sa beauté.

— Alors je n'ai droit à rien ?

— Tu as droit à votre enfant !

À ces mots le père se prostra, les bras serrés sur la poitrine. Sa fille était l'objet de chagrin qui l'entraînait dans le gouffre de la remémoration.

— Elle va revenir à la maison, je vais la coucher dans le berceau qui l'attend, mais où trouverai-je le courage de m'en occuper ? J'ai regardé Ada préparer ce berceau ! Sans Ada, je ne suis bon à rien.

— Tu es désespéré. Mais tu ne sais pas l'avenir.

— Tu crois que j'ai la moindre idée des gestes qu'il faut faire avec un bébé ? Je ne savais même pas qu'une femme qui accouche a des contractions.

Il avait haussé les épaules comme s'il se moquait de lui-même et laissait tout tomber.

— Tu apprendras instantanément, dit Sandra, les nourrissons transforment leurs parents.

— Elle n'a plus de mère, Sandra ! Elle a perdu le seul monde qu'elle connaissait.

À cela il n'y avait rien à répondre et Sandra serra les lèvres.

— J'ai peur de l'avenir à cause du passé, dit Alexandre. Ada a été emmenée au bloc en urgence. J'ai regardé partir le chariot avec un type qui courait en le poussant, et derrière lui la sage-femme affolée justement parce qu'elle était compétente, je suis sûr qu'elle avait compris ce qui se passait. J'attendais dans un couloir depuis un temps qui me paraissait interminable quand une porte s'est ouverte. Une infirmière emportait un paquet de chiffons vert dans lequel était enveloppé mon enfant. J'ai fait un geste vers elle mais elle était déjà ailleurs. J'ai attendu encore, sans plus voir personne, livré à l'inquiétude, et puis un médecin est sorti pour me dire que j'avais une fille mais qu'il n'avait pas réussi à sauver ma femme. Je revois cette scène et je n'ai pas envie de revoir Sophie. C'est une chance qu'ils la gardent en couveuse. Quand je lui rends visite, elle dort, ses yeux sont fermés, et malgré cela je ne peux pas la regarder.

8

Son esprit ne s'arrêtait plus de penser. Une machine à souvenirs, regrets et remords envahissait sa vie intérieure. Assis sur son lit avant d'affronter l'insomnie, à la maison n'importe quand, pour un pleur de Sophie, un mot ou une expression de Nicolas, au bureau, incapable de se concentrer (son associé l'observant avec inquiétude, évoluant imperceptiblement de la compassion à l'agacement puisque les contrats ne se signent pas tout seuls et qu'il faut mener sa vie plutôt que la subir, envisager l'avenir et non contempler le passé, avancer, restaurer ses forces, rester productif à tout prix), partout Alexandre Perthuis ressassait. D'abord il avait pensé à Ada. Comment avait-elle vécu ce qui l'avait terrorisé, lui, mais n'avait coûté la vie qu'à elle ? Avait-elle eu le temps de prendre conscience de ce qui lui arrivait ? S'était-elle vue mourir ? Ou bien s'était-elle anéantie sans le comprendre, comme on s'évanouit sans douter que l'on reviendra à soi ? Avait-elle souffert pour elle-même ou bien seulement craint la mort de son enfant ? Avait-elle imaginé la famille sans elle ? Avait-elle conçu l'effet que sa mort produirait sur ceux qui l'aimaient ? Et sur Sophie ? Alexandre, le survivant, le spectateur, n'avait pas de réponse ! Alors il s'était mis à penser à la mort en général. On en parle tellement sans la vivre, sans la connaître, qu'est-ce qu'elle est ? À force de dire qu'elle fait partie de la vie, ne l'a-t-on pas volatilisée ? Il avait le sentiment qu'il faisait la seule expérience qu'on peut en avoir : celle de la disparition d'autrui. C'était aux vivants que la mort arrachait, enlevait, c'était eux qu'elle déchirait. Il fallait être vivant pour éprouver la mort, pour se remémorer l'instant où elle avait désuni. Alexandre revoyait le courageux sourire d'Ada allongée dans la salle de travail. La mort l'avait prise alors qu'elle libérait la vie. C'était la plus inacceptable façon de mourir : une indignité de l'ordre naturel. Alors Alexandre Perthuis revenait au rôle qu'il avait joué malgré lui. La culpabilité était la forme que pour lui prenait le deuil. Quand le présent parvient à un certain point qui peut être un drame, ce drame n'est pas venu de rien, le passé l'a rendu possible. Quel passé avait permis la mort de sa femme ? Sa réponse ne le laissait pas tranquille.

Il pensait : Mon désir a tué Ada. Si je n'avais pas voulu un enfant, Ada serait vivante. Si j'avais su me taire, je parlerais encore avec elle. Si j'avais attendu, nous ferions des projets. Si j'avais été patient, je serais heureux.

Tant de *si* ! Les enseignements se pressent après les fourvoiements. Il se revoyait dans l'erreur. Ada n'en parlerait plus à personne, lui seul savait combien de fois il était revenu à la charge, c'était désormais son fardeau, et pour le reste de ses jours : il l'avait harcelée, suppliée, tannée. Je veux un enfant de toi. Il avait répété cette phrase, obstinément, comme le plus entêté des hommes. Je-veux-un-enfant-de-toi. Il l'avait martelée jusqu'à l'ivresse autoritaire et effrayante. Et il se plaignait auprès d'Ada ! Elle avait Nicolas, lui n'avait personne. Tu te trompes, je ne le possède pas, disait-elle, Nicolas ne m'appartient pas, et tu l'aimes aussi, aime-le autant que tu peux. Elle voulait inclure Alexandre dans un trio. Je suis sa mère et je veux l'élever avec toi. Sois un père pour lui. Elle offrait ce dont Alexandre ne voulait pas et elle refusait ce qu'il désirait. Il a déjà un père ! s'exclamait Alexandre, et je veux *faire* un enfant. Et il pensait que *l'autre* – l'ex-mari – avait un fils. Il ne le pensait pas distinctement, ça ne sortait pas de lui comme une pensée, c'était une rage diffuse, une idée enfouie comme une bête, une puissance qui l'agitait sans être capable de s'exprimer. Une jalousie. Par exemple, lorsqu'il voyait écrit sur le carnet scolaire : Nicolas Boué. Une bouffée le chauffait. Ada comprenait qu'elle ne raisonnerait pas avec cette force.

Un enfant ne pouvait pas être l'enjeu d'un caprice rageur et unilatéral, disait-elle. Il la regardait, furieux parce qu'elle était si réfléchie, furieux parce qu'elle possédait le ventre et pas lui, le pouvoir suprême qu'il n'avait pas. Méconnaissant le coût qui accompagne le pouvoir, il s'estimait réduit à quémander tandis qu'elle paraissait l'infantiliser et le mépriser. Un caprice ! Il protestait. Je n'en reviens pas que tu me dises une chose pareille ! Ada ne cédait pas. Un autre enfant maintenant, c'était trop lui demander. Une deuxième grossesse la tuerait. Elle employait cette expression au sens figuré évidemment. Elle soupirait, exagérait pour qu'il comprît ce qui n'était pas un refus mais une impossibilité. La grossesse n'est pas une partie de plaisir, disait-elle, je ne me sens pas prête à revivre ça tout de suite. Elle avait détesté se sentir empêchée, sans cesse fatiguée, nauséeuse, lourde, et surveillée comme une viande sur le gril. Elle n'était pas encore prête à redonner une année de sa vie. Un jour de rage, elle avait dit : J'en ai assez d'écarter les jambes, d'être examinée, palpée, pesée, je suis incapable pour l'instant de recommencer ce parcours. Le prédécesseur avait tout pris, pensait Alexandre. Tu l'as bien accepté pour Bernard, disait-il, et il ne savait pas de quoi il parlait.

Non, vraiment, elle ne pouvait pas ! Elle avait un métier passionnant et un petit garçon adorable. Ces expressions toutes faites exaspéraient Alexandre. Je manque déjà de temps, disait-elle aussi. Quel argument était-ce ? Arrête de travailler, fais une pause ! disait-il. Mais non ! répliquait-elle. Elle était pleinement heureuse. Je t'en prie ! souriait-elle, ne me demande pas ça maintenant. Nicolas est très jeune et nous avons quelques années devant nous, pourquoi es-tu pressé ? Il n'aurait su le dire, il l'était, voilà tout. Tu ne veux pas m'épouser, fais-moi au moins un enfant. Mais ça n'a rien à voir ! disait-elle, on ne fait pas de compensations de cette sorte. Pour faire un enfant, je dois le vouloir. Et moi, je ne compte pas ? demandait Alexandre, mon désir à moi ne produit rien ? C'était sa place d'homme qu'il avait détestée, se disait-il maintenant.

Il s'était gravement fixé sur un désir sans tenir compte d'Ada. Il n'avait entendu ni la sagesse ni la requête de sa compagne. Elle ne voulait pas d'un enfant à ce moment et il l'avait forcée. Il avait employé pour cela l'argument imparable et puissant : il avait retourné contre elle l'amour qu'elle lui portait. Il avait dit : Alors, notre couple ne me comble pas et je te quitterai. Les larmes et les protestations s'étaient mêlées à cette menace sans exécution. Je te quitte. Je te jure que je m'en vais, disait-il, acharné dans la provocation. Tu ferais ça ?! Oui, disait-il sourdement. Ada l'avait cru. Sans doute pensait-elle qu'une femme qui refuse un enfant à un homme mérite d'être délaissée, comme autrefois se voyait répudiée l'épouse stérile. C'est une vieille idée qui transforme en obligation le pouvoir d'enfanter. Mais il ne l'abandonnait pas, il la voulait génitrice, il la poursuivait avec ce désir. Si tu ne nous donnes pas un enfant, je pars. Il faisait bien attention de dire *nous* alors qu'il ne pensait qu'à lui. Ada ne répondait pas, effarée d'être mise au pied d'un mur qu'il avait conçu en toute sincérité. Davantage qu'un enfant avec elle, il voulait un enfant de lui et d'elle. Et elle était rude à convaincre. C'était le masculin contre le féminin, la bataille pour la maîtrise avait changé de camp. Arrête cette foutue pilule ! Le ton était à la supplique, la syntaxe à l'impératif. Mais Alexandre était mal renseigné, bien éloigné et peu soucieux de la nature à laquelle sa femme était ligotée : depuis la naissance de Nicolas, Ada avait abandonné la contraception orale au profit du stérilet. Sur le moment, elle avait pensé que cette erreur était révélatrice : la pilule figurait la bête noire des hommes, ce qui les avait vraiment dépossédés. *Un enfant quand je veux, si je veux, avec qui je veux*. Le mâle humain voulait le dire comme la femelle. Quelle ironie ! Le combat était archaïque et l'homme capable du pire pour renverser la nouvelle dépendance. Comment pourrais-tu quitter une femme dont tu veux un enfant ? Ou vouloir un enfant d'une femme que tu es capable de quitter ? Alexandre ne répondait pas. C'est fou de devoir supplier pour être père ! Je t'aime, est-ce que ça ne suffit pas ? disait-il. Si tu m'aimes, écoute-moi, attends-moi. Attends avec moi, demandait-elle. Il se lamentait. Il a fallu que je choisisse celle qui me refuse ce que je désire le plus au monde ! Il était allé jusqu'à cette grandiloquence. Ada finissait par être penaude. Pourquoi l'était-elle ? D'avoir compris l'engagement que représentait l'enfantement quand lui-même n'en savait rien ? Il ruminait ces questions.

Il n'avait cessé de revenir à la charge – le fils gâté en lui, l'homme à qui les choses n'avaient pas résisté, qui savait agir pour obtenir ce qu'il voulait. Il y repensait maintenant et c'était un supplice, une honte secrète. Son amour avait été une conquête, une possession, une prise. Sa conduite avait été odieuse, indigne. Il avait mésusé des sentiments d'Ada. En avait-elle parlé à quelqu'un à l'époque ? Sûrement pas à Sandra, qu'elle ne connaissait pas assez bien. À sa mère ? Non. À sa copine Béatrice, peut-être. Il imaginait la confidence : Alexandre veut un enfant ; si je le lui refuse, il va me quitter. Tu parles ! Il ne te quittera jamais. Je t'assure que si, il est comme fou. Laisse-le partir ! Mets-le dehors ! Il reviendra en courant. La fière Béatrice avait vu clair en lui, bien mieux que la pauvre Ada, prisonnière de son amour. Nous choisissons les amants ou les maîtresses qui nous croient, nous dénichons le psychisme approprié qui s'emboîte avec le nôtre.

Et ainsi scellons-nous notre destin. Jamais il n'avait été plus sûr de cela qu'à ce moment où il se sentait la victime d'une machinerie infernale à qui il donnait ce nom écrasant de destin.

Ada avait cédé. Elle était allée chez l'obstétricien et, en sortant, avec une tache de sang cachée entre les jambes, elle avait éprouvé un serrement de cœur : elle était dépouillée de sa liberté. Lui en avait-elle voulu et combien de temps ? Elle espérait encore ne pas se retrouver enceinte pour autant. Ça n'était pas immédiat, ne pas y arriver était dans l'air du temps. Il l'avait deviné parce que du jour au lendemain elle n'eut plus envie de faire l'amour. Mais il avait remisé cette évidence, il l'avait forcée encore, en douceur (il n'était pas un porc), en sachant très bien ce qu'il voulait et qui, bien qu'il l'attirât dans le plaisir, n'était pas le plaisir. Tisonner le désir par mille ruses sensuelles est à la portée d'un amant, surtout lorsqu'il est aimé, il savait être séducteur, crapule jusqu'au bout. Il avait porté vers la jouissance d'autres maîtresses mais Ada, maintenant, c'était une autre histoire, il voulait lui faire un enfant. Il voulait la mettre enceinte. Dit comme ça, c'était dégueulasse. Il avait fallu perdre Ada pour appeler les choses par leur nom et en éprouver le remords. Mais telle était la vérité, et Sandra voyait clair dans le désir viril d'engendrer, pensait Alexandre Perthuis : il voulait emplir Ada et par là qu'elle lui appartînt totalement, qu'elle fût immobilisée et accaparée par lui, corps et âme, et occupée pour la vie entière. Des millénaires lui donnaient la puissance d'une étrave. Il avançait comme le héros d'une évolution aboutie, il voulait répandre ses gènes, être le glorieux géniteur. Il l'aurait nié en bloc, d'ailleurs il l'ignorait. Un homme ne désire pas un enfant comme ça, il désire un enfant de quelqu'un. Je t'aime, disait-il. Mais en réalité ? Il se leurrait. Et il entrait dans le vase pour s'y déverser. Le ventre plat d'Ada le narguait, défi qui réclamait sa semence. Il l'éventrait, oui, parfois son désir était si violent qu'il sentait la pénétration comme un viol. Madame, permettez-moi de vous violer. Et elle était sous lui, d'abord silencieuse puis vaguement gémissante dans l'accélération de l'acte, montée en puissance, victoire de la virilité qui s'imposait la maîtrise de sa propre violence. Mon amour ! Mon amour ! soufflaient ses lèvres à l'oreille d'Ada, tout en lui enfonçant dans le corps ce dard de mâle qui répandait sa descendance.

Et il avait eu ce qu'il voulait, le traquenard s'était refermé, le ventre avait gonflé, Ada avait mauvaise mine. Au souvenir de ces moments, Alexandre se méprisait sans se reconnaître. De quel maléfice avait-il été le jouet ? Son caractère lui avait joué le pire des tours, sa persévérance avait été une ennemie. Obsédé et sourd aux sensations d'Ada, harceleur (ce mot était odieux mais Alexandre le manipulait pour se blesser), il s'était montré prêt à tout pour obtenir un enfant, un enfant qui lui appartînt, un enfant de lui. Jamais il n'aurait avoué cela devant Sandra ! Elle qui disait : Je ne suis pas un vase à remplir. Mais si, femme, tu l'es ! Il le savait comme on sait son désir. Il le gardait pour lui. Le malentendu les séparait. Tu ne vas pas te repentir d'avoir désiré un enfant. Il se repentait de la façon dont il l'avait obtenu. Extorsion, extraction.

Les deux épouvantables mots se télescopaient. La cause et la conséquence. Il n'avait pas mesuré ce qu'il exigeait. Il avait agi comme un fou. Il employait ce mot inapproprié qui devenait excessif : fou. Il évitait d'avouer : j'ai été insupportable, égoïste, capricieux, jaloux, envieux, obsédé, inattentif, excessif, pervers, cruel. Ces mots convenaient. Oui, on pouvait être jaloux et envieux de sa femme, rival d'un ancien mari et conditionné par ses sentiments. Il ne disait pas la vérité : j'ai contraint Ada, j'ai forcé son corps comme une forteresse. Sandra le réconfortait sans savoir. Et comment poser des questions à un homme de toute évidence si malheureux ?

9

Une chose affreuse m'est arrivée, racontait Sandra, assise les jambes croisées sur son bureau, le téléphone portable à l'oreille, consciente que cette formulation erronée (à elle, rien n'était arrivé) en disait long sur ce qu'elle ressentait.

Pendant que je gardais son fils, ma voisine est morte en accouchant.

C'était une cliente des Èves, tu l'as forcément vue à la librairie, et je t'avais dit qu'elle était enceinte. Elle avait beaucoup de charme, et la gentillesse qu'apporte à une femme l'assurance de sa beauté.

Je pense à elle sans arrêt. Les défunts sont en nous comme des fœtus, nous les portons, ils ne nous lâchent pas.

Oui, je ne sais pas pourquoi je dis ça, cette image est horrible !

Heureusement que les clients me distraient et tu es là, mais chez moi je file sur internet, je tape les mots *embolie amniotique* et je me retrouve sur des forums médicaux où je lis des histoires épouvantables.

Moi, je ne connaissais pas. Le liquide amniotique passe dans le sang et provoque un arrêt cardiaque. C'est un accident rare, imprévisible et fatal. On ne sait pas pourquoi deux systèmes distincts qui ne doivent pas communiquer tout à coup font mélange. Ni pourquoi le bain natal devient un poison pour celle qui pourtant l'abritait.

Ça peut arriver à n'importe quelle femme.

Je ne me complais pas dans mes angoisses ! Qu'est-ce que tu crois ? On n'arrête pas ses pensées. Tu me connais, je l'imagine les pieds dans les étriers, dans cette foutue position gynécologique que j'ai toujours trouvée sordide et humiliante, comme un hanneton retourné à l'envers, avec son gros ventre, vulnérable et entourée de curieux qui s'affairent ou s'affolent. Je me demande comment les femmes supportent d'être exhibées de cette manière. J'en serais incapable.

Non, je ne ferai pas comme les autres ! D'ailleurs je ne le fais pas.

Arrête de rire, il n'y a rien de drôle. Tu sais que je ressens les choses de cette manière. Nous vivons dans un monde hyper médicalisé qui oblige les femmes à quantité de vérifications désagréables et elles s'y plient avec une bonne volonté qui me dépasse.

Mais oui, je sais que ça leur sauve la vie ! C'est le grand argument. En attendant Ada est morte. Son utérus l'a tuée. Son fœtus l'a asphyxiée. Tu comprends ce que je ressens ?

Non, je n'exagère pas ! C'est un monde d'hommes créé par les hommes. Et eux, ces messieurs, on peut dire qu'ils s'en tirent bien. L'inégalité des destins me révolte.

Bien sûr qu'il souffre, je ne dis pas le contraire ! Il se repent même d'avoir désiré un enfant.

Alexandre.

Oui, il est à plaindre. Mais il n'est pas mort, c'est elle qui a perdu la vie.

Je ne suis pas dure. Arrête de dire sans arrêt que je suis dure ! Tu sais que je ne le suis pas. Je suis lucide. Dans un an, ou deux, ou trois tout au plus, Alexandre Perthuis me présentera sa nouvelle compagne, une femme merveilleuse. Il refera sa vie et sera heureux. Je sens qu'il a une personnalité carénée et volontaire. Il aura peut-être un autre enfant. Tout se terminera comme si les femmes étaient des ventres interchangeables. Ce qu'elles sont de plus en plus, nous le savons, toi et moi. Si j'habite encore l'immeuble, cet avenir me rappellera la différence entre les sexes.

Pourquoi cela me met en colère ? Je sais très bien pourquoi. Je déteste les successions, les substitutions, et l'oubli, et l'effacement. Tout ce que quelqu'un a donné, sa vie même, ne suffit pas pour qu'on lui reste fidèle. On le remplace. Tu n'as jamais trouvé ça terrible ?

Oui, d'accord, c'est le mouvement de la vie. Systématiquement dans le même sens. Les femmes se remettent en couple moins rapidement et moins souvent. Mais les hommes sont trop empotés pour attendre. S'ils en étaient capables, au moins, leurs multiples alliances me choqueraient moins.

Je regarde les choses en face. J'ai le droit, non ? La nature a fait aux femmes de sacrées vacheries. Je pense toujours à maman, dévorée de dévouement, bonne à tout faire et larguée du jour au lendemain pour une fille plus jeune soi-disant plus gentille. Et nous avons tous continué d'aimer papa parce que, bonne mère, l'épouse trompée n'a pas chargé son mari. Elle s'est même sentie coupable ! Et nous, ses enfants, nous avons cru qu'elle l'était. Nous avons pensé : elle est tellement chiante, pas étonnant qu'elle ait fait fuir son mec ! Comme ça, exactement, aussi vulgairement que ça. Mais elle n'était pas chiante du tout, maman. Elle éduquait trois adolescents. Et pendant ce temps, papa bien peinard s'installait chez sa maîtresse, car il était comme les autres, incapable de vivre seul. Il donnait une bonne pension, nous ne manquions de rien, mais maman n'avait pas le temps pour une seconde vie sentimentale, elle n'avait plus envie de cela, d'ailleurs. J'en ai retenu que les hommes s'octroient une liberté que les femmes ne prennent pas.

Pourquoi ? C'est toi qui demandes ça ? Tu ne vois pas que leur progéniture devient l'essentiel de leur vie ? L'amour maternel est leur prison, le jeu dans lequel elles misent tout, un gouffre où se réfugier et se perdre. Pardon de te dire ça, tu connais mes idées, je refuse de m'apercevoir un jour que ma vie se ramène à celle de mes enfants.

Ils n'étaient pas mariés et lui n'est pas le père du garçon, ça pose des difficultés. Il a l'impression que la loi l'évince et maintenant qu'il s'est attaché, l'enfant va déménager.

Alexandre, mon voisin ! Tu m'écoutes ou quoi ?

J'ai compris pourquoi ce couple me plaisait. Ils étaient libres et amoureux. Ils me prouvaient qu'un couple heureux peut exister, dans lequel aucun des deux n'écrase l'autre.

Bien sûr que j'en doutais !

C'est vrai, on n'est jamais bon juge des histoires d'amour des autres.

Mais je les entendais vivre, tu sais, leur porte d'entrée s'ouvrir et se fermer, le gosse courir sur le parquet jusqu'à ce que sa mère lui demande d'arrêter. Leur chambre était au-dessus de la mienne. Je les entendais parfois faire l'amour, peut-être le soir où ils ont conçu la petite.

Je ne sais pas pourquoi je pense à ça.

De temps en temps, ils se disputaient, mais ça ne durait jamais. Tu connais mon avis sur le mariage. Peu de couples me font envie. Même ceux qui restent ensemble ne le font pas toujours pour de bonnes raisons. Non, je ne parle pas de toi et Jean ! Arrête de tout ramener à toi. Quand on a cinq enfants, on a cinq bonnes raisons de ne pas divorcer.

Tu te rappelles cette conférence aux Beaux-Arts, une digression géniale autour du poulpe ? Dès qu'elles ont donné naissance, les femelles se laissent mourir de faim et abandonnent tout à leurs enfants. C'est la forme la plus littérale possible de la succession des générations : le suicide maternel. La mort d'Ada me ramène à ce souvenir emblématique.

Tu as raison, il se retrouve seul avec un nourrisson. Je me sens obligée de l'aider, d'ailleurs.

Oui. Impossible de faire défaut quand un truc comme ça arrive.

Merci. À demain !

À propos, j'allais oublier : la prochaine réunion est le 26 octobre, tu as dû recevoir le mail. Tâche d'être présente. Arthur m'a confirmé qu'il viendrait. Je prépare l'ordre du jour.

10

À vingt ans, vivre seul avait été naturel et idyllique, c'était la liberté, aujourd'hui c'était la mort, la solitude avait le goût du deuil, il fallait réapprendre. La disparition d'Ada reconfigurait le monde et la vie d'Alexandre était évidée. *Évidée*, ce n'est pas *vide*, de même que *disparue* n'est pas *absente* : il y a une notion supplémentaire de mouvement, quelque chose ou quelqu'un a été retiré et il faut s'habituer à cette transformation, accepter la perte. Disparurent avec Ada ceux qui avaient été là à cause d'elle. Martine et Jacques Bertoux restaient chez eux, dans leur maison de ville où elle allait pleurer et lui se taire. Et qu'adviendrait-il ? s'était demandé Sandra en disant au revoir à ces deux-là que la douleur séparait, Martine qui se lamentait et Jacques qui ne disait rien. Un malheur sans solution grandirait et, sans même le penser ou le savoir, ce couple à l'ancienne vivrait un de ces innombrables drames de l'intimité. Martine irait fleurir la tombe de sa fille tandis que Jacques refuserait de l'accompagner. Ils ne parleraient plus jamais ensemble de leur grande enfant parfaite, le deuil accroîtrait entre eux l'espace du silence. Ils étaient partis et c'était pour Alexandre (on a tort d'imaginer que les gendres ou belles-filles ne tiennent pas à leurs beaux-parents) une parcelle supplémentaire d'Ada qui s'en allait. En regardant Jacques seul dans son mutisme, Alexandre imaginait Ada si elle avait atteint le même âge – celui-là même qu'elle n'atteindrait jamais. Peut-être voulait-il se convaincre qu'elle ne ressemblait pas à sa mère. Les parents en tout cas emportaient la fille avec eux.

— Tu paries quoi que j'entendrai parler d'eux une fois par an ? avait dit Alexandre à Sandra dans un mouvement d'émoi déplacé en reproche.

— Tu as envie de les voir ?

Il n'en savait rien. Son sentiment de n'avoir aucun lien légal avec Ada exaspérait des inquiétudes, des craintes, des culpabilités qui noircissaient sa vision. Pour les Bertoux, provinciaux, discrets, plus tout jeunes, Bernard était l'ex-mari d'Ada et le père de Nicolas, Alexandre n'aurait jamais cette légitimité, il ne l'avait jamais eue. Une fois encore, en homme habitué à tout obtenir, il voulait ce qu'il n'avait pas. Et puis il amplifiait l'impact du drame.

— Je suis celui qui a causé la mort de leur fille. Ça n'est pas une chose que l'on oublie.

— Tu n'as rien causé du tout. Si la fabrication de la vie se faisait dans le corps des hommes, c'est toi qui serais mort. Tu n'as qu'à te dire ça.

Que restait-il ? se désespérait Alexandre. Il se sentait dans une terrible situation, croyant porter le stigmate d'une malédiction, la mort d'Ada tatouée sur sa vie.

— Je resterai associé à cette tragédie. Chaque fois que Jacques et Martine me regarderont, c'est à leur fille morte qu'ils penseront. On comprend qu'ils n'aient pas envie de me fréquenter. Avoue que c'est humain.

— Ils verront leur petite-fille. Tu es le père de leur petite-fille. À travers l'enfance de Sophie, ils revivront celle d'Ada. Les choses se passent de cette manière.

— Je te rappelle qu'ils ont déjà un gendre et un petit-fils. Bernard est très apprécié, il est *le légitime*.

Comme Sandra ne disait rien, Alexandre expliqua son point de vue : le lien entre les beaux-parents et la pièce rapportée que le divorce ou la mort ont isolée révèle sa qualité antérieure. Aimaient-ils le gendre pour celui qu'il était ou seulement parce qu'il était aimé de leur fille ? Et qui était le gendre dans l'esprit de Martine ou de Jacques ? Alexandre était certain que c'était Bernard. Sandra aurait pu dire : Arrête ces raisonnements à la con, on n'est plus en 1950, soixante pour cent des enfants naissent hors mariage, un mariage sur deux à Paris capote dans les cinq ans. Au lieu de quoi elle trancha sans discuter :

— Tu en demandes trop. Tu réfléchis trop. N'ajoute pas de mal au mal. Contente-toi de *faire*.

— Je ferai face, ne t'inquiète pas, j'ai toujours fait ce que j'avais à faire.

Et Alexandre Perthuis fit face. Il n'avait pas de mérite à cela (même si l'on en a toujours parce que rien n'est facile et pas même être celui qu'on est) : ni son caractère ni l'éducation qu'il avait reçue ne faisaient de lui un homme qui se laisserait jamais aller. Il y a comme cela des personnes qui seraient bien incapables de s'effondrer, même si elles en avaient le droit, même si le monde s'était effondré autour d'elles. Alexandre ne maîtrisait pas ses pensées mais ses actes, eux, ne lui échappaient pas : il ne tomba pas dans l'alcool ou les somnifères, ni de femme en femme, ni dans le mutisme ou la paresse. Une colonne vertébrale le tenait, son être ne s'éparpillait pas sous l'effet de la souffrance ou de l'angoisse, sa personnalité possédait une carène (sur ce point, Sandra avait vu juste). Il alla naturellement dans le sens qui pouvait le sauver. Il résista en toute conscience à ce qui l'accablait, se questionnant et s'examinant. Qu'est-ce qui lui valait la plus grande peine : Ada sans Sophie ou Sophie sans Ada ? Ou lui-même, avec sa fille et sans sa femme ?

Chaude et légère dans ses bras, il ramena sa fille de la maternité. Minuscule, si dépendante de tant de gestes, avide. Elle aussi avait lutté pour naître, comme sa mère pour ne pas mourir, pensait Alexandre, et son cœur se serrait à l'idée de ce moment qui avait vu l'une apparaître et l'autre s'effacer, dans des souffrances conjuguées dont il avait été le témoin impuissant et épouvanté. Se sépare-t-on jamais de sa mère même quand on l'a perdue ? Ada avait fait naître Sophie, elle l'avait attendue et sûrement imaginée, l'enfant rêvé avait précédé l'enfant réel, et Alexandre voyait que l'âme d'Ada était présente dans les affaires préparées pour le nourrisson, méticuleusement rangées au creux des tiroirs de la table à langer. Chaque fois qu'il s'occupait de sa fille, Alexandre pénétrait la part maternelle de l'univers intime d'Ada. Il lui semblait le déranger, chaque geste qu'il faisait – prendre un petit vêtement, défaire une pile, utiliser une crème – l'impressionnait. Il aurait voulu que tout le soin qu'Ada avait pris demeurât intact. Le monde inchangé, immobile malgré le temps, c'est bien notre rêve impossible, pensait-il. Il n'avait pas touché aux affaires d'Ada. Les objets inertes, contrairement aux êtres vivants qui continuaient de vivre et d'évoluer, étaient gardiens du passé. Occupe-toi de ta petite sœur, disait-il à Nicolas dès que le garçonnet tripotait quelque chose qui devait rester en place.

Lorsque Sophie était rentrée de la clinique, Nicolas habitait encore avec Alexandre. Évitons le chassé-croisé, s'étaient dit les deux pères. Alexandre et Bernard avaient pris soin que le grand frère ne se sentît pas chassé par le nourrisson et qu'au contraire il eût l'occasion de le prendre en affection. Nicolas se penchait sur le couffin et regardait ce visage comme miniaturisé qui faisait des grimaces quand la bouche réclamait un biberon. Je peux lui donner ? demandait-il en sautillant sur place. Bien sûr, disait Alexandre, installe-toi. Et il posait sa fille sur le ventre et dans les bras du garçonnet. Nicolas s'y prenait bien. Elle me regarde ! disait-il, à la fois ravi et rieur. Mais il était allé trouver Sandra chez elle pour lui confier ce qu'il n'avait pas dit à Alexandre :

— Elle est moche !

— Tous les nourrissons sont moches, avait répondu Sandra, mais c'est une chose qu'on ne dit pas.

— C'est pour ça que tu n'en veux pas ?

— Je t'ai déjà expliqué pourquoi. Tu verras, Sophie deviendra jolie, j'en suis sûre.

— Est-ce qu'Alexandre l'aimera plus que moi ?

— Tu veux dire est-ce qu'Alexandre l'aimera plus qu'il ne t'aime toi ?

Nicolas acquiesça.

— Sûrement pas, dit Sandra. Un père a de la place pour tous ses enfants.

— Je ne suis pas son enfant, dit Nicolas, et tu sais que je vais vivre chez mon père ?

— Alexandre me l'a dit. Tu vas lui manquer et il te gardera ta chambre.

— Il te l'a dit ? À moi il n'a rien dit.

— Il ne voulait pas que tu aies de la peine. Quand tu te sens un peu jaloux, pense qu'il t'aime depuis plus longtemps qu'il ne connaît Sophie.

Nicolas parut sensible à cette idée et sa bonne volonté était là pour l'aider à croire ce que Sandra lui disait.

— Il espère que tu viendras souvent voir ta sœur. Ça, il te l'a dit ?

— Oui, mais je ne sais pas si c'est la vérité.

— C'est la vérité ! Et moi je compte bien que tu viennes nous voir souvent. Tu pourras passer à la librairie. Tu demandes à ton père de t'amener et je te garde avec moi au magasin.

— Promis juré, dit Nicolas, enthousiaste à cette perspective.

La petite main tapa dans la grande et les yeux noirs, brillants, tels des boutons de bottine, pactisèrent avec Sandra. Il répéta promis juré et bientôt se pressa contre elle en l'enserrant de toutes ses forces.

— Mon jeune ami ! murmura Sandra.

Quelques jours après cette conversation, Bernard Boué avait sonné à la porte d'Alexandre en fin d'après-midi, à l'heure prévue, avec une parfaite exactitude. Il portait un costume et une cravate sous un pardessus, on devinait qu'il s'était habillé pour l'occasion, en ce samedi qui avait quelque chose d'unique, à la fois merveilleux et tragique, enfilant sa tenue de banquier – voulait-il impressionner son fils, jouer à Alexandre un numéro de distinction, se montrer rassurant ou se donner confiance ? Entre, je t'en prie, avait dit Alexandre, instituant le tutoiement par désir d'être chaleureux. Deux grosses valises étaient posées dans l'entrée, qui contenaient les affaires de Nicolas, vêtements, peluches, jeux, livres, et les photos de sa mère qu'il avait souhaité emporter. Seul Alexandre savait la peine qui vous emplit l'âme en même temps qu'on fait ces bagages qui annoncent un départ et une séparation. Tu es triste, avait dit Nicolas. Et puisqu'on ne fait pas porter aux enfants sa propre tristesse, Alexandre avait dit ce qu'il convenait de dire : Je ne suis pas triste parce que je sais que tu seras heureux avec Bernard. Ton père est quelqu'un de bien.

Et maintenant le père était là.

— Tout est prêt, Nicolas regarde un film dans ma chambre, je t'offre un café ?

— Volontiers merci, avait dit Bernard.

Assis dans un fauteuil, Bernard avait beaucoup parlé et fait toutes sortes de promesses (celles qu'il aurait faites à Ada avant d'emmener Nicolas en voyage), tout en tripotant sa petite cuillère dans la soucoupe, visiblement troublé par l'événement : venir chercher son fils chez le compagnon de son ex-femme défunte. Du vivant d'Ada, Bernard avait évité Alexandre et voilà qu'ils se trouvaient là tous les deux. Pour lui non plus ça n'était pas une situation facile, pensait Alexandre. Il se souvenait comment Bernard avait demandé à voir Ada avant l'inhumation et combien cet adieu l'avait terrassé. Tout le passé était remonté, tout ce qu'il avait gâché peut-être, et perdu, cette part de sa vie qu'il ne partageait plus avec personne maintenant qu'Ada était morte. Il avait aimé cette femme au point d'avoir avec elle un enfant et il restait seul dépositaire de leur histoire, seul père de leur fils. Nous avons partagé la même femme, se disait Alexandre, nous nous sommes succédé dans sa vie, dans son lit et jusqu'au centre le plus intime de son corps, cela nous a opposés et même séparés, et cela nous relie pour toujours. Quel était le mot pour cette communauté amoureuse ? Ils étaient non seulement les deux amants mais les deux pères, l'amour d'Ada les rassemblait dans une même situation. À cette idée, Alexandre se rappela qu'il s'était imposé comme géniteur, il lui fallait bien l'admettre : Bernard en ce sens l'avait surpassé. Mais le résultat était là : deux enfants, deux pères, et Ada dans leurs pensées. Est-ce que leurs pensées étaient les mêmes ? Probablement pas. Mais comment se représenter celles de l'autre ? Alexandre connaissait Bernard à travers ce qu'en disait Ada, ce n'était qu'un portrait parmi d'autres, et pas forcément le plus flatteur. Il n'a pas l'esprit pratique. Il ne fait attention à rien. Il est imprécis. Il est trop laxiste avec Nicolas. Je ne peux rien lui demander. Il n'est disponible que pour les choses agréables. Il gagne de l'argent mais je ne sais pas ce qu'il en fait. Drôle de banquier, pensait Alexandre sans chercher plus loin. Voilà le père à qui Ada souffrait de confier leur fils, c'était un fait, depuis son divorce elle aurait voulu que les enfants appartinssent aux mères. Elle était favorable à l'ouverture de la PMA aux mères célibataires, sans doute en raison de cet accaparement instinctif, et fautif pensait Alexandre. Nous ne sommes pas des sacs de sperme, disait-il, et ton fils est content de voir son père. Il soufflait dans un violon : Ada n'écoutait que son propre sentiment, cet amour maternel possessif. On avait tort de prendre le soin des mères pour un sacrifice d'elles-mêmes, il était peut-être un sacrifice de l'enfant, et du géniteur, avait pensé Alexandre. Nicolas me manque affreusement ! se plaignait Ada pendant les vacances que passait l'enfant avec Bernard. Elle aurait voulu que son ex-mari ne fût plus le père, comme si elle seule avait le pouvoir de le faire et le défaire. Elle comprenait les femmes qui faisaient un enfant toutes seules. Alexandre l'écoutait sans donner son avis qui n'aurait pas été ce que souhaitait Ada, il était un homme et ne tenait pas pour rien la paternité. Ada semblait l'oublier, l'amour qu'elle avait pour lui effaçait l'altérité. Toutes ces phrases qui disqualifiaient Bernard venaient au hasard de la conversation, habituellement à la faveur d'un séjour de Nicolas chez son père. Car Ada organisait l'absence à venir. Nicolas passera samedi et dimanche avec Bernard, on pourrait en profiter pour se balader ? S'ensuivait un commentaire. En tout cas, pensait maintenant Alexandre, et il y voyait une preuve que les mères rechignaient à faire confiance aux pères et se montraient souvent injustes envers eux, Bernard avait réagi promptement et pris ses responsabilités. Il avait été capable de déménager pour se rapprocher de l'école, il avait trouvé un appartement dans lequel Nicolas aurait une chambre spacieuse, et il se montrait coopératif avec l'amant de son ex-épouse, envers qui il n'avait au fond aucune obligation. Lorsqu'une place leur était offerte, les pères l'occupaient.

Sans juge ni avocat, sans intermédiaires féminins, entre adultes attentifs aux besoins de leurs enfants, Alexandre et Bernard s'étaient entendus. Nicolas passerait chez Alexandre une fin de semaine sur deux de sorte qu'il pourrait connaître sa demi-sœur, et verrait aussi Sandra avec qui il s'entendait très bien. Malgré son jeune âge, on lui offrirait un téléphone portable de sorte qu'il pût téléphoner quand il le désirait.

— Ce qui me fait le plus plaisir, c'est que Nicolas soit content. Une organisation de couple divorcé ! J'espère qu'elle sera respectée, avait dit Alexandre à Sandra.

— Elle le sera parce que ça fera des vacances à Bernard. Il sera ravi de te laisser son fils pour aller draguer et prendre l'air. Tu m'as bien dit qu'il vivait seul ?

— Je ne connais pas sa vie privée, il m'a dit qu'il n'avait pas de compagne stable. Ça pourra changer désormais.

— Désormais ? Tu rêves ! Rencontrer une femme sera encore plus compliqué avec un fils à la maison.

— Je ne pensais pas à Nicolas mais à la disparition d'Ada. Bernard continuait de l'aimer. La mort le libère mieux que le divorce. Il ne le sait pas encore mais aucun espoir ne le retient plus.

— Ne te fais pas d'illusions en tout cas, élever seul un enfant est difficile et absorbant, ça te prive de beaucoup de liberté et en particulier celle de sortir et de frayer.

Alexandre l'avait vite découvert et Sandra se sentit idiote de l'avoir oublié.

— J'en sais quelque chose, j'ai l'impression de circuler entre deux vases clos. Le plus étrange, c'est que j'adore cette vie avec un bébé.

— Darwin parlait des instincts latents de maternage dans le cerveau des mâles. Tu donnes raison à cette intuition, dit Sandra.

— Tu veux dire que je suis normal ?

— Tout à fait normal ! Tu as réagi comme un grand gorille, tu as pris soin de ton enfant vulnérable et ce faisant tu as été attendri et tu t'es attaché à lui.

— Qui raconte ça ?

— Des tas de gens qui savent de quoi ils parlent.

Alexandre Perthuis passait d'un immeuble à l'autre, d'un parking à l'autre, de son bureau à son appartement, tôt parti pour être rentré tôt. Si vous voulez me voir, il faudra passer à la maison, je suis réquisitionné, disait-il à ses amis. C'était un principe auquel il ne dérogeait pas, il se devait à l'enfant dont la vulnérabilité le réclamait. Il savait que la vie à venir se composait dans la justesse de ses gestes. Sophie n'avait que lui. Il ne sortait plus le soir, exploit qui lui valait l'admiration de ses collaboratrices ou amies. Beaucoup s'émouvaient de cette inversion des rôles immémoriaux : l'assignation familiale expérimentée par un homme, un peu du confinement domestique féminin. Il a la chance d'être très aidé, soulignaient quelques-unes, et il dirige une entreprise, il sort de chez lui ! Alexandre s'était adjoint les services de deux nurses diplômées, dont l'une faisait les nuits et l'autre les journées, tandis qu'il gardait pour lui seul les soirées. Cette aide était nécessaire s'il voulait maintenir une activité comme la sienne, il en avait les moyens et le deuil lui conférait des droits. De ces deux professionnelles, il apprit ce qu'il convient de donner à un nourrisson privé de sa mère. Cette petite fille avait perdu tous ses repères anténataux, les battements du cœur d'Ada, le son de sa voix, l'odeur de sa peau, le rythme de son pas, les saveurs qu'elle incorporait et qui avaient marqué les goûts du fœtus. La garde de nuit l'avait longuement expliqué, c'est une fragilisation. Elle connaît votre voix et les bruits de sa maison, parlez-lui le plus possible et ne l'isolez pas. Si votre femme avait l'habitude d'écouter une radio particulière, mettez cette radio, ou un genre de musique, faites entendre cette musique. Dès que Sophie pleurait, Alexandre s'inquiétait. Elle n'a pas d'autre langage, disait la nurse de jour. Vous ne trouvez pas qu'elle pleure souvent ? insistait-il. Pas plus qu'un autre bébé, riait la dame en rassemblant ses affaires. Je vous rassure, disait-elle, vous vous débrouillez très bien, cette petite demoiselle se porte comme un charme. Mais il se désolait parfois : c'était épouvantable d'entrer dans la vie par la porte de sa dureté, en se faisant dépouiller de son premier trésor. Il entendait bien remodeler la spontanéité de l'existence, combler dans le quotidien ce vide brutalement apparu. L'angoisse vespérale le touchait. Maintenant qu'il avait appris cette intranquillité du nourrisson à l'heure où baisse la lumière, il rentrait tôt du cabinet, emportant des projets ou des plans, pour être présent, avec sa voix reconnue et sa bonne volonté à faire connaître.

11

Mais l'enfant était une enfant comme les autres. Peu de fêlures sont apparentes ; à ceux qui voudraient les oublier, lorsque leurs choix les ont causées, voilà qui souvent permet de croire qu'elles n'existent pas. Elles sont invisibles, tapies dans le secret, inconnues même de celui que la vie ou la mort a griffé, pensait Alexandre, cependant ravi par la puissante énergie de sa fille. Il n'était ni dupe ni oublieux : les êtres tiennent debout, ils ne meurent pas, la vie est forte en eux, cependant ils sont blessés, la représentation qu'ils ont de l'existence est atteinte, sa résistance attaquée. C'est dans la peine, le deuil, la séparation, l'inconnu, que l'on découvre la solidité d'un psychisme. Les fragilités se révèlent en cas de souffrance, le nouveau drame ramenant alors au présent celui qui était enfoui, fusionnant avec lui en une catastrophe aggravée. Ce qui était arrivé à Sophie n'avait pas de fin, sa vie commençait après un désastre et sur le mode de la compensation, Ada était pour toujours absente. Je suis là, murmurait Alexandre en donnant le biberon à sa fille. Il n'aurait jamais pensé une chose pareille si Ada avait été présente. Aurait-il même si souvent donné le biberon ? Non. Il aurait été plus léger et Ada aurait sans doute accaparé la petite.

Voyez comme ses yeux ne vous quittent pas ! lui disait la nurse de jour, c'est vous qu'elle boit, elle sollicite votre amour. Il pensait : elle fait mieux que cela, elle le suscite. Cet appel silencieux, cette demande pressante d'être aimée – accueillie, soignée, accompagnée, entendue, regardée – le bouleversait. Il ne s'était préparé ni à cette intensité ni à ce face-à-face qui avait pris la place du fameux triangle que forment ensemble le couple et l'enfant. Les premiers sourires au quatrième mois l'émurent, la rencontre devenait perceptible, il ne parlait plus dans le vide, sa fille le regardait en plein cœur. Elle sait beaucoup de choses, disaient les deux nurses, lui révélant ce temps à part qu'est le commencement de la vie, cette ébauche de personnalité qui acquiert peu à peu ses facultés en perdant peut-être une intuition globale du monde, l'être à la fois potentiel et tout-puissant. Alexandre s'imaginait décrypté, connu, tragiquement influent, lourd du poids de son chagrin. Son désarroi avait-il traversé l'enfant comme des ondes magnétiques auxquelles on n'échappe pas ? Cette inquiétude renforçait sa tendance naturelle à ne pas succomber et sa volonté de lutter contre l'abattement. Par sa seule existence, vulnérable et sensible, le nourrisson prenait soin de son père.

— On ne s'appuie que sur ce qui résiste, je ne veux pas qu'elle me voie malheureux ou abattu, disait-il.

Sandra s'en amusait : Alexandre se montrait solide sans même se rendre compte qu'il avait la chance de l'être. Peut-être croyait-il encore avoir renoncé pour longtemps à certaines joies de l'existence, à la légèreté, à l'amour. À son insu, il n'avait renoncé à rien.

Il était capable de tout, y compris de vouloir, de demander et d'y réfléchir. La culture occidentale enfermait l'enfant dans sa famille restreinte, ailleurs des groupes entiers prenaient le relais d'un parent disparu. Maintes fois Alexandre l'avait observé lors de ses voyages : un enfant s'élève à plusieurs, plusieurs figures tutélaires, plusieurs regards et façons d'être, plusieurs identifications possibles, plusieurs générations. Il fallait copier cette solidarité, cette richesse sensorielle si bénéfique au petit d'homme. Fort de cette certitude, il n'hésita jamais à solliciter sa voisine, enhardi par sa gentillesse et sa disponibilité. Plusieurs soirs par semaine, Sandra prenait place dans le trio. Nous t'attendions ! disait Alexandre lorsqu'elle montait chez lui. Elle avait très bien compris ce qu'elle pouvait donner et qu'il espérait d'elle. Et me voilà ! disait-elle. Sophie reconnaissait la voix rauque de fumeuse enragée dont le rire faisait sursauter la jeune protégée. Onze mois après la mort d'Ada, la petite fille fit ses premiers pas vers les bras ouverts de celle qui n'avait pas fait défaut.

— Si ma sœur voyait ça ! Je n'ai assisté aux premiers pas d'aucun de mes neveux ! dit Sandra.

Elle se moquait d'elle-même et pointait la difficulté d'être la sœur sans enfant d'une mère de famille nombreuse, mais Alexandre avec sérieux dit :

— Ils avaient une mère.

Sans cesse il montrait combien il accusait le sort qui valait à sa fille de grandir sans celle qui l'avait mise au monde. Autour de Sophie, Alexandre voulait de la tendresse et de la féminité, il le voulait avec une espèce de rage, la trace de sa révolte et de sa culpabilité. Il le voulait comme un homme qui ne possède pas tout ce qu'il faut donner.

— J'ignorais que tu avais une sœur, tu ne m'as jamais parlé de ta famille.

— L'occasion ne s'est pas présentée, dit Sandra. Ma famille t'intéresse ?

— Absolument.

— Je suis celle du milieu, entre une aînée qui a cinq enfants et un jeune frère. Si un jour tu passes par la librairie, tu rencontreras Natalie. Elle travaille avec moi.

— Nicolas m'a fait promettre de l'y amener, nous viendrons tous les deux et tu me la présenteras. Et ton frère, comment s'appelle-t-il ?

— Il s'appelle Arthur.

— Il a des enfants ?

— Pas d'enfant, pas de femme, il est gay.

— Ça n'empêche rien.

— Arthur refuse de *faire famille* comme il dit. Les gens ont oublié que l'homosexualité fut une contre-culture, mon frère, lui, n'en est pas revenu que l'égalité hétéro homo s'écrive dans un registre de mariage. À ses yeux, c'est vraiment la victoire du modèle traditionnel, on fabrique du même avec du différent.

— C'est drôle, dit Alexandre, quand nous sommes arrivés dans l'immeuble, Ada et moi, je me suis imaginé que tu étais lesbienne. Ça faisait beaucoup rire Ada. Elle n'y croyait pas du tout ! Elle était plus intuitive que moi.

Il ne raconta pas combien alors il trouvait Sandra attirante et mystérieuse.

— La femme sans homme est suspecte, s'amusa Sandra.

— C'était complètement idiot, continua Alexandre.

— Mais ça aurait pu être vrai.

Elle se rappela leur rencontre et dit :

— Et moi, je me suis imaginé que vous étiez les parents de Nicolas.

— Et ça aurait pu être vrai. Tu as toujours tes parents ? demanda Alexandre.

— Mon père est mort d'un cancer il y a cinq ans. L'année suivante, ma mère est décédée à son tour. Je suis convaincue qu'elle a souhaité mourir parce qu'il était mort. Ils avaient divorcé vingt-cinq ans plus tôt mais elle n'a pas su continuer après lui, elle ne l'a pas voulu ! Même si elle ne vivait plus avec lui depuis longtemps, et je sais qu'il ne lui donnait jamais de nouvelles, c'était toujours elle qui l'appelait, il était resté le compagnon de sa vie, l'éternel et nécessaire témoin. Le monde sans lui ne l'intéressait plus.

— C'est beau, murmura Alexandre.

Il n'osa pas demander de quelle maladie avait souffert Mme Mollière et Sandra ne dit pas comment un matin sa mère était passée par la fenêtre. Elle s'était littéralement foutue par-dessus le balcon.

— C'est même bouleversant, dit Sandra. Mais ce fut violent surtout. De la part d'une mère qui regrettait d'avoir eu des enfants, cette mort enfonçait le clou. Elle nous signifiait que nous n'avions pas réussi à la retenir. Enfants et petits-enfants, nous étions insuffisants !

Natalie l'a très mal pris, ce décès l'a dévastée. C'est à ce moment-là qu'elle est venue travailler à la librairie. J'ai pensé que ça lui changerait les idées. Et la vie est étrange : finalement c'est elle qui cette année me réconforte, chaque fois que je pense à Ada.

À cela, Alexandre ne répondit pas – rien ne lui laissait deviner le suicide de Mme Mollière –, il était ému par la proximité qu'il sentait avec Sandra, une sorte de communion morale, pensait-il. Elle s'était laissé toucher et solliciter après un deuil qui n'était pas le sien. Elle est notre ange gardien, Nicolas l'adore, disait Alexandre lorsqu'il parlait de sa voisine, c'est quelqu'un d'exceptionnel. Désormais il voulait lui aussi être une présence pour elle, la protéger, l'entourer. Il avait très envie de la serrer dans ses bras. Il était conquis par cette femme originale, un instinct de possession renaissait en lui.

II

SANDRA

1

Ils avaient de plus en plus souvent ces conversations par lesquelles on acquiert à tort et à raison le sentiment de connaître l'autre, parce que l'on sait dans quelle famille il a vécu, de quel monde il est entouré et les sujets qui l'intéressent, le métier qui l'occupe et comment se passent ses journées, ou les inquiétudes qui troublent sa paix apparente, et parce que le dialogue est installé. Plus on se parle, plus on a de choses à se dire – le moindre détail, une simple idée, une rencontre fortuite et sans importance, quelque chose qu'on a entendu à la radio ou dans la rue – et cette familiarité nourrit l'amitié spontanée qui avait favorisé la familiarité. On peut voir là un cercle vertueux d'approfondissement et d'élaboration : l'apparence est dépassée et la personne se dévoile, en tout cas on lui en donne l'occasion. Toutes les questions deviennent possibles, du moins le croit-on. Qu'est-ce que tu aimes le plus faire ? Qu'est-ce que tu détestes le plus ? De quoi as-tu peur ? As-tu voyagé ? Es-tu inquiet de l'avenir ? Le domaine de l'indiscrétion se réduit. As-tu eu beaucoup d'aventures amoureuses ? Est-ce facile pour toi d'aimer quelqu'un ? Qui a été l'homme ou la femme qui a le plus compté ? As-tu des histoires purement sexuelles ?

Crois-tu à la fidélité ? Sais-tu rompre facilement ? Élégamment ? La curiosité se déploie. De quoi rêves-tu ? As-tu des regrets ? Qu'est-ce qui te frustre le plus ? Pourquoi refuses-tu ceci ou cela ? Qu'est-ce qui peut te rendre jaloux ? Te mets-tu facilement en colère ? Tu as l'air triste, l'es-tu ? Est-ce que je t'énerve quelquefois ? À quoi penses-tu ? La perception de l'autre s'affine autant que le souci de poursuivre cet échange nourrissant et salvateur.

— Tu n'en as pas assez de passer tes soirées avec moi ? demandait Alexandre de temps en temps.

Il était assuré d'une réponse chaleureuse et ce soir-là sa sensibilité sentait Sandra d'humeur à bavarder. D'ailleurs elle plaisanta aussitôt :

— Tu me reposes de l'amour. L'amant ordinaire est autrement plus possessif et exigeant que toi.

— Je suis content de l'apprendre, dit Alexandre, d'un ton amusé.

Il la reposait, il ne pesait pas, elle lui parlait franchement : il était heureux. Et il ne songea pas qu'il avait été cet amant ordinaire, possessif et exigeant, qui avait réclamé un enfant, imposé à Ada des devoirs maternels, qui s'était en somme approprié son ventre. Il aurait détesté qu'on lui rappelât les choses de cette manière. Sandra était si différente d'Ada qu'elle faisait oublier à Alexandre celui qu'il avait été, et c'était peut-être pour cette raison qu'il recherchait sa compagnie. Les habitudes se perdent difficilement mais se créent sans effort, il avait institué celle de dîner avec Sandra, indifféremment chez lui ou chez elle. Elle était entrée dans ce lien par une fidélité instinctive au souvenir d'Ada et par sollicitude envers Nicolas. Alexandre avait eu de la chance,

Sandra Mollière était très librement ouverte à l'amitié, qu'elle privilégiait plus que l'amour.

— Contrairement aux idées reçues, je crois l'amour plus égoïste que le sexe, plus enragé à configurer l'autre.

— Et l'amitié ? demanda Alexandre.

— L'amitié me semble moins fanatique et n'instaure pas de droits sur l'autre. C'est pourquoi j'apprécie la liberté du célibat.

— Vivre seule ne te pèse jamais ?

Il posait cette question tendrement et dans l'admiration, lui qui était accoutumé à la conjugalité. Plus la compagnie de Sandra lui devenait précieuse, plus il ressentait de l'estime pour une femme qui avait construit sa vie absolument toute seule – Dieu sait que c'est une chose difficile, pensait-il.

— Le contraire me pèserait, dit Sandra. J'adore éprouver que la qualité de ma vie et la valeur de ma personne ne dépendent pas de ma situation matrimoniale ou amoureuse. Je le revendique, c'est ma définition de l'indépendance. Et c'est le progrès le plus considérable dans l'histoire des femmes.

— Tu n'as jamais trouvé *le bon*, dit Alexandre, pour qui ce qu'elle venait de dire n'avait aucune réalité.

— Pense-le si ça te fait plaisir et, tant que tu y es, pense aussi que j'ai passé l'âge de le trouver, tu n'auras pas tort sur ce point.

— Pourquoi dis-tu ça ?

— Notre bonne société éprise de parité n'a pas fait tomber ce vieux schéma de la hiérarchie des âges dans le couple. Les écarts acceptés ne sont pas à mon avantage. Tu ne connais pas la règle ?

Il ne voyait pas de quoi elle parlait.

— Voilà, paraît-il, comment un homme calcule l'âge de sa partenaire idéale : son âge à lui plus dix, le tout divisé par deux. Toi par exemple, quarante plus dix égale cinquante, divisé par deux, vingt-cinq. Prends maintenant le problème à l'envers : l'homme auquel j'ai droit selon cette règle est âgé de trente-huit multiplié par deux, moins dix. Soixante-six ans.

Ils pouffèrent, comme deux adolescents – Sandra cherchait à distraire son voisin et n'hésitait pas à dire des bêtises. Cette loi était grotesque, qui avait inventé ça ? Alexandre n'y croyait pas du tout, et aussitôt fit remarquer qu'Ada et lui avaient le même âge.

— C'était ton premier mariage, fit remarquer Sandra.

À peine dite, cette réplique lui parut maladroite, qui avait l'air de sous-entendre un deuxième mariage systématique. Elle se reprocha d'avoir parlé trop vite et oublié en passant qu'Ada n'avait pas épousé Alexandre. Mais s'interrompre sur cette phrase aurait été pire que tout et elle ajouta aussitôt :

— Après leur divorce, les hommes choisissent presque toujours une femme plus jeune. Si on y regarde de près, on s'aperçoit qu'ils ne vieillissent jamais sans compagne, ils contractent ainsi deux, voire trois mariages au cours de leur vie. Tandis que les femmes n'en font souvent qu'un seul, surtout lorsqu'il dure. Et elles passent seules leurs dernières années, soit qu'elles ne trouvent personne, soit qu'elles ne souhaitent pas se remarier…

— Comment tu l'expliques ? demanda Alexandre.

Son expression était dubitative. Existait-il des chiffres ? Était-on vraiment certain de cela ?

— Plus un homme vieillit, plus le nombre de ses partenaires potentielles s'accroît. C'est le contraire pour une femme. À chaque âge, le taux de célibat est plus bas chez les hommes que chez les femmes, et l'écart entre les deux augmente avec l'âge.

Alexandre comprenait-il l'argumentation de la militante ? Pas du tout. Il écoutait sans répondre et ce qu'elle venait de dire n'évoquait rien de clair pour lui.

— Les femmes finissent leur vie seules, pas seulement parce que les hommes meurent plus jeunes, comme on le dit toujours, mais parce qu'ils ont une espérance de vie sentimentale plus longue. En vieillissant, ils délaissent les compagnes de leur âge au profit de leurs benjamines, conclut Sandra.

Elle s'interrompit, sembla songer à cette injustice, puis ajouta :

— Les hommes adorent le mariage, il a été conçu pour eux !

— Tu n'exagères pas ?

— Le père *donnait sa fille* en mariage. La femme *donnait des enfants* à son mari. C'est clair non ? L'épouse obéissait, devait la fidélité et une descendance. Elle vivait pour servir l'homme, elle lui appartenait, elle était un corps disponible. Tout notre langage l'exprime.

— C'est terminé depuis longtemps.

— Mais il reste des traces de cette organisation, dans le partage des tâches domestiques par exemple, dans les sacrifices professionnels qui sont complètement sexués.

— Ce sont des détails, non ? Les nouvelles générations se comporteront différemment, elles ont déjà commencé.

— Ton point de vue est merveilleusement masculin.

À nouveau cette discussion amusait Alexandre.

— Tu as le charme pour faire passer n'importe quelle idée, souffla-t-il.

Il tut ce qui lui venait à l'esprit en la regardant et qui tenait en quatre petits mots – tu me plais beaucoup –, quatre mots limpides conçus par un homme qui bientôt serait au moment de chercher une deuxième alliance, situation qui leur conférerait un poids particulier.

— J'exagère à peine, dit Sandra, les comportements évoluent lentement.

Elle n'avait pas perçu chez son interlocuteur ce mouvement d'attachement, cette brève tentation de se déclarer, de succomber à un charme ressenti, d'imaginer un engagement à partir d'un sentiment fulgurant. Elle regrettait de s'être embarquée dans cette conversation sur laquelle le veuvage d'Alexandre planait d'une manière gênante. Le veuvage, pensa Sandra, cette expérience qui autrefois tenait lieu de divorce et qui était devenu un événement bien plus rare mais tellement pire, sans remède. Le veuvage nous plaçait face à la solitude non pas concrète et simple, mais existentielle et fatale. Veuf, c'était bien autre chose que divorcé, et d'ailleurs beaucoup de divorcés ne se séparaient jamais, se téléphonaient à tout propos, partaient en vacances ensemble, ou n'achevaient pas leur divorce en se disputant à dessein pour maintenir le lien, elle en connaissait qui s'étaient remariés. Il n'y avait aucune similitude entre le divorce et le malheur d'Alexandre.

— Sais-tu que les trois quarts des familles monoparentales françaises sont dirigées par des femmes ?

Il ne l'ignorait pas, la presse s'en était fait l'écho, comme des pensions alimentaires impayées ou des enfants qui ne voyaient plus leur père. Le divorce affectait la paternité, il distendait cette relation qui dépend d'abord de la mère et se construit socialement.

— Et la moitié des enfants de divorcés ne voient plus régulièrement leur père, ajouta Sandra. La moitié !

— C'est tellement énorme que j'ai peine à y croire, dit Alexandre.

Il pensait à Bernard qui s'était battu pour la garde partagée et qui avait perdu. Les pères souhaitaient voir leurs enfants. Étaient-ce les mères qui les en empêchaient ?

— Les pères se remarient, expliquait maintenant Sandra. Et refont des enfants… et toujours les abandonnent aux femmes. Présentes et passées. Pourquoi souris-tu ?

— Je t'écoute !

Ils parlèrent longtemps du vaste système binaire qui avait assigné chaque sexe à un rôle, une place et un destin. Les hommes éternels conquérants essaimant leur progéniture, sans cesse tiraillés entre le choix d'investir dans les enfants qu'ils ont déjà ou celui de trouver de nouvelles partenaires avec qui engendrer davantage. Les femmes, chargées de l'éducation, en quête d'un protecteur puissant. C'était vieux comme l'humanité. Notre révolution était récente face à cet ADN qui avait trente mille ans ! La Librairie des Èves avait reçu une anthropologue qui, depuis, appartenait aux Hérétiques.

— Tu devrais l'écouter, nous avons mis sa conférence en ligne sur YouTube, dit Sandra.

Alexandre la découvrait soucieuse d'entendre les experts, il demanda des précisions sur ce groupe de réflexion. Pourquoi Les Hérétiques ?

— Sans être dans la réaction, nous ne voulons pas du progressisme béat qu'on nous vend. Nous refusons autant le fatalisme que l'inconditionnelle adoration des technologies. L'esprit du transhumanisme est une perversion qui se présente comme une avancée. On n'argumente pas contre une perversion mais on peut débusquer les procédés rhétoriques à l'œuvre dans les discours actuels en faveur des légalisations diverses. C'est ce que nous faisons. Nous les déconstruisons pour faire réapparaître au grand jour la réalité prosaïque.

Le groupe existait depuis bientôt dix ans et s'engageait dans le débat public sur les axes majeurs des violences faites aux femmes.

— #MeToo fait avancer le combat contre les violences sexuelles, c'est très bien, mais il faudrait aussi parler de ce qui se prépare. L'industrie du vivant aura besoin des femmes et ça ne sera pas pour leur bonheur. La prédation procréative succède à la prédation sexuelle. C'est vraiment frappant, les mêmes erreurs mènent aux mêmes folies.

— Tu penses à quoi ?

— Je pense à nos revirements et nos indignations. Au nom de la liberté, contre la morale bourgeoise et pour ne pas se sentir ringard, une élite intellectuelle tolère ou soutient une pratique. Et puis vingt ans plus tard, tout le monde s'indigne et les mentalités ont changé. Mais la même élite influente, pour les mêmes raisons, toujours refait le même type d'erreur.

— Laquelle ?

— Tolérer et même promouvoir l'inacceptable. Négliger des victimes au nom de la liberté de ceux qui les utilisent. Le débat s'est déplacé de la sexualité à la procréation mais il sera identique. J'imagine bien, dans quarante ans, nos descendants s'horrifier que nous ayons laissé une étudiante vendre ses ovules pour financer ses études ou porter l'enfant d'un couple d'hommes. L'avant-garde culturelle poussera alors les hauts cris. Elle lancera la curée contre le premier bouc émissaire qu'un quelconque bouquin autobiographique aura dénoncé. Et ne t'y trompe pas, je hais ce déchaînement contre un seul, la manière dont chacun y va de sa petite tribune pour se glorifier ensuite d'avoir donné un coup de pied au salaud, alors que l'homme est à terre.

— Et que faudrait-il faire ?

— Peut-être planer un peu moins, penser à la réalité des gestes. Baiser une gamine à l'hôtel après le lycée ou lui stimuler les ovaires pour pomper leur production, c'est pareillement indigne. Mais tolérer, puis bannir et vilipender un demi-siècle plus tard ceux qui ont profité de cette tolérance n'a rien de glorieux. Ne pas se rendre compte que ce qu'on accepte aujourd'hui est aussi dégueulasse que ce qu'on vient de déclarer inacceptable, c'est ne pas utiliser son intelligence, il me semble.

Alexandre entrevoyait une vie intellectuelle et militante avec laquelle il n'était pas en contact.

— C'est drôle, dit-il, je n'ai jamais eu des conversations pareilles avec Ada.

— Même quand elle a refusé de t'épouser ? C'était quand même une preuve d'indépendance. Ada n'était pas féministe ?

— Elle estimait qu'en gagnant sa vie elle l'était suffisamment. Les tâches domestiques ne la rebutaient pas. Elle y trouvait du plaisir et même un certain pouvoir.

— L'habituel pouvoir officieux des femmes. Et ne pas se marier, c'était militant ?

— Je l'interprétais comme une preuve que le passé n'était pas passé et je n'aimais pas en parler. C'était un sujet de querelle entre nous. Je considérais qu'elle avait donné le mariage à Bernard.

— Tu vois comme tu emploies encore le verbe *donner* ! C'est fou.

Alexandre avait rougi.

— Et tu ne t'es pas retenu de réclamer, toi aussi ?

— J'aimais Ada. Je voulais qu'elle me dise oui et soit tout entière pour moi.

— Tu es comme ça, toi ? Tu crois qu'on possède les gens ? le taquina Sandra en riant sans méchanceté.

Mais Alexandre répondit avec beaucoup de sérieux, de gravité même.

— Je crois que l'on vit avec eux et qu'un engagement est précieux. Il trace un seuil. Je voulais l'acquiescement d'Ada. Je voulais sa gaieté, murmura-t-il.

— Et sa beauté, aussi.

— Sa beauté, bien sûr.

Ils se turent comme si Ada tout à coup était présente et Sandra voulut chasser cette revenante encore dévastatrice :

— Les hommes qui aiment des femmes laides m'intéressent plus que ceux qui choisissent la beauté, dit-elle. Tu ne me crois pas ? Pourquoi souris-tu ?

— Veux-tu me signifier que je suis discrédité ?

— Tu ne l'es pas.

— Je souris parce qu'il se trouve que tu *es* belle. Comment fais-tu si ceux à qui tu plais ne t'intéressent pas ?

— S'ils ne s'intéressent qu'à mon cul ou ma plastique, je ne m'intéresse qu'à leur sexe. Ils me voient désirable, ils me trouvent désirante. Je passe d'objet à sujet.

Elle avait réponse à tout, elle était décontractée. Alexandre n'était accoutumé ni à ce vocabulaire ni à ce genre d'esprit à la fois formé et militant. Et puis il n'était pas d'accord, il fallait cesser d'être suspicieux : admirer la beauté n'excluait pas d'aimer pour d'autres raisons.

— Je te provoque un peu, admit Sandra. Mais ça n'est pas une question anecdotique. Je trouve la beauté surévaluée et ses dangers sous-estimés. Elle n'est pas ce qui te fait passer une bonne journée et elle est un risque dans la construction d'une existence féminine : le miroir aux alouettes qui attire les mecs les plus cons.

— Et les plus riches, fit remarquer Alexandre.

Sandra en convenait.

— Comment tu l'expliques ?

— C'est une forme d'appropriation d'une valeur, dit Sandra, alors que la beauté n'a pas à se vouer au plaisir des hommes mais d'abord à celui des femmes. Avant de chercher à séduire, elles devraient chercher l'apparence qui coïncide avec elles-mêmes.

Alexandre se sentait heureux et souriait béatement. Il n'était pas sûr de comprendre tout ce que pensait Sandra mais cette conversation libre révélait l'intimité à laquelle ils étaient parvenus, une manière de franchise et de simplicité qui le comblait. Sans doute avait-il besoin d'un contact authentique. Cependant, que masquait ce naturel ? Les deux amis s'y tenaient-ils à la même place, dans l'accomplissement qu'il représentait, ou au contraire dans une attente de ce qu'il promettait ?

— C'est fou le mal que se donnent les femmes pour être aimées, remarqua Sandra.

Elle parlait comme si elle ne s'en donnait aucun, et Alexandre le croyait – on ne voit rien lorsqu'on est séduit. Il était presque hypnotisé. Elle avait des théories, sans arrêt des théories. Il en était souvent éberlué. Sa voisine pouvait se montrer impertinente et impétueuse, elle le faisait rire, jamais il ne s'ennuyait avec elle. Il aimait sa manière d'être entière et spontanée, généreuse et parfois brutale. Il n'était pas toujours à l'aise avec son féminisme si peu empathique qu'il manquait les symétries entre les sexes.

— Tu crois que les hommes ne font pas eux aussi beaucoup d'efforts pour plaire aux femmes ?

— La différence c'est que ces efforts leur servent, il s'agit pour eux d'être des sujets, on peut même dire des sujets puissants. Ils se redressent. Tandis que les femmes se plient et deviennent des objets.

Elle exagérait encore mais il la laissa penser ce qu'elle voulait. Tout est toujours affaire de personnes, pensait-il. À certaines, on reproche la moindre parole, à d'autres on permet de tout dire, on goûte leur tournure d'esprit autant que leurs plaisanteries, on ne se lasse pas, on se sent bien avec elles.

— Je déteste la solitude. Je me suis accroché à toi comme à une bouée, confessa-t-il.

— Tu venais chez moi parce que tu étais seul et pas à cause de mes qualités particulières ! Je n'aimais pas y penser. C'était vaniteux de ma part mais ça se comprend : on veut être apprécié, pas utilisé.

Se remémorer, revenir au commencement était un grand classique de la relation galante et Alexandre s'émut en entendant Sandra faire cet aveu.

— Tu es appréciée, murmura-t-il.

Il attendait une réaction qui ne vint pas.

— J'étais dévasté, reprit-il, l'air de songer à un temps dépassé.

— J'ai su tout de suite que tu ne te laisserais pas couler, dit Sandra.

— Parler avec toi m'a retenu dans la chute. Ne va pas croire que j'aie cette disposition avec tout le monde. Je n'ai jamais eu de confidente avant toi.

Sandra ne releva pas le compliment. Fais attention ! Il va tomber amoureux de toi, avait récemment prédit Natalie. Cette éventualité avait la logique du transfert dans une thérapie. Il te plaît ? demandait Natalie. Sandra secouait énergiquement la tête pour signifier non, pas du tout. Il me plaît comme ami, pas comme amant, expliquait-elle à sa sœur. Alexandre ne l'attirait pas physiquement. Le corps décide d'abord, on en revenait toujours à ce principe. Tu crois qu'il le sait ? avait demandé Natalie. J'espère qu'il le ressent. Maintenant Sandra repensait à cette conversation. J'espère qu'il le ressent. Elle n'aurait pas parlé autrement à cet instant où Alexandre l'installait sur un petit piédestal. Elle n'avait pas changé de disposition. D'ailleurs, si Alexandre se croyait amoureux c'était un effet de sa solitude, ça n'avait aucune valeur. Quel crédit accorder à un sentiment qui a trop d'utilité pour celui qui l'éprouve ? Les sentiments répondent-ils forcément à quelque chose ? Sandra nourrissait ce fantasme d'un amour désintéressé.

— À quoi penses-tu ? demanda Alexandre.

Elle trouva vite une réponse qui les ramenait avant l'éloge, l'aveu, l'attente suspendue.

— Je pense que personne n'a envie de rentrer le soir dans une maison vide. Les gens ont une trouille bleue de la solitude. Même ceux qui seraient très bien tout seuls s'adjoignent une moitié qui les empêtre. *Ma* femme, *mon* homme, *ma* compagne, *mon* compagnon, le possessif est révélateur. Et la petite cellule se referme ! On appelle ça l'amour. Mais c'est trop souvent l'intérêt, la pétoche, l'instinct grégaire, ce que j'appelle la normopathie. Moi, j'ai la chance d'aimer être seule.

— Et d'être assez jolie pour avoir un amant quand tu veux.

Est-ce qu'il lui faisait du gringue ou était-ce un compliment franc sans arrière-pensée ? Difficile de trancher et d'être certaine que l'affection ne tramait rien. Les yeux d'Alexandre ne la fixaient-ils pas avec une intensité nouvelle ? Une fois encore, les prédictions de Natalie devenaient troublantes : un jour il va te regarder d'un autre œil, comme l'attirante amie de sa défunte épouse, celle qu'Ada lui aurait comme laissée en héritage. Tu n'y peux rien, tu es la remplaçante naturelle. Peut-être est-il déjà épris et le pense-t-il déjà, et il attend que tu te sois habituée à sa présence et qu'il t'en coûte de la perdre. Un jour, il te faudra le détromper.

— J'ai passé cet apogée depuis quelques années, dit Sandra.

— Change de point de vue. Projette-toi dans le futur pour mieux voir la qualité du présent. Quand tu auras cinquante ans, tu penseras que tu étais très jeune aujourd'hui et tu regretteras de ne pas en avoir eu conscience sur le moment.

Alexandre Perthuis pensa à Ada. Elle n'aurait jamais cinquante ans, ni même quarante, il ne connaîtrait jamais la femme que le temps aurait façonnée.

— Je sais que tu penses à Ada, murmura Sandra en le regardant.

2

— Je pense à elle chaque jour.

Il en était fier comme on l'est d'une loyauté. Des épisodes lui revenaient, la peine s'embrasait, puis s'atténuait, nuancée de nostalgie heureuse, virant à l'émotion de se remémorer le bonheur passé.

— Je pense souvent à notre rencontre. Ada m'a plu dans l'instant. Ça ne s'explique pas, une attirance aussi limpide et miraculeusement réciproque.

— Il paraît que ça peut s'expliquer.

L'idée qu'à force d'introspection et d'analyse on pût découvrir quels attributs ou comportements nous plaisaient, et ce que nous cherchions chez un autre, et par quel mécanisme se déclenchait en nous l'attachement, captivait Sandra (elle avait lu de nombreux ouvrages à qui elle devait une bonne connaissance d'elle-même). Alexandre n'eut pas la curiosité de savoir comment se nouent nos enchantements et elle n'insista pas sur ce sujet qui réclamait une connaissance intime de soi et de son propre désir, une plongée vers les blessures et les manques qui le forgeaient.

— Je me demande si cela peut arriver une deuxième fois, dit-il.

— Bien sûr que ça peut.

Sandra n'indiqua pas à Alexandre qu'il risquait d'élire exactement le même type de femme, un double ou un clone d'Ada, et peut-être de vivre avec elle des relations similaires.

— Tu le voudrais ? demanda-t-elle.

— J'ai ce rêve du coup de foudre réciproque. La simplicité, la facilité, l'élégance.

— Il évite la drague lourde, c'est vrai.

— J'aimerais revivre cette magie de l'évidence.

— Je comprends. Moi aussi j'aime l'amour imprévu, qui vous tombe dessus, détaché de tout calcul initial.

— Ça, c'est une autre affaire ! Je crois que les cœurs calculent assez vite.

Sandra protesta vivement :

— Je ne veux pas être calculée. Je ne veux pas être utile. Je ne veux être ni une compagnie, ni une mère de substitution, ni une consommation ostentatoire.

Que voulait-elle être dans les bras de l'autre ? Cela finissait par être un mystère, mais qui ne dérangeait rien au plaisir paisible et étrange d'être assis ensemble et de bavarder.

— La solitude dessèche, on ne dévore que les autres, moi je demande une compagnie, justement, dit Alexandre.

— Tu ne vis pas seul, fit remarquer Sandra. Tu oublies Sophie. Et Dieu sait que les parents dévorent leurs enfants.

— Je croyais que les enfants dévoraient leurs parents ?

— Dévoration réciproque. Dans le bunker familial !

Il ne riait pas de cette image qu'elle avait, une famille enfermante, d'où lui venait cette idée ? Trop d'idéologie militante, pensait-il, et cette obsession de ce que les femmes donnent. Elles étaient pourtant récompensées, il aurait voulu que Sandra en convînt.

— Je vis sans femme, c'est ce que je voulais dire.

— Tu n'as plus cette maîtresse à Mabillon ?

Il avait eu une brève liaison avec une amie d'Ada, sans doute cherchant sa femme défunte dans les traces de l'amitié.

— Elle n'accepte pas l'enfant.

Quelle femme accueillerait Sophie ? Souvent, le soir, quand la petite fille dormait, il se posait cette question. Il se la posait même à voix haute. Quelle femme adoptera Sophie comme sa propre fille ? C'était ce qu'il voulait, pas de demi-mesure. Aussitôt il pensait à sa tendresse pour Nicolas : lui-même avait accueilli le fils de Bernard. Mais jusqu'à quel point ? Il avait aussi désiré son enfant. Sophie avait comblé un manque. Les femmes n'étaient-elles pas plus folles encore au sujet de leur progéniture ? Au lieu d'être rassuré, il s'inquiétait davantage, pensant : une jeune compagne réclamera un enfant à elle, une autre plus mûre aura déjà les siens, alors qui ? Et c'était ainsi que son attention se portait sur Sandra : parce qu'il voyait l'affection qu'elle donnait à Sophie, sa voisine devenait pour lui l'amante idéale.

— Je la comprends, dit Sandra (elle parlait de la maîtresse qui ne s'intéressait pas à Sophie). Une femme aime un homme, point final. Aimer ses enfants, qui sont ceux d'une autre, constitue une difficulté imprévue, même si elle est fréquente. Aimer tous ceux qu'aime l'autre fait peut-être partie du pacte amoureux, mais en réalité ça n'a rien d'automatique.

— Tu as bien réussi à aimer mes enfants, toi qui n'as pas voulu en avoir.

Il était si sûr d'elle ! Cette confiance obligeait et Sandra manqua rétorquer : Qui te dit que je les aime ? Mais elle pensa : ils me plaisent, j'ai de l'affection pour eux. De quelle manière je les aime ? Pas comme les enfants d'un amant. Certainement pas inconditionnellement. Elle aurait pu dire à Alexandre : Est-ce que ça m'est facile parce que je ne t'aime pas d'amour ? Ou parce que je ne vis pas avec toi et avec eux ? Parce que je ne leur dois rien ? Parce que je suis libre de me retirer ? (Une illusion que Sandra entretenait volontiers et qui lui était nécessaire.)

Finalement elle dit :

— Je ne parlais pas de moi. J'ai de l'affection pour tes enfants, c'est vrai, mais toi et moi, nous sommes des amis. Peut-être Nicolas m'accepte-t-il justement parce que je ne prends pas la place de sa mère.

À dessein elle répéta les choses autrement :

— Peut-être m'aime-t-il parce que tu n'es pas amoureux de moi comme tu l'étais d'Ada. Il le sait, bien sûr, et cela doit lui faire plaisir.

Elle craignit un instant qu'Alexandre attrapât la perche et en profitât pour dire : Nicolas serait très heureux que nous nous aimions. Mais Alexandre répondit tout autre chose :

— Il t'aime parce que tu l'étonnes.

Parlait-il aussi pour lui ? Sandra ne s'attarda pas à se le demander et c'est elle qui saisit une perche qu'elle apercevait :

— Alors ça conforte ce que je pense. J'allais te dire que l'empreinte de la mère est extravagante. J'étonne Nicolas parce que j'arrive dans sa vie après Ada.

— À t'entendre, la mère vampe et vampirise ! dit Alexandre sur un ton de regret.

— C'est ce qu'elle fait, oui, je le crois, et les enfants d'un homme sont avant tout ceux de sa femme. Je te parle évidemment de notre époque, car c'est une des choses que l'avenir pourrait transformer.

— Explique-moi ce tour de passe-passe.

— Chaque mère a sa culture familiale, son style qu'elle imprime à sa famille.

— Et alors ?

— Alors c'est très fort. C'est une empreinte indélébile et comme répulsive.

— Carrément !

— Celle qui vient en second n'aurait pas donné la même éducation, il en résulte un choc entre elle et la progéniture. Ajoute à cette difficulté la loyauté des enfants, qui fait obstacle souvent inconsciemment. Aucun gosse n'accueille facilement la femme qui remplace sa mère auprès du père. D'ailleurs, la nouvelle élue fait naître des regrets par sa seule présence : à sa place, l'enfant constamment imagine sa mère.

— Et tu es certaine de tout ça, tu l'as théorisé !

— Disons que j'ai eu l'occasion de faire des expériences. J'ai même vu qu'une mère absente, qui se fait désirer, devient éternelle à la manière d'un fantasme. Ses enfants courent après elle. Moins elle a donné, plus elle reçoit. Je l'ai observé de nombreuses fois : les bonnes mères libèrent leurs enfants, les mauvaises se les attachent à jamais. Celles, par exemple, qui ont quitté maison, mari et enfants, jamais tu ne t'installes dans le vide qu'elles ont laissé. Sous l'emprise du manque, les gosses leur sont loyaux à crever.

Alexandre écoutait.

— C'est bien d'être loyal !

— Oui, mais il faut l'être librement.

Peut-être Alexandre pensait-il à sa propre mère dont il ne parlait jamais et que Sandra n'avait pas vue aux obsèques d'Ada. Peut-être se demandait-il quelle mère avait eue Sandra et ce qui dans sa vie avait déterminé son refus d'avoir des enfants. Ce qu'elle venait de dire lui sembla juste : chacun n'a qu'une mère et nul ne se résout à en avoir manqué. Voilà pourquoi Sophie accueillerait la femme qu'il aimerait.

— Ma fille n'a pas connu sa mère. Ce malheur m'évitera peut-être ces difficultés ?

— Tu en auras d'autres, dit Sandra. Sophie *a* une mère, et elle risque de l'idéaliser parce que tu l'idéalises toi-même. Ou bien le souvenir d'Ada sera une présence qui doit être protégée, la place vide sera sacrée. Le passé sera pesant. Les morts aussi sont présents.

Alexandre n'écoutait plus. Quel intérêt de s'imaginer les difficultés à venir quand on ne peut rien faire pour les empêcher ? Il revint à son projet.

— Je *veux* revivre avec l'amour d'une femme, reprendre la vie à deux. Je n'envisage pas que ça n'arrive pas.

Le petit garçon capricieux et l'homme qui obtenait toujours ce qu'il voulait martelaient ensemble ces mots. La voix portait une détermination et Sandra se demanda si l'obstination volontariste suffisait en amour.

— Pourquoi souris-tu ? demanda Alexandre.

— Un homme qui a vécu avec une fée est incapable de vivre seul mais ne la remplacera pas facilement ! Besoin immense et satisfaction impossible, c'est *Peau d'âne*. La princesse et la fée, deux figures de la femme contrecarrant ensemble la folie du mâle incestueux, l'idéalisation de la mémoire et la bêtise de certaines promesses.

Et comme Alexandre semblait n'avoir rien à dire, Sandra conclut :

— J'ai toujours aimé l'idée que certains êtres puissent être irremplaçables et, une fois de temps en temps, ne soient pas remplacés.

— C'est une idée mortifère.

— Je ne trouve pas. Il y a une flamme dans l'amour qui persiste au-delà de la perte. Et c'est un idéal.

— Ça n'est pas le mien, murmura Alexandre. Et je n'aime pas moins Ada parce que je souhaite vivre avec une autre. Mon amour n'est pas mort mais Ada l'est.

Ces conversations se succédaient, répétitions et variations autour de l'amour perdu et recherché. Sandra aurait pu fuir cette montée de sentiments chez un ami qui ne l'attirait pas. Mais l'homme était tout entier sensible, elle pouvait douter qu'il le fût seulement à elle, et il ne se permettait aucune avance. Elle représentait la consolation, le réconfort, le retour à la parole. Comme on dit : elle faisait maintenant partie de la famille. Un vendredi sur deux arrivait Nicolas, qui la réclamait et rompait le tête-à-tête. On l'asseyait à table avec les adultes tandis que Sophie restait un peu plus longtemps dans sa chaise haute avant de se coucher. Le garçonnet racontait sa semaine à l'école, il était entré au cours préparatoire avec beaucoup de facilité puisqu'il savait lire en commençant l'année. Il était l'un des chouchous de la maîtresse, cela se déduisait de ce qu'il racontait. Il s'était fait deux copains, Louis et David. Ravi par les faveurs dont profitait son fils, Alexandre s'en réjouissait, tandis que Sandra réaffirmait que les maîtres ne doivent pas avoir de favoris. Lorsqu'ils bavardaient dans le salon d'Alexandre, dans la décoration et l'esprit d'Ada, pensait Sandra, Sophie dormait, la porte de sa chambre ouverte, une veilleuse allumée.

— Nos voix la bercent, disait Alexandre.

— Tu es devenu ce qu'on appelle un père-mère, s'amusait Sandra. C'est magnifique !

Si l'enfant était éveillée, Alexandre partageait son admiration paternelle. Sur ce sujet – la beauté de sa fille, ses dons, son charme, son avenir – l'interlocutrice naturelle aurait été Ada, aussi l'évoquait-il :

— Ada serait fière de sa fille.

— Elle en serait folle, confirmait Sandra.

Ensemble ils célébraient l'enfant, son intelligence balbutiante, ce joyau de chair, ce noyau d'énergie mentale qui réclamait la becquée avec la même voracité qu'un nid entier d'oisillons. Sandra se montrait si réceptive à l'intarissable dilection du père ! Alexandre mesurait cette chance et ne retenait pas ses éloges. L'amour paternel n'était pas une chose partageable, les autres se lassent d'entendre parler d'enfants qu'ils ne connaissent pas ou n'aiment pas, mais Sandra n'était pas dans cette situation d'étrangère, elle avait un contact réel et vrai avec Sophie.

— Viens voir Sandra !

Sophie accourait, téméraire et rieuse, de sa démarche rapide et branlante, se jetant dans les bras de Sandra qui aussitôt l'embrassait.

— Tu es ma petite idole, ma princesse adorée, disait Sandra.

Et à Alexandre, elle avouait son étonnement : les deux enfants étaient entrés dans sa vie. Jamais Alexandre ne serait en mesure de lui rendre la bouffée de gratitude qu'il avait éprouvée à ces mots. Un élan tendre se soulevait en lui.

3

C'était la mécanique de la vie, une mécanique des fluides, des sentiments, une grande circulation des attachements et des raisons, une mystérieuse liquidité de l'amour qui, comme l'eau d'une vasque naturelle à une autre, coulait d'un être vers un autre. En prenant soin de sa progéniture, on s'attachait un homme autant qu'une femme. Voilà l'enseignement qu'il y avait à tirer de cette histoire. Sandra avait eu l'occasion de l'observer ou d'en faire l'expérience périlleuse. Car l'inverse était aussi vrai : en rejetant les enfants d'un homme, on le perdait. À ses amies, Sandra faisait remarquer que les enfants, réels ou imaginaires, semblaient devenus le cap des relations amoureuses. Elle-même avait perdu des amants parce qu'elle refusait de rencontrer leurs enfants et d'autres parce qu'elle n'envisageait pas d'en mettre au monde avec eux. Pour eux ! précisait-elle. Sans *projet parental*, que peut espérer une célibataire ?! plaisantait Sandra. Je demande à un homme de m'aimer pour moi-même et pas pour mon ventre capable d'enfanter, est-ce une chose si extraordinaire ? Aime-t-on quelqu'un dont ensuite on aura peut-être un enfant ou bien aime-t-on d'emblée un géniteur ? A-t-on un enfant parce qu'on s'aime ou s'aime-t-on pour avoir un enfant ?

Quant à un veuf qui élevait une fillette, comment ne rêverait-il pas d'une présence maternelle auprès d'elle ? Ce qui se passait dans la tête d'Alexandre n'était pas difficile à comprendre. L'absence déplorée devenait regret et attente d'une remplaçante, Sandra était scrutée comme une candidate potentielle.

— Tu peux avoir l'air dure mais tu ne l'es pas, confiait Alexandre.

De toute évidence il n'avait ce soir-là aucune envie de sortir de table et de rentrer chez lui. Mais Sandra ne ressentait pas le besoin de s'entendre expliquer ce qu'elle savait déjà. Elle n'entra pas dans cette causerie trop intime qui aurait pu combler son narcissisme, preuve s'il en fallait qu'elle n'était ni séduite, ni coquette, ni amoureuse. Mais Alexandre Perthuis était aveuglé par son propre regard.

— Tu as deux visages, l'un qui fait peur et l'autre qui s'éclaire, poursuivait-il sans remarquer que Sandra esquivait la conversation.

Il voulait parler d'elle parce qu'elle occupait sa pensée. Il n'avait pas besoin d'interlocutrice, il était ravi de s'exprimer tout seul.

— Tu es beaucoup plus gentille et douce que tu ne le parais.

Voilà clairement exprimé le fond de la pensée qu'il s'était faite et il en était bien aise. Son buste frêle s'était avancé jusqu'au milieu de la table, il regardait Sandra avec insistance et bonheur, une galanterie s'insinuait dans le ton de sa voix, il s'abandonnait à un bien-être sentimental, il avait envie de remémoration et de célébration, ces plaisirs de l'amour, signes perceptibles de la complicité qu'il éprouvait.

— Si tu n'avais pas habité au-dessous, continua-t-il, si tu ne m'avais pas accueilli de bonne grâce, j'aurais été incapable de vivre sans Ada dans l'appartement où j'avais vécu avec elle. J'aurais été contraint de déménager, Nicolas aurait perdu ses repères.

Sandra écoutait en se taisant. Que répondre après une confidence que l'on vous fait et qui vous rend précieux ?

— J'adore que tu sois capable de ne rien dire, murmura Alexandre.

Elle ne lui plaisait pas parce qu'elle était silencieuse, il aimait qu'elle le fût parce qu'elle lui plaisait. Il s'était mis à ne lui trouver que des qualités au fur et à mesure qu'elle tenait le rôle qu'il voulait justement voir tenu. Je suis sûre qu'il est en adoration devant toi, disait Natalie. Était-elle devin ou les hommes étaient-ils tellement prévisibles ? s'étonnait Sandra sans donner suite à ces épanchements.

Les sentiments latents d'Alexandre étaient devenus un sujet de conversation. Toujours à l'instigation de l'aînée, car on est intrigué par ce qu'on imagine sans en être témoin, les deux sœurs en discutaient lorsqu'aucun client ne troublait leur tête-à-tête dans la librairie. Ne te méprends pas, Alexandre n'est pas amoureux de moi, répétait une fois encore Sandra. Il aime l'affection que je donne à sa fille. Il aime sa fille. Occupée ce jour-là à ranger les nouveautés sur les tables, se baissant au-dessus du carton de livraison puis se redressant, Natalie resta silencieuse, soucieuse de laisser s'exprimer les choses. Sandra ne manquerait pas de développer son interprétation – son déni ? –, elle avait cette façon de penser en parlant, comme on découvre ce qu'on écrit en l'écrivant.

— Je pourrais te dire qu'Alexandre fait son deuil sur moi comme on *se fait les dents sur*, continua-t-elle. Il se bagarre contre le sentiment de la perte, de l'abandon, de l'isolement. Ce n'est pas de l'amour.

Tandis que Natalie vidait, Sandra remplissait une caisse des livres à retourner aux éditeurs. Nouveautés et retours se croisaient entre les mains des deux sœurs. Sandra s'interrompit pour transporter son colis plus près de l'entrée du magasin puis revint, reprenant le fil de son idée.

— La mort d'Ada a créé un vide qui m'a requise. Et maintenant, le pli est pris. Je ferme la grille de la librairie et je file faire ma bonne action. Je me rends utile. Tu sais que j'ai toujours été comme ça, conclut-elle.

Le pli était pris bel et bien. Alexandre et Sandra dînaient ensemble trois ou quatre fois par semaine, sans même s'organiser, l'un ou l'autre descendait ou montait le proposer, indifféremment lui ou elle.

— Il n'a pas d'amis ? demanda Natalie.

— Il en a et il m'est arrivé de dîner avec eux. Mais tu sais bien que le voisinage change tout. Simple effet de la géographie : pas besoin de prévoir, on est naturellement rassemblés sans pour autant partager la même chambre et la même cuisine.

— Tu découvres le bonheur de la vie de famille !

— Non ! Je crois qu'Alexandre et moi nous entendons si bien justement parce que nous ne sommes pas une famille.

— Excuse-moi, je ne comprends pas.

— Quand les liens sont libres et ténus, nous en prenons soin et ils acquièrent une qualité. Voilà ce que je veux dire.

— Mais ne joue pas avec le feu.

— Ça n'est pas ce que je fais, dit Sandra avec fermeté. Que voudrais-tu ? Que je laisse tomber le père et les enfants ?

La mort d'Ada avait changé la vie de Sandra et, lorsqu'elle en avait pris conscience, il était trop tard pour revenir en arrière. Elle n'éprouvait aucun désagrément et constatait : une forme de la vie quotidienne pouvait se substituer à une autre, on tombait de l'une dans l'autre, sans le décider, pendant plusieurs semaines certaines habitudes s'installaient, et toc ! Le rythme était pris, et le rythme est presque tout. L'implacable enchaînement des jours s'imposait, les tâches nécessaires exigeaient d'être accomplies. Lorsque Sophie eut grandi, Sandra lui lisait une histoire le soir, ou l'inventait, ou récitait un poème. Elle rapportait de la librairie les livres qui avaient la cote auprès de ses jeunes clients. Elle chatouillait, embrassait le ventre rond sous le pyjama, le haut du bras bombé et soyeux, le cou chaud. Puis elle rentrait sous la couette les petites jambes, éteignait la lampe et branchait la veilleuse. Elle faisait les gestes de la mère. Ensuite Alexandre pouvait dîner chez Sandra. L'interphone de surveillance fonctionnait entre les étages, il suffisait de descendre chez elle l'appareil récepteur et l'on entendait tout ce qui se passait dans la chambre de Sophie. Aux enfants on ne reprend pas ce qu'on a donné, pensait Sandra, quitte à se sentir, par cette sollicitude particulière, en contradiction avec son habituelle déploration : les gens ne pensent plus qu'à leurs rejetons et leur donnent le meilleur de leur vie.

— Je suis une femme de rechange, une femme fonctionnelle. Mon mérite est d'être là. C'est peut-être horrible de le dire de cette manière, mais au moins c'est honnête. Les premiers mois après la mort d'Ada, je n'osais pas m'en aller, je me disais si je pars il sera face à l'absence et livré à l'angoisse. Je tiens le rôle d'une autre. Je me suis même mise à la cuisine, tu te rends compte ?

— Je me rends compte ! dit Natalie.

Elle soupçonnait Sandra d'être contrainte par ce qu'elle reprochait à la gent masculine, ou même inconsciemment de chercher à le prouver : les hommes ne se passaient pas d'une femme. Mais Sandra pourrait être cette fois attrapée à son propre jeu. Perchée sur un escabeau, protégée par la hauteur, loin du regard de sa sœur, Natalie s'en amusa :

— Il a raison d'être patient, il sait qu'aucune forteresse n'est imprenable.

— Tu as tort, il sait qu'il ne me plaît pas, il l'a forcément senti, dit Sandra.

— Pourquoi ne te plaît-il pas ? Et comment l'aurait-il senti ? Tu passes tes soirées avec lui !

— L'attraction sensuelle fait défaut, depuis le début.

— Alors il espère que l'obstacle disparaîtra et que ton intérêt s'éveillera. Ça ne serait pas la première fois qu'un homme qui n'avait aucune chance, soi-disant, parvient à ses fins.

— Tu parles comme si tu ne me connaissais pas et que je pouvais changer d'avis du jour au lendemain.

— C'est ce que je crois !

— Tu as tort. Je ne suis pas une girouette et le couple ne me fait pas plus envie qu'avant.

Sandra Mollière avait toujours raconté qu'elle cherchait une manière de vivre autrement l'amour. L'exclusivité sexuelle était un fondement trop contraignant et trop fragile. Elle ne se voyait ni mentir ni raconter ses aventures extérieures, ni se les interdire. Alors ! Quelle alternative ? Les années 1970 avaient prouvé que les communautés ne tenaient pas. Il fallait inventer autre chose. La proximité, en ville, était la solution et, d'une façon inattendue, elle était en train de le démontrer.

— Quand viens-tu t'installer dans notre immeuble ? Je n'ai pas renoncé à mon idée de phalanstère, dit Sandra.

— Est-ce qu'on ne change pas ? demanda Natalie.

— On change autour mais pas au centre. Si Alexandre m'avait attirée, j'en aurais peut-être fait mon amant, après un délai décent évidemment. Mais ça n'est pas le cas. C'est un ami que j'aide dans une passe difficile. Ne te raconte pas d'histoires ! Je ne crois pas que l'amour naisse de l'amitié.

4

Un automne et un hiver encore – les deuxièmes depuis la mort d'Ada – filèrent rejoindre le grand passé. À ce temps évaporé, des jours et des jours confondus dans une activité intense et régulière, la croissance de la fillette donnait une matérialité stupéfiante. Le corps enfantin, soyeux et désormais sautillant devenait le marqueur de la durée. Il s'allongeait en même temps que la distance avec l'Événement. Comme elle grandit ! disait Alexandre. Un jour même elle vieillirait, pensait Sandra, elle vivrait ce que sa mère n'avait pas vécu, elle découvrirait comment se transforme un visage, elle déclinerait à la place de sa génitrice. Un vrai remplacement des générations. La chair d'enfant n'était jamais fatiguée, s'excitait de tout, s'étendait tel le végétal, bougeait tel l'animal, parlait, exigeait, attendait, adulte en devenir. L'immense, l'horrible force du présent – on pouvait indifféremment penser l'un ou l'autre – balayait la mémoire. Superposée aux images anciennes, la petite fille desserrait le garrot de la mélancolie. Facéties, coquetteries, fulgurances de l'esprit d'enfance, Sophie était amusante. Son énergie s'emparait du droit et du plaisir de dire non. Le nourrisson était bien loin de cette minuscule personne qui voulait agir par elle-même. Sa naissance, le sang et les larmes ne troublaient plus les nuits de son père. Alexandre devenait capable de penser à Ada avec sérénité. Ada qui lui avait donné l'enfant qu'il réclamait. Ada qui lui en avait laissé la responsabilité, l'éducation et l'amour. Ada aurait voulu une femme aux côtés de sa fille.

Ada aurait voulu. La plupart des amis d'Alexandre le lui disaient de cette façon, comme s'il était entendu qu'Alexandre avait besoin du consentement d'Ada, comme si Ada avait toute autorité sur sa vie ou qu'il lui devait quelque chose, la fidélité ou la réparation. Alors qu'Ada, pensait-il, resterait muette, appartenant au passé et à la mort. C'était bien en raison de cela qu'on employait le conditionnel passé : si elle avait été capable, avant de mourir, de s'imaginer le monde sans elle, Ada *aurait voulu* une femme aux côtés de Sophie. Ada ne voulait plus rien et Sandra était présente, se disait Alexandre. Les amis ne pensaient pas à l'amitié d'une voisine, un plaisir apparemment sous-estimé, ils appelaient de leurs vœux une nouvelle relation amoureuse. Certains camarades le poussaient carrément à se remarier, oubliant qu'il n'avait jamais convolé. Il fallait une épouse à Alexandre ! Les remarques, les petites phrases s'incorporaient aux conversations, on s'enquérait de sa vie sentimentale.

— Tu as quelqu'un en ce moment ?

À cette formulation singulière – qui en vérité signifiait *as-tu quelqu'un dans ton lit ?* – il eût fallu répondre : Non, personne. Pourtant Alexandre pensait qu'il *avait* Sandra : quelqu'un pour ne pas être seul, pour discuter, rigoler, se confier, avec qui manger ou réfléchir, tout sauf coucher et dormir. Il ne répondait pas. Si d'aventure la question était posée en présence de Sandra, lorsqu'il l'avait invitée à se joindre au dîner, il se trouvait gêné. Il a moi ! disait-elle pour résorber le silence. Ou bien Alexandre se montrait capable de sourire en disant : Sandra nous tient compagnie. Et le pronom *nous*, qui incluait Sophie, avait de l'importance, il établissait la différence entre Sandra et une maîtresse.

Or c'était une maîtresse qu'il fallait, une femme amoureuse, l'ultime baume sur la blessure après la cicatrisation du temps.

— Ne reste pas seul ! Trouve-toi quelqu'un. Tu n'en as pas envie ?

L'injonction devenait banale, pour cette raison Alexandre lui trouvait de la vulgarité, mais pardonnait à l'amitié.

— Pas encore, bientôt, disait-il.

— Je te dis ça pour toi. Je ne pense qu'à toi.

Alexandre n'était pas dupe. Personne ne s'oublie et les amis ont besoin que leur monde soit arrangé selon l'idée qu'ils se font d'un monde bien ordonné.

Il raconta à Sandra comment le cercle amical l'encourageait à choisir une compagne.

— C'est la pression de conformité, la société n'aime pas les gens seuls, ça n'est pas une découverte, commenta aussitôt sa voisine.

— Et pourtant ils sont légion, remarqua Alexandre.

Il y faisait plus attention depuis que c'était son lot.

— Oui, justement, ils sont vus comme des perdants, des losers que l'on plaint avec condescendance et dont l'air de rien on se méfie.

— Tu crois vraiment ça ?

C'était un fait ! affirmait Sandra. On ne pouvait nier que certains célibataires l'étaient malgré eux et méritaient qu'on le déplorât, mais ceux qui l'étaient par goût, on ne leur fichait pas la paix. Elle-même avait affronté l'opposition ou la critique que suscitait sa volonté de vivre seule, c'était proprement insupportable !

— La solitude est suspecte ou dangereuse, tu n'y peux rien. La norme et la sécurité ? C'est le couple. Le bonheur ? C'est le couple. La santé ? C'est le couple. Et la prospérité aussi. Qui sont les pauvres ? Justement les familles monoparentales. Toutes les données valident cette apologie ancrée dans l'esprit des gens. Plus la conjoncture économique devient dure, plus la famille est la valeur refuge des Français, c'est ce qui s'est passé depuis vingt ans. Et si tu es heureux, sain, riche et célibataire, passé l'âge du mariage on te regarde d'un si mauvais œil que ça peut vraiment finir par te rendre malade !

— Mais non ! dit Alexandre d'un ton précieux.

— Mais si. La femme seule fait toujours peur parce qu'elle pourrait circuler et faire usage de sa liberté. Concernant les hommes, je connais moins bien le sujet. Le célibataire qui profite de sa liberté est assez envié, je crois. Pourquoi tes copains veulent-ils tellement que tu trouves une femme ?

Alexandre Perthuis sourit :

— Parce que je ne profite pas de ma liberté ?

— Peut-être, murmura Sandra sans se lancer sur ce sujet.

Les amis ne voulaient plus d'un compagnon grevé, mordu, lézardé, ils réclamaient le couplet suivant de sa vie. Ils voulaient la preuve que le temps du deuil était clos et leurs soins amicaux sans objet. Les amitiés se fatiguent de dispenser du réconfort et réclament du progrès. Même le droit au chagrin se périme, la patience des autres s'étiole, s'attarder dans la tristesse déplaît. Le moment était venu pour Alexandre de se consacrer à son avenir sentimental, de retrouver une compagne, et en tout cas de la chercher activement. L'amitié le pensait à sa place, d'après le schéma conventionnel de la classe dominante, où les hommes n'ont pas de difficulté à séduire les femmes, et sans penser qu'Alexandre pût se sentir heureux dans une transition lente. D'ailleurs il freinait devant toute suggestion.

— Rassure-toi, je vais bien, disait-il de plus en plus souvent.

— Justement ! Profites-en ! Les femmes seules ne manquent pas.

Certains, pour avoir été concernés, connaissaient les statistiques :

— On compte cinq femmes disponibles pour un homme seul. Un divorcé retrouve une nana en quinze jours, c'est factuel. Mais si tu ne sors pas…

— Je suis bien chez moi, avouait Alexandre sans se laisser culpabiliser.

Les plus fins parmi ses camarades comprenaient qu'il fût las à l'idée de reprendre à zéro une relation, de tout recommencer, de se relancer dans une conquête ou du moins une rencontre. Faire connaissance, se raconter, donner une bonne image de soi, écouter l'autre et s'intéresser à sa vie, s'imaginer y trouver une place. Faire preuve de curiosité, taire ses inquiétudes, dépasser ses doutes, courtiser ou se laisser charmer. Avoir des idées de soirées attrayantes, faire assaut de politesse, d'élégance, d'esprit, de virilité même, donner le change quand on n'y croit pas vraiment. Ce qu'il faut livrer de soi en vue d'une relation amoureuse est énorme et incertain. Et il n'y a pas d'autre façon pour se caser. C'est toujours un peu la même chose, les mêmes regards, les mêmes rires, les mêmes rites du cinéma, du restaurant, du verre dans un bar, sans oublier de payer évidemment, et le concert qu'on aurait séché, l'exposition de peinture à laquelle on n'irait jamais seul. À partir d'un certain âge, un homme y voit quelque chose de répétitif qui le rend plus cynique que romantique. Et alors il devient extralucide, il perçoit tout, les manœuvres, les faiblesses, les lacunes, les détails agaçants, et l'arrière-plan d'une vie engagée dans laquelle il faudrait se glisser presque comme un intrus. Il repère d'emblée tout ce qui chez l'autre lui deviendra insupportable, il ne peut plus passer sur ce qui lui déplaît, il s'ennuie parfois terriblement, il a envie de se sauver en courant.

— Il faudrait pouvoir rencontrer tout de suite des gens exceptionnels, disait Alexandre.

— Tu penses à quel genre de gens ?

— Je pense à des personnes que je n'ai jamais fréquentées, des créatrices, des artistes. Je travaille trop avec des hommes. J'adorerais parler avec une cantatrice, une sculptrice, une romancière, des femmes qui me feraient découvrir un monde. Ou bien une grande intellectuelle que j'admirerais, une universitaire pas ennuyeuse qui m'apprendrait quelque chose. Il faudrait que ma curiosité soit piquée et nourrie. Combien de fois tombe-t-on amoureux dans sa vie ? Plus on avance dans l'existence, plus c'est difficile sans doute, disait-il. Plus on vieillit, plus on est exigeant et moins on plaît.

Ces conversations l'amenaient à réfléchir. Il se demandait si le cœur ne fermait pas boutique quand il avait tout expérimenté et trop perdu. Mais lui-même ne se sentait-il pas un peu amoureux de Sandra ? Il était bien obligé d'y penser, de constater qu'il n'avait pas renoncé. Et ses amis le sentaient et revenaient à la charge.

— Inscris-toi sur des sites de rencontres. Tu connais asmallworld.com ? Ou Attractive World, le site des célibataires exigeants ?

Cet ami-là décrivait un processus de sélection à l'entrée qui promettait une communauté de gens beaux et spirituels, drôles et riches.

— Et ta voisine ? avait demandé son associé plus pragmatique, pressé de le voir foncer et s'occuper moins de Sophie.

— C'est une amie, avait dit Alexandre.

— J'avais imaginé que c'était le commencement d'une histoire.

Louis Perbeau n'avait pas été jusqu'à dire *j'avais espéré*, mais c'était bien ce qu'il pensait. Alexandre n'en doutait pas et il était agacé qu'un autre imaginât ses sentiments, les attendît pour améliorer une situation qui l'inquiétait. L'associé ne cachait pas sa déception.

— Ça l'est, confirma Alexandre, mais toutes les histoires ne sont pas amoureuses.

— Je n'ai jamais cru à l'amitié entre hommes et femmes, dit aussitôt Perbeau, fâché par la petite leçon qu'il avait perçue dans cette réponse.

Louis Perbeau croyait-il même à l'amour ? Aimait-il autre chose que l'argent ? Alexandre faillit lui poser la question du tac au tac. Il s'était souvent demandé si ce garçon brillant, qui poursuivait la réussite professionnelle et sociale avec un acharnement efficace, avait déjà aimé une femme. Mais Alexandre ne fit aucune plaisanterie qui eût été acerbe. Il avait été le témoin silencieux du divorce sec de son partenaire – une bataille sans merci contre toute pension alimentaire à l'ex-épouse qui avait de faibles revenus –, ça n'était pas pour révéler maintenant son opinion sur une pingrerie pathologique, signe probable d'une aridité du cœur. Donner raison à l'autre est souvent la meilleure façon de le neutraliser :

— Tu as raison, concéda Alexandre, l'attirance est le moteur des rencontres. Les hommes vont vers les femmes qui leur plaisent et réciproquement. Leur objectif est souvent sexuel ou amoureux, et si la relation galante se mue en amitié c'est que l'un des deux est rétif.

— Nous sommes d'accord ! dit Perbeau. L'amitié entre les sexes est le parent pauvre, la forme dégradée d'un désir sans réciprocité. Un pis-aller.

— Ce qui ne lui enlève ni sa douceur ni son charme, murmura Alexandre en guise de conclusion à cette déplaisante prise de bec.

Ses réponses révélaient qu'il possédait toute la finesse pour connaître la nature de son attachement à Sandra. Une attraction non symétrique. Sa voisine lui plaisait, elle lui avait toujours plu, il se souvenait qu'Ada la trouvait piquante. Lui aussi. Il avait pour cette raison recherché sa compagnie. Eût-elle été moche et revêche, il n'aurait pas commencé de passer ses soirées avec Sandra Mollière ! Il l'admettait sans comprendre à quel point c'était pitoyable – il aurait estimé que c'était humain –, et il s'émerveillait de sa chance : Sandra s'était montrée adorable avec Sophie, jusqu'à devenir son idole. Bien sûr en tant que père il s'en était réjoui, touché par cette sollicitude, et de plus en plus charmé, acharné à l'accaparer, pour lui et pour sa fille. Sandra était adorable tout court ! pensait Alexandre. Adorable mais pas attirée. Il connaissait assez la gent féminine pour s'en apercevoir : il ne séduirait pas Mlle Mollière.

5

Il en douta encore moins après une conversation qu'ils eurent un soir chez lui. Sophie était couchée, Sandra était arrivée en retard, énervée. Un client avait insisté pour entrer au moment où elle fermait la grille du magasin et c'était toujours la même chose : ces emmerdeurs restaient un temps fou devant le rayon des poches pour finalement dire qu'ils n'arrivaient pas à se décider. Elle n'avait pas faim, ils s'assirent au salon avec un verre de vin et Alexandre attaqua aussitôt sur ce qu'il avait en tête :

— As-tu déjà fréquenté les sites de rencontres ?

— Pourquoi, tu as l'intention de t'inscrire ?

— Plusieurs amis me le conseillent.

— Des mecs ? demanda Sandra.

L'approbation la fit sourire. Est-ce qu'une femme donnerait un conseil pareil à un CSP+ élégant et sympathique ? Sans doute pas.

— Ils se sont déjà inscrits, tes amis ?

— Pas récemment en tout cas. À part mon associé, qui n'est d'ailleurs pas un ami, aucun n'est veuf ni même célibataire.

— Ça n'empêche pas de fréquenter les sites. Ils peuvent l'avoir fait pour des plans cul, pour se rassurer sur leur séduction, pour s'amuser. Il existe toutes sortes de motivations. Demande-leur, tu verras.

— Tu ne trouves pas gênant de poser cette question ?

— Ça a pu l'être mais ça ne l'est plus. Entre copains on peut en parler librement.

— Vraiment ? Et entre filles ?

— Pareil. Fréquenter les sites de rencontres n'a plus rien de honteux, c'est une habitude répandue. Je peux même te dire que ça devient une addiction. Le consommateur demande sa dose quotidienne de *Love-actualité* ! Il ne se sent ni coupable ni minable comme c'était le cas autrefois quand fréquenter les sites signifiait une lose totale, à une époque que nous n'avons pas connue, toi et moi. Aujourd'hui les gens racontent volontiers qu'ils se sont rencontrés sur internet. Les discours de mariage rendent publics les premiers échanges. J'ai vu récemment projetées sur un mur les captures d'écran de la rencontre des mariés sur AdopteUnMec. Pourquoi pas.

— Je n'ai pas d'avis, je n'y connais rien. Je n'ai pas eu besoin d'internet pour rencontrer des femmes.

— Les temps changent, tu as remarqué ? dit Sandra avec ironie.

— Je rencontre toujours des femmes.

— Tu sortirais dîner en ville avec une collaboratrice ou une cliente ?

— Je ne l'ai jamais fait.

— Quand personne ne compte plus sur sa vie professionnelle pour combler ses attentes sentimentales et que tout le monde travaille jusqu'à pas d'heure, internet devient le principal mode de contact galant.

— Le principal ?

— De plus en plus. Le premier, même. Chaque célibataire met son profil sur divers sites, reçoit des propositions et des informations, va à des rendez-vous qui débouchent ou pas sur des relations sexuelles et davantage en cas d'affinités.

— Donc tu dis que ça n'est pas purement sexuel ?

— Ça l'est pas mal, c'est sûr, et ça n'est pas sécurisant. L'incertitude est forte. Les gens ne savent pas tout de suite ce qu'ils sont en train de vivre.

— Tu penses que c'est mieux que les dîners entre amis ?

— Je pense que la réalité des rencontres en ligne est loin d'être idyllique. Mais tout le monde connaît au moins une personne qui a trouvé l'amour de cette façon et ça n'est pas étonnant, les trentenaires ne font plus de dîners, ils rentrent crevés du boulot et passent leur soirée sur internet. Certains sont incapables d'aborder une femme, le premier pas virtuel leur semble plus facile. Si on y réfléchit, il y a toujours eu un marché matrimonial, conclut Sandra, dorénavant il est vaste, fluide et numérique, et le sexe vient avant le mariage.

— Ça marche comment, concrètement, quand on s'inscrit sur un site ?

— Comme dans la vie. Tu te présentes sous ton meilleur jour, ça s'appelle créer son profil. Tu mets quelques photos, le physique compte toujours, comme dans la vie ! Et tu attends qu'on te contacte, comme après une soirée.

— Et ceux qui restent sur le carreau dans la vraie vie sont les mêmes qui sur internet ne rencontrent jamais personne.

— À peu près.

À nouveau, ils riaient ensemble en parlant de la demande d'amour et de la misère sexuelle dans une société qui avait muté, Alexandre encore béotien, Sandra plus renseignée.

— Mais tu donnes ton numéro de carte bleue et tu risques de te faire plumer, ajouta Sandra.

— Je croyais bêtement que c'était gratuit.

— Ça l'est rarement. Et à la longue l'addition est élevée. Parfois les sites te baladent. Dès que tu restes en rade, ils paient des animateurs, souvent des robots, qui gèrent une banque de faux profils et te font du gringue juste pour te garder sur la Toile. C'est vraiment un nouveau business de l'amour et du sexe.

— Tu t'es déjà inscrite ?

— Il y a longtemps, oui. J'entendais dire que c'était une révolution, j'ai voulu savoir si la réalité était aussi fabuleuse qu'on le racontait. Et puis je ne te cache pas que ça m'est arrivé de chercher un bon coup au lit.

— Et alors ?

— Je n'ai pas été déçue. C'est le Far West de la baise. Après ça, Balance ton porc n'a pas été une surprise. Les échanges sur la Toile m'avaient préparée à pas mal de choses.

— À ce point-là ?

— Quand tu es une femme et que tu fréquentes les sites de rencontres, tu reçois des sollicitations sexuelles carrément agressives.

— Du genre ?

— Tu es chaude ? Est-ce que tu suces ? La sodomie ça te dit ? Est-ce que tu fais ça à plusieurs ? T'as envie là maintenant ? T'as pas une copine qui ferait la troisième ? Ou plus immédiat : Tu me montres tes nichons ?

— Toi, tu as reçu des messages de ce genre ?

— Comme toutes les femmes. Sur le Net, on dirait que le fameux malentendu entre les sexes s'accroît. L'instinct polygamique ne se réfrène pas et il est plutôt masculin. Les hommes cherchent à baiser et les femmes cherchent l'amour. Les unes espèrent des histoires et des émotions, les autres recherchent le coup d'un soir et la performance. Un profil féminin sur deux avertit directement : *Plans Q s'abstenir. Les pervers, merci de zapper ma fiche.*

Alexandre s'amusa de ces précautions visiblement inutiles. Est-ce qu'internet était à l'image du monde réel ? La population inscrite sur les sites formait-elle un échantillon représentatif ? Apparemment c'était le cas. Toutes les personnes qu'on croisait dans la rue couvaient donc les fantasmes qu'on découvrait sur la Toile ?!

— Quand les gens se sentent protégés, que ça soit par la distance, l'anonymat, l'invisibilité, comme dans leur voiture, ils révèlent ce qu'ils cachent habituellement : leur agressivité, leurs obsessions, leurs frustrations. L'expression sur internet montre la vie intérieure des hommes ou des femmes, et on voit que la prédation fait partie de la sexualité. Sais-tu ce que je pense ?

Alexandre hocha la tête, attentif.

— Je crois que le pouvoir de l'esprit est surestimé tandis que l'on sous-estime celui du corps. La vie est physique, pourquoi l'amour ne le serait pas ?

Elle aurait pu ajouter : par exemple, ton corps ne parle pas au mien et je ne peux pas forcer ce dialogue inexistant. Je ne saurais pas me l'expliquer, mon corps commande.

Au lieu de quoi, elle dit :

— J'espère que j'aimerai ta nouvelle compagne quand tu l'auras rencontrée. Sur internet ou ailleurs.

Elle ne voulait surtout pas qu'Alexandre lui fît la cour, elle ne voulait pas même avoir à l'éconduire. Le *non* laisse des traces, il détruit l'amitié entre un homme et une femme encore plus que le désir qui l'a précédé et à quoi il a répondu. Il fallait d'emblée décourager tout espoir, se faire comprendre sans s'exprimer.

Natalie serait déçue, Alexandre pouvait l'être aussi : Sandra entérinait un désir d'amour, une envie de compagnie, et par cet acquiescement confirmait qu'elle n'était pas preneuse. Elle ne doutait pas qu'Alexandre tomberait amoureux. Est-ce que l'élue accepterait leur amitié de voisinage ? C'était une incertitude. Le mariage met souvent fin à des liens extérieurs, qu'ils ne soient pas partagés ou qu'ils éveillent la jalousie. Alexandre ne l'ignorait pas et parfois il pensait : le mieux serait une amie de Sandra.

— Présente-moi tes camarades des Hérétiques, demanda-t-il à Sandra, désormais sans gêne de s'avouer en quête d'une femme.

Il était curieux de connaître ces militantes. Peut-être avaient-elles les qualités qu'il appréciait chez Sandra.

— J'avais pensé te le proposer mais ça n'est pas une bonne idée, dit Sandra. Certaines sont des féministes radicales, et même pire !

Et comme Alexandre ne voyait pas ce qu'elle voulait dire, Sandra prit des exemples prosaïques :

— Qui amènera les enfants à la crèche ? Qui fera les courses ou la vaisselle ? Qui se tapera toutes les tâches infimes, répétitives, sans intérêt, gratuites, pas reconnues ? Voilà les questions qu'elles ont évitées.

Il comprenait parfaitement.

— Elles sont pour le partage des tâches, quoi.

— C'est bien au-delà de ça, rectifia Sandra en faisant l'éloge de ses vieilles copines issues des groupes féministes et LGBTQ.

Elle suggérait qu'un homme pouvait ne pas supporter chez sa compagne une telle énergie contestatrice.

— Elles ont un avis et le donnent. Elles ont du pouvoir et l'exercent. Elles gagnent de l'argent et ne s'en cachent pas. Elles n'ont pas de problème pour remettre à sa place un dragueur lourd. Elles s'entraident au lieu de se jalouser. C'est nouveau, tu sais, ça vient avec la force. Accepterais-tu une femme de cette trempe ?

— Si elle a du charme, bien sûr !

Sandra protesta. Pourquoi y revenait-on toujours ? Pourquoi cette éternelle litanie des qualificatifs féminins ? Pourquoi fallait-il être séduisante et délicieuse et charmante ? Alexandre riait sans être d'accord. Sandra le renvoya aussitôt dans les cordes : que mettait-il exactement derrière ces mots ?

— Les hommes aussi doivent avoir du charme. On ne peut pas supprimer cette qualité ! dit-il. C'est un plaisir de la vie.

— Le moule est brisé, dit Sandra. Ma grand-mère était charmante au sens où vous l'entendez, ma mère l'était déjà moins et l'a payé du prix de l'abandon, et moi, je n'ai pas l'ambition de l'être.

— Tu ne *fais* pas de charme mais tu *as* du charme, dit Alexandre. J'accepte que tu me présentes à une féministe qui te ressemble.

Il était optimiste : l'âge venant, une de ces révolutionnaires changerait peut-être d'avis, s'assiérait sur sa critique de la *famille normale* et s'amouracherait d'un veuf quadragénaire un peu sentimental.

— Qui sait ? s'amusa Sandra. Mais elle n'endossera pas le rôle que tu voudrais.

Alexandre avait une nature dans laquelle les événements se gravaient en profondeur. Les promesses, les engagements, les gestes et les paroles demeuraient dans sa mémoire sensible des objets de valeur à protéger. Il avait vécu avec une provinciale, élevée par une mère au foyer et habituée à prendre sur elle la traditionnelle tâche des femmes. De telles compagnes existaient encore, elles existeraient toujours, toutes les femmes n'étaient pas des furies réclamant l'équivalence des rôles, pensait-il.

— Tu as été mal habitué, regretta Sandra, tu n'as pas évolué.

Elle pensait que la réussite professionnelle l'avait protégé et accaparé.

— Tu es affreusement bourgeois, résuma-t-elle.

Il avait toujours pensé que ça ne voulait plus rien dire et réclama un exemple, une preuve.

— Ta foi dans le mariage est typiquement bourgeoise. Tu ne vois pas que le célibat rend plus intelligent que la vie conjugale.

Alexandre refusait de croire que l'on pût avoir une idée pareille.

— Je suis la première à le penser, dit Sandra. La multiplication des partenaires forme l'esprit comme les voyages forment la jeunesse. Bien davantage que l'exclusivité sexuelle et la routine.

— Je crois le contraire. Car il n'y a pas de routine. Il y a un contact et une confrontation, et le conflit aiguise. C'est dur, le couple ! Au lieu d'être tranquille dans son monde, on reçoit en pleine tête celui de l'autre. Et tu sais sûrement aussi qu'on fait mieux l'amour avec un partenaire habituel. Ça ne se compare même pas.

— Faux. L'émotion de la rencontre n'a pas d'équivalent. Et l'instinct polygamique ne meurt pas. Pourquoi veux-tu le brider ?

Alexandre avait connu d'autres femmes avant Ada, il avait même été très amoureux quelquefois, puis Ada avait refermé la liste sur sa perfection (ainsi se représentait-il les choses). Non qu'elle n'eût aucun défaut, mais ceux qu'elle avait ne le dérangeaient pas, et ses qualités, la gaieté par exemple, lui plaisaient infiniment. Il était devenu capable de se le remémorer sans tristesse. En s'apaisant, la peine du deuil laissait la place aux souvenirs de la vie et la vie voulait reprendre. L'amant d'Ada retrouvait son tempérament entreprenant et volontaire.

— L'instinct a besoin de se fixer, dit-il, sinon il devient destructeur.

Il y avait dans sa voix un accent de tendresse qui sentait les embêtements, pensa Sandra. Elle vit qu'il amorçait le geste de lui caresser le visage – la joue et le côté du menton – et détourna la tête comme si elle cherchait quelque chose par terre. Surtout ne pas le blesser, un homme qui se remettait mais n'avait pas remplacé celle qu'il avait perdue. Il jetait sur Sandra son affection en quête d'un objet. Elle coupa court à tout romantisme.

— Je te sens mûr pour les sites de rencontres.

6

En attendant l'âme sœur avec qui former un trio affectueux, Alexandre Perthuis s'inscrivit sur le site de rencontres le plus adapté à son âge et à sa situation. Ce geste signifiait-il qu'il se sentait prêt à vivre un amour ? Ou bien seulement qu'il en avait le désir sans la capacité ? Ou bien qu'il suivait les conseils amicaux ? Les choses restaient à un état trop virtuel pour qu'il pût l'affirmer. Internet facilite les contacts, en quelques clics votre souris fait apparaître des partenaires intéressées mais encore irréelles. Il reste toujours à les rencontrer *pour de vrai* et vous pouvez décamper quand le jeu se corse. Son geste était donc théorique, sans autre réalité que les modalités d'inscription et le numéro de sa carte bancaire, sa date de péremption et son cryptogramme. Il avait enfoui au plus profond de sa mémoire le souvenir de cette soirée où il avait aperçu Ada, de loin, lumineuse comme une apparition. Il s'interdisait de chercher refuge dans le passé parfait et idéalisé (parce qu'autour de ce qui est révolu, déjà joué, impossible à vérifier, chacun imagine ce qu'il veut). Finies les apparitions ! Place aux photographies habiles, aux portraits flatteurs et aux attentes explicites. Alexandre accepta l'idée de la recherche active, ouverte, documentée et efficace. La réussite amoureuse ne doit rien au hasard et demande à être optimisée. Pourquoi pas ? Il profiterait de l'outil tout-puissant, le *dating on line*, les possibilités infinies d'un réseau qui pouvait être mondial, les rencontres en séries. D'heureux témoignages mis en avant sur la page d'accueil certifiaient que l'amour pouvait être au bout du clavier. Admettons. Qui recherchez-vous ? Afin de trouver la bonne personne, dites-nous qui vous êtes vraiment. Alexandre ne cassa pas le jeu. Il s'amusait des mines programmées de la conseillère virtuelle. Il répondit aux questions qui le positionneraient à la bonne place pour faire la bonne rencontre. Quelles étaient ses intentions ? Sa date de naissance ? La raison pour laquelle il était venu sur ce site ? Ouvrir un compte était un travail sur soi-même ! Je ne suis pas un robot (cocher). Cette information venait après d'autres qui avaient rapport à l'état civil (le patronyme, l'âge, la ville de résidence), qui venaient elles-mêmes après l'entrée en matière : êtes-vous hétérosexuel, gay, bisexuel, autres ? Êtes-vous une femme, un homme, autre ? Sur OKCupid (référence à Cupidon plus qu'à cupidité, sans aucun doute), le site des sapiosexuels (ceux que l'intelligence séduit), il existait treize orientations sexuelles et vingt-deux identités de genre. On pouvait tout vouloir et tout demander, tout qualifier. On pouvait être pansexuel et homoflexible et il fallait le dire pour accroître ses chances d'être satisfait. À quoi aspirait-on ? De nouveaux amis ? De brèves aventures ? Une histoire longue ? Alexandre cocha cette dernière case en se demandant si c'était une erreur. Était-il imprudent de choisir cette option ? Risquait-il d'être plus intimidant qu'attirant ? Tant pis. Il préférait tomber le masque plutôt que jouer le stratège. Et si les femmes cherchaient l'amour, comme le disait Sandra, il avait raison d'annoncer son sérieux, sa gravité. Quel âge devraient avoir les partenaires ? C'était précis mais il fallait absolument répondre. Alexandre Perthuis répondit. Il se plia à cette procédure qui eût semblé aussi fastidieuse qu'indiscrète si elle n'avait visé ce but élevé : la plénitude amoureuse, du moins l'espoir de la trouver. Il se montra le moins restrictif possible, le plus généreux et ouvert aux mille visages d'autrui. Il cherchait une femme pour vivre avec elle en complicité et en harmonie, le plus longtemps possible. Comment la rêvait-il ? Elle devrait être douce et gaie, capable d'aimer la petite fille qui vivait avec lui et qui avait perdu sa mère. Ce dernier point était l'impératif incontournable qui méritait d'être précisé d'emblée mais risquait alors d'effrayer, il fallait l'expliquer aux éventuelles candidates sans pour autant les faire fuir avant le premier rendez-vous. Il était un homme chargé d'enfant. Comme l'avait prévu Sandra, le passé encombrait. Alexandre constatait combien il avait tendance à se référer et à décrire Ada dans le portrait de l'élue virtuelle. Plus qu'une nouvelle compagne, il cherchait une femme capable de succéder à Ada, de reprendre l'héritage qu'elle avait laissé, de devenir la mère qu'elle n'avait pas pu être.

— Si tu cherches Ada, tu perds ton temps et ton argent. Aucune femme ne deviendra Ada, l'avertit Sandra un soir où ils étaient tous les deux.

Il protesta, sans véritable conviction : non, il ne recherchait pas cet amour irremplaçable.

— D'accord, je te crois, mais tu ne dois pas non plus exiger une mère pour Sophie. Pas d'emblée, en tout cas.

— Pourquoi pas ? demanda Alexandre, provocateur parce qu'il était fâché.

— À mon avis, les femmes veulent d'abord être aimées pour elles-mêmes et non pour leurs aptitudes maternelles.

Sandra exprimait son point de vue habituel. Le veuf et le père se taisaient. Ils étaient les deux cœurs en quête de la moitié perdue. Elle le voyait bien. Et la moitié perdue était idéalisée. Ada était devenue un rêve, sa perfection fixée pour jamais, la mort l'ayant empêchée de contrarier, de blesser, de causer le désamour. La présence des morts dépend des vivants, de l'écho qu'ils donnent au passé, de la persistance en eux des traces, et Alexandre avivait sa mémoire. Je veux pouvoir parler de sa mère à ma fille, disait-il quelquefois. Il s'en était fait un devoir. Père-veuf aurait pu être le nom d'utilisateur d'Alexandre sur OKCupid. Le pire de tous ! Sandra y pensa sans le dire.

— Quel pseudo as-tu choisi ? demanda-t-elle.

— Aucun, dit Alexandre, je bloque. Il faut que tu m'aides.

Appâter les dames internautes par un pseudonyme accrocheur fut le défi de leur soirée. Le jeu en valait peut-être la chandelle mais restait un jeu.

— Les gens prennent souvent un de leurs centres d'intérêt, une passion. Par exemple Échec-et-mat si tu aimes les échecs, expliqua Sandra.

— Ou Grospoisson quand tu es fou de pêche ?!

— Tu peux aussi mettre en avant un trait de ta personnalité.

— L'Inconsolable, proposa Alexandre avec un sourire. Tu n'aimes pas ! reprit-il en voyant que Sandra se taisait. Et que penses-tu de Barbe bleue ?

C'était drôle et cruel qu'il eût cette idée qui avait de quoi terrifier les femmes lorsqu'elles découvriraient que la première épouse était morte, que ça n'était pas une blague, son sang avait bel et bien coulé dans une petite pièce carrelée.

— Si on s'inscrit, il faut le faire sérieusement, dit Sandra. L'objectif c'est bien de rencontrer une vraie personne dans la vraie vie.

— Alors pas de masque. J'ai toujours détesté les pseudonymes, on vit pour habiter son nom. Je propose mon deuxième prénom, Max. En capitales : MAX comme maximum d'amour à donner.

— Si c'est ce qui te plaît…

— Va pour MAX.

Ajoutez de belles photos ! était une injonction pour favoriser le succès de la recherche. Pas trop de photos, entre deux et cinq serait parfait. Soyez honnête, montrez-vous en pied, ne vous embellissez pas, souriez, posez seul (sans vos enfants ou votre animal de compagnie).

— Je n'ai aucune photo récente ! soupira Alexandre.

Chaque étape recélait ses difficultés et devenait l'occasion d'une remise en cause de toute la démarche.

— Je laisse tomber, annonçait-il.

— Mais non ! plaidait Sandra. De toute façon ça ne t'engage à rien.

— Tu vois comme ce truc est pervers. Tu induis des projections amoureuses chez des gens que tu n'as même pas envie de rencontrer. Ou j'y suis vraiment ou je n'y vais pas du tout.

— Je fais tes photos, ça te va ? proposa Sandra.

Il accepta facilement de poser pour Sandra, d'ailleurs ils s'amusèrent de cette confrontation. Deux personnalités fabriquant une image. Un corps face à un regard qui, parce qu'il ne peut voir ce qu'il ne voit pas, choisit seulement partiellement ce qu'il met en lumière. Et c'était un homme sous un objectif féminin pour un destinataire féminin. Sandra sut saisir chez Alexandre ce qui séduirait une femme. Une présence, une sensibilité, une loyauté. Deux brèves séances suffirent. Les clichés mis en ligne auraient du style. À la librairie d'abord, devant les livres rangés dans les rayonnages – la boiserie ancienne créait une atmosphère chaleureuse –, Sandra fit des portraits sous l'œil amusé de sa sœur. Il est mignon, dirait Natalie le lendemain. Trop féminin pour moi, répondrait Sandra. Je vois ce que tu veux dire, il n'est pas très costaud et sa chevelure lui donne un côté dandy. Un homme à mèche, résumerait Natalie, tu n'aimes pas les hommes à mèche ! Sandra refuserait de rentrer dans cette conversation. Elle réalisa ensuite de beaux clichés en pied en installant Alexandre sur son balcon. Sa silhouette ressortait sur fond de ciel au-dessus des ferronneries de la balustrade, il était mince et sec comme un cycliste en chemise blanche. Ils firent ensemble la sélection.

— Là tu as l'air jeune et romantique, dit Sandra, et là sérieux et intelligent. Mets aussi celle-ci qui est sympathique, on te voit rire, c'est parfait.

Oser expliciter ce qu'il cherchait – une histoire longue avec une femme maternelle – avait été difficile, se décrire lui-même fut autrement plus délicat. Comment s'y prenait-on ? On pouvait tout au plus exprimer qui l'on croyait être, avec toutes les chances de se tromper, pensait Alexandre. Se présenter, carrément écrire un autoportrait, lui sembla l'exercice le plus pénible. Les mots qualifient, enferment, rétrécissent, et cela d'autant plus qu'il faut être bref. Les compliments sonnent prétentieux, l'autocritique n'est pas adaptée, la neutralité est fade. Dans ces conditions, il n'avait rien à dire sur lui-même ! Et pour se vendre, de surcroît dans un but non commercial !

— Sois simple, conseilla Sandra, les faits.

Sur internet, il lut les conseils d'un *love coach* qui ne disait pas tout à fait la même chose. Certes il fallait être simple, authentique, honnête – toujours cette injonction paradoxale : soyez naturel ! Comme si votre naturel était forcément suffisant pour vous faire obtenir ce que vous vouliez. Pas de mensonge, pas de tricherie, d'accord. Mais il fallait aussi être accrocheur, unique et original ! L'était-il seulement ! Était-il capable de l'être ? Parmi les trente-trois règles à suivre afin d'écrire *un profil qui cartonne sur les sites de rencontres*, certaines étaient au-dessus de ses forces actuelles et d'autres l'interloquaient. Mettez-y des émotions ! Montrez que vos passions vous passionnent. Piquez la curiosité du lecteur. Il se sentait absolument incapable de tout cela. La vie se volatilisait devant ces défis de présentation. Les utilisateurs des sites de rencontres étaient-ils des héros ? Comment réussissaient-ils sans tomber dans l'autocélébration, l'enthousiasme béat, la niaiserie ? Parlez de vos activités sociales.

Comment l'aurait-il pu, il n'en avait plus. Comme la matière des jours semble pauvre et modeste lorsqu'il s'agit de la raconter. Quelles occupations mettre en avant ? Je dîne avec ma voisine. Je m'occupe beaucoup de ma fille qui n'a que trois ans et a perdu sa mère. Je conçois des gares routières dans un cabinet d'architecte qui m'appartient. Quel tableau ! N'importe quelle femme se sauverait en lisant ça. Focalisez-vous sur ce qui vous rend unique. Voilà un autre point délicat. Car il ne voyait à cela qu'une réponse : la mort d'Ada. Veuf d'un amour était son état, son histoire, son unicité – son noir destin. Il aurait voulu écrire : je suis le veuf inconsolable d'une femme merveilleuse et je cherche une compagne capable de l'accepter et de prendre sa suite (parmi les conseils figurait : décrivez la personne que vous recherchez). Difficile de faire pire aveu. Ne parlez pas trop du passé ! disait le *love coach* qui connaissait la jalousie, même rétrospective. Veuf. Le mot évoquait la mort et la tristesse, mais comment le taire ? Est-ce qu'il n'y avait pas un certain prestige à avoir souffert ? pensait Alexandre Perthuis. N'était-ce pas une preuve de sensibilité, de fidélité, de profondeur ? Comment une femme pourrait-elle ne pas se dire : s'il n'oublie pas celle qu'il a aimée, alors il ne m'oubliera pas non plus quand il m'aimera ? À l'inverse de la méfiance que devrait susciter le choix si fréquent de quitter sa femme pour une autre. La trace de sa tristesse et sa mémoire étaient l'honneur d'Alexandre, sa valeur d'homme. J'ai un passé triste, je ne peux pas l'effacer d'un revers de main, le cacher serait malhonnête et je n'ai pas à en avoir honte.

Cette constatation étant faite et les réticences exprimées, il se jeta dans les phrases comme on se jette à l'eau et en un quart d'heure écrivit un profil succinct. Plutôt qu'un portrait à la première personne, il fit un croquis comme s'il se regardait de loin : Homme de quarante ans, architecte urbaniste, passionné et récompensé de l'être, ayant voyagé dans le monde entier et connaissant bien l'Asie, veuf avec une petite fille et un beau-fils, heureux d'être père, prêt à partager cette aventure avec une femme, prêt à avoir d'autres enfants (cet avenir parut important à préciser et difficile à imaginer), attentionné et fidèle en amour comme en amitié. Est-ce que ça n'était pas terriblement banal ? déplorait Alexandre. Il ne parvenait pas à entrer dans les détails dont le site semblait friand. Faisait-il la cuisine ? Quel plat appréciait-il ? Aimait-il les animaux ? Quel sport pratiquait-il ? Quelle musique écoutait-il ? Blablabla. Tombait-on amoureux de quelqu'un à cause de la musique qu'il appréciait ! L'amour n'avait rien à voir avec tout ça. Les affinités s'avéraient mystérieuses et illogiques. Il laissa le profil en l'état. D'une certaine manière, c'était la garantie que personne n'y répondrait. À nouveau il pensait : le mieux serait une amie de Sandra.

III

ALBA

1

Le site OKCupid tenait-il ses promesses ou bien envoyait-il ses robots ? Dès la mise en ligne de son profil, Alexandre reçut une première salve de contacts. Avait-il fait mouche ? En moins de vingt-quatre heures neuf femmes l'avaient liké. Deux d'entre elles lui envoyaient un questionnaire d'affinités. Quatre Parisiennes l'invitaient sans attendre à prendre un café – est-ce que ça n'était pas plus simple en effet ? Les autres, dont une Bordelaise et deux banlieusardes, souhaitaient entamer une correspondance et lui écrivaient un message. Chacun jetait sa ligne à sa manière et plus ou moins loin. Neuf femmes en quête d'un partenaire, neuf personnalités, neuf existences dont il ne savait rien, s'armaient d'espoir et l'apostrophaient par l'entremise numérique. Il accéda aux informations qui les concernaient – ce qu'elles disaient d'elles-mêmes –, tout en se demandant quel effet son propre portrait si rapidement écrit avait pu leur faire (et il alla relire ses propres mots en se mettant à la place de celle qui les découvrait). Il regarda les photographies, des clichés sélectionnés avec soin, flatteurs sans doute, qui en voudrait à quelqu'un de se mettre en valeur ? Lui non plus ne s'était pas présenté avec sa tête des mauvais jours. Peut-on avoir un coup de foudre devant une photographie ? On peut avoir un flash, disait Sandra, et alors on décide de se rencontrer. Elle demeurait fidèle à sa conviction que l'attirance physique est immédiate et déterminante, même si ensuite elle ne suffira pas, et pire ne durera pas toujours, car on se lasse, on se connaît trop. Mais dans l'instant en tout cas on voit, on sait. On sait si l'autre est une possibilité sexuelle ou si l'on y restera physiquement indifférent voire carrément réfractaire. Ce qu'elle appelait l'attraction primitive était là ou faisait défaut. Sandra se félicita donc des rendez-vous que proposaient les Parisiennes. Ces femmes avaient le mérite d'être directes, ne rusaient pas, voulaient savoir à quoi s'en tenir au lieu de projeter, de fantasmer une rencontre que la première impression réelle pourrait anéantir. Elles tiraient le site vers l'efficacité et un usage qui ressemblait à celui de Tinder : géolocalisation des hommes disponibles dans les environs, sélection par une croix ou un cœur, rendez-vous dans les heures qui suivent. Ça ne traînait pas sur Tinder. Il fallait un peu de témérité mais au moins les emballements de l'imagination et les grandes déconvenues qui s'ensuivent étaient évités. Se rencontrer sans attendre c'était convenir que le virtuel ne remplace pas le réel, ni le compense, ni le prépare en rien – qu'il l'a fait apparaître mais comme coquille vide à emplir. Et c'est un fait, disait Sandra, les conversations sur le Net, les échanges à distance, les *chats*, tout ce préambule est balayé par la rencontre réelle. Elle voulait dire que la deuxième rencontre devenait première : tout y était recommencé, à voix haute. Et le face-à-face en chair et en os causait un choc, en un instant il pouvait anéantir l'avenir réel et effacer le passé virtuel. On sent parfois tout de suite, et sans se tromper, ce que l'on ne parviendra pas à aimer chez l'autre.

— Elles veulent voir ta gueule en vrai. Elles ont raison, rien ne vaut la confrontation des corps.

Que faisait Alexandre sinon scruter les visages et les silhouettes ? Il cherchait dans le regard des internautes l'expression d'une intériorité, il traquait l'esprit dans l'apparence. Un cliché cherche souvent à tricher – ou du moins à embellir, enjoliver – mais capture une vérité, quelque chose que le photographe a vu. Il regardait ce que le photographe avait vu et, puisqu'il y avait eu une sélection, ce que le modèle avait accepté de montrer, ce qu'il souhaitait donner à voir de lui-même.

La compétition est contraignante et notre époque a créé de nombreuses normes : les neuf candidates avaient des traits aimables, des sourires avenants, des coiffures travaillées pour l'occasion, des lèvres diversement maquillées, des teints unifiés, pas de lunettes. Des femmes qu'Alexandre jugea étonnant de trouver sur un site de rencontres, lui qui n'avait dans ce domaine aucune expérience. (Quand on vit en couple, on sort du jeu, avait-il dit à Sandra. Pas forcément, avait-elle répondu avant de rire gentiment.) Pourquoi étaient-elles là ? Ces personnes existaient-elles vraiment ? Est-ce que c'était du flan ? demandait-il à Sandra, censée tout connaître des secrets du Net amoureux.

— Je parierais que toutes ces femmes ont été mariées, c'est la vague des divorcées de la trentaine, avait dit Sandra.

Il ne pariait pas avec elle. La vie des femmes, la guerre des sexes et la condition des genres, c'était son sujet. Tout de même, il se rappela une ancienne conversation qu'ils avaient eue :

— Je croyais que les femmes divorcées ne retrouvaient personne ?

— C'est vrai, les statistiques le montrent et je l'ai dit, mais je t'ai aussi expliqué que l'âge est déterminant.

— Tu penses que celles-là sont jeunes ?

— Relativement jeunes, oui. Et pour autant, tu ne vas pas tomber amoureux des neuf. D'ailleurs, vas-tu tomber amoureux ? Qui t'assure qu'elles retrouveront quelqu'un ? On peut être plein de qualités et ne pas convenir à l'autre, ou que l'autre ne vous convienne pas.

Sandra s'était fait une loi de ne pas dépendre d'un homme mais elle savait quels hommes attirent les femmes et lesquelles n'ont aucune chance. Il fallait être réaliste, la plupart risquaient de ne pas trouver chaussure à leur pied.

— Le drame des femmes, et qui n'est jamais celui des hommes, c'est qu'elles peuvent être *trop bien*.

Son goût pour les statistiques donnait à Sandra Mollière une autorité et Alexandre l'écouta volontiers lui faire un petit topo. Qui ne trouvait pas de conjoint ? Qui vivait seul alors qu'il rêvait d'une famille ? Les hommes pauvres et les femmes très diplômées. La norme hiérarchique tacitement admise dans le couple jouait contre les plus vulnérables et les plus brillantes.

— Car les épouses ne doivent pas occuper la première place ! plaisanta Sandra.

Non seulement les compagnons potentiels n'appréciaient pas d'être dominés socialement, professionnellement, financièrement, et se choisissaient une *bonne petite bien plate* (Sandra fit une mimique en prononçant ces mots choisis) mais les femmes elles non plus ne voulaient pas d'un prétendant moins puissant qu'elles. Force était de le constater : elles abondaient dans le sens de la hiérarchie conventionnelle ! Elles n'aimaient pas les traîne-savates. En majorité, elles avaient besoin d'admirer et pas de dominer.

— L'éducation est venue renforcer les traces de la sélection naturelle, ajouta Sandra.

Alexandre trouva vraiment illogique de se plaindre d'être dominée tout en refusant de ne pas l'être. C'était idiot. Sandra excusait les femmes encore bloquées dans une transition. Elles s'étaient affranchies de la passivité imposée à leur sexe, mais leur formation et leurs possibilités de carrière avaient évolué plus rapidement que la forme et les modes de fonctionnement du couple. Les vieilles normes intériorisées avaient la vie dure, même chez les victimes.

— Lorsque les femmes de pouvoir et d'argent seront heureuses de faire leur vie avec un homme qui n'a ni l'un ni l'autre, alors le schéma ancien sera tombé, conclut la libraire.

Beaucoup de questions restaient en suspens. L'homme socialement dominé serait-il au service de sa femme comme elle l'était autrefois ? Le faudrait-il ? On avait le temps d'y réfléchir ! Une expression malicieuse s'installait sur son petit visage délicat au fur et à mesure que Sandra envisageait les temps nouveaux de la bataille des sexes. Sa bouche s'étira dans un sourire, éclairant toute son expression. Permuter les situations des deux sexes avait toujours un effet comique.

— Tu vois, ça fait marrer même une féministe, et surtout si son interlocuteur masculin de toute évidence ne comprend rien, dit Sandra.

— Je comprends très bien, protesta Alexandre.

Sandra en doutait. Quel homme mesurait ce que les femmes – sa mère, ses compagnes – avaient fait pour lui, ou à sa place, ou à ses côtés ? Aucun.

Sandra ne posa pas cette question à Alexandre – on réalise mieux la valeur de ce qu'on a perdu – et ils retournèrent aux femmes en quête d'un partenaire. Le veuf consultait les profils en suivant l'ordre chronologique des réponses. La première s'était connectée à vingt-trois heures trente-cinq ; avant de se coucher elle avait découvert ce nouvel entrant dans la communauté et lui avait aussitôt marqué son intérêt. Mère divorcée (Sandra avait raison), elle était kinésithérapeute à Boulogne-Billancourt. Une kiné ? Non, pensa Alexandre. Il n'aimerait pas partager la vie de quelqu'un qui soignait des corps et qui, le soir, lui raconterait la vie et les difficultés de ceux qu'il avait rééduqués et massés toute la journée. Depuis la mort d'Ada, toute pratique médicale ou paramédicale le faisait fuir.

— Tu n'es pas obligé de lui répondre, fit remarquer Sandra. Elle comprendra ton silence. Et si elle insiste, tu as la possibilité de la classer en *indésirable*.

Le mot semblait rude et le procédé inutile, mais Sandra avait une définition précise : le harcèlement commence quand tu dis non pour la deuxième fois et dans ce cas une défense est légitime. Les hommes aussi étaient concernés. La Bordelaise s'était connectée le lendemain à l'heure du déjeuner, elle travaillait dans une agence immobilière. Aussitôt Alexandre l'imagina tranquille dans un bureau, mangeant une salade composée (quand elles cherchent un partenaire les femmes font presque toujours un régime, c'était ce qu'il se représentait) devant l'écran de son ordinateur pendant que ses collègues étaient en rendez-vous à l'extérieur. Les agents immobiliers l'intéressaient encore moins que les kinésithérapeutes. Il continua à consulter la liste. Une fleuriste à Asnières-sur-Seine proposait de se retrouver autour de Saint-Lazare en fin de journée. Sandra s'était assise à côté d'Alexandre et commenta :

— Je la trouve très jolie.

D'un clic, il passa au contact suivant. La curiosité l'entraînait vers un nouveau visage, et le coup d'œil qu'il y jetterait, et la première impression.

— Une psychanalyste, s'exclama-t-il.

Sandra s'approcha, tout de suite intéressée. Ils scrutèrent la photographie. Des cheveux châtains longs, une minijupe en cuir, des yeux trop maquillés, la pin-up lacanienne lui déplut. Besoin pathologique de plaire et de se distinguer, pensa Alexandre.

— Son nom me dit quelque chose, elle a dû publier. Normalienne et agrégée de lettres, lut Sandra, elle fait du coaching. Le genre qui veut tout !

Rien ne semblait plus intimidant que ce brillant parcours mais on était parfois déçu : la psychanalyste normalienne demandait qu'Alexandre remplît le questionnaire. Un comble de la part de quelqu'un dont on attendait de la finesse autant qu'une honorable répugnance à faire entrer les personnalités dans des cases. Alexandre zappa cette fiche. Il se sentait entièrement libre, de plus en plus léger devant un catalogue qui n'engageait à rien. Le catalogue ne présentait aucune cantatrice, sculptrice, romancière ; les métiers étaient plus habituels, le nombre d'enfants en accord avec la moyenne nationale, finalement les surprises étaient rares, on pouvait deviner à quelles existences on avait affaire. Une gynécologue du 8e arrondissement. Tu ne trouves pas qu'elle ressemble à Christine Ockrent ? s'amusa Sandra. Cinquante ans, trois enfants. Trop vieille ? pensèrent-ils sans le dire, honteux de souscrire spontanément à des limites aussi imaginaires qu'installées. Une dentiste du boulevard Voltaire, trente-neuf ans, un fils de huit ans. Une professeure de lettres, trente-huit ans, sans enfant, installée dans le 15e arrondissement. Une directrice de la communication digitale, benjamine de la liste, trente-deux ans et pas d'enfant, résidant rue des Abbesses. Une commissaire aux comptes, la quarantaine, deux filles et deux chats, qui avait renvoyé elle aussi le questionnaire, ce qui sembla logique, comme un travers professionnel.

En faisant défiler sur son écran cette file virtuelle de femmes, il les créait réelles, chacune dans son espace, séparées qui ne se connaissaient pas les unes les autres, rassemblées pour lui et concurrentes sans le savoir, parce qu'elles l'avaient désigné comme objet de choix et partenaire potentiel. Quelles étaient leurs impressions, leurs pensées, leurs attentes, leurs existences ? Alexandre s'essayait à l'imaginer. Le visage prenait son importance d'apparition unique ; au milieu des informations livrées après réflexion, il était la grande confidence, le reflet du caractère et des états d'âme peut-être permanents, ou seulement passagers. Alexandre était revenu souvent sur chaque photographie. Un regard l'avait retenu, presque hameçonné. Dans un visage qui ne souriait pas (une attitude qui tranchait avec les autres), des yeux noirs et brillants, si peu ouverts qu'ils se confondaient avec le trait des cils. Noirs et brillants comme ceux d'Ada, de Nicolas et de Sandra, qui formaient une de ces familles de regard. Alexandre ne fit pas ce rapprochement. Il subissait l'effet d'attraction d'une caractéristique qu'une mémoire archaïque en lui reconnaissait. Son attachement venait de trouver un point de fixation, le centre secret d'une attention focalisée et sélective sur lequel il sédimenterait tout ce qui lui plaisait en effaçant les dissonances.

— Celle-ci est émouvante, dit-il.

Sandra scruta la photographie à l'écran et ne fit aucun commentaire. Elle n'avait pas de critique particulière, il fallait laisser Alexandre s'exprimer et les choses se faire.

— Blanche, murmura-t-il (c'était le pseudonyme choisi par cette internaute). Je crois que je serais capable de rencontrer Blanche !

— Bien sûr que tu en seras capable ! insista Sandra.

Elle oubliait la description intimidante et rébarbative qu'elle avait faite de la première rencontre, au café en général, une confrontation qui pouvait être rédhibitoire et alors terriblement gênante. Impossible d'avouer d'emblée désolé ça ne collera pas, sans faire l'effort de parler un peu. Impossible de filer tout de suite sous prétexte qu'on était fixé sur l'envie qu'on n'éprouvait pas. Si un homme se montrait discourtois, il risquait des commentaires négatifs, enregistrés par le site en tant que donnée pertinente. *Goujat, Malotru, Gros con qui te fait bien sentir que t'es pas assez belle pour lui.* Il fallait donc rester et causer l'air de rien, ne jamais dire à la personne en face que non décidément elle ne faisait pas l'affaire, offrir aux dames leur consommation, et même leur remonter le moral si elles comprenaient qu'elles ne plaisaient pas.

— Lis ce qu'elle écrit à propos d'elle, dit Alexandre.

Sur un portrait en pied, en tenue d'été décontractée mais d'une netteté sans un pli – un pantalon blanc et un chemisier rouge –, Blanche semblait si mince que ses clavicules se dessinaient juste sous la peau comme deux tirets à la base du cou. Dans ses cheveux frisés, certaines mèches étaient grises, presque blanches. Elle avait une grande bouche aux lèvres charnues et ses dents de devant se chevauchaient légèrement. Elle donnait son âge et le faisait, trente-huit ans, cela paraissait être la vérité. Agrégée de grammaire, professeure dans un lycée public, elle n'avait pas d'enfant et sur ce sujet de la maternité se posait actuellement beaucoup de questions, disait-elle. Elle se refusait à enfanter sans père. Fallait-il entendre qu'elle cherchait un père ? Elle écrivait : *J'ai longtemps cherché une fécondité ailleurs que dans la maternité, j'avais des choses à accomplir avant de faire un enfant. Pour cette raison, je n'ai jamais été mariée et n'ai pas expérimenté la vie en couple. Ne pas être mère ne signifie pas que je n'aime pas les enfants, bien au contraire.*

— Elle est bien, cette fille ! plaisanta Sandra.

— Apparemment elle a de nombreuses activités, dit Alexandre qui avait lu à toute vitesse. Continue, tu vas voir.

Blanche avait écrit : *J'aime la vie et c'est ainsi que je n'ai pas vu passer les années.* Cette fois, il fallait entendre qu'elle se trouvait seule à la quarantaine.

— As-tu déjà connu une motarde ? demanda Sandra.

Le premier plaisir que Blanche avait évoqué était : *J'ai aimé passionnément rouler à moto en regardant filer le paysage de part et d'autre comme si je l'éventrais. Depuis que je vis à Paris, j'ai troqué ma moto contre un vélo.*

— Jamais, dit Alexandre.

La métaphore de l'éventration était malvenue pour s'adresser au veuf d'Ada, la pauvre Blanche ne pouvait connaître le contexte, pensa Sandra, mais Alexandre n'avait pas réagi et ils étaient tous deux joyeux comme si l'avenir s'annonçait plein de péripéties prometteuses. La perle rare n'existe pas et cependant ces présences sur la Toile avivaient une imagination optimiste, le champ des possibles s'élargissait. Cette Blanche avait l'air intéressante.

— Lis, dit Alexandre en écartant sa chaise pour recentrer Sandra.

J'aime jouer du piano, j'aime dessiner, chaque vendredi soir je m'entraîne à la piscine avec mon groupe de plongée, la plongée sous-marine m'a permis de faire des voyages extraordinaires. J'aime les bêtes sans pour autant avoir d'animal de compagnie. Mon métier me plaît, je ne suis pas lassée d'enseigner, au contraire, j'apprécie de transmettre, je sais qu'un bon maître peut transformer une vie.

En matière de loisirs culturels, je suis surtout cinéphile. Les cinéastes que j'admire sont nombreux et je suis éclectique. Une longue liste suivait.

— C'est une grosse intello ! s'amusa Sandra.

Alexandre savait maintenant que c'était un compliment, et un tropisme qui faciliterait l'amitié des deux femmes.

J'enseigne les lettres, ce n'est ni un hasard ni un choix par défaut, j'ai toujours beaucoup lu, pas seulement les classiques, l'extrême contemporain m'intéresse, je cherche ceux qui pourraient devenir les classiques de demain. Ma préférence va aux stylistes. Autre liste qui semblait ne pas en finir. *Les trois Pierre – Bergounioux, Michon, Jourde –, Richard Millet, Marie-Hélène Lafon, Sylvie Germain, Patrick Grainville, Sylvain Tesson, François Bon, Annie Ernaux...* Alexandre parcourut superficiellement, non seulement il n'avait lu aucun de ces auteurs mais il ne connaissait pas leurs noms. Sandra donna quelques précisions puis conclut :

— Blanche semble être assez sûre de son goût pour en faire état. Mais si elle parle des futurs classiques, alors elle oublie de citer Houellebecq. Tu lui demanderas ce qu'elle en pense.

— Je ne lui demanderai rien du tout dans ce domaine, dit aussitôt Alexandre.

Les agrégés lui semblaient des personnages éminents et capables de l'intimider.

— Agrégée de grammaire ! Je ne vais pas oser dire un mot, plaisanta-t-il.

Sandra le moqua : il se désintéressait d'une kiné puis pétochait devant une grammairienne. À distance, en l'absence de preuves, les préjugés et les idées reçues s'imposaient et la peur de l'autre enflait. Il manquait d'imagination. Kiné, ostéo, acupuncteur, coiffeur, ces métiers rendaient extraordinairement fins et psychologues ceux qui les exerçaient, souvent bien davantage que la culture n'y parvenait.

— De toute façon, conclut Sandra, elle ne va pas te faire une interro.

— Continue de lire, demanda Alexandre.

J'aime cuisiner des plats simples et sains. Je ne suis ni végétarienne ni végane mais je ne mange pas de viande rouge. Je n'ai pas de voiture, je me déplace à vélo, avec ce merveilleux véhicule je fais aussi des randonnées ou des voyages.

Le risque, c'était la fille parfaite et un peu chiante, pensa Sandra sans rien en dire. Blanche était précise comme les sites suggéraient de l'être. Ces listes épluchaient méthodiquement les facettes d'une existence et manquaient de charme, elles devenaient presque niaises. Et que restait-il à découvrir ? se demandait Alexandre, quelles surprises espérer ? Les mauvaises ?! En tout cas Blanche était une hyperactive. Une telle quantité d'activités avait de quoi impressionner, non ?

— Elle a dû suivre à la lettre les conseils du *love coach* et se dégoter toutes sortes de centres d'intérêt à ériger en passion, dit Sandra. Ou alors c'est une fille exceptionnelle qui a une énergie de dingue et n'a pas perdu son temps.

Oui, pensait Alexandre, Blanche s'était donné du mal pour se présenter comme il convient, dans l'espoir que le téléphone sonnerait, qu'elle rencontrerait un homme et que sa vie changerait d'autant mieux que les consignes étaient respectées. Les neuf femmes avaient fait ces efforts considérables mais ceux de Blanche seuls avaient le pouvoir d'émouvoir Alexandre. À cause des yeux comme deux traits noirs et brillants. Et peut-être du visage qui ne souriait pas.

— Tu n'as pas lu la fin, dit Alexandre.

Sandra reprit. Pas de voiture, pas d'animal de compagnie, et la suite : *Je suis fille unique, ce qui peut expliquer que j'aie consacré beaucoup de temps à l'amitié. J'aime les soirées en petit comité qui facilitent la conversation. Aujourd'hui je recherche un partenaire tendre et je ne suis pas intéressée par le sexe.*

Voilà tout ce que j'ai à dire.

Cette chute était vraiment sèche, comme si Blanche s'était raidie au moment d'achever ce portrait par l'action, détaillé et lisible car l'action dit beaucoup de nous-mêmes, et en l'occurrence l'action qu'on évite. Je ne suis pas intéressée par le sexe. Ça ne pouvait être un principe de vie. Blanche voulait-elle dire : Je ne couche pas le premier soir ? Mais dans ce cas pourquoi l'avait-elle écrit autrement ? Pour décourager les importuns en quête de performances sexuelles sans lendemain ? Dans la libre pâture du réseau, des types occupés à se masturber devant votre photographie vous répondaient, il fallait leur en faire passer l'envie. Cette hypothèse était la plus vraisemblable et expliquait la maladresse de l'énoncé : se montrer ouverte à des partenaires intéressants tout en brisant net les fantasmes de quelques obsédés est malaisé et même gênant.

— Que penses-tu de cette remarque finale ?

— Elle décourage tout de suite les harceleurs, dit Sandra. Au moins c'est clair et net. Elle dit : Ne comptez pas sur mon cul. Et elle espère que l'objectif de ceux qui la contactent ne sera pas strictement sexuel.

Cette idée plaisait à Alexandre. En somme, en contactant Blanche, il se distinguait de la catégorie désormais fameuse des porcs.

— Elle annonce sa liberté de ne pas forcément faire ce qu'on lui demande, conclut Sandra, d'un ton approbateur.

— Je vais l'appeler. Ça n'est pas ridicule ?

— Bien sûr que non. Et tant que tu y es, contacte aussi la fleuriste, elle est mignonne.

Il est facile de se sentir intrépide à la place des autres.

2

Toutes les photographies ne mentent pas, certaines ont su capturer le tempérament du modèle et fixer son charme, peut-être celles qui furent prises par des amis, des amoureux, des amants, pensa Alexandre en s'asseyant sur la chaise restée libre, à la table de bistrot où l'attendait Blanche. Il l'aurait reconnue sans l'aide de rien ni personne, mais elle lisait le livre qu'elle lui avait dit qu'elle lirait – afin qu'il l'identifiât parmi les clients. Il n'avait pas cherché la femme qu'il avait eu le loisir de scruter sur internet mais un livre entre les mains d'une femme, le titre qui signalait Blanche. Je lirai *Aurélien*, avait-elle prévenu, et Alexandre l'avait aussitôt raconté à Sandra. C'était drôle de choisir ce roman (l'histoire d'un amour qui n'a pas lieu) pour un rendez-vous galant, avait pensé la libraire en disant : Elle a un certain humour, tu connais le début du livre ? Et récitant sur-le-champ : *La première fois qu'Aurélien vit Bérénice, il la trouva franchement laide.* Alexandre n'avait pas lu Aragon mais il avait jugé cet incipit décapant et amusante l'initiative de Blanche. Mon ignorance en matière de romans est abyssale ! avait-il déploré. Il s'en avisait pour la première fois. Chaque espérance sentimentale, chaque rencontre amoureuse nous renvoie à nous-mêmes, à nos faiblesses, nos défaillances, qui pourraient nous faire échouer à trouver un amour, à plaire grâce à nos propres qualités autant qu'à une adéquation de goûts : puisque Blanche lisait avec passion, Alexandre Perthuis s'inquiétait d'avoir trop peu lu. Sandra devait l'aider. Dans un cas pareil, une voisine libraire, ça ne s'invente pas ! s'émerveillait-il. Sandra le rassurait : Tu ne méprises pas les livres, c'est tout ce qui compte. George Sand a divorcé parce que son mari baron ne les aimait pas ! Les livres étaient-ils à ce point un *casus belli* ? Bien sûr ! s'écriait la libraire, offusquée qu'il en doutât.

Blanche s'était levée et avec un sourire des yeux se présenta : Dans la vraie vie je m'appelle Alba, bonjour. La gracieuseté était un peu forcée mais charmante quand même. S'efforçant à la fois à l'affabilité et au naturel, la prétendante insistait, comme si elle jouait une scène de rencontre, et il est vrai qu'elle ne faisait pas autre chose. Une chorégraphie s'imposait, à laquelle les protagonistes avaient eu le temps de penser et sans doute de se préparer. Alexandre tendit la main à *Alba dans la vraie vie*. Alba ! Ce prénom était si proche de celui qu'il murmurait parfois dans le noir de la nuit, tellement familier à ses lèvres qu'il résonnait en lui comme un rythme, A-D-A, toujours ces deux A qui enserraient, il s'arrêta à ce choix de pseudonyme astucieux, Blanche, Alba, un effet de traduction. Ada, Alba, un effet de gémellité, un écho. Comment ne pas y voir un signe quand de surcroît on le désire ?

— Bonjour Alba, je suis MAX, mais je m'appelle Alexandre. Max est mon deuxième prénom, je ne me suis pas cassé la tête.

Et ils s'assirent face à face, ce face-à-face en chair et en os, il avait les mots de Sandra dans la tête, sa description de ce moment quand rien ne marchait comme on l'avait espéré, parce que l'autre était moche, avait un truc qu'on ne supportait pas, ne correspondait pas du tout à l'idée qu'on s'en était faite, ou pire avait clairement menti sur lui-même. Voilà ce qui s'était passé quelques jours plus tôt avec la jolie fleuriste d'Asnières, elle avait dû scanner un cliché ancien, elle n'était plus du tout charmante et Alexandre n'avait pu surmonter sa déception, il était resté gêné, ne sachant pas quoi dire. Mais Blanche était loin d'être *franchement laide*, comme disait Aragon, Alexandre la trouva tout de suite attirante. Pour ce qu'il était capable d'en juger, elle lui parut naturelle (une femme de cet âge qui ne teignait pas ses cheveux blancs, c'était rare), d'une assurance discrète mais perceptible, sereine, sans doute parce qu'elle n'ignorait pas qu'elle était assez belle. Il était content, il se félicitait sans y penser car, il l'avait expérimenté, les jolies femmes sont paradoxalement plus faciles à séduire que les autres, elles ne vous soupçonnent pas de mentir lorsque vous les complimentez. Alba avait un teint pâle, une peau presque translucide, des cheveux d'un gris clair et lumineux, joliment bouclés et coupés au carré, une tête comme délavée qui cependant avait de l'éclat. Une clarté de perle ou de lune, Alexandre ne savait à quoi l'attribuer mais le percevait. Les traits avaient une rectitude noble, presque sèche, qui fabriquait une autorité naturelle. Le nez droit, la bouche dessinée – un gonflement rosé qui disparaissait dans une ligne ourlée plus claire –, les sourcils épilés en forme d'ailes, quelque chose d'impeccable et d'implacable. Les yeux noirs, vivaces, accrocheurs, contrastaient avec toute la pâleur, absorbaient l'attention. Le corps était inexistant. Intimidé, pris au dépourvu, comme surpris d'être apparemment bien tombé, Alexandre ne trouvait rien à dire et se mit à parler d'internet, cet intercesseur sans identité ni âme à qui il devait en partie son étonnement. C'était la première fois qu'il avait recours à cette machinerie algorithmique, il était épaté et stupéfait d'être là, amené par un site de rencontres à la table d'une belle inconnue !

— Pas une inconnue ! rectifia aussitôt Alba.

Il devina qu'elle porterait attention à chaque mot. Elle estimait qu'ils avaient été présentés, ils s'étaient eux-mêmes présentés et choisis sur la Toile. Elle pensait qu'Alexandre savait beaucoup de choses d'elle, son profil n'était pas bidon, elle s'y était largement exprimée.

— C'est encore plus impressionnant, dit Alexandre.

— Et toujours dangereux, dit-elle.

Elle était contente qu'il fût intimidé, car elle s'inquiétait beaucoup d'être tombée sur un menteur et ceux-là, elle l'avait constaté, avaient plus de culot que de timidité.

— Pourquoi avez-vous choisi cette brasserie ? demanda-t-elle d'un ton un peu inquisiteur qui releva légèrement son menton dans la direction d'Alexandre.

Sans prendre garde à cette gestuelle autoritaire, il répondit avec douceur :

— Je ne voulais pas vous faire traverser tout Paris et je connais bien ce coin, j'ai habité le 15e. Je logeais en face de ce square quand j'avais vingt ans. J'allais dessiner le kiosque qui est au fond. J'habitais exactement là.

Son index montra un immeuble, qu'elle pouvait voir en se penchant un peu vers la rue du Commerce, et deux fenêtres en particulier.

— Au deuxième étage, précisa-t-il.

Disant cela, il se sentit ému de revenir à ce commencement – avant la mort d'Ada, avant sa vie avec elle –, son premier appartement de célibataire, une colocation avec un ami d'enfance, séducteur de génie, capable en dix minutes de faire monter dans sa chambre une jeune fille qu'il venait de croiser dans la rue. Alexandre ne souffla mot de ce passé glorieux, cette fréquentation piquante qui avait fait son éducation sexuelle et sentimentale restait un secret, il se contenta de vanter le quartier vivant et peu éloigné du Quartier latin.

— Et maintenant ? demanda-t-elle, vous habitez toujours par ici ?

— J'ai traversé la Seine, dit-il. J'habite à Boulogne, pas très loin du bois.

Un sourire persistant prouvait qu'Alba était ravie, soulagée d'un soupçon : il ne lui avait pas donné rendez-vous en bas de chez lui comme le font ceux qui prévoient de passer au lit direct. Elle aussi considéra qu'elle était bien tombée. Alexandre était bel homme, il n'avait pas menti sur son physique, il avait ce corps svelte et souple, un gabarit peu viril qu'elle avait aimé sur la photographie mise en ligne. Il s'était inscrit sans pseudonyme, en choisissant un de ses propres prénoms. Il était authentiquement parisien, pas comme ceux ou celles qui cachaient leur résidence provinciale dans l'espoir de multiplier leurs chances de rencontres. La vérité était ce qui importait à Alba en cet instant, il lui fallut le dire :

— Les menteurs sont légion sur tous les sites, vous le savez. C'est la pire engeance et qui pourrait ruiner tout le système. On finit par être écœuré et ne plus croire personne.

À force d'être dupé on réalisait combien la confiance était le fondement de toutes les relations humaines, expliqua-t-elle. Dès la naissance, toute personne était amenée et contrainte à faire confiance à un autre. Tromper la confiance, c'était briser le monde. Alexandre acquiesça et dit :

— Je n'ai pas cette expérience malheureuse, à vrai dire je n'en ai aucune. Je suis nouveau sur le site. Mais je ne suis pas étonné de ce que vous dites (il repensa à la photographie trop flatteuse de la fleuriste mais sans en parler). Mon agence reçoit chaque année des curriculum vitæ un peu trop bien tournés ! Les mythomanes courent les rues, notre époque y est pour quelque chose avec sa glorification de la réussite et de la compétition sans règle. Peu importe d'avoir menti si on a gagné, voilà ce que notre société enseigne implicitement.

Il déplorait que tout moyen fût bon pour grimper au sommet du moment qu'on ne se faisait pas prendre, le risque tentait de plus en plus d'hommes prêts à tout pour être les premiers (alors qu'il n'existe pas de premier mais une variété inclassable de trajectoires, dit Alexandre). Il aurait fallu ne plus employer ce mot de réussite, ou du moins se convaincre de la diversité des réalisations de soi.

— Les femmes mentent autant que les hommes, dit Alba.

— Pourquoi ne le feraient-elles pas ? s'exclama Alexandre. Peut-être mentent-elles sur des choses différentes ? ajouta-t-il pour éviter un silence qui devenait gênant.

Alba secoua négativement la tête et dit :

— Les gens mentent sur eux-mêmes, tous. Qui ils sont, leur taille, leur poids, les caractères les plus vérifiables peuvent être faux ! La ville où ils habitent, le métier qu'ils font. Ils trichent avec leur situation familiale. Faux célibataires et maris dans le placard ne sont pas des cas isolés. Et puis bien sûr, ils mentent sur leurs intentions. Hommes et femmes confondus.

Elle ne dit pas que les hommes multipliaient les parties brèves, ce qui rendait leurs mensonges plus rationnels et moins étonnants. Elle eut un éclat de rire joyeux, comme si elle se rappelait un épisode cocasse où elle ne s'était pas laissé faire et qu'avec elle, ces dragueurs-là étaient mal tombés. Était-elle prude ? Impossible de le savoir, elle n'en avait pas l'air. Elle était ferme, presque dure, déterminée.

— La solitude rend les gens malheureux et les dévalorise, dit Alexandre. Ils sont prêts à tout pour trouver l'amour et, puisqu'ils ne croient plus en eux-mêmes, ils mentent. C'est presque touchant.

— Le mensonge ne me touche pas du tout, déclara Alba. Il m'embarrasse, me met en colère, m'exaspère. Que fait-on, une fois qu'il est découvert ? On ne peut ni l'effacer ni l'oublier. Et comment construire une relation sur des mensonges ! C'est impossible, non ?

— Les gens espèrent toujours que leurs fautes ne sont pas graves et ne leur nuiront pas. Ils ne regrettent que celles qui leur ont coûté quelque chose. Ne pas être pris la main dans le sac est un succès fréquent, pourquoi ne pas tenter le coup ? Voilà ce que se disent sûrement la majorité des menteurs. Attention ! Je ne dis pas que c'est bien, je dis que ça peut marcher.

Alba exprimait son scepticisme, ou sa réprobation, en balançant sa jolie tête, Alexandre s'amusa.

— Avez-vous déjà imaginé deux menteurs face à face ? demanda-t-il. Comment s'y prendraient-ils une fois leurs supercheries découvertes ? Ils échangeraient leurs indulgences respectives et leur histoire commencerait par ce pacte. Est-ce que tout alors ne deviendrait pas possible ?

Il réfléchit à ce qu'il venait de dire et conclut :

— Plus la proportion de menteurs est grande sur un site, meilleure est leur chance de ne pas être sanctionnés. Cela vaut pour la société tout entière.

Comme cette idée semblait divertir Alba, il continua de parler. Le possible excédait notre imagination, disait-il. Il raconta comment au Japon on pouvait louer tout ce qui vous manquait ou vous faisait envie, une famille, des amis, un chien, une petite copine. En 2017, lorsqu'il avait fait le voyage, des comédiens professionnels jouaient les rôles de père, d'amant ou de mari pour l'équivalent de cent cinquante euros de l'heure. L'entreprise qui vendait ces services connaissait une croissance continue.

— C'est dire à quoi les gens sont capables de croire, les histoires qu'ils se racontent et surtout les insupportables manques qu'ils éprouvent. L'agence s'appelle Family Romance, dit-il, elle rencontre un grand succès, sa communication est tout à fait convaincante.

Alba l'écouta, silencieuse avant d'exprimer sa réprobation. Elle n'était pas sensible aux désarrois qui cherchaient consolation. Louer une petite copine, ça s'appelait de la prostitution. Ce fut au tour d'Alexandre de hocher négativement la tête. Non, non, expliqua-t-il, la fausse petite copine n'allait pas au lit, elle ne tenait son rôle qu'en société.

— Il s'agit seulement de ne pas perdre la face, dit-il.

Alba ne riait pas. Elle était sans doute plus tendue qu'il ne l'était. Elle avait besoin d'être rassurée, pensa Alexandre. C'était bien naturel dans ce chaudron de désirs qui bouillonnent sur les sites de rencontres. Sandra l'avait si bien averti des difficultés du Net pour les femmes qu'il était compatissant envers celle-là. Au nom de quoi pouvait-on croire ce qu'un homme prétendait révéler de lui-même quand on en avait croisé dix qui racontaient des histoires ? Le portrait n'offrait aucune garantie ! Il aurait fallu donner les numéros de téléphone de trois ou quatre personnes proches qui feraient office de témoins de moralité. Quand on se rencontrait dans une soirée, parmi des amis ou des relations, il y avait toujours quelqu'un pour parler de vous discrètement, offrir une sorte de garantie sociale et personnelle, ou au contraire vous discréditer et prévenir l'autre contre vos défauts, parfois même à tort. En tout cas on était prévenu, on savait à qui on avait affaire. Mais là, se disait Alexandre, rien, rien d'autre que le discours d'une personne sur elle-même, une occasion sans pareille de tromper autrui et soi-même en même temps.

— Les gens ne sont pas complètement malhonnêtes, dit Alexandre. Ils se présentent comme ils se rêvent, dans une version idéale ou idéalisée d'eux-mêmes qui révèle leur identité inaccomplie. Rien n'interdit de penser qu'ils soient même de bonne foi.

— Ce qu'ils disent demeure mensonger, insista Alba.

— Vous êtes inflexible… Vous ne croyez pas que nos rêves disent de nous ce que nos actes ne révèlent pas ?

Elle hocha encore la tête en souriant, à droite à gauche. Elle devait faire ce mouvement de dénégation avec ses élèves lorsqu'ils se trompaient, peut-être le faisait-elle tout le temps qu'elle attendait la bonne réponse. Non, pensait-elle, insensible à la réalité signifiante des rêves. Elle refusait de voir derrière un enjolivement éventuel une aspiration qui avait sa valeur, une vulnérabilité, et toujours la difficulté d'être.

— Si les rêves ont une importance, dit-elle, c'est qu'on les a réalisés. On est ce qu'on fait.

— Je crois que l'on est bien davantage que cela, murmura Alexandre, en la regardant dans les yeux, d'une voix douce mais ferme, sans ménagement.

Il aurait eu honte de taire son désaccord. S'écraser dès le premier instant était indigne, pensait-il. L'intransigeante Alba avait rougi et, pour sortir de son trouble, reprit son argumentation : il fallait s'accepter comme on était et s'en tenir aux faits, elle se méfiait beaucoup des gens qui avaient une théorie d'eux-mêmes complètement imaginaire et elle pensait qu'être velléitaire était le pire des défauts.

— J'essaie de vous rassurer ? proposa Alexandre, renonçant à déplier plus de subtilité. Je vous parle très concrètement de ce que j'ai fait et de ce qui m'est arrivé, ou vous préférez commencer ?

Puisqu'elle était si avide de vérité, il était prêt à parler des choses essentielles, de ce qu'il espérait dans la situation qui était la sienne et de cette situation justement, celle de veuf marqué par la violence d'une mort contre nature, celle de père en quête d'une vie à deux, ensemble dans une maison.

— Excellente idée ! approuva Alba, votre profil était aussi succinct que le mien est détaillé.

— Alors, les faits, rien que les faits, promit-il, gentiment moqueur.

Et il commença à résumer sa vie : Il était ce qu'on pouvait appeler un authentique Parisien. Né à Paris, de parents et grands-parents eux-mêmes nés à Paris – bien que le berceau de la famille fût un village du Loiret. Excepté des séjours prolongés à l'étranger, il n'avait jamais résidé ailleurs que dans la capitale, il ne connaissait pas la vie en province, les territoires, comme on disait maintenant, n'évoquaient rien pour lui.

— Tout le contraire de moi, constata Alba. Je suis née en Saône-et-Loire et j'ai vécu dans la ville où Balzac écrivit *La Femme de trente ans*. Vendôme, précisa-t-elle aussitôt.

Elle ignorait qu'il y avait là une ressemblance avec Ada, tout comme elle ignorait ce que devait à la provinciale Ada cette référence immédiate à Paris : Alexandre Perthuis avait fini par se voir comme le voyait Ada. Il était donc un Parisien du cœur historique, il avait grandi entre la Bourse, le Louvre et la Bibliothèque nationale, de quoi expliquer peut-être sa vocation.

— J'ai toujours été attentif aux bâtiments, dit-il.

Il passa rapidement sur sa jeunesse marquée par la mort accidentelle d'un frère qui l'avait laissé seul enfant de parents irrémédiablement brisés – un deuil précoce qui avait fondé sa sensibilité (mais puisqu'il ne l'avait jamais considéré, il n'en parla pas). Il s'était jeté dans des études d'architecture, n'éludant ni la partie scientifique ni la dimension artistique, une formation ultérieure d'urbaniste l'avait rendu attentif à la ville et à l'avenir. Il avait étudié aussi longtemps qu'il voulait, cette faveur du sort était grande, il en était conscient (et taisait d'ailleurs les prestigieux établissements qu'il avait fréquentés). Sans le spectacle de ce qui se passait ailleurs, il aurait pu devenir un de ces individus sûrs d'eux-mêmes et éloignés du monde réel. Il nomma en vrac les destinations des nombreux voyages qu'il avait faits, raconta son séjour en Chine où il s'était spécialisé dans la construction des gares et fit le récit de son retour en France, si facile après son coup de foudre pour une jeune architecte décoratrice d'un cabinet concurrent. Il avait créé le sien peu de temps après cette rencontre.

— Tomber amoureux m'avait donné des ailes, dit-il.

Il tenait à marquer la constance de son engagement et la mémoire de son cœur, à montrer qu'il n'était pas volage. Le sentiment d'un accomplissement amoureux avait enchanté sa vie, confiait-il, une chance inouïe à nouveau, bien que cette femme aimée n'eût pas voulu se marier. Il ne s'attarda pas sur les mérites et la personnalité d'Ada. Aucune amante, même virtuelle, n'aimait à écouter l'éloge d'une autre, rivale ou non, vivante ou morte, dangereuse ou inoffensive.

— Vous n'avez jamais été marié ? s'étonna Alba.

Il confirma : il était père de famille, il avait vécu en couple mais n'avait jamais apposé sa signature dans le registre des mariages.

— J'aurais aimé l'être, ça ne s'est pas fait, pas encore.

Ces deux derniers mots étaient réellement partis tout seuls et il en eut immédiatement honte, comme d'une manipulation, mais de toute évidence ils exprimaient un authentique et irrépressible inassouvissement, le sentiment aussi que l'existence tiendrait ses promesses.

— J'ai eu beaucoup de chance mais la souffrance vient toujours dans la vie, il n'y a pas longtemps à attendre, dit-il en guise de préambule à la suite de son récit.

Il raconta la mort d'Ada comme un coup de poignard, un bonheur tranché net.

— Nous attendions tous les trois l'enfant, Ada, Nicolas et moi. Mais Ada le portait seule, c'est la leçon que j'ai apprise.

Alba n'avait pas oublié que son interlocuteur était veuf. C'était un fait d'importance, décisif même, qui garantissait à la fois une liberté et une contrainte. Alba n'avait pas manqué d'y penser en découvrant le profil d'Alexandre sur OKCupid, pas d'ex-femme, il fallait comprendre cela concrètement : pas d'ex-femme pour vous embêter, pas d'ex-femme pour s'occuper de l'enfant.

— Je suis désolée, murmura-t-elle.

Il assura qu'il était remis de ce deuil. Il osa avouer que c'était malgré lui et grâce à sa fille, la gaieté des vivants reléguant les morts dans l'oubli, le présent s'imposant au passé. Il raconta sa vie partagée entre son métier et son enfant. De la petite Sophie, il fit un éloge plein d'amour inconditionnel. Mais il n'était pas seul ! Nicolas son quasi-beau-fils, Bernard le père de Nicolas, par la recomposition ces gens formaient une espèce de famille élargie, à laquelle bien sûr il rattachait Sandra Mollière, sa voisine et amie libraire, une femme exceptionnelle. L'épithète était venue spontanément, il se mordit presque les lèvres en voyant Alba se redresser, mais une fois encore c'était dit. Alba avait sursauté non pas à propos de l'éloge mais du nom :

— Sandra Mollière de la Libraire des Èves ? demanda-t-elle.

Alexandre acquiesça, suspendu à la suite de la question.

— Je la connais, dit Alba, je lis ses critiques sur internet. Et je ne suis pas la seule. Sandra est célèbre pour ses brillantes lectures. Si elle conseille une nouveauté, je la suis les yeux fermés.

La coïncidence semblait merveilleuse.

— C'est incroyable que vous connaissiez Sandra ! s'étonna Alexandre.

— Nous aurions pu nous croiser, je vais jusqu'à Boulogne pour le plaisir d'aller aux Èves. C'est *la* librairie des femmes.

— Alors nous avons une admiration commune.

— On peut le dire !

— Cela confirme l'étroitesse du monde dans lequel nous évoluons.

— Non, cela montre l'impact d'internet, sa puissance de diffusion et de rapprochement.

Elle disait non. Elle le contredisait sans hésiter. Il n'y prit pas garde du tout parce qu'il venait de regarder sa montre, le temps avait passé plus vite qu'il ne croyait et il était déjà tard, il devait prendre congé. Il fut excessivement courtois :

— Alba, veuillez m'excuser, je suis obligé de vous laisser, je ne veux pas priver ma fille de notre habituelle soirée. Je serai ravi de reprendre une autre fois cette très agréable conversation.

Il sourit, ça n'était pas un madrigal mais la vérité, et pour le souligner il posa sa main sur celle d'Alba, un geste censé exhausser la formule de politesse au niveau d'une phrase sincère. Il était amical et sans ambiguïté, mais n'eut pas le temps de faire effet, Alba se leva vivement, exactement comme si ce contact lui déplaisait. Elle reprenait maintenant son manteau, Alexandre l'aida courtoisement à l'enfiler. Il était trop pressé pour s'arrêter sur ce minuscule événement tandis qu'ils sortaient. Désireuse d'éviter le banal baiser, un peu raide et guindée, Alba lui tendit avec rapidité ce qu'elle venait de lui reprendre : elle préférait la poignée de main à cette habitude de s'embrasser alors qu'on se connaissait à peine. N'importe qui embrassait n'importe qui sans que cela eût la moindre signification.

— Au revoir, dit-elle. Je vais par là.

Alexandre partait de l'autre côté. Quand il eut marché une dizaine de mètres, il se retourna. Il put voir qu'elle marchait vite et s'éloigner sa silhouette dans le flot des passants. Elle ne se retourna pas. Il aurait aimé qu'elle eût ce mouvement de curiosité et de sympathie réaffirmée mais non, elle avançait dans sa direction à elle, comme s'il n'existait plus. La rencontre avait pourtant eu lieu. Il était étonné mais certain de ce qu'il avait senti, de l'intérêt et une attraction physique. Elle m'a plu, pensa-t-il (plus tard il l'annonça en ces termes à Sandra). Et ce prénom le troublait. Alba ! Alba comment ? Il avait oublié de lui demander son nom. Pendant ce temps, Alba Jeufosse n'en croyait pas ses yeux : elle venait de rencontrer un type bien sur internet.

3

— Alors ? demanda Sandra à peine Alexandre lui eut-il ouvert sa porte.

Elle avait sonné chez lui à toute force. Empressement, légèreté, curiosité soulignaient le caractère ludique que le site de rencontres imprimait à la quête, un jeu de hasard en somme. Alexandre avait joué, avait-il gagné ? Sa voisine et complice avait besoin de savoir. Cette hâte à venir aux nouvelles le fit rire, sans qu'il y répondît pour autant, faisant tout à coup mystère, plein d'une malice qui attisait le suspense et laissait présager le plaisir. La jeune Sophie était accourue au-devant de sa grande amie et Sandra s'agenouilla pour l'embrasser.

— J'ai fermé un quart d'heure plus tôt, annonça-t-elle à Alexandre, je ne résistais plus à l'envie de t'entendre. Alors ? Raconte !

La petite lui attrapait maintenant les jambes.

— Ah ! je vais tomber ! s'écria Sandra en essayant d'avancer.

— Laisse Sandra s'asseoir, demanda Alexandre à sa fille.

— Merci ma chérie, dit Sandra. Et à Alexandre : Tu l'as vue ? Vous avez parlé ?

Il fit signe que oui mais il ne voulait rien raconter devant Sophie.

— Va jouer dans ta chambre ma Sophie, demanda-t-il, et la fillette obéit sans protester.

— Je viens te rejoindre bientôt ma puce, promit Sandra.

Quand ils furent seuls, Alexandre résuma :

— Elle m'a beaucoup plu. Je ne m'étais pas trompé.

— C'est génial, dit Sandra.

— Je l'ai trouvé jolie d'une manière originale, elle a un style et un charme, elle doit être intelligente et beaucoup plus cultivée que moi, et malgré cela elle me donne envie de la protéger.

— Une vraie femme ! dit Sandra volontairement moqueuse.

— Je ne dirais pas ça, dit Alexandre. Enfin oui et non. Je pense qu'elle a connu quelques déboires sur internet. Elle a une phobie des menteurs, c'est la première chose qu'elle m'a dite.

— Je lui parlerai de toi. En bien ! promit Sandra.

— Figure-toi qu'elle te connaît. Elle lit tes critiques de bouquins sur internet et elle est déjà venue à la librairie. J'ai oublié de lui demander son nom, elle s'appelle Alba.

Sandra ne voyait pas de qui il pouvait s'agir, d'ailleurs la photographie sur internet ne l'avait pas arrêtée, mais elle s'extasia : Alexandre avait eu rendez-vous avec une de ses clientes ! C'était bon signe !

— Pour le reste, *c'est une dure*, comme disait ma mère. On ne la lui fait pas, elle voue les baratineurs aux gémonies. D'après elle, il faut faire ce qu'on dit et dire ce qu'on fait.

— Psychorigide ? plaisanta Sandra.

— J'espère que non !

Il n'en avait aucune idée, Alba lui avait plu sans qu'il la connût le moins du monde, il aurait pu s'en faire la remarque, constater que la sympathie ne s'explique pas forcément. Dès le premier coup d'œil il avait été content de s'asseoir avec Alba mais il n'y avait pas moyen de savoir par quelle alchimie sa proximité lui avait été agréable. Sandra avait raison, les corps se plaisaient ou se rejetaient comme si les humains étaient des bêtes qui se respirent, se reconnaissent et se désirent. Cette part animale des liens échappait à la raison et au raisonnable, personne ne questionnait cette immédiateté du sentiment que quelque chose est possible avec un homme ou une femme que l'on découvre.

— Je ne sais pas, répondit-il. Je ne sais qu'une chose : Alba m'a plu dans l'instant.

Dans l'instant : c'était la formule qu'il avait employée pour décrire sa rencontre avec Ada, Sandra se le rappelait fort bien.

— Donc tu vas la revoir, conclut-elle. Et elle s'appelle Alba !

Elle ne fit pas d'autre commentaire. Alexandre soupira, sembla réfléchir, marmonna qu'il s'efforçait de progresser vers la vie – vers davantage de vie, dit-il. Il ne pouvait écarter l'amour pour toujours. Il avait un sourire rêveur et mélancolique, comme s'il fallait décidément rompre quelque chose et qu'il ne s'y résignait pas.

— Je suis contente, dit Sandra, personne n'est fait pour s'arrêter d'aimer.

Et sur ces mots qui cédaient à la banalité, elle l'abandonna pour aller jouer avec Sophie. Elle faisait comme chez elle, il la regardait marcher dans le couloir vers les chambres, fluette comme une fille de seize ans, vive et décontractée sur ses talons plats, de toute évidence ravie du tour que prenaient les choses et curieuse de les connaître. Cette vitalité libérée était communicative et merveilleuse. Il n'avait jamais connu d'amie aussi légère et disponible. Il en était touché de toutes les manières possibles. On peut être attiré par plusieurs personnes en même temps.

4

Il fallait naître une seconde fois, recommencer, repartir à zéro et même pire : laisser les morts dans le passé et le passé où il était. Des souvenirs agaçaient encore le présent, de fulgurantes visions le traversaient, des comparaisons le dévaluaient. Ces trahisons de l'attention devaient disparaître et laisser la place à ce qui était actuel et possible. Le veuf et le père voulaient se donner à la rencontre, résolument s'y précipiter, et tisser une conversation, avec obstination nouer des mots, des regards, des gestes, des activités pour conférer une réalité à ce lien désiré et encore ténu. La volonté était amoureuse. À son âge, pensait Alexandre, il fallait provoquer la vie et savoir ce qu'on voulait. Le temps de l'innocence était clos, la jeunesse libre était passée (pendant laquelle le hasard a le loisir d'agir), la matière de la vie étant composée, seule une décision, suivie d'une action, pouvait en changer le cours. Rendez-vous fut pris une deuxième fois. Plus tard, si des drames s'ensuivaient, ou des chagrins, des regrets ou des remords, Alexandre Perthuis ne pourrait pas dire ce n'est pas ma faute, je n'ai pas voulu cela, je n'ai rien fait pour cela. Au contraire, il serait indubitablement responsable de ce qui arriverait.

Alexandre avait la main, Alba acquiesçait. Était-elle de celles qui se laissent choisir puis exercent ou non leur veto (qui choisissent parmi ceux qui les ont choisies), ou de celles qui jettent leur dévolu sur qui leur plaît (qui choisissent dans le lot complet) ? Impossible de le savoir. Ils se retrouvèrent à la même brasserie de la rue du Commerce, se reconnaissant mutuellement pour des êtres d'habitude qui appréciaient les rituels, les répétitions et les retours, ces luttes contre la course du temps. Comme la première fois, elle était installée lorsqu'il arriva. Elle n'avait plus besoin d'un livre pour se faire connaître mais elle en avait un ; elle portait le même manteau et les mêmes bottines tandis que le livre était nouveau. Sa lecture l'absorbait au point qu'elle ne vit pas arriver Alexandre. Il s'arrêta à côté d'elle, hésitant, attendant qu'elle perçût cette silhouette immobile dans son champ de vision.

— Vous êtes toujours en avance, dit-il.

— Quand je suis à l'heure, c'est que j'étais en retard.

— Que lisez-vous cette fois ?

Elle montra la couverture d'un roman qu'Alexandre ne connaissait pas, le posa en se levant, et tendit la main avec une raideur presque cérémoniale. Pourquoi était-elle si stricte ? Soucieux de la décontracter, Alexandre exprima son plaisir : il était heureux de la revoir, il avait pensé à elle et attendu ce moment. Il fut étonné de sa propre insistance. Les choses étaient pourtant claires, il n'y avait aucun hasard et son ambition était explicite, il cherchait une amante, pas une amie, et les sites ne promettaient pas l'amitié mais l'amour, s'il revenait c'était qu'Alba lui plaisait, elle n'était pas assez gourde pour l'ignorer.

Pourquoi tant de réaffirmation alors ? Pour habiller l'évidence des intentions ? Parce que l'imprévu manquait ? Parce que la situation n'était pas assumée ? Non, pensa-t-il. La personnalité dubitative et exigeante d'Alba attisait ce besoin de surenchérir. En vous inquiétant, en vous suspectant, elle vous en demandait davantage. Il le lui dit tout à trac, employant le premier mot qui lui vint :

— Vous me semblez tellement suspicieuse que vous m'obligez à insister ! Donc je le répète : Je suis *très heureux* de vous revoir.

Elle se cabra un peu : Suspicieuse ! Quel vilain mot c'était ! Elle protesta qu'elle ne l'était sûrement pas. Elle n'appréciait pas les menteurs, voilà tout.

— Je vous crois, dit-il, soulignant à dessein qu'il faisait ce qu'il attendait d'elle : accorder sa confiance.

— Il faut que vous me connaissiez mieux, dit Alba, coupant court à la leçon ou bien au contraire voulant y répondre.

À son tour elle raconta sa vie. Elle le fit de bonne grâce, avec simplicité, il sentait qu'elle était habituée à avoir la parole ; sa voix placée, sa phrase fluide et architecturée révélaient l'enseignante, précise, curieuse, qui prenait les choses au sérieux, s'employant avec application et méthode à faire le tour de son sujet et quand bien même ce sujet n'était autre qu'elle-même. Alba Jeufosse avait passé son enfance à Vendôme, auprès d'un père professeur de grec et de latin et d'une mère qui enseignait l'histoire. Elle avait été l'enfant unique et choyée de deux érudits. Rien ne l'avait empêchée d'étudier, tout l'y avait contrainte insidieusement, ses parents penchés sur leurs livres et leurs copies, la maison silencieuse, la solitude, disait-elle (elle était fille unique comme Ada, Alexandre l'avait remarqué), le peu de distraction en ville. Elle éluda l'intensité de l'engagement peu à peu forgé, les trois années de classe préparatoire littéraire à Paris, la déception d'un échec au concours, la dépression non diagnostiquée puisque la jeune fille se montrait capable de maintenir son effort, l'agrégation comme consolation et accomplissement. Elle n'avait jamais cessé d'apprendre et d'étudier, l'intérêt d'enseigner était aussi là, dans cette exigence de renouvellement et d'approfondissement. Elle fustigea le mythe noir des enseignants qui ne travaillent pas. Quel mensonge, protestait-elle, tandis qu'Alexandre était fasciné qu'elle en eût débusqué encore un. Un récent sondage était éclairant : 78 % des Français pensaient que les fonctionnaires de l'Éducation nationale ne travaillaient pas assez. Alba s'emporta. Ceux qui n'avaient jamais mis les pieds dans une salle de classe ignoraient l'énergie, la patience et le talent qu'il fallait pour se tenir devant des élèves.

— Hélas, on décourage ce talent, déplora-t-elle. La France est le pays d'Europe qui rémunère le plus mal ses enseignants. Nous autres, intellectuels sans notoriété, ne sommes pas équitablement payés et notre travail est systématiquement sous-estimé. Je n'ai jamais compris pourquoi. Les Français qui nous critiquent sont pourtant des parents, ils savent ce que nous faisons pour leurs enfants ! Et je ne parle même pas de l'école primaire.

Une anecdote lui revint qui avait pouvoir d'illustration. Elle avait publié un petit livre sur Apollinaire et à l'occasion du centenaire de la mort du poète, un journal lui avait demandé une conférence qu'il souhaitait offrir à ses abonnés.

— N'importe quel patron invité à parler aurait été rémunéré avec largesse, dit-elle, tandis qu'on me sollicitait à titre bénévole, en me proposant de vendre mon livre à la sortie.

C'était, parmi d'autres, un exemple de ce qui l'avait décidée à se battre pour une meilleure rémunération des professeurs.

— Vous avez raison de vous bagarrer, dit Alexandre. Les métiers les plus cruciaux humainement sont aujourd'hui les plus mal payés, c'est un des paradoxes de notre société.

Alba termina son histoire : au nom de sa caste, elle avait bien sûr décliné l'invitation à parler du poète. Avait-elle été comprise ou bien tenue pour une prétentieuse cupide ? Elle n'aurait jamais la réponse, elle n'avait provoqué qu'un remous de silence. Une universitaire avait accepté de donner la conférence. Gracieusement, déplora Alba. Voilà qui l'avait désolée, mais elle n'y pouvait plus rien, elle avait dit ce qu'elle avait à dire et ne le regrettait pas.

Derrière la femme cultivée, Alexandre décelait la femme compliquée. La secondarité du caractère, cette manière de vibrer toute seule dans sa chambre intérieure et l'écho des moments, de revenir sur tout, paroles et gestes, de douter d'avoir bien dit ou bien fait, de craindre l'autre ou de l'admirer, de se critiquer perpétuellement et d'attendre la même chose d'autrui, d'être si précise et attentive que la vie devenait un filet qui vous enserrait.

Il se moquait de ce filet qu'elle tissait et de cette personnalité compliquée. Alba Jeufosse (il savait son nom maintenant) était intéressante, pleine de ses objets, elle avait des convictions : il voyait ces qualités. Il *voulait* les voir (la volonté amoureuse). Il était déterminé à les voir. Puisqu'il avait envie de tomber amoureux et de vivre à l'intérieur d'une histoire, il écartait tout obstacle à cette ambition. Il minimiserait tout défaut qu'il devinerait, il le contournerait, au mieux il le testerait assez habilement pour qu'il restât imperceptible. Ce mécanisme de défense serait automatique et inconscient. Alexandre croirait même se poser les bonnes questions, avoir pris toutes les garanties, s'être assuré de faire le bon choix. Il avait commencé d'y réfléchir et de s'interroger. Alba était-elle capable d'être simple, de se laisser vivre sans peser chaque mot et chaque geste, de suivre sans le suspecter celui à la rencontre de qui elle allait, de ne pas le craindre, de se laisser charmer, de pardonner quelques erreurs ? Rien de plus facile à vérifier, pensait-il. Il suffisait de provoquer des situations et des mouvements, des événements et des humeurs, et d'observer l'autre au cœur de ce maelstrom. Sandra poussait Alexandre à conserver l'initiative, à foncer, comme elle disait. Elle s'était engagée à garder Sophie tout le temps que prendrait ce badinage (elle avait employé ce mot en souriant).

— Rien ne me fait plus plaisir, elle est extra, ta fille, disait-elle.

Il se sentait poussé en avant par cette énergie heureuse. Sandra avait raison. Il n'avait pas fait l'effort de s'inscrire sur un site pour laisser tomber maintenant qu'il avait fait une touche. Il suivit le chemin déjà tracé : il téléphona, proposa, invita, organisa. Il exploitait la richesse culturelle du réseau parisien, les galeries d'art et de photographie avec lesquelles son métier et ses goûts l'avaient longtemps mis en contact, les musées, les théâtres, salles de concert, restaurants et cinémas. Contrairement à certains Parisiens, il connaissait sa ville comme sa poche. Il retrouva sa passion de *tout voir* et découvrit qu'Alba l'avait en partage. Dans ce sursaut volontaire, il l'entraînait, tressant une intimité amoureuse. Il n'était plus tout à fait le même homme, son cœur n'était pas neuf, une cicatrice l'écorchait vivement, il avait charge d'âme, mais la chimie des sentiments le galvanisait, il éprouvait le mélancolique sentiment de retrouver le vif-argent de la jeunesse. Cette impression de revivre le commencement de l'amour avec une conscience plus élaborée était grisante. On retrouvait, identiques, les premiers émois. L'étrangeté de l'autre les recréait, la découverte qu'on faisait de lui. La chorégraphie des commencements se renouvelait dans une autre histoire : timidité, sollicitude, et cette manière appuyée de s'intéresser aux préférences de l'autre et de vouloir lui faire plaisir. L'égoïsme naturel s'interrompait, du moins se détournait dans une de ses expressions à deux, un de ses déguisements les plus flatteurs.

Alba aimait le cinéma, de nombreux films anciens étaient restaurés qui valaient la peine d'être revus, ils allèrent à toutes sortes de projections, des westerns mythiques aux comédies musicales sans éviter les drames, ils furent internationaux et français. Le plaisir d'Alba était sophistiqué, elle repérait les filiations, les influences, les références, celui d'Alexandre (qui admirait les commentaires de sa compagne) devenait de plus en plus simple : être assis à côté d'elle l'enchantait. Il n'avait pas peur de se taire et de la contempler. Que voyaient les autres lorsqu'ils la regardaient ? Cette question aiguisait son regard et son ravissement. Il était heureux. Se relâchait enfin la mainmorte du passé qui l'enchaînait. Depuis la disparition d'Ada, il n'avait plus connu cet agrément de sentir physiquement la compagnie d'une femme. Pourquoi n'avait-il jamais emmené Sandra voir un film ? Il le regretta. Dans les méandres subtils du langage amoureux, aller ensemble au cinéma s'avérait une activité à part, à la fois sensuelle et amusante. Même lorsqu'elles étaient pleines, les salles obscures étaient les lieux les plus intimes. La proximité prolongée des corps dans l'ombre (le temps que les odeurs et les souffles se mêlent), l'ombre elle-même (une ombre de chambre à coucher), l'immobilité (impossible de s'écarter), les bras qui parfois se touchaient sur l'accoudoir, les murmures si l'on voulait se dire quelque chose sans déranger les autres spectateurs, la perception immédiate du moindre mouvement, tout cela était un emmêlement particulier et une promesse. De près, l'un à côté de l'autre, on se voyait moins et on se ressentait davantage. Alexandre l'éprouvait vivement. Le profil d'Alba se dessinait dans la clarté diffusée par l'écran, il lui jetait des regards de curiosité tandis qu'elle s'absorbait dans le film. Il décelait les larmes pudiques, les sourires, l'amusement ou la peur, partition d'une sensibilité qu'il voulait connaître. Alexandre goûtait intensément ce rapprochement physique, au cinéma le corps de l'autre prenait toute son existence et c'était au sortir d'une projection qu'il s'était demandé quand se jouerait le second acte de leur histoire, leur nuit inaugurale, leur entrée dans une intimité sensible, complète et vécue comme une apothéose.

5

Quatre mois s'étaient écoulés et Alexandre n'avait jamais invité Alba à venir chez lui, proposition si souvent reçue comme une demande sexuelle masquée qu'il s'était refusé à la faire. Il n'avait pas non plus cherché à monter chez elle, alternative encore plus explicite et agressive. Alba était fine, intransigeante, il ne voulait entre eux rien qui fût étiqueté ou éculé ou potentiellement inélégant. Tout langage s'use, les mots trop utilisés, les gestes trop vus, les politesses d'apparence et les arguments fallacieux, et cela valait pour la conversation entre les sexes. Le contact, se disait-il, viendrait sans qu'il eût à le solliciter. Il n'aurait pas aimé, en exprimant le premier son désir, paraître impatient ou exigeant. C'était sans doute qu'il l'était et voulait le cacher. Alba ne devait en aucune façon penser qu'elle avait devant elle un homme resté sans femme depuis trop longtemps et qu'elle serait, après une longue abstinence, l'instrument d'un soulagement sexuel ordinaire. L'idée d'un désir masculin irrépressible, à l'inverse de celui des femmes censées très bien supporter l'abstinence, était dégradante. Un homme ne devenait pas fou lorsqu'il n'avait pas de vie sexuelle, il espérait trouver une compagne, pensait Alexandre. Alba peut-être.

Il voulait que tout fût entre eux extraordinaire – volatil et pénétrant, de plus en plus étendu et profond – et il pensait que tout l'était.

Parfois il s'inquiétait de devenir vexant en demeurant distant et discret. Alba n'allait-elle pas s'imaginer qu'il ne la trouvait pas désirable ou qu'il n'était pas sexuellement intéressé ? Il était intéressé ! Bien vivant malgré la cicatrice. Oui, c'était merveilleux, l'envie ne lui manquait pas de palper ce corps nouveau qui certainement lui plairait plus encore nu que vêtu. Il aimait l'odeur d'Alba, elle sentait toujours bon, il le lui avait dit. C'est parce que je ne mange pas de viande, avait-elle alors expliqué avec assurance. Alexandre ne s'attendait pas à un tel argument, il n'avait pas su quoi répondre. Je ne plaisante pas, disaient les lèvres qui savaient parler de tout, d'Apollinaire et de notre système digestif de ruminant, inadapté à l'alimentation carnée. S'était-il mis à aimer les femmes aux forts caractères ? L'idée l'avait effleuré en regardant les lèvres qui s'amusaient de sa surprise. On ne discutait pas. Ce que je dis est exact ! disaient les lèvres. Plusieurs fois il avait eu envie d'embrasser la bouche épanouie, les joues, les yeux vivaces et acérés, et de mettre la main sous la jupe, il s'était vu attraper sa compagne par la taille, la soulever de terre, tournoyer dans un baiser avant de tomber ensemble sur un lit. Il n'avait rien tenté de pareil. Glisser sa main, toucher un genou, un ministre britannique avait démissionné pour avoir fait cela sans permission. Et il s'était ensuite suicidé. Alexandre se le rappelait. Cette histoire sur le moment l'avait marqué, un tournant se dessinait sous ses yeux.

Et les mœurs avaient changé, bel et bien, les normes s'étaient déplacées, tout le subi des femmes était devenu inacceptable. Caresser ou attraper une nuque, effleurer, frôler, convoiter ostensiblement du regard, donner une existence érotique au corps de l'autre, en guise de commencement et pour entrer dans la danse, ces gestes disparaissaient peu à peu, de moins en moins d'hommes se les permettaient, que ce fût dans une salle de cinéma ou ailleurs. Dans les relations de séduction, le mâle n'avait plus les coudées franches et contenait l'expression de sa vitalité conquérante. La communauté traquait la prédation, l'abus de pouvoir, l'ascendance morale convertie en bénéfice sensuel, le plus léger signe d'une virilité trop impétueuse, vorace, insultante. Les réseaux sociaux faisaient et défaisaient des réputations, la punition était efficace. Au XXIe siècle mieux valait être moqué qu'être lynché et les anciennes insultes – impuissant, cocu… – semblaient inoffensives au regard des nouvelles accusations – porc, frôleur, violeur. La peur devait changer de camp pour abolir la peur, pensaient les militantes les plus radicales. Les jeux de la galanterie s'étaient frottés à la suspicion. *Même les porcs sont galants.* Ce slogan avait causé des ravages et pendant les mois où on avait pu le lire à Paris dans les couloirs du métro, sur les abris de bus ou les trottoirs (les inscriptions fleurissaient jusque sur le macadam), on aurait dit qu'hommes et femmes restaient interdits. Pour éviter la pression du plus fort, l'initiative revenait aux dames. À la fin des repas galants, alors que les serveurs s'affairaient à ranger avant la fermeture, la petite main saisissait la grande. Inversion de rôles immémoriaux, victoire de la délicatesse sur la force. Au beau sexe de faire le premier pas. Ces évolutions avaient commencé à grand bruit pendant qu'Alexandre était en deuil. Sandra, la seule femme qu'il fréquentait alors, jugeait ce climat pernicieux. Trop de guerre des sexes, trop de confusion des agressions, on ne devait pas perdre de vue la hiérarchie des crimes, on ne pouvait semer ni la haine ni la peur de l'autre sexe. Les tribunaux populaires et la curée médiatique ne pouvaient remplacer la justice, qui donne la parole à l'accusation et à la défense. Pourquoi hurler, pourquoi ne pas être optimiste : depuis deux siècles la société avançait sur le chemin de l'égalité et du respect entre les sexes. L'abus n'était pas la règle et, bien qu'on eût découvert son ampleur, demeurait l'exception. Les femmes n'avaient pas à être figées en victimes, elles savaient jouer à de nombreux jeux et il arrivait qu'elles fussent gagnantes. Est-ce que de surcroît on ne négligeait pas une cible ? Est-ce que la collaboration des femmes à leur réification ne se poursuivait pas sur tous les panneaux publicitaires du monde ? Ces actrices en colère n'en continuaient pas moins à vendre leur beauté, à devenir objet de publicité et de fantasme, à alimenter ainsi l'image traditionnelle de la féminité et le désir des hommes. Est-ce qu'il n'y avait pas une certaine incohérence à admettre sans la discuter cette place du corps féminin dans le système promotionnel ? Personne ne parlait jamais de son impact sur les imaginaires et le désir d'appropriation, faisait remarquer Sandra. Alexandre quant à lui ne comprenait pas comment ces affaires d'abus et de viol n'étaient pas sorties plus tôt. Pourquoi la justice n'avait-elle pas été saisie aussitôt ? On n'avait tout de même pas attendu l'ogre du cinéma américain pour inscrire dans la loi que le viol est un crime. Sandra citait le grand moraliste, il expliquait encore le monde : selon que vous serez puissant ou misérable… Maintenant qu'il était revenu sur l'échiquier de l'amour, Alexandre se félicitait que les femmes eussent gagné un pouvoir sexuel : se déclarer leur incombait. C'était une chance quand on se sentait comme lui fragilisé, incertain, balbutiant après un drame. Alba cependant n'entreprenait rien, comme si elle obéissait aux anciens codes, tandis qu'Alexandre, entérinant la modernité, attendait qu'elle choisît librement le moment de leur premier corps à corps, son consentement de femme.

Voulait-elle un éternel sigisbée ? Et pourquoi acceptait-il cette longue attente qui était un inachèvement, un piétinement loin du plaisir corsé de la rencontre charnelle ? Était-ce l'air d'un temps de désexualisation ? Mais non, pensait Alexandre. Il avait plusieurs fois le matin croisé dans l'escalier des hommes qui avaient sans aucun doute passé la nuit chez Sandra. Les gens faisaient l'amour, Sandra le faisait en toute liberté sans poursuivre une relation longue et exclusive, elle ne s'était abstenue que quelques semaines, juste après la mort d'Ada, et Alexandre savait qu'elle glissait ses amants dans les soirées qu'il lui laissait. Elle n'en parlait jamais. Le secret est l'écrin du bonheur, disait-elle, et Alexandre se demandait si l'on trouvait d'abord le bonheur ou d'abord le secret. Alba était le secret que Sandra épiait gentiment tout en s'inquiétant. Le souvenir d'Ada retenait-il Alexandre ? (La force des défunts est stupéfiante, celle de l'amour fossilisé dans la mémoire.) Ou bien était-ce la présence de Sophie dans la chambre à côté ? Sandra suivait les progrès de l'affaire avec un humour de libertaire un peu provocatrice. Tantôt elle louait la patience de son camarade. Décidément il était un homme rare. Tantôt la louange se teintait de moquerie. Tantôt la moquerie devenait explicite.

— Alors ? demandait-elle.

— Toujours rien, déplorait Alexandre avec un sourire malicieux qui contredisait la déploration.

Alba n'avait pas encore daigné l'embrasser.

— Elle me serre la main.

— Vraiment ? Même pas une bise ? Pasteur refusait toute embrassade, y compris serrer la main, raconta Sandra, ça lui coûta sa carrière politique. Il faudrait écrire une histoire du contact… Alba est peut-être une nostalgique du baisemain.

Les deux voisins s'amusaient, parfois ils riaient franchement, sans crispation.

— Tant que tu es capable d'en rire, je suis rassurée, disait Sandra.

Sa curiosité semblait naturelle à Alexandre. Depuis son inscription sur le site OKCupid, leur complicité était complète. Ils figuraient deux larrons en quête d'une proie, et deux témoins côte à côte, qui l'un pour l'autre connaîtraient l'histoire, précieux dépositaires des sentiments qui s'oublient.

— Tu ne veux pas que Sophie vienne dormir chez moi ce soir ? proposait régulièrement Sandra. Vous seriez tranquilles.

Elle savait combien un enfant par sa seule présence brise l'élan érotique. Pas plus qu'on était au même instant mère et maîtresse, Alexandre ne serait père et amant. Mais il refusait fermement cette offre dans laquelle il insérait des sous-entendus : *vous seriez tranquilles pour fricoter*. Amener, sous le toit de la fille d'Ada, la femme à qui il pourrait donner la place d'Ada, était un télescopage qu'il éludait en l'évitant. Son esprit se le représentait parce qu'il ne l'acceptait pas. L'intimité d'Alexandre Perthuis s'était cloisonnée en alvéoles, il vivait dans une ruche où deux reines ne devaient pas se rencontrer. Sophie et Alba, mais aussi Ada et Alba, et qui sait, peut-être même Alba et Sandra. C'est compliqué, pensait-il, comme tous les gens de son époque que cette expression sauve de réfléchir.

— Sophie n'a encore jamais vu Alba, dit-il.

— Tu as peur ?

Il fit signe que non.

— Tu penses faire les présentations à quel moment ?

— Bientôt.

Il réfléchit et ajouta :

— Quand Alba me le demandera.

Comme Sandra s'étonnait de cette prérogative, il expliqua :

— Alba n'a pas d'enfant, elle vit seule, je n'aurai pas à plaire à quelqu'un qui lui est plus cher que je ne le suis. Elle au contraire va devoir réussir cette épreuve, mieux vaut qu'elle choisisse son moment, ce n'est pas à moi de le lui imposer.

Alexandre poursuivait donc ses conversations avec la délicatesse discrète qui plaisait à Alba. Sa galanterie était une distinction plutôt qu'une manœuvre. Non, se disait-il, ne pressons pas les choses. Il était optimiste, certain de plaire lui aussi. Il se sentait jeune, Alba l'était, l'accomplissement viendrait bien assez tôt, il assisterait à son éclosion. Lorsqu'ils étaient ensemble, ils parlaient en connivence et sans être le moins du monde obligés d'en passer immédiatement par le sexe. Alexandre s'en réjouissait. Après tout, c'était une liberté. Et une chance de ne pas s'ennuyer avec Alba, d'être touché et sensible à son charme. Sa personnalité lui inspirait tant d'intérêt qu'il était contenté. Il voyait là une promesse de durée, or la durée était ce qui lui importait. Il avait *décidé* d'aimer Alba, on décide bel et bien, et il voulait faire de ce deuxième amour une œuvre délicate. Délicate autant qu'elle était raisonnable. Il retrouvait le désir d'être deux face à l'existence, il en percevait l'agrément, il prenait le risque et se sentait vivant jusqu'au bout de ses doigts. Mais il avait besoin de signification. Il pensait à épouser Alba. L'idée lui était venue comme une solution miracle, une réparation, et il se plaisait à y songer, seul avec lui-même. Le mariage, une union civile. Il le voulait comme quelqu'un à qui on l'a refusé. Il ne doutait pas qu'Alba accepterait. Ce consentement aurait une importance particulière : Alba lui donnerait quelque chose qu'Ada ne lui avait pas accordé. Après une réflexion honnête, il avait élucidé et résolu ses réticences à refaire sa vie : refaire, non ; créer, oui. Ada était la mère, Alba serait l'épouse, chacune demeurerait unique, irremplaçable. Alba deviendrait la belle-mère de Sophie et un jour, peut-être, forte de son mariage, elle pourrait adopter la fillette. Il n'avait rien dit de tout cela à Alba. Pour l'instant, ils se parlaient dans cette tension charnelle qu'instaure entre les sexes le désir, lorsque s'y mêlent d'autres sentiments confus et même contraires. Alba avait beaucoup de finesse et cultivait la distance. Mais Alexandre était sans inquiétude : fine ou pas, elle finirait bien par *le mettre dans son lit*.

6

Il s'était mis à parler à la manière de Sandra. Et comme elle, il se trompait mais ne le savait pas encore. Il n'aurait pas pu imaginer ce qui l'attendait, de quelle façon sa vie amoureuse irait de surprise en surprise. Au lieu de cela, il crut même avancer vers l'intimité, un pas de géant qui lui fit battre le cœur, lorsqu'Alba souhaita venir chez lui et faire la connaissance de Sophie. Enfin ! Il avait souvent parlé de son adorable reine orpheline, sa première préoccupation, qui prévalait sur le reste. Il avait à dessein employé ces mots afin qu'Alba le comprît : qui le prenait, prenait aussi l'enfant ; qui l'aimait, devait aimer l'enfant ; qui était aimée ne destituerait pas l'enfant. L'ordre de son monde était établi.

— Je voudrais bien connaître cette petite chérie, dit enfin Alba (et peut-être y avait-il dans cette expression une pointe d'ironie, mais le père ne la perçut pas).

C'était entrer dans l'existence véritable, crever la bulle indépendante et souveraine du marivaudage sentimental pour se mêler à tous les autres et partager avec eux celui ou celle qu'on accaparait. Cette étape cruciale de la recomposition exigeait tact et bonne volonté. Alba en ferait-elle preuve ? Alexandre serait-il l'heureux intercesseur, lui qui n'avait pas à découvrir l'enfant d'Alba ? Une différence entre eux devenait en tout cas concrète. Je n'ai aucune progéniture à te présenter, avait dit Alba. Et que répondre à cela ? Sophie sera ta fille. Sophie t'aimera comme une mère. Ou mieux : Je te ferai un enfant. La distance physique qui persistait entravait la parole amoureuse, Alexandre n'avait rien dit de tout cela.

La fillette venait d'entrer à l'école maternelle. Elle s'exprimait tellement bien qu'elle était amusante, avec son langage qui n'avait pas son âge, enrichi des nombreuses histoires qu'on avait lues, des conversations qu'on avait pris la peine d'avoir avec elle, de tout ce qui avait été fait pour remplacer la défunte qui manquait, la mère. Sophie était loquace et rieuse, pleine de malice mais obéissante, une charmante gamine accoutumée à la fréquentation des adultes autant qu'à leur autorité. *On ne s'appuie que sur ce qui résiste.* L'adage avait porté ses fruits. Alexandre ne l'aurait jamais dit mais il le pensait : Sophie était parfaite, Alba allait rencontrer cette adorable enfant et l'aimerait. Mais Sophie ? La seule femme qu'elle eût jamais vue dans l'intimité familiale était Sandra, une femme sans ambiguïté, qui ne faisait pas de charme à Alexandre, et dont le tempérament, il le pensa pour la première fois, avait quelque chose de plus naturel et chaleureux que celui d'Alba. Alba était intelligente et belle, sympathique et intéressante. Sandra était jolie et intéressante mais aussi décontractée, rigolote et affectueuse. Quelle différence percevrait Sophie lorsqu'elle observerait Alba ? On pouvait être sûr qu'elle scruterait cette invitée. Et puis, que comprendrait-elle si, comme Alexandre le craignait, elle avait perçu le sentiment tendre qu'il éprouvait pour Sandra ? L'acuité enfantine était en soi un élément inquiétant. Rien n'est plus troublant, et agaçant, qu'être décrypté alors que l'on voudrait conserver la maîtrise du dévoilement. Avec l'enfance, la difficulté tenait à l'écart entre perception et compréhension : il y avait trop de l'une et pas assez de l'autre. Sophie savait sûrement beaucoup de choses mais sans savoir qu'elle les savait. Elle connaissait les formes de son monde et son monde c'était Alexandre. Pouvait-elle concevoir que ce père tant aimé ne pût l'être de Sandra qui se montrait si gentille ? Qu'est-ce qu'une fillette comprenait à la défaite amoureuse et au désir d'en sortir ? Allait-elle penser qu'il se rabattait sur une femme alors qu'une autre lui plaisait ? Voilà ce qui inquiétait Alexandre Perthuis. Avoir été séduit par Sandra lui enlevait la fierté de plaire à Alba, comme si son attachement pour la première se prélevait sur celui de la seconde. De nombreux choix amoureux se font par défaut, pensait-il, et ceux qui en sont l'objet, comme ceux qui les font, n'ont pas d'autre option que s'en accommoder, et ils s'en accommodent. Il est rare d'être le premier et l'unique préféré, il est fréquent d'être refusé. Attraction, répulsion, les forces entre les êtres sont tellement multiples, pensait Alexandre, où l'enfance donnerait-elle de la tête si, comme on le croit, elle saisit le moindre jeu, le moindre désir ou désamour ? Il ne pouvait pas se confier à Sandra, ni lui avouer qu'il s'était inscrit sur un site par dépit de ne pas la séduire. Il lui fit part d'une inquiétude diffuse à la perspective de cette rencontre entre Alba et Sophie.

— Ne te moque pas de moi.

— Pourquoi le ferais-je ? dit Sandra.

Elle se montra amicale et bienveillante, encourageante et optimiste : aucune inquiétude paternelle ne devait peser sur l'avenir, il fallait faire corps avec l'avancée de la vie, être léger et vivant comme un faune.

— Il faut qu'une porte soit ouverte ou fermée, conclut-elle.

La porte s'ouvrit un soir en sortant du cinéma : Alba pénétra la cellule familiale. Cette soirée, à la fois préméditée et toujours reportée, se décida dans la hâte, au dernier moment. C'était le seul moyen de lui garantir un peu de naturel, s'était dit Alexandre. Alba avait voulu revoir *Le Festin de Babette*. Ils avaient regardé ces gens entravés, guindés, retenus, s'en aller joyeux dans une farandole, égayés par le grand vin et les saveurs du monde enfin goûtées. Était-ce l'élan de ces ressuscités qui avait soulevé Alexandre ? Ou bien saisissait-il l'occasion de ne faire qu'un pas à la fois, parce que Sandra présidait une soirée des Hérétiques et qu'ainsi les deux femmes ne se croiseraient pas ? Il avait hélé un chauffeur et poussé Alba dans le taxi.

— Tu voulais rencontrer Sophie, viens boire quelque chose chez moi, avait-il proposé. (Ils étaient passés depuis peu au tutoiement.)

Il avait posé sa main sur le dos d'Alba pendant qu'elle montait dans la voiture, puis s'était glissé à l'arrière à côté d'elle. Alba n'avait pas eu le temps de dire oui ou non, elle n'avait pas dit non. Maintenant que la voiture roulait, elle se taisait, elle ne commentait pas comme à son habitude le film qu'ils avaient vu. C'était comme si elle parlait de son appréhension.

— Ne sois pas inquiète, lui dit Alexandre.

Et il ajouta :

— C'est étonnant les craintes que nous inspirent nos enfants.

— Je n'ai aucune crainte, répliqua Alba du tac au tac.

Elle était si assurée, si raide, cela sembla à Alexandre une manière de lui démontrer, presque méchamment, que la peur était chez lui. Et pour chasser cette impression déplaisante, il pensa surtout qu'Alba n'avait pas d'enfant.

Il était plus de minuit et la nurse regardait la télévision dans le salon faiblement éclairé. Sous l'effet de la surprise autant que par politesse, elle se leva immédiatement de son fauteuil en s'apercevant qu'Alexandre était accompagné.

— Bonsoir, madame, bonsoir, monsieur Perthuis, dit-elle.

— Rien de particulier à me signaler ? demanda Alexandre.

— Tout s'est très bien passé, Sophie s'est endormie tout de suite et ne s'est pas réveillée, répondit la dame en enfilant son manteau avant de se retirer discrètement.

L'appartement était tranquille et rangé. Aucun jouet ne traînait qui aurait trop brutalement rappelé à une future maîtresse qu'Alexandre était un homme chargé d'enfant. Il alluma une lampe, prit les affaires d'Alba et accrocha son pardessus ; les choses ce soir le contentaient. Avant de s'asseoir dans les canapés, il fit signe à Alba de le suivre vers le couloir. Il avait mis son index devant la bouche et elle marcha soumise à ce geste, sur la pointe des pieds, dans un silence qui remettait les questions à plus tard. Le père régnait. Il ouvrit une porte, la chambre de Sophie était là. Alba s'approcha et ils se tinrent tous les deux sur le seuil, tel un couple parental qu'ils ne formaient pas – *pas encore*, aurait pu penser Alexandre plein de ses projets. La fillette était endormie sur le dos, la tête renversée haut sur l'oreiller. Alexandre l'avait toujours vue dormir dans cette position. Il venait souvent contempler ce sommeil inouï de l'enfance, sa fille détendue et abandonnée, et alors immanquablement il pensait à Ada qui ne la voyait pas, qui ne la touchait pas, et qui était sa mère, celle qui pour cette vie avait perdu la sienne. Sophie endormie, la fidélité se renforçait à ce spectacle, les souvenirs se rameutaient, une mémoire brûlante s'insinuait dans l'esprit d'Alexandre. Le fantôme d'Ada ne pouvait pas mourir, il était fixé à Sophie. Mais c'était avec Alba que le père regardait et souriait, c'était à Alba qu'il montrait sa fille. Les cheveux bouclés abondants et décoiffés s'étalaient autour du visage, les traits étaient lisses, la petite figurait une princesse de conte. Sa beauté d'enfant, une phase du corps que les adultes admirent, était frappante. La fierté paternelle était perceptible, comme frémissant dans l'air autour d'Alba. Alexandre attendit un instant puis referma sans bruit la porte avant de s'éloigner, à nouveau sur la pointe des pieds, suivi par une compagne pareillement précautionneuse. Au salon, Alba ne manqua ni de s'extasier ni de sentir que la scène le réclamait. Sophie était ravissante, quelle belle enfant, qui avait une chevelure magnifique, la même que son père, et une carnation superbe. Et patati et patata. Et elle paraissait grande pour son âge. Comme c'était émouvant, l'enfance était sublime et la jeunesse précieuse. On le savait mieux lorsqu'on les avait perdues ! (Après le petit compliment qu'elle avait tourné pour flatter l'amour d'un père, un peu de mélancolie convenait.) Pour en avoir été l'objet, Alba Jeufosse connaissait l'adulation du mâle envers sa fille et l'effet de son petit éloge ne lui échappait pas. Alexandre était satisfait d'avoir montré son trésor et qu'Alba l'estimât à sa juste valeur. Alors ils se souriaient l'un à l'autre, pas du tout pour les mêmes raisons, lui heureux et elle amusée. D'un site internet à ce salon, quel chemin en quelques mois, pensait Alexandre au-dedans, et pourtant, on ne pouvait pas dire qu'ils étaient rapides. Un rire secret le décontractait.

— Tu veux boire quelque chose ? demanda-t-il.

Accoutumé à la forme de ses soirées avec Sandra, il rapporta deux verres et deux bouteilles de vin sur un plateau.

— Rouge ou blanc ?

— Rouge, dit Alba.

Et quand il la servit, elle l'arrêta presque tout de suite :

— Pas trop, merci.

Avec elle il boirait moins, pensa-t-il en lui tendant le verre quasiment vide. Elle le posa directement sur la table, sans y tremper ses lèvres, et s'enfonça dans le canapé. Elle était assise à la place où s'installait Sandra. Elle était dans cet appartement après Ada, après Sandra, une femme différente. Maintenant elle racontait sa journée, des histoires d'élèves et de collègues. Chaque personne contenait un monde, pensait Alexandre en écoutant Alba. La proviseure l'avait convoquée. Madame Jeufosse, il va falloir renoncer au contenu, avait dit cette petite femme aux ordres d'un rectorat réformateur. Alexandre ne comprenait pas cette phrase.

— C'est simple, dit Alba, le rectorat sonne le glas du cours magistral au lycée. Le professeur est appelé à se taire et à inciter ses élèves à prendre la parole.

— Tu veux dire qu'on lui demande de moins parler ?

— Le maître ne doit pas écraser les élèves avec son savoir. Il ne doit ni dominer du haut de son estrade ni peser de son autorité mais apprendre au *jeune* à s'exprimer, ironisa Alba.

Elle s'était rangée du côté de la vieille école.

— S'exercer à penser et à parler n'est pas une mauvaise chose, remarqua Alexandre.

Ils évaluèrent le pour et le contre de ces transformations. Alexandre avait été éduqué dans un collège jésuite, il se rappelait que la participation de l'élève était un principe constitutif de cette pédagogie exigeante, mais seulement après une étude approfondie du sujet.

— Cette idée n'est pas aussi nouvelle qu'on le prétend. Les jésuites ont toujours organisé la prise de parole en public, mais les jeunes rhéteurs étaient préalablement formés.

— Sans aucun doute mieux que ceux d'aujourd'hui, dit Alba sur un ton de déploration.

Comparer n'avait pas de sens, les fameuses *disputes* étaient l'aboutissement de longues heures d'étude, expliquait-elle en même temps qu'elle fouillait dans son sac à la recherche de son téléphone portable. Il était tard, elle voulait rentrer :

— Je commence tôt demain, je vais appeler un Uber.

Cette première visite avait été très brève et Alexandre proposa :

— Tu reviendras un soir où Sophie n'est pas couchée.

C'était une phrase toute de délicatesse. Il ne la pressait pas de rester, il l'invitait à revenir. N'importe quelle femme aurait pu sentir – Alba n'y manqua pas – qu'il plaçait en elle un espoir et lui laissait la liberté de l'initiative.

Bien sûr elle revint. Elle était accoutumée à leurs rendez-vous. L'eût-elle voulu, elle n'aurait pas pu brutalement s'en passer et revenir à sa vie antérieure. Sans être encore capable de le penser, elle faisait cette expérience toujours extraordinaire de l'attachement : aucune relation prolongée n'est anodine lorsque sa tonalité est sentimentale, aucune n'est immobile, elle croît ou décroît, on peut croire s'y engager à la légère mais un engrenage détruit la légèreté, l'habitude se crée et avec elle la nécessité, un lien se tisse, rompre est un déchirement toujours plus grand qu'on ne se l'imaginait. La façon de vivre se grave dans la chair. Au fil des rencontres, la volonté amoureuse s'était donc affermie chez l'un et l'autre des anciens internautes. Alba était désormais décidée à ferrer ce beau poisson qui lui tournait autour. Alexandre était attiré, bel et bien pris. Sa tâche à elle était cependant plus compliquée que sa tâche à lui. Le temps des Cendrillon et des marâtres était passé : les enfants étaient des personnes à part entière, la plupart des parents se souciaient de leurs sentiments, et ceux qui en faisaient fi, les gosses le leur faisaient rudement payer. Pour se rendre maîtresse du cœur d'Alexandre déjà soumis à Sophie, il fallait séduire la fillette, sous les yeux adorateurs du père se faire aimer d'elle. Au moment de retourner chez les Perthuis, Alba avait à l'esprit cet impératif.

Elle avait cette clairvoyance teintée de calcul. Aux sentiments se mêleraient les manœuvres. Ça ne pouvait être autrement, pensait Alba. Elle s'apprêtait à retrouver un intérieur où elle reconnaissait partout la touche féminine de la défunte épouse. La place libre était une place de seconde. Autre difficulté. N'étant pas sans timidité et aussi consciente des obstacles, elle se sentait manquer d'aisance, retrouvant son côté provincial inapte à la vie parisienne. Devant la porte d'entrée, appuyer sur la sonnette fut un effort. Elle entendait des rires à l'intérieur, ceux de Sandra et Sophie qui lisaient une bande dessinée. Une autre femme était là. Qui ? Alba n'eut pas le temps de s'inquiéter, Alexandre fut parfait, ouvrant sa porte avec une joie communicative, présentant l'une à l'autre la libraire et l'enseignante (Alba avait tout de suite reconnu Sandra), les abandonnant pour aller avec sa fille chercher le champagne à la cuisine. Pendant ce temps, les deux femmes s'étaient mises à échanger leurs impressions sur les parutions de la rentrée littéraire. La conversation versa sur les prix d'automne, Alba avait ses jugements et Sandra ses espérances. C'est toujours plus agréable de vendre un livre qu'on aime, disait-elle. Qui décrocherait le pompon cette année ? Ainsi appelait-elle le prestigieux Goncourt. Leurs pronostics différaient et de toute façon, conclut Alba, le jury était imprévisible. En bonne féministe, la libraire fit des comptes : le prix avait été créé en 1903 et à ce jour treize femmes l'avaient reçu. On était loin de la parité. De toute façon, nous parlons de commerce et pas de littérature ! dit Alba. Le bruit du bouchon qui avait sauté et le rire de Sophie mirent fin à la conversation littéraire. Alexandre posa un plateau sur la table basse et remplit trois coupes. Sophie trempait l'index dans celle de son père pendant qu'il servait ses deux invitées. La fillette oubliait Sandra (comme un élément familier du décor) pour se concentrer sur le visage nouveau, elle ne quittait pas des yeux Alba. Se voyant ainsi scrutée, Alba souriait et parlait avec Alexandre, et lorsqu'elle se tourna enfin vers Sophie, ce fut pour lui dire avec malice :

— Tu ne m'as jamais rencontrée mais moi, je t'ai déjà vue.

Alexandre n'aima pas du tout cette première parole qui lui fit l'effet d'une trahison et dans laquelle il reconnaissait une façon de prendre l'ascendant. L'ascendant sur une enfant !

— Je t'ai vue pendant que tu dormais, expliqua Alba à la fillette étonnée.

Alba éventait le secret de leur visite nocturne devant la chambre de Sophie et Alexandre se représentait l'espace sans limite que cette indiscrétion ouvrait à l'imagination de sa fille : qu'avaient-ils fait pendant qu'elle dormait ? Tout devenait possible. Alba vit bien qu'Alexandre d'un seul coup s'assombrissait. Oh, la place était sérieusement occupée, pensa-t-elle, et l'amour paternel ombrageux ! Qui était Alexandre pour être si susceptible ? Le père d'une fillette qui n'a pas de mère.

Malgré cette maladresse qui venait de l'agacer, Alexandre ne négligea pas de faire le lien :

— Sophie vient d'entrer en petite section, dit-il à Alba, tandis qu'à Sophie il expliquait : Alba est professeur au lycée.

— Qu'as-tu appris en classe, dis-moi, demanda gentiment Alba.

Sophie, sociable et souriante, raconta en dodelinant de la tête les nombreuses activités que lui offrait l'école maternelle. Le dessin, les puzzles, le A, le E, le I, les animaux, chanter, et la sieste aussi ! Alba écouta patiemment et Alexandre regardait alternativement le visage de sa fille et le sourire d'Alba. Sandra observait que la phrase malavisée était pardonnée. Quelque chose de fondateur, à défaut d'être certain et définitif, se nouait. Un impératif planait sur cette rencontre et ce fut de bonne grâce autant que pour s'y plier qu'Alba suivit l'enfant qui voulait lui montrer ses peintures.

— Tout se passe bien ! plaisanta Sandra pendant l'absence des deux reines de la soirée.

Ses remarques avaient paradoxalement le pouvoir de détendre Alexandre. Dire les choses au lieu de les cacher, quel bonheur, dont la bienveillance était la clef. Il sentait qu'il pouvait compter sur Sandra, elle était loyale. Plus tard, alors que Sophie s'était installée sur les genoux d'Alba et s'intéressait à ses boucles d'oreilles, Sandra et Alexandre se firent un signe concerté.

— Il est l'heure d'aller au lit maintenant, ma chérie, dit Alexandre.

— Je t'emmène, proposa Sandra, dis bonsoir à Alba.

Sophie posa un baiser sur la joue d'Alba qui la prit affectueusement dans ses bras.

— Fais de beaux rêves, dit Alba.

Tandis que Sandra l'entraînait vers sa chambre, la fillette se retournait en agitant la main, un moulinet élégant et mutin. Alba lui envoya un baiser, le baiser d'Ada, embrasser ses doigts et lancer sa main vers l'autre, le baiser gravé dans la mémoire de Sandra. Gravé par la mort. L'image d'Ada sur le palier s'imposa, la petite main de Sophie devenait celle de Nicolas et la scène d'adieu se rejouait. L'émotion était impossible à juguler autant qu'à partager. La mort, la disparition, le remplacement, cette succession s'imposait, résumée dans ce geste qui se répétait. Sandra éprouva une soudaine tristesse.

— J'espère que tu ne m'en voudras pas, Alba, je vais vous laisser, j'ai pas mal de lectures en retard, s'excusa-t-elle dès qu'elle fut revenue au salon.

Malgré le ton affectueux et l'argument valable (il fallait bien connaître les livres pour les conseiller), Alba sembla embarrassée. Voyait-elle un camouflet dans ce départ ? Une manœuvre trop classique ? Ou bien la perspective d'une soirée seule chez Alexandre lui déplut-elle, en tout cas elle s'empressa de dire :

— Je comptais emmener Alexandre au cinéma. Un film que j'aime énormément passe ce soir. Cela ne t'ennuierait pas de lire ici, Sandra ?

Témoin silencieux de cet échange, Alexandre ne s'étonna pas de la fermeté d'Alba dont l'esprit de décision gommait les obstacles, et il connaissait déjà la réponse de Sandra.

— Bien sûr que non ! Allez au cinéma, ne vous inquiétez pas, je reste avec Sophie.

Le ton de sincérité ne faisait aucun doute. Sandra possédait plus que personne cette capacité à rester seule, à s'occuper et être contente. Une fois de plus, Alexandre l'admira et l'aima pour ce qu'elle était : libre et souple, forte. Il aurait préféré rester à côté de cette force.

— Je vais chercher mon livre, attendez-moi deux minutes, demanda Sandra.

— Prends ton temps ! dit Alexandre.

Il aida Alba à enfiler son manteau et attrapa son pardessus. Déjà Sandra était revenue, qui avait couru et souriait en les regardant. Il se sentit pris entre deux femmes puissantes.

Ils virent ce soir-là un film de Sydney Pollack, avec Robert Redford et Barbra Streisand. Alba ne savait plus combien de fois elle l'avait vu. Choisissons un autre film ! proposait Alexandre, contrarié par la chorégraphie inattendue d'une soirée si importante à ses yeux. Il découvrait comme Alba ne cédait sur rien. Non, non ! disait-elle. Elle voulait absolument qu'il vît cette histoire si désolante et triste d'un homme pas à la hauteur de la femme qui l'aimait. Amant comblé, enfant gâté, ce jeune Américain à qui tout avait été aisé s'abandonnait à la facilité de la perdre. Parce qu'elle exigeait trop de la vie et militait pour toutes les causes, il jugeait épuisant de vivre avec elle et la quittait. Des années plus tard, longtemps après ce renoncement, le spectateur le retrouvait sous le porche d'un hôtel de luxe, en compagnie d'une jolie femme effacée, figurante fugace d'une succession de poupées. Voilà comment, par faiblesse, on pouvait changer la forme de sa vie et laisser filer le plus précieux.

— Le pot de terre contre le pot de fer et les regrets qui s'ensuivent, conclut Alba.

Alexandre sortit de la projection dans une humeur mélancolique. Éternels immatures attirés par ce qui brille, les hommes n'avaient pas le beau rôle. Les sentiments étaient fragiles et exigeaient pour durer que nous les protégions, mais personne ne nous protégeait de nos erreurs.

— Bien sûr que l'amour est notre œuvre, disait-il à Alba tout en marchant.

Il avait cette idée que les liens amoureux sont une construction, une sorte de cathédrale élaborée par le cœur volontaire qui en fait peu à peu son abri. Homme ou femme, l'aimé était l'allié, l'associé, le bâtisseur avec lequel s'exhausser. La vie amoureuse était cette occasion de créer, et de s'améliorer, parce que l'autre devenait le spectateur de votre existence et vous le sien.

— Une œuvre collective, dit Alba. Une seule volonté ne suffit pas pour faire vivre un couple.

Alexandre entendait là une manière de semonce et aussi une invitation qui sollicitait ses forces. Mais ce soir-là comme tous les autres soirs, Alba rentra chez elle. Pour la première fois, Alexandre fut violemment déçu.

7

Un mystérieux empêchement retenait Alba de fusionner avec lui. Un informulé attendait d'être exprimé. Il faut que je te dise quelque chose. À plusieurs reprises Alba avait glissé cette entrée en matière, sans poursuivre, comme si le moment n'était jamais approprié qu'à cette annonce laissée en suspens. Elle avait un aveu à faire mais le repoussait toujours. Elle pouvait tout lui dire, il pouvait tout entendre, assurait Alexandre sans être certain que ce fût vrai – ça ne l'était jamais. Il souriait à cette femme aussi compliquée que sophistiquée, qui semblait se tendre et parfois s'écarter de lui au fur et à mesure que grandissait leur intimité, ou bien était-ce une impression ? Leurs premières rencontres lui semblaient appartenir déjà à une époque lointaine mais Alexandre se les rappelait – cette crainte des menteurs, sa détestation des hâbleurs, son caractère intransigeant, presque robespierriste. Fallait-il une fois encore la rassurer ? Il s'y employait volontiers. N'était-il pas quelqu'un qui l'avait écoutée et suivie ? demandait-il avec une aménité confiante. Alba acquiesçait : il l'était.

Depuis qu'Alba était en passe de devenir pour Sophie la seconde idole après Sandra, Alexandre Perthuis était vraiment amoureux devant l'avenir. En somme, sa fille renforçait son choix, et elle aurait pu l'affaiblir, exactement selon ce mécanisme qu'exposait Sandra au temps de leurs premières confidences. Il aimait Alba comme on embrasse une nouvelle vie, il l'aimait d'être pour lui une seconde chance, l'aubaine d'une présence et d'un avenir. Il était captif d'un projet et la galanterie tournait en dévotion. Il ne l'ignorait pas et il voyait que sa voisine l'observait avec amitié et amusement : l'amour garde toujours un mystère pour ceux qui n'en sont pas atteints, l'objet d'amour lui-même peut sembler inexplicable et la relation tout autant. Surtout, Sandra s'étonnait. Cela ne la regardait pas, mais pourquoi Alba ne restait-elle jamais dormir ? Aucun obstacle ne s'y opposait plus.

— Sophie l'adore et je t'informe qu'elle imagine Alba en future maman, disait la libraire.

— Alba préfère rentrer chez elle, c'est en tout cas ce que je perçois.

Alexandre ne savait dire autrement. Confusément, il sentait que quelque chose achoppait. Alba freinait, elle n'était pas prête à passer une nuit avec lui. Pire, pensait-il, elle semblait n'en avoir ni l'idée ni l'envie.

— Après six mois de flirt ?

— Elle est très pudique.

Alexandre était certain qu'Alba le lui avait confié un jour et Sandra le crut. Ils se firent quelques idées. Peut-être Alba avait-elle été abusée dans sa jeunesse. On y pensait naturellement depuis que l'actualité avait souligné la banalité des agressions passées sous silence.

— Après tout, disait Sandra, c'est possible, dix pour cent des femmes ont été ou seront violées un jour dans leur vie.

— Alba ne m'a parlé de rien, disait Alexandre.

— Évidemment. Et tu n'as jamais parlé de sexualité avec elle.

— Jamais.

Alexandre voyait bien qu'Alba n'était pas physiquement tendre, ni même expressive. Elle voulait exister autrement que par le corps : tout en soignant son allure, ce qui est une manière de civiliser et masquer sa sauvagerie, elle s'en débarrassait. Alba était cérébrale, pensait Alexandre. L'évidence sautait aux yeux maintenant qu'ils se connaissaient : elle ne touchait jamais, elle parlait. Elle aimait le séduire par son intelligence. Il le regrettait, pour elle et pour lui. Elle avait tort de tout miser sur la parole ! Le corps avait accès à des racines que le langage n'atteignait pas, le corps était un allié de taille. Puis il se réconfortait : elle y viendrait, et rien ne les pressait. Ils avaient la vie devant eux. *Patience et longueur de temps font plus que force ni que rage*. Il adhérait à cette morale qu'il avait toujours appliquée à son travail (le génie est une grande patience, disait-il aux jeunes stagiaires) et qui trouvait dans cette situation une nouvelle utilité. En se rassurant, il plaidait pour Alba : l'enjeu de l'amour était de s'aimer et pas de se satisfaire soi-même sans tenir compte de l'autre. Alba était bien autre chose qu'un corps à saisir. Puisqu'il était amoureux, Alexandre Perthuis défendait l'objet de son amour. Qui s'en étonnerait ? Pas Sandra. Après ce qu'il avait vécu, il était respectueux, indulgent et gentil. Peut-être lui aussi était-il inquiet de retrouver la chair d'une femme et il en repoussait le moment, sublimant son désir, pour chasser l'envahissante mémoire des peaux et l'angoisse laissée par la mort d'Ada. Le corps à la fois fécond et agonisant l'avait à ce point effrayé, pensait Sandra, fortement inspirée par ses propres terreurs. La mort est aussi physique que l'amour, le corps est promis à la mort plus encore qu'à l'amour : Alexandre avait reçu le coup de massue de cette vérité. Lui as-tu seulement fait comprendre que tu avais envie d'elle ? avait-elle fini par lui demander. Il avait ri.

— Tu penses qu'une femme ne perçoit pas quand un homme la désire ?

— Les choses dites sont moins incertaines que celles qui ne le sont pas.

— Elle sait, dit Alexandre, et plus elle sait, plus je sens qu'elle maintient la distance.

Sandra parut comprendre et le plaindre. Elle était la personne la plus rare qu'il eût jamais rencontrée, pensait-il, il pouvait parler de n'importe quoi avec elle. Pourquoi n'étaient-ils pas ces deux moitiés qui s'attirent pour reformer le Un originel ? Il refoula un immense regret de n'être pas aimé.

— Donc Alba sait et se refuse ? Elle n'a pas de désir. Si je puis me permettre, ça mérite une conversation ! suggéra Sandra ce jour-là, en guise de conclusion.

Il n'eut pas besoin de parler. L'explication vint, un aveu ou une exigence, c'était une question de point de vue. Alexandre écouta un discours qu'il jugea moderne et surprenant. Alba s'était décidée à dire enfin ce qui la préoccupait. Malgré la surprise que causerait forcément cette annonce, elle ne voulait pas faire plus longtemps mystère d'un désintérêt assumé pour le sexe. Mlle Jeufosse se disait hétéro-romantique et revendiquait son asexualité. Alexandre sur le coup ne comprit rien à ce jargon. Qu'est-ce que ça voulait dire exactement ? Cela concernait le corps, un certain nombre de détails et d'impossibles, expliqua Alba avant d'entamer une brève liste. Pour commencer, elle n'éprouvait aucun émoi physique, aucun désir sexuel. Faire l'amour n'avait pour elle rien d'évident. Elle n'aimait pas être en position d'objet, ni ce danger de perdre sa ligne de conscience et qu'un autre en fût témoin. Son sexe n'était ni fourreau ni logis, ces images banales et répugnantes ôtaient toute désirabilité au coït. Elle ne voulait pas d'un mâle ni davantage être femelle. Elle appréhendait d'être pénétrée. Elle n'était pas sûre d'avoir jamais connu l'orgasme ou un quelconque transport érotique. La nudité lui était difficile, qui était le véritable vêtement des morts et ne pouvait être celui des amants, elle ne savait qu'en faire. L'idée de la grossesse lui soulevait le cœur. Chaque phrase était un couperet et Alexandre, que ces empêchements très concrets renvoyaient au passé le plus sombre, se demandait à quel moment cet étrange inventaire allait finir. Mais Alba poursuivait. Elle détestait imaginer qu'un autre pût percevoir une quelconque odeur ou un parfum émanant d'elle ; elle éprouvait d'ailleurs une répulsion pour les gens qui vous parlent de trop près, vous saisissent le bras ou vous tapent dans le dos. Elle n'était ni caressante, ni sensuelle, ni ardente, elle ne le serait jamais. Elle n'attendait pas qu'Alexandre lui fît découvrir le plaisir, elle le priait de ne pas se fourrer cette idée dans la tête, il avait bien dû sentir qu'elle n'aimait pas être touchée, encore moins tripotée. Son profil internet avait tenté de suggérer cette limitation, fit-elle remarquer en guise d'excuse. Alexandre acquiesça. Ah oui, il se rappelait la dernière phrase, qui l'avait intrigué. Elle n'avait pas menti, concluait-elle (et c'était bien sûr important à ses yeux). Elle savait qu'elle se dévalorisait sur le marché de la séduction, mais se taire plus longtemps aurait été une sorte de trahison, elle avait déjà trop tardé. Oui, pourquoi ? Pourquoi avoir attendu six mois pour cette révélation ? se demandait Alexandre sans l'interrompre ni lui faire de reproche. Alba donnait spontanément les détails et les réponses. Elle avait repoussé le moment de lui parler parce qu'elle s'était attachée et craignait de le perdre, disait-elle. Pourtant elle n'avait pas peur d'exprimer ses choix, au contraire, elle se sentait tout à fait désinhibée et ne souffrait pas. Et bien sûr elle ne blâmait pas ceux que le sexe passionnait.

Le choix du verbe *passionner* avait quelque chose d'ironique qui n'échappait pas à Alexandre. Il aurait pu penser *pauvre femme* ou *pauvre de moi* et prendre ses jambes à son cou, au lieu de cela il écouta presque bouche bée cette étonnante déclaration. Il fut d'emblée sceptique, non pas tant sur la sincérité du discours que sur son exécution ultérieure. Il doutait qu'il fallût jamais dire jamais. À la manière de la femme séduite par un don Juan et cependant persuadée qu'elle restera la dernière, la révélation, celle qui conjurera la malédiction de l'insatiabilité et de l'errance, il avait confiance en lui. Il s'imaginait premier amant véritable. Alba se disait asexuelle, la surprise était de taille, mais l'avenir est incertain et il serait toujours temps d'aviser. Pour l'instant, il écoutait ce plaidoyer ultramoderne qui émancipait les femmes d'une sexualité automatiquement dominatrice et vécue comme un viol. Car la bouche incorporait, le sexe pénétrait, les mains serraient, la peau se frottait, chacun de ces désirs était une volonté de posséder, de tirer à soi, d'absorber, disait Alba. L'essence de la jouissance sexuelle était cannibale, une impasse donc, et une insatiable illusion dans laquelle elle ne voulait pas s'abîmer. Tout à coup, Alexandre fut extraordinairement touché, ce nouveau développement réveillait sa culpabilité envers Ada. Oui, pensa-t-il, le désir mâle est violent, l'homme tète la femme et l'envahit pour l'avoir toute à lui. La femme ne connaissait pas cette folie d'emplir l'autre mais l'homme était mû par elle. Son amour pour Ada avait été possessif, exclusif, invasif. Jamais deux ne faisaient un, affirmait maintenant Alba, la fusion n'avait pas lieu par le coït, le sexe n'était qu'un territoire que l'amour s'appropriait, il n'était pas l'amour.

— Kundera l'a magnifiquement écrit, dit-elle avant de se taire un instant, observant Alexandre.

Il n'avait pas lu l'auteur tchèque et ses pensées allaient à d'autres curiosités. Alba était une féministe puritaine ! Avait-elle connu des relations homosexuelles ? demanda-t-il alors que le silence durait. Non, soufflèrent les lèvres boudeuses d'Alba, il ne s'agissait pas de cela. La décevait-il en ne comprenant rien ? Il se tut. Ai-je dit que je n'aimais pas les hommes ? demanda-t-elle à son tour. Il fit non de la tête. Le silence les séparait. Puis le discours reprit sous une forme plus théorisée. Le sexe et l'amour étaient disjoints. Le sexe sans amour était une chose acceptée, pourquoi n'y aurait-il pas de l'amour sans sexe ? Toutes les formes de l'amour n'incluaient pas le coït. La vie en couple n'était pas la vie sexuelle, de nombreux époux faisaient chambre à part, les asexuels avaient fait tomber ce dernier tabou. Car c'était un tabou honteux, assurait Alba. N'était-il pas exagéré qu'une personne, homme ou femme, interrogée pour un sondage n'osât pas avouer qu'il ou elle n'avait pas de relations sexuelles ? Les amoureux pouvaient pourtant ne pas être amants. Croire la sexualité obligatoire à l'équilibre intérieur était une erreur. Freud (un homme, fit remarquer Alba) et plus tard la libération sexuelle avaient contribué à cette vision hygiéniste qu'Alba jugeait à la fois détestable et erronée. Elle ne voulait plus endurer la concupiscence, elle refusait ce lot des femmes qui subissaient sans avoir prise. La féminité vivait depuis trop longtemps sous la dictature du sexe.

— Personnellement, je me fiche de ce que font les autres, je connais mon désir, conclut Alba, j'ai envie de ne pas faire l'amour.

Elle se tenait très droite en face de lui, impeccable – il avait toujours l'impression que ses vêtements étaient neufs et fraîchement dépliés. Elle pencha la tête en se resservant une tasse de thé, il regarda son visage, les traits qu'il avait tout de suite admirés et dont la rectitude, à cet instant, devenait une dureté. Par cette influence des paroles sur celui qui les profère, Alba semblait un peu pointue. Elle avait de la distinction et une sorte d'énergie concentrée qui était captivante, d'autres avant lui avaient dû en subir l'attraction et se dégager, pensa Alexandre. Cela expliquerait comment elle était restée célibataire. Il se sentit vieux jeu d'avoir cette idée, banal, et lourdaud à côté d'elle. Maintenant qu'elle s'était lancée, Alba argumentait et racontait et le prenait à témoin : L'asexualité était l'avenir des relations humaines. Et, soit dit en passant, la seule manière de sauver la planète, car c'était quand même en faisant l'amour qu'on avait l'idée de faire des enfants. Alexandre n'était pas du tout sûr de cela (et il se rappellerait cette phrase qu'Alba elle-même contredirait), à l'heure de la communication et de la technologie les désirs trouvaient des sources multiples. Mais il se garda d'interrompre la progression d'Alba. Elle faisait d'ailleurs encore les questions et les réponses. Alexandre n'ignorait certainement pas qu'au Japon les couples ne faisaient plus d'enfants ? Il l'avait dit lui-même et elle était bien d'accord avec lui, les voyages nous enseignaient la variété des comportements humains. Elle-même avait découvert les *childfree* pendant un séjour au Canada en 2006 et c'était ainsi qu'elle avait passé tant d'années, fière de n'avoir pas d'enfant. Elle s'était libérée des obligations ancestrales imposées à son sexe. Elle avait rencontré des femmes qui parlaient d'autre chose que de leur progéniture. Quel bonheur ça avait été ! disait-elle. Était-ce une manière de signaler à Alexandre qu'il parlait trop de sa fille ? C'eût été pervers pour le moins. Mais non, l'enthousiasme d'Alba était authentique et rien n'arrêtait son expression. Elle était tombée amoureuse des femmes émancipées, elle avait tout fait pour en être une. Cette période féministe anti-procréation avait été parmi les plus importantes de sa vie.

— Mais mes engouements étaient intellectuels, dit-elle. Un jour, je me suis aperçue que je n'avais aucun désir sensuel. À ce point, c'est sans doute rare et je me suis culpabilisée. Le poids de la norme se faisait sentir à nouveau, c'était comme si je revenais des années en arrière.

Que s'était-il passé alors ? Alexandre attendait. Alba reprit. Fort à propos, une amie lui avait parlé du mouvement Aven. Elle avait rejoint le réseau asexuel de David Jay, elle était désormais asexuelle et quasiment végétarienne, une manière en somme d'oublier la chair, de l'évacuer complètement de l'existence (elle eut un petit rire en réussissant cette synthèse). Végétarien, c'était très banal (tu ne l'as pas vraiment remarqué, souligna-t-elle), asexuel c'était encore peu connu. Elle insista bien : l'abstention, à ne pas confondre avec l'abstinence, était une conduite sexuelle et pas une maladie, c'était un comportement comme un autre, une orientation sexuelle désormais revendiquée. À la fin de sa vie, Tolstoï en avait fait une discipline d'existence. Et il avait bien raison, lança Alba. Une fois écartée la question du sexe, les relations devenaient sans violence, sans prédation. Les amants trouvaient ensemble un plaisir purifié des frottements, des sécrétions, des violences que rien ne rassasie. C'était une libération, affirmait Alba. Et elle avait un rêve. Pour beaucoup d'hommes, le sexe était encore une fin en soi et le corps de la femme un des dus de l'amour ou du mariage, il fallait être malhonnête pour nier combien avait pesé aux épouses le fameux devoir conjugal, elle aimerait au contraire rencontrer un homme qui accepterait de former un couple durable sans garantie de sexualité. Alexandre remarqua qu'elle n'avait pas dit *sans sexualité*, seulement *sans garantie de*. La nuance était d'importance ! Il fut heureux de cette formulation qui signifiait que les relations sensuelles étaient incertaines mais pas inenvisageables.

— Est-il nuisible ou mal de ne pas être sexuellement touché par les gens ? demanda Alba. Non !

Elle était convaincue que ça ne l'était pas.

Mais était-il nuisible de l'être ? pensa Alexandre. Il n'avait jamais envisagé cette question et il n'aurait pas remis en cause la part d'émerveillement et d'effroi dans l'attraction sexuelle. Pourtant, on avait tellement parlé des agressions envers les femmes que la réponse tout à coup lui sembla être : oui, c'est nuisible et violent ! Le désir masculin se trouvait diabolisé, criminalisé par ses excès. Et cependant ses bienfaits crevaient les yeux : désirer faisait pétiller la vie. Être sexuellement touché ajoutait à l'amour. Le corps à corps amoureux enracinait le lien dans quelque chose de vrai, d'archaïque et de terrestre. Comment se refuser cette jouissance, comment se refuser tout court ! Alexandre Perthuis se voulait une personne ouverte et sans préjugés, malgré cela il tombait des nues. Jamais il n'avait entendu parler de cette nouvelle catégorie qui réclamait d'être reconnue et, à l'instar de l'homosexualité un demi-siècle plus tôt, de cesser d'être une prétendue pathologie. Asexualité, homosexualité, même combat ? Alexandre était perplexe. Pourquoi chercher un partenaire quand on ne veut pas avoir de relations sexuelles ? Il soumit la question à Alba : Un partenaire pour quoi faire ?

— Pour des relations émotives ! répondit-elle du tac au tac. Pour la compagnie, la vie à deux, le plaisir d'être ensemble mais aussi de vivre ensemble. On parle d'amitié amoureuse, moi je te propose un amour amical.

Tandis qu'elle lui parlait d'attraction affective et d'attirance romantique, il entendait dans ses paroles une fuite, une réaction à la violence sexuelle stigmatisée sur les réseaux sociaux après la propagation virale du #MeToo.

— Tous les plaisirs ne sont pas sexuels, ni même sensuels, loin de là. Lire, écrire, cuisiner, peindre, voyager… dit Alba, tout cela se fait à deux encore mieux que dans la solitude. Est-ce que nous ne venons pas de passer six mois heureux ?

Il confirma : très heureux. Mais comment dire sans paraître goujat qu'ils avaient goûté les plaisirs d'avant le plaisir, l'attente, la contemplation de l'autre, le progrès du désir, mais pas l'accomplissement dont les deux sexes ensemble sont capables ? Il y renonça. De toute façon, Alba avait déjà réenclenché sa plaidoirie. Elle prenait maintenant un exemple, la coparentalité, une nouvelle forme de famille particulièrement intelligente inventée par les couples homosexuels : le père et la mère ne vivent pas ensemble, ne couchent pas ensemble (d'autant qu'ils ont tous deux un partenaire de leur sexe). Chacun d'eux a sa vie amoureuse, son propre toit, et partage l'enfant avec l'autre à la manière d'un parent divorcé. L'enfant est très entouré et grandit en somme avec deux pères et deux mères. Comme autrefois dans la famille élargie où le bambin profitait de la présence de ses grands-parents, il bénéficie désormais de celle de ses beaux-parents. Le XXe siècle a resserré la famille sur le couple et c'était une erreur que corrigent les nouvelles alliances du XXIe. Alba se permit une nouvelle référence prestigieuse : il suffisait de lire le grand anthropologue Maurice Godelier pour comprendre que notre système de parenté et notre organisation familiale dessinent un modèle parmi dix mille et qu'il n'a aucune raison d'être éternel. Alexandre acquiesça sans évoquer cet écueil qui consiste à abonder dans le sens du vent pour ne pas apparaître comme un vieux réactionnaire. Godelier était-il concerné par ce travers ? Alexandre n'en savait rien mais tout de même il dit :

— Certains vieux intellectuels, si on les écoutait, nous laisseraient un monde dont ils n'auront pas à supporter les violences.

C'était une attaque à laquelle Alba rétorqua immédiatement. Alexandre savait-il que les jeunes générations, les fameux milléniums, avaient beaucoup moins de relations sexuelles que leurs aînés avant eux ? Cette jeunesse hyper connectée, qui ne connaissait pas la solitude et le silence, avait compris la douceur de la vie sans sexualité. Alexandre écoutait. Il entendait combien Alba voulait le convaincre. Elle en revenait à la question anthropologique : Qui aime-t-on, avec qui couche-t-on et qui épouse-t-on ? L'époque qui advenait ne s'obligerait plus à une réponse unifiée et unique pour ces trois questions. Une grande liberté en résulterait, un bonheur intime, une réconciliation intérieure. Parce que toutes les joies seraient accessibles : celles de la sublimation comme celles de l'incarnation. Alba avait fini sa défense et illustration d'une idée qui lui tenait à cœur et lui fermait le corps, elle croisa les bras sur sa poitrine, visiblement satisfaite.

Revenu de sa surprise, attentif à garder son sérieux mais refusant de se censurer, Alexandre posa toutes les questions qui lui venaient à l'esprit. Alba comprenait-elle que son partenaire quant à lui fût intéressé par les relations sexuelles avec elle ? Avec une autre ? Comment tenait-elle compte de son désir à lui ? Trouvait-elle le sexe vil ou sale ? Avait-elle le dégoût de l'étreinte ? La peur de la pénétration ? Quelles caresses acceptait-elle ? Tenait-elle à dormir seule ? Le refus avait ses nuances, ses subtilités, un désintérêt n'était pas une aversion, faisait-il remarquer sans insister sur l'impact qu'auraient ces mots. Et bien sûr il voulait savoir si Alba était capable de faire l'amour, si elle en avait été capable au cours de sa vie adulte. Il imaginait que les deux réponses étaient liées, Alba approchait des quarante ans, le caractère avait eu le temps de s'exprimer. Était-elle vierge ou avait-elle eu des amants ? Il avait besoin de savoir. Il admettait volontiers qu'il était intrigué, ce qu'il venait d'entendre était nouveau pour lui. Je ne suis pas très branché côté minorités sexuelles, admit-il. Mais il prévint : Alba se devait d'assouvir cette curiosité et bien sûr les réponses qu'elle lui ferait engageaient leur avenir.

— La vie est physique, pourquoi l'amour ne le serait-il pas ? conclut-il en reprenant à son compte une idée de Sandra.

Le visage d'Alba affichait le sourire tranquille d'une militante de son époque : sûre de son bon droit et de ses idées, déterminée à s'y tenir, persuadée d'être persuasive et de se situer dans la bonne vie. Elle pouvait répondre, bien sûr, et elle allait le faire, dit-elle avant de s'interrompre, l'air de reprendre la longue liste des points en suspens.

Pourtant elle se montra tout à coup plus succincte : Elle était capable de donner du plaisir à un homme mais elle le faisait pour lui et pas par goût. Certains hommes n'appréciaient pas cette insensibilité, qui pouvait même leur faire perdre tous leurs moyens, dit-elle. Elle n'était ni vierge ni dégoûtée, seulement insuffisamment attirée, et intéressée par d'autres choses. Elle dit : Le soir dans mon lit, j'avoue que je préfère lire. Est-ce que ça te semble drôle ? Pas du tout, dit Alexandre. Et il s'amusa intérieurement, parce qu'il n'y avait pas de quoi rire en effet, se priver du brûlant de la vie et en priver celui qu'on prétendait aimer, ça pouvait être grave. Voulait-elle des enfants ? La question évidemment vint sur le tapis. Au moment de s'inscrire sur internet, Alexandre s'était félicité d'avoir déjà Sophie et Nicolas : il pourrait éventuellement s'engager avec une femme qui n'aurait plus l'âge de procréer ou n'en aurait pas l'envie. Il devinait qu'Alba ne souhaitait pas être mère. Mais sa surprise s'amplifia quand il entendit qu'au contraire elle le désirait. En vérité, la maternité était la raison pour laquelle elle s'était mise en quête d'un partenaire amoureux, disait-elle. Juste après le cap des trente-cinq ans, elle avait ressenti non pas exactement le désir d'enfant mais du moins la tristesse d'une vie à jamais stérile. Voulait-elle vraiment rester *nullipare* (sa prononciation insista sur le double *l* de ce mot assez laid) ? Elle en était de moins en moins sûre. La panique de mourir sans fils, sans fille, l'avait gagnée l'année suivante lorsque son père était mort brutalement. Elle s'était alors inscrite sur plusieurs sites de rencontres. C'était exactement deux ans avant notre rencontre, dit-elle à Alexandre (Alba avait donc galéré deux ans sur les sites avant leur rendez-vous au bistrot, pensa-t-il et il comprit mieux sa méfiance d'alors). Clairement elle cherchait alors un géniteur bien plus qu'un amant, avoua-t-elle. Elle avait un projet parental et il était hors de question pour elle que son enfant ne connût pas son père. Alexandre vit qu'elle avait réfléchi au sujet et cependant jamais ils ne l'avaient abordé dans leurs conversations.

— Je suis *no sex* mais j'ai un fort instinct maternel, conclut-elle.

Comme il hochait la tête d'un air dubitatif, elle crut qu'il se moquait d'elle et par réflexe de défense se moqua de lui : l'un n'empêchait pas l'autre, on avait fini depuis longtemps de fabriquer les enfants dans un lit, la PMA n'était pas pour les oiseaux ! On reconnaîtrait bientôt un droit de procréer de façon non coïtale, assurait-elle. Les juristes en parlaient et les scientifiques étaient tous d'accord sur ce fait : dans moins de trente ans, la moitié des embryons humains seraient conçus en laboratoire. Louise Brown et Amandine avaient inauguré un monde ; une frontière avait été franchie pour toujours, vers une suppression progressive de la reproduction par le sexe. En se séparant grâce à la contraception, sexualité et procréation s'étaient aussi libérées, en se libérant elles s'étaient séparées. Ce double mouvement de séparation/libération avait été si fécond qu'il avait mené à la société d'aujourd'hui où tant de choix devenaient possibles. Faire l'amour sans faire un enfant, faire un enfant sans faire l'amour, par exemple. Ce fut dit avec une fermeté qui excluait la discussion. Une fois encore, Alexandre observait les effets de la combativité : les revendications qui s'estimaient progressistes éveillaient chez leurs défenseurs une énergie considérable devant laquelle les tenants des habitudes établies paraissaient ternes et rabat-joie. Il sentait chez Alba cette sorte d'exaltation intérieure, une jubilation et une fierté à se sentir dans l'avant-garde. Elle annonçait sans inquiétude l'humanité usinée. Qu'aurait-il pu ajouter sur ce sujet délicat dont il entrevoyait les enjeux sans connaître les éléments de débat ? Alexandre ne sut pas quoi dire. L'approbation d'évidence – bien sûr ! –, l'approbation personnelle – je comprends –, la stupéfaction exprimée – excuse-moi d'être étonné ! – lui furent moins spontanées que le silence.

8

En somme que s'était-il passé ? Au moment où Alexandre s'engageait pleinement, après les mystérieux mécanismes de l'élection et de l'attachement, après que l'affection se fut fixée sur elle, Alba lui avait mis un marché en main : à propos, voilà comme je suis, empêchée, je ne peux pas promettre que je changerai, c'est à prendre ou à laisser. Évidemment, il fut perturbé. Prends le temps d'y réfléchir, avait-elle dit, comme s'il n'était pas trop tard pour ne pas en souffrir. Alexandre y voyait une certaine malhonnêteté. N'aurait-elle rien senti de ce qui prenait forme et entre eux se tissait ? Non ! Alba savait forcément combien ils s'étaient avancés. Le jeune veuf s'interrogeait. Tu n'es pas obligé d'accepter ça. Est-ce vraiment acceptable ? Comment est-ce même possible ? Et d'abord la raison l'emporta sur le sentiment, l'homme sur l'amoureux : Alba avait ajouté un élément sidérant, Alexandre était forcé de le considérer, l'histoire marqua un temps d'arrêt. Après tout, pourquoi ne pas choisir une compagne plus facile ?

Il ne s'était pas désinscrit du site de rencontres ; captif d'Alba, il n'y avait plus pensé, tout à coup il y repensa et y retourna. Geste automatique, errance sans autre but que sortir de l'impasse. En l'absence de connexion récente, une longue liste de contacts attendait. Tant de femmes seules en quête de rencontres ! C'était triste, c'était effrayant, c'était réconfortant. Il fit défiler les photographies. Le visage d'abord ! L'incarnation. Comme une réponse à Alba qui la niait. La quantité submergeait la capacité de choisir. Alexandre se limita à quelques profils et répondit à plusieurs plaisantes internautes, passant des soirées sur l'ordinateur, connecté dès que Sophie était au lit. Le site regorgeait de quêtes, d'appels et de manques, d'efforts. Alexandre vit à quel point tout le monde voulait être aimé, mais selon sa propre définition que l'autre justement chamboulait. Fantasmer, s'envoler, déchanter, recommencer, la chorégraphie était banale. Puisque l'amour n'était pas éternel, les unions ne l'étaient pas non plus, elles devenaient mobiles et fragiles comme les sentiments qui les fondaient, et souvent il n'y avait aucun sentiment (tel était peut-être le revers angoissant de la liberté). Alexandre prit quelques cafés en ville, apprécia des silhouettes et des styles, dans le face-à-face contempla des carnations, des yeux, des lèvres, écouta des histoires de vie, des malchances, des échecs, des blessures, des espoirs, des attentes. Il donnait ses rendez-vous en bas de son bureau ou en bas de chez lui, selon la localisation de ses partenaires. Il fut parfois touché, d'autres fois, dès la première minute, désireux de s'en aller. Je n'ai pas beaucoup de temps, je dois retrouver ma fille, asseyons-nous, que voulez-vous boire, excusez-moi de vous hâter. Sophie avait bon dos. Mais il ne mentait pas. Les conditions n'étaient pas idéales. Il n'avait pas envie de tomber sur Sandra ou même sur Alba, qui sait, lorsqu'elle venait à la librairie. La vie qu'il menait était étranglée dans le temps. S'étant fait une obligation sacrée de rentrer pour le dîner, il se sentait toujours pressé. Les rencontres cependant étaient réelles, il ne se dérobait pas, et si une force supérieure – un grand amour, le fameux éclair de l'évidence – devait le ravir à lui-même, Alexandre lui en donnait l'occasion. Il s'offrait à la surprise, à l'immédiateté du coup de foudre. Et une fois de temps en temps, à la brasserie du Commerce, parce qu'elle le lui proposait, il retrouvait Alba. Par honnêteté ou par inconsciente vengeance peut-être, il voulait ne pas lui faire de cachotteries.

— Je rencontre des femmes, lui disait-il.

Et aussitôt il ajoutait :

— Je ne couche pas avec elles.

Cette vérité était peu à peu devenue un mensonge. Il ne prévoyait jamais d'aller au lit, il avait pensé s'y refuser, mais certaines candidates séduisantes recherchaient des aventures purement sexuelles, le revendiquaient et se montraient convaincantes, il lui arriva de céder, de succomber, d'en jouir. Il n'en parla pas. Peut-être n'était-il pas fier de lui, peut-être craignait-il d'abîmer quelque chose ou de blesser Alba, il n'éclaircirait pas ce doute, la réponse d'Alba fut nette et tranchante : il n'avait pas à se justifier, il ne lui devait rien et elle comprenait qu'il allât trouver ailleurs une relation sexualisée, elle avait certainement ce qu'elle méritait, elle n'ignorait pas qu'elle était une enquiquineuse. C'était ainsi qu'elle se voyait ? Parfois, avait-elle répondu à Alexandre qui s'étonnait. Parfois mais quand ? avait-il pensé. Quand l'autre n'était pas d'accord ? Alba souffrait certainement de le savoir actif sur internet. Pour autant elle ne revint pas sur sa révélation. Alexandre en conclut que l'asexualité était une donnée définitive du choix qu'il avait à faire.

C'était rude et il se distrayait de cette troublante contrariété qu'il devrait dépasser dans une direction ou une autre. L'infinie diversité des personnes fut une source de gaieté, les belles femmes ne manquaient pas, de nombreux charmes opéraient, la nature était une collection de possibles et ses splendeurs aléatoires s'inscrivaient dans n'importe quel être. L'incarnation avait de délicieuses fantaisies chantournées sur le socle commun : chevelures superbes, épaisses comme un crin de cheval ou soyeuses et brillantes, grands yeux ronds, beaux yeux fendus, regards pénétrants ou dissipés, troublés ou francs, petits nez mutins, nez droits hautains, grands fronts plats ou petits bombés comme des coffres en os qu'Alexandre devinait sous la peau, lèvres de toutes les formes et teintes, du rouge sang à l'invisible rose, joues claires, joues mates, taches de rousseur, grains de beauté, gorges plates ou charnues, tailles minces ou replètes, grandes jambes, mollets hauts, chevilles rondes ou fines, les corps foisonnaient de variations autour du modèle. Et c'était sans compter avec les styles, les bijoux amovibles ou permanents, les tatouages, les piercings. Chaque corps usait d'un langage. Certaines complexions étaient amoureuses, passionnées, facétieuses, les tempéraments taciturnes, enjoués, nostalgiques. Alexandre se repaissait d'observer, avec un regard d'architecte devant des bâtisses, il fut plein de sollicitude pour toutes. Mais il ne cessait pas pour autant de voir Alba et c'était à elle qu'il pensait le plus souvent – un signe qui ne mentait pas. En vérité, il lui fallait l'admettre, c'était parce qu'il ne l'avait pas perdue (parce qu'elle l'attendait ?) qu'il était en état d'apprécier la compagnie de toutes les autres. Sa capacité de tendresse prenait naissance dans son attachement à Alba. Il se montrait généreux, indulgent, ouvert, parce qu'il était amoureux et suffisamment heureux, mais son sentiment n'était pas transférable. Quand il l'eut compris, il ferma son compte sur internet.

Il était trop tard pour annuler l'affection qu'il avait donnée, les espoirs qu'il avait formés, l'inclination qu'il avait conçue. Le chemin pour sortir de l'amour est moins connu que celui pour y entrer. Cesser d'aimer celle qu'on avait justement décidé d'aimer n'est plus possible lorsque la décision, comme par magie, a porté ses fruits. Alexandre ne pouvait plus se reprendre. Il aurait dû le vouloir (il voyait bien que l'obstacle était énorme), il avait essayé, mais il était attrapé, trop avancé dans son engagement intérieur et désormais captif d'une histoire commencée et impossible à interrompre sans se couper d'une part de lui-même. Alexandre se découvrait incapable de *s'amputer* d'Alba. Son cœur était allé trop loin, il s'était approché du précipice et, déjà tombé, ne pouvait plus retrouver le niveau d'origine. L'indifférence lui était interdite, la tendresse l'emportait, qui oubliait le sacrifice en perspective, l'éludait, se refusait à y croire. Pouvait-on faire sa vie avec une femme qui n'avait pas de désir sexuel ? Était-ce accepter l'impensable ? Était-ce croire qu'on susciterait une transformation, un élan ? L'asexualité était-elle éternelle ? Sans y répondre encore, Alexandre formulait ces questions qui ne regardaient que lui.

— Tu ne me racontes plus rien, se plaignait Sandra.

Il assurait n'avoir rien d'extraordinaire à lui confier : sa vie était tranquille et il travaillait beaucoup. Il se sentait libéré de son deuil, Sandra pouvait se réjouir, grâce à elle, Sophie n'avait pas manqué d'une affection féminine. Et puis il y avait Alba ! Il se félicitait de ne pas l'avoir renvoyée dans ses foyers (cela, il ne le disait pas). Sophie aimait qu'il eût du monde à la maison, la fillette réclamait désormais *Alba et Sandra* ! Les enfants font le chemin derrière le cœur de leurs parents, pensait Alexandre. La table était parfois mise chez Sandra. Sophie et Alba descendaient les premières, Alexandre écoutait leurs effusions respectives dans la cage d'escalier puis refermait sa porte pour réfléchir à cette étrange situation dans laquelle il se sentait. Certaines amours bénéficiaient des coups de pouce du monde. Adoptée par Sophie, appréciée par Sandra, aimée de lui, comment aurait-il quitté Alba ? Alba qui fréquentait la Librairie des Èves et participait désormais aux soirées des Hérétiques ! Faisait-elle exprès d'occuper de plus en plus de place dans son voisinage immédiat ? Alexandre se refusait à l'imaginer, les intentions sont trop secrètes et il n'avait une âme de procureur qu'envers lui-même. Sandra avait même invité Alba à prendre la parole, croyant bien agir, sûre de faire plaisir à Alexandre : il avait voulu rencontrer une amie de Sandra, eh bien voilà, la femme qu'il avait rencontrée devenait cette amie. Ne devrait-il pas tout simplement se réjouir ? Il n'y manquait pas. Puis il repensait au discours d'Alba, à sa requête en somme. Pas de relation sexuelle réciproquement désirée. L'obstacle était-il surmontable ? Était-ce vraiment inimaginable ? Était-ce définitif ? Il y réfléchissait en regardant Alba, rieuse dans le clan des femmes qui l'accueillaient.

— Ah, le voilà ! disaient ensemble Alba et Sandra, tandis que Sophie lui saisissait la main.

— Papa ! Papa !

Il sentait Sandra attentive, aux aguets du couple mystérieux, et Alba, peut-être soucieuse de donner le change, était souriante, presque tendre dans la gaieté de réunions familiales qui suffisaient à la combler. Puisqu'elle demandait si peu à l'amour, pensait Alexandre avec regret. Il prit l'habitude de laisser faire et de regarder. La compagnie d'autrui était une chance. Il invita Alba les jours où Nicolas était avec eux, il ouvrait sa vie comme il s'était d'abord – par indécision – refusé à le faire. Alba fit la connaissance de Bernard qu'elle apprécia. La sympathie était réciproque. Alexandre se découvrit un prédécesseur cultivé, lecteur curieux des écritures contemporaines et plein de répondant face aux deux professionnelles qu'étaient la libraire et l'enseignante. En conversation avec Bernard, comme Alba était belle ! Alexandre la considérait du dehors. Elle plaisait. Et s'il s'avérait que l'ex-mari d'Ada et lui tombaient amoureux du même type de femmes ? pensait-il. L'attention de Bernard valorisait Alba aux yeux d'Alexandre. Les coïncidences, les affinités, le mouvement de la vie avaient quelque chose d'irrépressible et de fascinant. Une famille largement élargie se constituait, les passés s'aggloméraient au présent et à l'avenir incertain. Et pendant que les temps fusionnaient en une actualité magnanime, Alexandre Perthuis – le père, le veuf, l'amoureux –, hésitant, essayait de se décider.

9

Il s'y prit de la façon qui était la sienne, comme il l'avait fait pour les trois grandes décisions de son existence : il adopta le point de vue de la mort. Quitter Alba ou l'aimer ? En faire, comme il l'avait imaginé, son épouse et la belle-mère de Sophie ou se résoudre à l'oublier ? Cultiver la communauté d'esprit qui s'établissait avec elle ou la rompre ? À la fin de sa vie, au moment d'abandonner les vivants et la terre, comment jugerait-il son choix ? Aurait-il des regrets, des remords, de la joie, et serait-ce pour avoir su briser là ou pour avoir su persister ? Il se posa la question. Il lui semblait que tout le poussait à aimer, à prendre Alba comme elle était, avec ce refus au creux d'elle-même, à croire en leur avenir et ainsi l'amener à reconnaître que son corps bel et bien abritait la jouissance. Ceux qui aiment ont raison, et peut-être y aurait-il un mot de passe pour épanouir cette chair soustraite aux voluptés. Persévérer, continuer quand on pense ne plus pouvoir était le penchant d'un caractère qui n'avait rien d'insouciant ni de léger. À l'aune de l'addition finale et de la séparation éternelle, l'amour persistant était précieux, sa perte malheureuse, le découragement regrettable. Alexandre était à cette réflexion lorsque Bernard lui téléphona.

Bernard Boué avait reçu de mauvaises nouvelles. Le père d'Ada venait de mourir, les obsèques étaient prévues en fin de semaine, bien sûr la présence du gendre, de Nicolas, et celle d'Alexandre étaient importantes, et d'autant plus que Martine Bertoux, entrée quelques mois plus tôt en Ehpad, serait là sans vraiment l'être (l'ex-gendre choisissait ses mots pour éviter d'employer celui du diagnostic : sénilité), une aide-soignante l'accompagnerait.

— Depuis quelques mois, Martine ne reconnaissait plus son mari, expliqua Bernard, le portable à l'oreille.

Et comme Alexandre restait muet, Bernard dit :

— Je crois que Jacques s'est senti libéré de ses devoirs. Il a considéré qu'il avait désormais le droit de mourir.

Alexandre fut bouleversé. Le drame avait enfanté, pensait-il, incapable de dire un mot. Certains décès sont accidentels, celui d'Ada l'était, d'autres ont une cause : Martine et Jacques avaient succombé au chagrin. La signification des faits se prolongeait au-delà de leur apparence objective et une interprétation s'imposait : à la manière d'un poison lent, la mort d'Ada avait rongé les deux existences de ses parents. La mère en avait perdu la raison, le père le goût de vivre. Dans la confusion des événements émergeait l'enchaînement des disparitions, la trame serrée de l'amour et de la perte. Chaque jour pouvaient mourir l'enfant qu'on avait mis au monde, la sœur, le frère, qu'on aimait tendrement, la mère incontournable ou le père qui avait donné son nom, ou la femme qu'on adorait ! Le malheur d'un seul causait la souffrance de plusieurs autres. La famille était l'espace privilégié de ces influences, le lieu de circulation des tragédies. Chacun y avait le pouvoir de provoquer la destruction ou l'accomplissement d'autrui.

— Jacques a *voulu* mourir. Nous vivons en grande partie pour les autres et quand nous ne sommes plus utiles à personne, la vie a tout pour devenir insupportable, dit Bernard.

Il avait une voix misérable, dépourvue d'énergie, une voix de reddition. Alexandre le savait un être blessé, menacé par la mélancolie, d'une fidélité qui avait confiné à la pathologie affective. Nos enfants n'ont plus de lignée maternelle, pensa-t-il, comment Bernard supportait-il cette triste situation ? Alexandre s'en enquit avec discrétion : il serait bien sûr présent aux obsèques, promit-il. En attendant, pouvait-il faire quelque chose ? Comment Nicolas avait-il réagi en apprenant la mort de son grand-père ? Bernard tenait-il le coup ? La réponse d'abord fut impersonnelle, masquée dans une description factuelle où l'intimité s'effaçait devant les difficultés professionnelles. La période n'était pas favorable, disait Bernard. La crise mettait les banques sous pression, les plans de départ se succédaient, son équipe était passée de vingt à trois personnes, on continuait d'appeler plan de sauvegarde de l'emploi ce qui autrefois était un plan de licenciement, ainsi culpabilisait-on ceux qui restaient. Voici ce que nous faisons pour que vous gardiez votre poste, leur disait ce langage falsifié. Cette année noire l'avait épuisé. Oui, il serait heureux de prendre un café, un jour, quand ils auraient le temps. D'ailleurs il souhaitait demander un service à Alexandre, il avait pensé attendre la fin de l'année scolaire mais il voyait bien qu'il ne tiendrait pas jusque-là.

— Rien de grave ? demanda Alexandre.

— Parlons-en la semaine prochaine, lorsque je t'amènerai Nicolas.

Ils finirent la conversation en prévoyant de se rendre ensemble à l'enterrement. Nicolas serait présent, mais Sophie à son âge pouvait être épargnée.

— Nous serons entre hommes, dit Alexandre comme s'il voulait conjurer l'affreuse perspective de retourner devant la tombe d'Ada.

Bernard précisa :

— Ce que j'ai à te demander doit rester entre nous, n'y fais pas allusion devant Nicolas, il n'est pas au courant.

Il s'agissait justement du garçon. Il avait maintenant huit ans et demi, il était facile, excellent élève, intelligent (si ce n'était pas mon fils, je dirais même brillant, précisait Bernard), mais la vie n'était pas drôle pour lui, seul dans un appartement avec un père soucieux et surmené. À condition que la chose fût envisageable, Nicolas serait plus heureux chez Alexandre avec sa sœur (personne ne spécifiait plus *demi-sœur*). Rien ne pressait, bien sûr, mais Bernard demandait qu'Alexandre y réfléchît.

— Je ne m'en sors pas. Vivre avec moi doit être sinistre, concluait Bernard.

— Je suis certain que ça ne l'est pas, dit Alexandre.

Il était vraiment attristé. Lui qui n'aurait pas pu s'écrouler ne voulait pas davantage voir les autres déclarer forfait. L'essentiel était de continuer. Par une sorte de solidarité masculine et paternelle, que la disparition d'Ada avait créée, il enveloppait Bernard dans cette maxime.

— Si je peux aider, je le ferai. À charge de revanche, ajouta-t-il, par délicatesse.

Il voulait se placer à égalité avec Bernard et ne pas paraître dominer par une force d'âme ou une énergie supérieures.

— Je vais prévenir Sophie, elle sera ravie évidemment, mais je préfère ne pas la mettre devant le fait accompli.

— Je te remercie, avait dit Bernard.

La gent féminine fut emballée, Sophie sautillant de joie sur place, en extase à l'idée que l'on achèterait des lits superposés, Alba touchée par les difficultés de Bernard, Sandra prête à donner du temps, émue sans être étonnée. Tu te rappelles ce que je t'avais dit ? disait-elle à Alexandre. Elle avait prévu cette charge excessive pour un père isolé, Alexandre s'en souvenait, frappé quant à lui par l'enchaînement des événements. Le départ de Nicolas chez son père, son retour maintenant ! Une grande tristesse, une nouvelle émotion, les montagnes russes. L'idée que le frère et la sœur utérins seraient réunis le remuait, son cœur se serrait, c'était sous son propre toit que vivraient désormais les deux enfants d'Ada. Davantage d'enfants, c'est davantage d'amour, prédisait Sandra, avec un enthousiasme qui étonnait Alexandre. D'ailleurs pourquoi les gens voulaient-ils des enfants ? disait la libraire. Parce qu'ils désiraient de l'amour ! Parce que leur vie ne les satisfaisait pas telle qu'elle était et qu'ils avaient besoin d'autre chose. Alba écoutait en plissant les yeux, comme si Sandra l'avait percée à jour. Sandra riait comme si elle avait percé une énigme du monde. Alexandre regardait Alba. Quelle femme la remplacerait jamais, maintenant qu'ils avaient partagé ces moments ? Aussi bien, la décision fut prise et son exécution précipitée.

10

Un mariage discret à l'hôtel de ville, suivi d'un déjeuner en plein air – où les enfants coururent après les paons qui ornementaient le parc du luxueux établissement –, scella le contrat civil et le pacte secret passés par Alexandre et Alba. Bernard et Sandra en étaient les candides témoins. L'officier de mairie avait mentionné l'existence chez un notaire d'un contrat de mariage sous le régime de la séparation de biens (motivée par la présence d'enfants d'un premier lit), mais la séparation des corps restait insoupçonnable, les époux s'engageaient à une communauté de vie. On était au début de septembre, quatre ans après la mort d'Ada, l'anniversaire de ce jour funeste approchait, on l'oublierait pour fêter Sophie, et Alexandre entrait résolument dans une alliance qui ne retirait rien au passé. Il aimait à se le dire : personne ne prenait la place de personne. Il avait tout fait et pensé pour cela. Si Ada avait été son épouse il ne se serait pas remarié, à l'inverse il se liait pour la première fois. Il avait été un amant enragé de devenir un père, voilà qu'il était un mari désireux d'être un amant. Quelque chose là-dedans l'hypnotisait. L'histoire ne se répétait pas. N'a-t-on pas raison de vouloir des engagements uniques ?

Cette construction était séduisante et, au moment de sortir sur le parvis, Alexandre dit à Sandra :

— J'ai fait un choix et pris une décision, je me sens apaisé et content.

— Tant mieux, répondit la jeune femme. Pour ma part, je suis favorable au MDL, le mariage à durée limitée, une sorte de bail amoureux, comme un 3-6-9.

Elle rit puis se ravisa.

— Trois ans seraient déjà trop pour moi.

Il la tenait par le bras, elle l'écoutait en marchant avec lui, n'importe qui aurait pu les prendre pour un couple. Était-ce leur dernière occasion de parler dans la complicité qu'ils avaient atteinte et qu'Alba rompait par sa seule présence ? Sandra était capable de se rappeler tant de conversations personnelles, de dialogues étroits, et pas le moindre faux-semblant, pensait-elle – elle ignorait qu'Alexandre désormais lui cachait quelque chose mais, surtout, elle ne pensait pas que l'on cache toujours quelque chose. Sa spontanéité l'aveuglait, on prête facilement aux autres les manières qu'on adopte. Leurs dîners quotidiens avaient changé sa propre existence pendant qu'Alexandre lentement remontait la pente et que Sophie grandissait. Ces tête-à-tête prenaient fin et la célibataire se retrouvait presque au même point que quatre ans plus tôt. Pas au même point, jugeait-elle, il y avait Sophie, Nicolas, et désormais Alba, l'amitié au-dessus de chez elle, le phalanstère ! Alba marchait seule devant, sur d'inhabituels talons qui symbolisaient ce jour exceptionnel. Un tailleur blanc moulant mettait en valeur l'étroitesse de ses hanches. Alba était aussi longiligne qu'Ada, Sandra s'en fit la remarque, elle avait le même corps en apparence peu fait pour porter des enfants. Cette pensée ramenait à Ada, à la forme particulière de sa mort, à ce danger réservé aux femmes, cette menace que l'enfantement fait peser sur toutes. L'ombre archaïque, immémoriale, persistait, revenait. Chaque épousée, chaque amante, semblait promise à cette confrontation.

— Alba t'a placée à ma droite à table, à tout de suite... dit Alexandre en passant du bras de son amie à celui de sa femme.

Un sourire d'Alba l'accueillit, comme si elle avait attendu patiemment et impatiemment son mari, puis la gravité le remplaça : du regard elle sondait ce nouvel allié, du moins le crut-il. Tout était-il bien clair entre eux ? N'avait-il rien oublié de ce qu'elle lui avait confié et demandé ? L'été avait séparé les futurs époux, Alba était engagée dans un voyage d'études avec un groupe d'agrégés et, à peine revenue, voilà que c'était le mariage. Elle craignait qu'Alexandre eût effacé de son esprit ce qui avait de quoi le déranger. Mais Alba s'inquiétait sans raison, Alexandre se rappelait chaque mot et, pressant dans la sienne la main de sa femme, il le lui fit comprendre.

— Je sais, je sais, murmura-t-il, un brin amusé, comme s'il rassurait une petite fille.

Leurs épaules se touchaient au rythme de leurs pas, Alba pencha la tête contre celle d'Alexandre, ses cheveux mousseux caressaient le cou de son époux, il respirait leur parfum fleuri. Il respirait d'aise. Ce geste tendre était nouveau. Peut-être Alba changerait-elle malgré elle ? Peut-être avait-elle besoin de symboles sacrés et officiels ? Il était plein de ces conjectures. Briserait-il le cercle de la crispation (c'est ainsi qu'il voyait les choses) pour insuffler au corps sa plus ample aspiration ? Enchantement et griserie, voilà ce qu'il voulait pour Alba et pour lui, une rencontre totale où le sentiment devient corps, où s'abolit la frontière, une nuit de noces cathartique, Alba lui avait promis ce moment fondateur vers lequel maintenant ses espoirs s'envolaient. Il y pensa plusieurs fois pendant cette journée.

Le soir même, il avait dans les bras une statue, allongée sur le lit conjugal, la beauté et la froideur d'une Aphrodite de marbre, un corps délié et plein à la fois, d'une vénusté presque canonique, mais insensible (immobile, patient, dépassionné) et comme privé de mains, les yeux au plafond. Regarde-moi, demanda-t-il à deux reprises avec un fond de rire dans la voix, car il était encore possible de douter qu'Alba fût à ce point éloignée, fermée, récalcitrante au plaisir sensuel. Silencieuse et figée, elle demeurait l'aubaine de la douceur et de la chair, il interpellait cette aubaine : Alba, regarde-moi ! Alexandre Perthuis riait parce qu'il était heureux. Une grande boucle noire se refermait, il n'était plus seul dans sa maison et dans son lit, son cœur était lié, accompagné. Alba, souffla-t-il une nouvelle fois. Il appelait une présence charnelle, un corps animé. Il vit le beau visage changer d'expression en s'entendant nommé, désigné au désir : Alba sans le regarder esquissait un sourire, puis ses paupières se fermèrent comme si elle se retirait en elle-même. Elle s'absentait en même temps qu'elle semblait se donner. Elle était telle une évanouie livrée à sa bienveillance. Il resta à la regarder, allongé à côté d'elle, la joue dans la paume, le coude s'enfonçant dans le matelas. Rien n'aurait pu corrompre ce délice de la proximité. C'était entre eux ce calme plat que redoutaient autrefois les grands navires à voile, la mer d'huile, pas un souffle de vent, la navigation suspendue, un capitaine soucieux tandis que l'équipage cherchait le mauvais œil, le Jonas, ce marin qui attirait la poisse. Alba s'était dévêtue seule dans la salle de bains, il l'avait attendue assis sur le lit où elle l'avait rejoint, il la découvrait dans sa nuisette de dentelle assez sexy, délicieusement intrigante.

Maintenant elle apparaissait soumise et inactive, elle ne témoignait pas d'une appréhension mais d'un refus tranquille. Elle se retranchait dans sa placidité. Aucun affolement, pas de répulsion, le désintérêt. Était-il vexé ? Pas le moins du monde. S'il avait été un homme jeune il aurait pu douter de lui-même, mais il ne l'était plus et sa vie antérieure l'assurait. S'il avait été beaucoup plus âgé qu'Alba, il s'en serait inquiété, mais il était dans l'heure la plus glorieuse du masculin. S'était-il attendu à un miracle ? Certainement. Mais il fit contre mauvaise fortune bon cœur. Il réengageait dans la durée son commerce personnel avec le corps d'une femme aimée. Il reprenait main et langue avec cet art initiatique que peut être le geste érotique, sa modulation, sa légèreté, sa recherche patiente d'une résonance. Il était dans le renouement, aimer suffisait, ses sentiments lustraient son élan. Alba gardait les yeux fermés. Il la respirait, le peu d'odeurs corporelles et le parfum fleuri, sur la peau douce comme un ventre d'oiseau. Aucune réticence, aucune inhibition, aucune remémoration ne troubla cette partie de plaisir solitaire qu'il prenait à deux. Il aurait pu se revoir dans le même lit avec Ada (c'était bel et bien le même lit), cavalier de l'orage, enté, enfiévré, occupé de l'enfant qu'il voulait faire. Il aurait pu s'horrifier alors de cet acte tranchant, intromission passionnée, frénétique, effraction suprême, ou au contraire le désirer par-dessus tout, ne plus penser qu'à ce délice inaccessible. Mais non. Le temps avait effacé les images. L'amour tendre était plus fort que l'instinct pur et l'instinct plus fort que le traumatisme, les souvenirs ou les subtilités. Amant, il était dans l'instant et ses limites, dans une trêve de beauté. À peine allongé si près d'Alba, l'érection l'avait tendu et lancé dans le contact. Ses mains parcouraient le corps délicat, le moelleux ferme de sa chair féminine, ses plénitudes qui mettaient l'ardeur dans les paumes, bientôt ses plis cachés, ses moiteurs sensibles. Il effleurait, d'un poignet à la fois vif et léger, animal, avançant et reculant, ralentissant volontairement les rythmes, ne refusant pas une solennité qu'en cette circonstance il jugeait de bon aloi. Après ses mains, il approcha sa bouche, il la posait ici, là. Il embrassa de toutes les manières, du baiser palpitant dans l'air jusqu'au mordillement doux. Il caressait, palpait, pressait comme s'il voulait modeler, puis revenait à frôler. Pouvait-il attendrir l'esprit qui logeait dans ce corps, ennoyer les muqueuses vouées à l'accueillir ? Le cou, les épaules, les aisselles et les seins, le ventre, le mince fuseau des cuisses, leur intérieur à la fois plus clair, plus soyeux et fragile. Il découvrait ces charmes du relief et ces rondeurs, cette puissance de la féminité incarnée qui l'aimantait comme un centre magnétique. La toison pubienne brune, les fesses comme un globe de lait. Ses doigts jouaient, déposaient le feu, s'en allaient ailleurs, s'insinuaient à nouveau, se retiraient, se déplaçaient, recommençaient. Il approchait son visage, regardait ce corps, et ce sexe qui n'était encore l'origine de rien ni de personne. Ses doigts frôlèrent ce noyau. Les lèvres secrètes semblèrent trembler. Il s'enfiévra seul, sa bouche devenait vulve, il buvait, appelait l'eau de la jouissance, il était femme et amante et liquide splendeur. Alba le laissait faire sans faire, gisante et muette, enclose derrière ses paupières, étrangement livrée. Son visage était pâle, son corps d'un blanc qui laissait voir quelques veines, cette diaphanéité touchait, comme une vulnérabilité émouvante. L'espoir demeurait. Le pouvoir de la patience, celui de la douceur aussi, et de l'amour enfin, que pourrait-on en connaître sans en apporter la preuve concrète ? Alba leur concéderait peut-être son approbation vivante. Tu es belle ! Il se sentit bien inspiré de le dire. Il le répéta sur tous les tons, de sa voix tour à tour murmurante, ensoupirée, exténuée ou joyeuse. Belle, belle, si belle, trop belle, épouvantablement. Sa femme devait l'entendre, le croire, en être convaincue, s'aimer pour l'aimer. Il l'attira à lui, la serra contre lui, puis l'écarta pour mieux la regarder, embrassa les paupières, leurs nervures qui disparaissaient dans la pénombre. Alba roulait comme un galet entre ses mains, il pianotait, la parcourait, répertoriant ses beautés. Puis ce fut la fin, il interrompit ce mouvement sans réponse, il appuya son sexe dur contre la hanche d'Alba, son front sur son épaule frêle, et ferma les yeux à son tour, immobile, repu de toucher et fier de lui-même, de sa maîtrise mutine et heureuse qui se joignait à la fièvre. Exhaussé. Il avait dominé des forces en lui qui étaient bien antérieures à sa force. Le souvenir de cette nuit demeurerait. Il avait enveloppé Alba dans une lascivité magistrale et circonspecte à la fois. Il avait fait sans effraction le tour de son corps. Pas de prise, pas d'emprise. Il avait joui d'elle, sans impatience, sans violence ni vigueur phallique, sans pénétration.

IV

ANNA

I

1

Plus qu'aucune autre, leur vie intime était confidentielle et cachée. Leur secret restait bien gardé. Alexandre et Alba ne faisaient pas l'amour au sens où on l'entend habituellement, mais ils n'en dirent pas un mot aux médecins du service de PMA auquel bien sûr ils furent adressés, quelques mois après leur mariage, aussitôt qu'Alba eut consulté. Ils n'avaient pas les *rapports fécondants* que laissaient supposer leur demande et leur désir d'enfant, personne cependant ne posa la moindre question sur ce sujet, comme si l'intimité sexuelle allait d'elle-même sans dysfonctionnement possible. L'essence même de l'ingénierie procréative était la conception hors du corps, on parlait de spermatozoïdes, d'ovules, de matrice, d'endomètre, de fécondation, mais pas de sexualité. Cette étonnante pudeur offrait des avantages, chacun a ses empêchements, chacun a besoin d'œuvrer et de travailler, Alba d'ailleurs n'était pas dupe, elle mettait le pied dans un domaine lucratif, les dépassements d'honoraires seraient nombreux, elle paierait, elle n'était donc pas une patiente mais une cliente, ce qui la disculpait de passer sous silence un point qu'une autre perspective aurait tenu pour crucial.

Dans le dossier de Mme Perthuis-Jeufosse, quarante ans, nullipare, il fut écrit : *infertilité idiopathique*. Le qualificatif signifiait que les causes de l'incapacité à concevoir n'étaient pas établies mais indéterminées. Et pour cette raison, avec une rigueur qui n'était pas forcément la norme, le terme *infertilité* avait été préféré à celui de *stérilité*. L'échographie pelvienne ne révélait aucun obstacle organique. Des trompes de Fallope (le médecin disait des *tubes*) en état de faire leur travail, pas de kyste ovarien, pas de malformation ou de polypes utérins qui auraient compromis l'implantation d'un éventuel embryon. Alba était parfaitement constituée pour enfanter. On ne la renvoya pas pour autant, l'investigation se poursuivait. Les dosages hormonaux et les examens bactériologiques donnèrent des résultats satisfaisants. Le médecin s'offrit ce moment de conviction et de militantisme : notre société n'informait pas suffisamment les femmes sur la baisse rapide de leur fertilité. Il le déplorait depuis des années et la situation ne faisait qu'empirer. La vie s'allonge mais pas la jeunesse, disait-il. Car seul l'aléa de la fécondité après trente-cinq ans demeurait maintenant une explication des difficultés d'Alba. L'optimisme était de mise, Alba était encore loin de l'âge du couperet, les quarante-trois ans fatidiques au-delà desquels le système français interrompt toute prise en charge de PMA. Il fut demandé à Alba de s'appliquer à établir sa courbe de température, afin de mieux repérer la date de l'ovulation et la période favorable à la fécondation (il s'agissait de l'exploiter au maximum, cela n'avait pas besoin d'être dit). Et Mme Perthuis apporterait ces relevés à chaque consultation.

Alba fit ce qu'on lui prescrivait, sans être certaine encore de ce qu'elle déciderait. Les options offertes aux femmes étaient multiples – attendre un moment, éventuellement congeler ses ovocytes (Alba l'avait fait, de nombreuses années plus tôt, au Canada), subir une stimulation ovarienne, faire une banale insémination artificielle, une fécondation in vitro, une injection intracytoplasmique, ou autre chose encore s'il s'avérait possible sans être hors la loi de rester en dehors de cette éprouvante épopée, l'idée faisait son chemin chez Alba. Attendre et réfléchir, certes, mais pas trop longtemps. D'un côté le temps courait, mais de l'autre il était souvent l'agent thérapeutique. Les médecins, les assistantes l'avaient répété à Alba pour rassurer son impatience naissante. Elle avait écouté. Livrer son corps à l'expertise était rebutant, dès le premier contact ce protocole de soumission lui avait coûté, il lui faudrait en tenir compte et s'informer sur tout. Déjà elle s'inquiétait de ce *parcours du combattant* dont certaines disaient qu'elles regrettaient de s'y être lancées – et même lorsqu'elles avaient mis au monde un enfant. Quelle sorte de mère faisait-on après avoir supporté pareils traitements ? Une surprotectrice ? Une angoissée ? Alba comprenait que trop désirer c'était mal désirer, tout comme trop souffrir était préjudiciable à l'établissement d'un bon lien avec le nourrisson. L'enfant à tout prix n'avait pas de prix mais coûtait cher, physiquement et psychiquement. Si l'on cherchait un peu, de nombreux témoignages bémolisaient l'engouement officiel pour les technologies procréatives. Les résultats n'étaient pas si fameux. L'espoir entretenu par ce marché non seulement nuisait à l'acceptation d'une vie sans maternité mais augmentait la douleur en cas d'échec. Or le taux d'échec était important, on ne le disait pas mais les faits parlaient. L'argumentation pro-PMA n'était pas dénuée d'une perversité : la souffrance des couples stériles était érigée en raison majeure de libérer la pratique alors même qu'elle était complètement oubliée et livrée à ses extrémités après que le protocole médical avait échoué. Autrement dit, les opposants le soulignaient avec raison : les marchands de fécondité instrumentalisaient sans vergogne un malheur dont ils se moquaient bien une fois qu'ils s'étaient rempli les poches.

Mais les miracles existaient, les grands bonheurs de parents qui avaient désespéré de le devenir, et lorsque les médecins de la fertilité prenaient la parole, un respect les entourait, l'admiration s'exagérait, toute contestation était inconcevable. Ils figuraient les dieux qui maîtrisaient la création de l'être humain, non seulement ils avaient égalé la femme féconde mais ils transformaient en mère celle qui était stérile. Sauveurs des couples en mal d'enfants, ils offraient le bonheur dans un berceau – le berceau du bonheur – et pouvaient ensuite bomber le torse. Certains ne s'en privaient pas, médiatisés à outrance, experts auprès des politiques, sollicités en matière d'éthique sans être forcément compétents ou objectifs (ne contenant pas toujours les élans de leur curiosité et leur désir d'expérimentation), toujours donnant leur avis sur une évolution ou un progrès possible, éclatants de toute-puissance et parfois d'autosatisfaction. La technique venait au secours de leur narcissisme viril en manque d'utérus, disaient les féministes des Hérétiques, Sandra en tête.

Les procréations médicales relevaient d'une appropriation masculine du pouvoir d'enfanter. Cette hypothèse nourrissait des inquiétudes. Ces techniciens s'enorgueillissaient de concevoir comme la femme dans le secret d'elle-même, ils distribuaient le pouvoir d'enfanter. La PMA était une OPA sur la maternité ! La domination patriarcale, qui avait pris sa source dans la volonté d'être certain de sa paternité, au XXIe siècle atteignait un sommet inattendu avec le plein accord des femmes. Les voilà revenues à l'état de corps disponibles entre les mains des hommes, disait Élisabeth Duvauchelle ; l'historienne du cercle voyait là un sujet de préoccupation. Sandra n'en avait jamais parlé avec Alba et Alexandre puisqu'ils étaient restés silencieux sur leur situation.

En tout cas le savoir fabriquait du pouvoir. Comme toutes celles que l'espoir animait, Alba écoutait le maître de l'invisible et du microscopique. Aucune insuffisance ovarienne, les cycles étaient réguliers, notait le spécialiste, il fallait garder bon espoir. Amen. Les bilans étaient complets, il restait à prendre la décision, attendre ou sauter le pas, pour le médecin c'était évident, tous les indicateurs poussaient à foncer, les chances de réussite d'une FIV étaient au plus haut. Amen. Les traitements pèsent exclusivement sur la femme mais les différences d'implication sont préjudiciables à la réussite, votre mari sera-t-il un bon soutien ? demanda-t-il avant de raccompagner Alba. La question était posée parce qu'Alexandre était absent.

2

Depuis le premier rendez-vous où il avait accompagné Alba (un rendez-vous donné au couple), Alexandre était un soutien inactif. Il éprouvait de la répugnance à jouer un rôle dans cette comédie – car il s'agissait de cela, pensait-il. La probité l'en empêchait, probité sociale, honnêteté intellectuelle, dignité, tout ensemble, il cherchait les mots pour le sentiment qu'il avait de cette affaire. C'était une question de correction, on ne trichait pas. Dès la première rencontre avec un médecin, il avait dit : Je suis père d'une petite fille de quatre ans et demi. Il lui fut poliment répondu que cette paternité ne prouvait pas sa fertilité. Certains pères n'étaient pas les géniteurs de leurs enfants, il leur arrivait souvent de l'ignorer. Le praticien avait souri mais Alexandre s'était rembruni. Entendre évoquer de cette manière une possible infidélité d'Ada, repenser à la naissance de Sophie, se rappeler comme il suppliait Ada qui ne voulait pas d'une nouvelle grossesse, quelle épouvantable ironie. Le sujet était trop douloureux, cet imbécile de technicien n'en avait pas idée, qui se cantonnait à son parcours balisé. Il ne connaissait ni le passé ni le couple mais devait vérifier la mobilité, la morphologie et la concentration des spermatozoïdes de monsieur. Monsieur, géniteur et soutien, tels étaient les nouveaux mots qui désignaient le père. Alexandre ferait les tests sans discuter davantage, à chaud en sortant de cet entretien, mais il était décidé à rester en retrait.

Bien sûr, il voulait aider Alba et la voir heureuse. Il comprenait son désir d'être mère en restant fidèle à un choix de vie qu'il avait accepté et même aménagé – avant d'en venir à bout, croyait-il. Il ne l'empêcha pas de prendre des contacts et d'agir, mais lui-même pour le moment n'y parvenait pas, du moins pas dans la voie de la médicalisation. Il y avait des règles à respecter même pour être heureux. Comment prétendre que leur couple était stérile ou infertile ? Lui-même ne l'était pas et Alba n'avait à priori aucune raison de l'être. Une batterie d'examens venait de le confirmer. Et surtout, n'ayant aucune raison de se trouver enceinte, elle n'avait ni à s'étonner de ne pas l'être ni à s'imaginer ne pas pouvoir l'être. Il n'y avait pas motif pour consulter. Pourquoi réclamer un diagnostic ou un bilan ? L'expérience cruciale n'avait pas été faite, la preuve manquait. Alexandre Perthuis aurait préféré dire la vérité : mon épouse appartient au mouvement *no sex*, voilà où réside notre difficulté, nous demandons une prothèse sexuelle. S'il avait été impuissant, s'il avait connu des troubles de l'érection, à cause par exemple d'un traitement médicamenteux, Alba aurait-elle subi ces analyses ? Non, pensait-il. Il aurait informé le médecin : Je ne suis pas en mesure de féconder mon épouse, nous souhaitons une assistance médicale à la procréation. Cette difficulté n'aurait pas été moins légitime qu'une stérilité structurelle.

Mais il n'avait pas de goût pour la confusion. Être chaste n'était pas être infertile et sûrement pas stérile. Notre époque laissait régner l'imprécision par crainte de blesser quelque minorité concernée de près ou de loin. Stérile, infertile, hypofertile, ces termes réclamaient d'être discutés, aucun ne convenait encore à leur cas, le bon sens dictait un autre comportement. Avant de nous dire incapables de concevoir, vérifions que nous le sommes, pensait Alexandre sans le formuler explicitement. N'était-ce pas extravagant qu'il n'osât pas le dire en ces termes ? Avait-il déjà peur de sa femme ? Ou bien l'air du temps était-il à ce point castrateur ?

Tout de même, Alexandre en vint à donner son point de vue. Il existait une façon agréable et non coûteuse de faire un enfant. Il invitait Alba à cet acte inouï. Personne ne la pressait, et surtout pas lui, mais si elle souhaitait véritablement un enfant, un jour elle parviendrait à ce moment de grâce. Intensément chargés de reproche, les yeux noirs de son épouse le fixèrent avec sévérité, il avait bel et bien épousé un professeur. Elle désirait ardemment devenir mère et cette suggestion était révoltante. Au nom de quoi lui imposerait-il cette norme ? Elle protestait de toute sa personne. Alexandre avait fait une promesse, fallait-il la lui rappeler ? Aucun besoin, dit-il vivement, il tenait sa promesse, d'ailleurs il appréciait leurs noces délicates. Il ne révéla pas la peur refoulée qui couvait et fondait sa patience : il ne pouvait imaginer Alba parturiente à son tour en travail et en danger. À ce jour, il aurait été incapable d'assister à nouveau à l'accouchement de sa femme. Pire, il lui semblait qu'il serait l'oiseau de mauvais augure, le mauvais père qui porterait et souffrirait le malheur. Alors ? Il ne voulait plus d'enfant. Le lui demanderait-elle, il ne mettrait pas Alba enceinte pour le moment. Cette invitation à prêter son corps à la sauvagerie programmée et féconde était encore au-delà de ses forces. Quant à Alba, l'idée même de s'accoupler au moment propice – comme on remplirait une obligation – lui semblait un véritable tue-l'amour, une scène pornographique impossible.

On le voit, Alba n'abandonnait pas ses conceptions. Outre son absence de scrupule à tromper des gens qui étaient heureux d'être trompés, qui amélioreraient leurs statistiques de réussite et leurs bénéfices, elle était sûre de son droit à avoir un enfant. Aucune forme de vie sexuelle ne le conditionnait, disait-elle. C'était là le point fondamental. Toute femme avait le droit d'être enceinte, et sans subir de contrainte sur la manière de le devenir. L'OMS avait depuis longtemps reconnu la *stérilité sociale* qui ouvrait à l'aide médicale à la procréation, signalait Alba. Et notre propre CCNE, notre instance éthique la plus qualifiée, des gens triés sur le volet, tenait pour recevable une ouverture de la PMA à des personnes sans stérilité pathologique. Car toute souffrance mérite soulagement, y compris celle qu'impose un choix personnel. La demande sociétale existait, l'État ne pouvait la mépriser au nom d'un quelconque conservatisme.

— Ma vie et mon orientation sexuelle ne regardent que moi, la médecine m'offre ses services et j'ai le droit d'enfanter, affirmait Alba.

Le droit, Alexandre était gêné qu'elle en usât. Procréer lui semblait une liberté plutôt qu'un droit garanti et opposable à l'État.

— Nous avons la liberté d'essayer, disait-il, pas l'assurance de réussir, ni la garantie d'être aidés.

Ils n'avaient pas essayé ! Il le déplorait, et puisqu'il ne voulait pas d'enfant pour le moment, quelque chose dans son ton amusé – une ironie douce, peut-être – laissait deviner qu'il regrettait plus l'aventure sexuelle dont se privait Alba que la procréation naturelle et sa simplicité.

— Faire l'amour à seule fin de faire un enfant n'est pas possible à tout le monde, objectait Alba.

Elle trouvait à son mari des idées dépassées, un parti pris naturaliste étonnant. Il ne renonçait pas à valoriser l'embryon conçu à deux plutôt qu'à trois : le médecin et la médecine elle-même lui figuraient un tiers présent et intéressé dont ils n'avaient pas besoin.

Ils connurent leurs premières disputes. Le ton des discussions se durcissait chaque fois qu'une idée irrecevable agaçait Alba. Un soir à table, alors que Nicolas et Sophie étaient couchés, Alexandre osa en appeler au bon sens le plus élémentaire et se fit joliment remettre à sa place : chacun savait comment le sens commun voisine souvent avec la stupidité ou l'esprit réactionnaire. Alba se faisait cinglante. Dans d'autres domaines, il ne viendrait à l'idée de personne de laisser faire la nature plutôt que les progrès de la médecine ! Force était d'en convenir. Penser ces questions devenait un exercice délicat. Alexandre était décontenancé autant que surpassé par la facette militante de celle qu'il avait épousée. Il se rappelait leurs premières discussions, cette bataille qu'à son échelle elle prétendait mener en faveur d'une meilleure rémunération des métiers intellectuels. En somme, se disait-il, Alba appartenait à une institution insuffisamment reconnue et à une minorité sexuelle. Les catégories qu'elle manipulait n'étaient pas familières à son mari. Stérilité volontaire. PMA volontaire. Fallait-il inventer ces nouveaux items et leurs sigles ? SV, PMAV, SS pour stérilité sociale. Et de quoi parlait-on réellement ? De concepts extravagants ? De droits de pacotille élaborés sous la pression d'industriels habiles et puissants ? Ou bien d'avancées humanistes ? Oui, en présence de quoi se trouvait-on ? On se trouvait en présence de l'avenir, disait Alba, on parlait de l'enfant humain du futur, l'enfant non coïtal. Vraiment ? s'étonnait Alexandre, en peine de conviction.

Sans certitudes, le mari laissait agir sa femme. La scène de ménage lui semblait le pire des spectacles. Il se refusait à installer la guerre dans sa maison quand son mariage avait justement pour but de l'embellir. Nicolas et Sophie le lui rappelaient par leur seule présence joyeuse. Alba prévoyait de demander un temps partiel pour se consacrer à cet engendrement médicalisé et tout apprendre des nouvelles techniques à la disposition de son projet parental. Elle employait ce syntagme en vogue. Alexandre voyait d'un bon œil la perspective qu'elle eût plus de liberté et de temps à la maison. D'accord, disait-il, modérant son questionnement. Je comprends. Tu as peut-être raison. Je ne sais pas quoi te dire. Alba le remerciait de se taire.

— Ne dis rien ! suppliait-elle.

En la voyant si méthodique et pugnace, Alexandre repensait à leur rencontre sur internet. L'avait-elle séduit avec une semblable obstination ? Avait-il été la première étape d'un programme prémédité ? Étape numéro 1 : le géniteur. Il avait fait ce cauchemar. Mais il était amoureux et continuait de découvrir celle qu'il avait choisie. La femme aimée était sophistiquée, compliquée, singulière : inédite. Inflexible surtout. Pour un homme qui aimait vaincre la difficulté, c'était l'agrément d'un défi. Alba pimentait l'existence intime d'Alexandre tout en la lui facilitant socialement. Elle avait su plaire à ses amis, rassurer son associé et charmer même certains de ses clients. Si l'on ajoute qu'il venait de signer plusieurs contrats qui mettaient son cabinet à l'abri pour deux ou trois ans, on comprendra qu'Alexandre Perthuis se sentît heureux.

3

Comme de nombreux couples qui ont recours à l'assistance médicale à la procréation, ils n'en parlèrent à personne, pas même à Sandra. Depuis qu'elle était entrée dans cette quête intime et ardue, Alba se montrait moins assidue aux réunions des Hérétiques. À peine mariée et installée avec Alexandre, son existence sembla accaparée par un désir d'enfant soudain prioritaire, urgent, tyrannique. Quasiment du jour au lendemain, Alba désira ce qu'elle s'était autrefois juré d'éviter ! Elle se sentait au moment d'une bifurcation vitale. Elle était tout entière aspirée par ce besoin impérieux qui s'envenimait.

Tout se passait comme si Sophie et Nicolas attisaient sans répit, et sans le savoir, l'aspiration à engendrer. L'un et l'autre avaient hérité de leurs pères respectifs quelques traits évidents qui soulignaient le poids de l'hérédité : la curiosité de transmettre s'empara d'Alba. Elle voulait un petit à elle, un être qui porterait ses gènes. Elle imaginait une fillette qui lui ressemblerait, sa fille pour toute la vie. Elle rêvait cet indestructible amour, le seul qui dure, imprescriptible, celui qui comble à jamais. Elle était bouleversée de certitude lorsqu'elle voyait Sophie se suspendre au cou de son père en le couvrant de baisers, et rire, rire jusqu'à se coucher par terre. Quel spectacle valait celui-là ? Un enfant, c'était cette tendresse touchante, ce réconfort, ces moments joyeux qui tissaient une mémoire et une matière commune. Ils sont les témoins de notre vie, disait-elle à Alexandre. Elle n'avait jamais pensé cela et maintenant réclamait ce lien indissoluble et lumineux. La crainte de l'aliénation et le refus de perdre sa liberté avaient laissé la place à une nécessité.

— Ne pas se reproduire, c'est mourir réellement. J'ai reçu la vie, il est temps maintenant que je la donne ! disait Alba.

La frustration, l'envie et l'espoir ne s'exprimaient jamais en présence de Sophie et Nicolas, qu'elle observait, attendrie et fascinée, sans leur révéler son désir. Nous pouvons aussi être à toi ! auraient-ils dit avec la générosité de leur âge. Ce premier enfant pour elle serait pour eux un troisième. Peut-être voulaient-ils l'exclusivité, en échange de leur présence et de leur affection ? D'ailleurs Sophie appelait Alba *maman* et ce mot sonnait juste. La fillette était comme vierge, sans souvenir de sa mère, elle n'avait même pas senti du dehors l'odeur du corps qui l'avait portée, l'empreinte avait été rompue. Il arrivait à Alba de le penser.

— Tu es la seule mère qu'elle aura jamais, disait Alexandre – et cette phrase était pour lui vertigineuse. Car à ses yeux Ada restait la mère, même si elle manquait. Une mère privée du meilleur.

Mourir c'était perdre non seulement sa vie mais les promesses qu'elle tiendrait, c'était perdre toutes les vies.

Pauvre Ada, pensait parfois Alexandre Perthuis sans pouvoir partager ce regret.

Alexandre était l'unique interlocuteur d'Alba, comme si elle avait percé les faiblesses de sa sensibilité blessée et décrypté son histoire – ce fond de mauvaise conscience que la mort d'Ada avait gelé. Devant sa deuxième compagne, le passé l'affaiblissait. Comment contester le désir d'enfant quand on l'a soi-même éprouvé et assouvi avec rage ? À peine marié, Alexandre Perthuis fut décontenancé par cette situation qui ne manquait pas d'ironie. Lui-même avait été envieux de la progéniture d'autrui. Lui aussi avait été prêt à tout pour une descendance, capable d'exercer un chantage, insupportable s'il n'obtenait pas tout de suite ce qu'il désirait. Ces souvenirs expliquaient son indulgence et, à voir un épisode ainsi se répéter, Alexandre s'interrogeait sur sa banalité. Était-ce l'universalité du besoin de procréer, l'instinct furieux qui se réveillait avant qu'il fût trop tard ? Le temps ne cessait pas de jouer contre nous et nous parvenions à vivre en oubliant la fin de la vie. Pourquoi la fin de la fertilité se rappelait-elle au contraire à notre vigilance ?

— Je ne peux plus attendre, c'est maintenant ou jamais, disait Alba.

La chose était terrible à observer : la menace de péremption exerçait sur les femmes une pression destructrice. Le temps, cette matière invisible qui était la vie même, filait vers l'heure de leur ménopause. Dès qu'elles avaient commencé de le penser, la peur de cette fuite, que rien ni personne ne suspendrait, engendrait une impatience incontrôlable. Attendre, c'était attendre la mort.

L'exaspération grandissait. Les regrets se mêlaient aux reproches adressés à soi-même pour n'avoir rien compris à l'existence, à ses priorités, à la puissance qu'elle recèle.

— Comment ai-je pu être aussi bête ? Pourquoi personne ne m'a rien dit ? s'exclamait parfois Alba.

— Aurais-tu changé d'avis ? Ça m'étonnerait, lui disait Alexandre.

— Tu ne peux pas le savoir, personne ne le peut, pas même moi, répliquait-elle, aussitôt fâchée.

Il se permettait de lui rappeler ses entêtements et ses convictions présentes, qui instruisaient forcément sur son tempérament et son passé :

— Tu sais ce que tu veux et tu n'écoutes pas les autres. Aujourd'hui tu es *no sex*, t'ai-je fait changer d'orientation ? Hélas, non. Peut-être un jour découvriras-tu l'orgasme et alors tu diras : pourquoi personne ne m'a dit que je passais à côté d'un plaisir exceptionnel ?! C'est pareil pour ce choix passé dont tu t'étonnes. Autrefois tu étais *child-free* et tu t'en réjouissais, tu me l'as clairement dit. Qui aurait pu te convaincre que c'était une erreur ? Personne.

Alba fut agacée, pas seulement de ce portrait mais aussi qu'Alexandre vînt contredire sa colère avec un petit air amusé.

— Tu mélanges tout, lui dit-elle.

Elle était partie dans la cuisine, furieuse, reportant sur lui les griefs qu'elle avait contre elle-même, il l'entendait vider le lave-vaisselle en cognant les assiettes. Une scène tellement classique ! Ada n'avait jamais fait ça parce qu'elle avait un goût pour les arts de la table, elle n'aurait jamais risqué d'ébrécher quelque chose, mais Alexandre avait déjà passé ses nerfs de cette manière, en ayant l'air de prendre en charge les tâches domestiques pour ensuite le reprocher à l'autre. Il comprenait qu'Alba n'était pas en colère contre lui, elle réclamait un enfant, elle s'engageait dans un combat. Maintenant il percevait la violence, la passion, une rage de réussir qui était consubstantielle à son épouse lancée vers un objectif. Le mariage avait été le rite de passage vers la maternité désirée. Ayant trouvé le compagnon et futur père, le temps de l'enfant était advenu. Désormais Alba était une volonté féroce fixée sur un désir précis. Un bulldozer que rien n'arrêterait, pensait Alexandre de façon plus imagée.

Alba était plus forte d'être probablement féconde. Femme intacte, elle ne portait le poids et le complexe d'aucune incapacité. Ne pas faire l'amour (ne pas s'y obliger) ne voulait pas dire être inapte, ça n'était pas un symptôme mais une décision, un mode de vie embrassé avec foi. Alexandre comparait cela à une pratique religieuse. Alba n'avait pas perdu la maîtrise. Son corps ne la décevait pas. Elle était capable de tout mais ne voulait pas tout. Elle ne voulait pas se donner à la frénésie, à la sauvagerie, à l'automaticité du coït. Son asexualité assumée la libérait des sentiments d'échec, d'amenuisement, de culpabilité, qui accompagnent d'ordinaire l'infertilité. La sienne était un choix social qui ne regardait qu'elle. Son énergie était donc inentamée, et même décuplée par ce qui s'érigeait en révolution : être asexuelle et féconde, requérir la technique par liberté de vie et non par nécessité biologique. Une femme toute-puissante se présentait devant la médecine. Et d'autant plus qu'elle était aimée.

Alexandre admirait la vitalité d'Alba et le disait à qui voulait l'entendre. Sandra se moquait de lui : depuis que les femmes supportaient la double journée et la fameuse charge mentale, cette admiration était atrocement patriarcale, banale et même perverse ! En vantant leurs épouses serviables et efficaces, les maris les encourageaient à poursuivre sur cette voie ancienne et confortable pour eux. Alexandre en convenait volontiers, il secouait la tête en riant : Sandra n'entamerait pas son contentement masculin, personne ne l'entamerait. Il acceptait cette critique féministe, sa voisine flairait tous les biais, il ne changeait pas d'avis pour autant. Alba n'était jamais fatiguée, pensait-il, elle ne s'arrêtait jamais de faire quelque chose, l'oisiveté lui était étrangère. Il l'avait rencontrée sous les auspices de ce talent et appréciée pour cela, il en était encore plus satisfait depuis que sa famille en profitait. L'habitude de bien faire les choses, ce perfectionnisme qui peut certes devenir pénible, était désormais au service de Sophie et Nicolas. N'était-ce pas ce qu'il avait inconsciemment cherché en épousant Alba ? Il n'avait pas été déçu. Alexandre était capable de le penser en contemplant ce qu'il aimait regarder : sa famille. Il se sentait débiteur de ce que faisait Alba pour deux enfants qui n'étaient pas les siens. À eux qu'elle emmenait au cinéma, à la piscine, à la librairie (le trio s'en allait voir Sandra et flâner dans les rayons où l'on dénichait au sous-sol des textes à lire ensemble), Alba donnait de brèves leçons et des conseils de lecture, jouant beaucoup, imaginant d'amusants exercices qui leur faisaient découvrir des peintres, des musiciens, des épisodes historiques qu'elle racontait avec brio, leur disant aussi d'abracadabrantes histoires qu'elle inventait à partir d'une phrase ou d'un mot qu'ils choisissaient. Ces idées éducatives ravissaient le père, on sait les bienfaits d'un pédagogue sur le développement personnel, Alexandre jubilait d'avoir cette chance à demeure.

— Aucun père ne peut égaler une mère enseignante, disait-il à la fois doctement et béatement.

Les professeurs avaient le temps et la compétence, d'ailleurs leurs enfants réussissaient particulièrement bien scolairement, expliquait-il. On voyait le résultat : Nicolas faisait déjà du grec, Alba le motivait, elle avait évoqué Nabokov qui parlait quatre langues à l'âge de cinq ans, on ne savait même plus aujourd'hui que c'était possible, mais ça l'était ! Sophie lisait à voix haute aussi bien qu'en silence. Les maîtresses adressaient des compliments, les notes étaient excellentes, ce qui peut être laborieux et pénible était facile et joyeux. Le plaisir d'apprendre était là. Alexandre en était reconnaissant et encore plus amoureux. Bénéfique à la progéniture, Alba y gagnait un pouvoir d'amour – Alexandre faisait tout ce qu'elle voulait –, un pouvoir tout court. Voulait-elle par ces attentions se le prouver à elle-même ou l'en assurer lui, en tout cas force était d'en convenir : Alba semblait faite pour être mère.

4

Mais on reste incroyablement seul avec ses aspirations, du moins l'éprouve-t-on ainsi tant qu'elles ne sont pas satisfaites, parce que la frustration est intérieure. La Toile devenait le compagnon de cette solitude, le réseau mondial des internautes entourait et réconfortait Alba. Dans la barre de Google, Alba entrait ce qu'elle voulait savoir et les questions que posaient ses désirs (comment les assouvir), toutes ses curiosités, ce qui lui passait par la tête dès que la prenait l'idée de sa maternité, une fois rentrée du lycée, lorsqu'elle avait fait réciter les leçons, regardé Sophie jouer à la poupée et pensé que pour autant elle restait cette femme sans descendance. Femme sans descendance, cette expression était une épée, il fallait l'oublier, écrire un autre avenir. Le rectangle de grande longueur attendait ses mots. Depuis que la machine était capable de le comprendre et le liait à d'autres, chaque terme était devenu la clef d'accès au gigantesque flux d'informations, les mots-clefs étaient les hameçons plongés dans un contenu répertorié. Alba était encore une fillette au moment où l'intelligence des ordinateurs, fabuleuse excroissance de celle des hommes, s'était attelée avec confiance au traitement du langage. Les écrivains de l'Alamo avaient été des pionniers de ce travail invraisemblable : donner aux disques durs le dictionnaire, la syntaxe, l'orthographe et la conjugaison. Devenue grammairienne, Alba s'en émerveillait, elle aurait su contribuer à cet édifice, elle aurait adoré ce défi comme elle adorait imaginer à l'œuvre les algorithmes. Le résultat était là : une femme sans enfant, qui rêvait d'avoir une fille, posait les doigts sur le clavier, tapant les lettres noires dans l'espace désigné, appuyant sur la flèche à droite. La recherche était lancée.

En quête d'intercesseurs et d'outils, Alba se déplaçait dans l'arborescence illimitée, amenée par les secrets des codages vers des sites et des forums, soumise à la magistrale et puissante intelligence artificielle, enflammée par ce cœur battant de la modernité. Dans l'anonymat du Net, tout devenait naturel et commun, tout pouvait être vu, personne ne craignait plus l'impudeur, cette notion n'existait plus. D'abord Alba avait entré dans la machine la phrase simple : *Je désire être mère*. Elle l'avait spontanément écrite, curieuse de ce qu'elle obtiendrait. Aussitôt elle s'était sentie entourée, elle n'était pas seule, d'autres femmes avaient écrit : *Je veux être maman*. À l'écran, une pleine page de réponses s'était affichée et d'autres pages encore étaient numérotées au bas de l'écran.

Envie de devenir maman. Doctissimo.

Suis-je prête ? Il faut être prête physiquement pour une grossesse harmonieuse… Un bébé quand je veux.

Êtes-vous prête à être mère ? Faites le test. Aufeminin.com.

Prête à être maman ? 7 questions que vous vous posez décryptées. L'écran accaparait l'attention, il vous aspirait dans l'espace déployé, vous étiez avec lui insatiable et prodigue, il abrogeait le temps qu'il vous dérobait. Alba ouvrait deux fenêtres de sorte à basculer de l'une sur l'autre si d'aventure Alexandre s'arrêtait à côté d'elle et risquait de voir sa recherche. Elle voulait être seule avec son sujet, tout savoir sans forcément partager ce qu'elle apprenait avant d'y avoir réfléchi de son côté.

Désir d'enfant et stérilité. Forum.

Être mère. Devenir mère. Psychologie.com.

Témoignage : Je veux devenir mère toute seule.

Article : la PMA pour les femmes célibataires et les couples de femmes. Les associations de concepts fonctionnaient à plein. Sous l'item *recherches associées* : *Grossesse. Accouchement. Adoption. Maternité. Maternité de substitution. Ventres à louer. Mères porteuses. Un bébé à tout prix.*

Alba lirait tout. Elle y tenait. Son esprit emmagasinait des informations, elle avait pris le sujet à bras-le-corps, elle pouvait rédiger un mémoire sur les femmes et la procréation, ça tournait à plein et plus encore depuis qu'Alexandre lui avait parlé de la mort d'Ada. Il avait fini par le faire et, comment le dire, Alba n'avait fait que le penser : ce drame était une chance pour elle. Parce que l'accouchement l'avait traumatisé, son mari craindrait une grossesse et comprendrait qu'elle en fût effrayée. Elle avait tapé *embolie amniotique* et savait ce qu'il fallait savoir, Alexandre d'ailleurs lui avait parfaitement expliqué l'accident. Un autre soir, elle entra *hystérectomie*. Le dégoût la prit devant la vidéo d'une intervention filmée dans un CHU. Comme s'il traçait une ligne, le scalpel glissait sur le carré de chair rosée délimité par le champ opératoire, mais en vérité la lame coupait la peau et la couche sous-cutanée, le sang étonnamment sombre emplissait le champ, il ne jaillissait pas, il se répandait comme un liquide qui n'est plus contenu, une ombre noire. Alba revint aussitôt à la page précédente. Clic sur la flèche retour. Une fois, deux fois, trois fois. Sur le forum *Désir d'enfant et stérilité*, elle voulut jeter un coup d'œil et cliqua. Une liste de témoignages s'affichait. *Je veux être mère et lui ne veut pas d'enfant.* Elle cliqua. Un large bandeau rouge masqua le contenu du forum. *Le respect de votre vie privée est notre priorité. Nos partenaires et nous-mêmes utilisons différentes technologies, telles que les cookies, pour personnaliser les contenus et les publicités, proposer des fonctionnalités sur les réseaux sociaux et analyser le trafic. Merci de cliquer sur le bouton ci-dessous pour donner votre accord. Vous pouvez changer d'avis et modifier vos choix à tout moment.* Elle ne vit qu'un seul bouton : *J'accepte*. L'utilisateur qui n'acceptait pas que le site profitât de ses données personnelles n'avait pas accès au forum. Caractéristiques et comportements valaient paiement. Les sites faisaient miroiter leurs informations et notre curiosité l'emportait sur la protection de notre vie privée. Alba accepta. Un fil d'échanges apparut à l'écran. Marie-Stéphanie (la photographie manquante était remplacée par le dessin stylisé d'une silhouette féminine) expliquait à tout le réseau son désir d'enfant et les réticences de son compagnon : le jeune ménage vivait dans un deux-pièces en banlieue, avait prévu d'acheter une maison et c'était le problème, elle voulait l'enfant tout de suite alors que lui préférait attendre d'avoir déménagé. *Comment le convaincre ?* demandait Marie-Stéphanie à ses interlocuteurs internautes. Et ces inconnus ne restaient pas muets. *Un enfant ça vous lie à jamais*, expliquait une femme à Marie-Stéphanie. Il fallait donc en parler et convaincre le futur père. Cela pouvait prendre du temps, la patience était de mise. *Je comprend, j'aimerais essayé*, répondait Marie-Stéphanie. De l'avis d'Alba, les fautes d'orthographe discréditaient les participants. C'était rédhibitoire. Qu'avait enseigné l'école à ces gens qui écrivaient avec allant et conviction ? déplorait l'enseignante. Ils n'étaient pas gênés, leur opinion valait par le seul fait d'avoir été exprimée et tout le monde s'en félicitait. Les croyances, les mensonges, les absurdités proliféraient. On lisait de sacrées conneries ! Force était d'admettre qu'on s'amusait en les lisant. À Marie-Stéphanie, Yellowrabbit conseillait de *faire un enfant dans le dos* : une fois que le petiot serait là, voilà, elle aurait ce qu'elle voulait et son caprice serait fini ! Une dispute s'ensuivait parce que Sophie, qui s'invitait dans le débat, était indignée. On ne donnait pas des conseils pareils, c'était choquant ! protestait Sophie. Alors Yellowrabbit se fâchait, il imaginait la pauvre vie de Sophie, si coincée. Sophie rétorquait aussitôt : *Pour qui te prend tu pour jugé les gens de cette manière ?* Lorsqu'on commençait à lire ces discussions, on ne s'arrêtait plus. On mourait de rire parfois. L'impudeur et la dispute réunies étaient si divertissantes. En se livrant à ce point, les gens vous ouvraient la porte de leurs existences et ensemble ils offraient le tableau de l'époque. Par exemple, Sophie était féministe. Elle était certaine que Yellowrabbit était un homme (pour répondre des horreurs pareilles), aussi lui donnait-elle une petite leçon sur les souffrances qu'infligent aux femmes les hormones – un phénomène qu'aucun homme hélas ne pouvait comprendre ! Alba laissa là ces échanges étonnants. Tout de même elle lança une recherche : *Les hormones rendent-elles les femmes irrationnelles ?* (C'était la dernière affirmation de Sophie.) Encore une fois des pages et des pages de réponses étaient proposées dans lesquelles Alba pouvait s'enfoncer, comme on avance par un automatisme de la marche de plus en plus profondément dans une forêt.

Tous irrationnels ! Votre cerveau vous joue des tours.

Quelles sont les hormones de la femme ?

Quels sont les différents types d'hormones chez l'homme ?

10 idées reçues sur les hormones.

Les hormones protègent la femme… jusqu'à la ménopause.

Aimer signifie-t-il la même chose pour l'homme et la femme ?

Alba lut cette dernière rubrique – un sujet tellement intéressant qu'il attire même si l'on devine que le propos sera médiocre. L'amour des hommes serait opportuniste, celui des femmes sacrificiel, expliquait l'article dont l'auteur était une femme. Banalités infondées, croyances communes, une sociologie de café du commerce. Alba revint à *Je veux être maman.*

Comment être sûre de vouloir un bébé ?

Être maman à 27 ans.

Âge idéal pour être maman.

Est-il prêt à être papa ?

Test : quand vais-je tomber enceinte ?

Je ne réalise pas que je vais être maman.

Peur d'être maman.

Impossible de ne pas au moins survoler ces items simplistes et parfois s'y attarder. Ces témoignages maladroits exprimaient la réalité des vies, la difficulté d'être, le doute, et la maladresse en effet. Alba passait de l'un à l'autre, cessait la lecture, revenait, cliquait, reprenait. Deux heures plus tard, elle était sûre d'être sûre : le mimétisme, la contagion du désir, l'excitation de la possession l'amenaient à vouloir elle aussi *son* enfant. Elle n'avait pas honte d'employer ce possessif, tout le monde le faisait, à longueur de temps *mon* fils, *ma* fille, *mes* gosses, l'enfant s'était privatisé depuis longtemps, il appartenait à ses parents et chacun désirait le sien. La valorisation du lien génétique éclatait dans les expressions du bonheur parental. L'enfant était un médicament miracle. Faire un enfant épanouissait.

Au sein du réseau ruisselaient l'esprit du temps et les promesses de l'innovation, de jour en jour Alba y retournait, le lendemain, et le lendemain encore, allant de découverte en découverte, se sentant devenir plus experte. L'AFA était le site internet de l'Agence française de l'adoption, mais Alba ne souhaitait pas adopter. Elle voulait l'enfant au jour de sa naissance, un enfant sans passé, sans mémoire, tout à elle et fait d'elle-même. Le site Co-Parents.fr rassemblait les annonces de coparentalité pour faire un enfant. *Trouvez votre coparent parmi nos milliers de membres. Contactez-nous. 25 000 inscrits. Insémination artisanale. Homoparentalité. Le don de sperme ? Mère porteuse ?* Alba regarda un tutoriel sur l'insémination artisanale. Des doigts manœuvraient une seringue, une voix expliquait chaque étape et chaque geste. Adoption, insémination, coparentalité : ce que la science ne pouvait offrir, la solidarité l'inventait. Des figures inédites acquéraient droit de cité. Pouvait-on ne pas s'en féliciter quand c'était pour le bonheur des enfants ? La modernité inventait. Un jour, elle tapa *Je désire être immortelle.* Ce rêve devenait un avenir. *La mort de la mort*, c'était le slogan des transhumanistes. Ainsi Alba fut-elle de plus en plus certaine que tout était possible, toute demande recevable.

5

Qu'est-ce qu'on ne trouvait pas sur internet ? Rien. Qu'est-ce qu'il était interdit de demander ? Rien. Entre adultes, la liberté était l'étendard du monde numérique. Qu'aimez-vous ? Demandez et nous vous le donnerons. Ne demandez pas, nous devinerons. Qu'est-ce qu'on était seul à penser ou désirer ? Rien. L'excentricité n'existait plus quand on avait le monde à sa main, sous les yeux sa diversité. Toute brimade pouvait être consolée, les sites SOS ne manquaient pas. À ce moment particulier de sa vie, Alba en éprouvait réconfort et émerveillement. Était-ce la fin de la solitude des gens ? Des individualités, peut-être grégaires et manipulées, oui, mais encore singulières, se retrouvaient, les uns répondant aux autres, les sympathies s'ajoutant aux ressemblances. Un flux d'interrogations et de réponses s'affichait. Un jaillissement continu de propositions et de solutions assouvissait les désirs, calmait les frustrations, et Alba contestait qu'il les créât tout aussi bien. Des concepts émergeaient qui fédéraient puis baptisaient des groupes. Une célébrité se disait pansexuelle et trois autres lui emboîtaient le pas et la mode était non seulement lancée mais relayée, commentée avec passion sur le réseau. Ou bien un mouvement se nommait, publiait son manifeste, mettait en avant son choix. Ex Utero prônait l'hystérectomie, mille femmes se faisaient retirer l'utérus, personne ne les emplirait plus, elles étaient nées femmes mais ne se soumettraient jamais à la tyrannie de l'engendrement. Les protestations avaient gain de cause car le pouvoir appartenait au nombre. Alba négligeait le mauvais côté de l'affaire : soyez nombreux et vous serez puissants même si vous avez tort. Une production d'idées, planétaire et illimitée, chaque jour se renouvelait. Cliquez, dites que vous aimez, partagez, signez ! Signez sans fatigue. Achetez sans vous déplacer. Livraison demain. Inutile de lutter contre ces pratiques, ce serait un barrage contre le Pacifique, car tout le monde y viendra, pensait Alba. On comptait six cent mille connexions par seconde à la surface du globe. Naviguer sur le web devenait la forme moderne à la fois de l'errance et de l'hospitalité. Le monde entier était convocable et invité chez vous.

La liberté s'en trouvait accrue. Ce qui était interdit ici était autorisé là-bas. Toutes les pistes étaient indiquées. Il suffisait d'être mobile pour être exaucé. Les nomades accomplissaient leurs projets. Les systèmes juridiques nationaux pouvaient être anéantis par le voyage. En matière de procréation, la révolution avait lieu. Cryos, qui hébergeait au Danemark la semence de milliers de donneurs répertoriés, accessibles par un catalogue en ligne, livrait dans le monde entier ses paillettes miraculeuses, au nez et à la barbe des législateurs. C'était stupéfiant et proprement nouveau. *Cryos peut vous aider à réaliser vos rêves. Ceux qui ont fait confiance à Cryos sont maintenant de fiers parents d'enfants heureux et en bonne santé*. Comment résister à cette promesse quand on souffrait d'être nullipare et peut-être seule, trop privée d'amour ? Jusqu'à ce jour, Alba n'avait pas su qu'il était si simple d'acheter du sperme. Et bien sûr elle visita le site de Cryos. Quel rapport avec les marchés aux esclaves qu'évoquaient les attaques conservatrices ? On était là à la pointe de la modernité. Personne n'était humilié ou acheté ! Personne n'était privé d'aucun droit ! On acquérait une parcelle du pouvoir fécondant d'un homme et la potentialité d'un enfant, non pas pour l'exploiter mais pour l'aimer, et l'amour justifiait tout. L'enjeu était beau et le catalogue bien plus précis et gratifiant qu'une inspection physique sur pied. Aucun détail ne manquait concernant le donneur. Type. Origines ethniques. Taille. Poids. Corpulence. Pointure. Taille de vêtements. Couleur de la peau. Forme du visage. Lèvres. Couleur des yeux. Couleur des sourcils, de la barbe, des cheveux. Santé. Quotient émotionnel. Parcours académique. Alba sélectionna un donneur qui ressemblait à Alexandre. Des clichés de lui enfant étaient disponibles. Une lettre manuscrite lui permettait d'expliquer ses motivations puis, en enregistrant sa lecture, de faire entendre sa voix aux acheteurs intéressés. Alba cliqua. *Ma motivation à devenir donneur vient de ce que j'ai vu des amis échouer à avoir un enfant. C'est une rude bataille quand votre vœu le plus cher est d'avoir un enfant et ça peut être très dur pour la mère, le père et leur amour qui ne réussit pas. Je ne souhaite cela à personne et c'est pourquoi je voudrais aider ces couples*, disait le donneur qui ressemblait à Alexandre. Son sperme se trouvait conservé dans l'azote liquide, à moins cent quatre-vingt-seize degrés Celsius, dans des tubes à essai accrochés au bout d'un bâtonnet portant le numéro qui lui avait été attribué, au fond d'une énorme cuve, avec vingt mille autres donneurs. Cela tenait du prodige. Il y avait là une gigantesque réserve d'enfants potentiels, un secours pour les femmes seules, les couples lesbiens, les maris stériles. Le pouvoir des femmes était dans cette cuve, pensait Alba. Il y avait là quelque chose de rassérénant. Le sperme pouvait venir directement chez vous, par courrier UPS, accompagné d'un kit. Et une femme isolée était à même de s'inséminer toute seule, sans sexualité, sans médecine, sans personne. Quelle simplicité merveilleuse. La France avec ses lois de bioéthique figurait le village d'Astérix au milieu d'un monde plus ouvert, disait le professeur F.

Avec méthode, au fil des jours, Alba entra dans la barre de Google tous les sigles qu'elle connaissait. PMA, IA, IAC, IAD, FIV, ICSI, GPA. Ils étaient les abstractions de gestes précis et concrets qu'elle ne connaissait pas. Leur éventuelle violence se trouvait édulcorée en deux temps. Premier mouvement, les mots et leur aura d'évocations disparaissaient, emportant avec eux cette signification immédiatement perçue lorsqu'on les prononce. Deuxième mouvement, les mots étaient sélectionnés. La grammairienne reconnaissait ce mécanisme, un vocable technique se substituait à un mot de la vie réelle, l'expérience se trouvait alors vidée des sentiments et du sens qu'elle recélait communément. Par exemple : dans l'oreille et l'imagination d'une femme, *gestation* n'était pas *grossesse*. *Gestation* évoquait l'animal plus que l'humain, *gestation* désacralisait autant que les sigles, eux, désincarnaient. Le règne de la technique commençait par cette aseptisation du vocabulaire mais la technique avait aussi du bon, pensait Alba. Ce langage neuf s'infiltrait dans le discours pour porter la cause du progrès.

Insémination artificielle avec sperme du conjoint. Insémination avec donneur. Centre d'étude et de conservation des œufs et du sperme. Stimulation ovarienne. Gestation pour autrui. Wikipédia résumait chacune de ces pratiques en fiches dans lesquelles les définitions côtoyaient les législations, les statistiques, les avantages et les réticences. Qu'est-ce que c'est ? Qui peut en bénéficier ? Que dit la loi ? Comment ça se déroule ? Quelles sont les chances de succès ? Le schéma d'information du client potentiel et du citoyen curieux était toujours le même. Depuis les années 1980, les scénarios rendus possibles par les nouvelles techniques avaient été imaginés et expérimentés, abondamment commentés par le camp des pionniers ou celui des détracteurs. On était à l'aube de transformations formidables ! Les histoires les plus folles se racontaient. Une équipe de scientifiques japonais venait de réussir la gestation complète d'un être humain par une truie. Cet article ouvrait des perspectives absolument neuves pour une libération des femmes, pensait Alba, et il n'était pas le plus surprenant, car le tâtonnement des chercheurs et des sociétés étourdissait. Aux États-Unis, un laboratoire travaillait sur la fécondation d'un ovule par un autre ovule. Prélever le sperme d'un cadavre ou les ovaires en maturation d'un fœtus féminin avorté constituait des pistes prometteuses et prouvait que le XXIe était bel et bien le siècle du recyclage. Il était aussi celui de l'ouverture d'esprit. Inséminée par le mélange des spermes des conjoints, une mère avait accouché de l'enfant de son fils homosexuel et du mari de celui-ci. Un robot humanoïde avait obtenu la nationalité saoudienne. Une mère porteuse thaïlandaise avait refusé d'avorter et gardé le garçon trisomique qu'elle avait mis au monde pour le compte d'un couple australien. Qui nierait encore son altruisme ? Un millionnaire japonais avait conçu par gestation pour autrui trente enfants qu'on avait découverts élevés dans un gynécée dirigé par une femme transsexuelle. Aux États-Unis, le *rehoming* se développait : les enfants adoptés qui n'avaient pas l'heur de plaire à leurs parents pouvaient en trouver d'autres sur internet : ils se revendaient assez bien. L'Amérique était aussi la championne des maternités de substitution. Les mères porteuses vivaient de sacrés suspenses. L'une d'elles avait porté des jumeaux garçons pour un couple de commanditaires qui avaient payé un supplément de sorte à s'assurer une fille et un garçon. Le couple prendrait-il les enfants ? La gestatrice attendait leur décision. Ces histoires submergeaient Alba. Tout en souhaitant cacher l'usage immodéré qu'elle faisait d'internet sur ces sujets, elle ne pouvait plus garder pour elle ses découvertes. Son ambivalence était extraordinaire. L'admiration et l'espoir que faisait naître la technique contrecarraient l'étonnement critique. Elle voulut connaître l'opinion de Sandra. La libraire était passée voir Nicolas et Sophie, Alexandre n'était pas encore rentré du cabinet et les deux femmes l'attendaient avec un verre de porto.

— Il faut que je te raconte quelque chose que j'ai lu sur internet, commença Alba.

Sandra écoutait déjà. Alba exposa une drôle de situation : accidentellement renversée par une voiture, une femme porteuse sous contrat était artificiellement maintenue en vie en tant qu'environnement utérin du fœtus à livrer aux parents d'intention.

— Sa famille attend pour l'inhumer, dit Alba. Les médecins feront une césarienne sur une femme cérébralement morte. Tu en penses quoi, toi ?

— C'est morbide et malsain, voilà ce que j'en pense. S'il s'agissait de faire naître son propre enfant, attendu par son mari et sa famille, ce serait peut-être moins choquant. C'est déjà arrivé, tu sais ? Mais là, elle est instrumentalisée par d'autres, c'est dégueulasse.

Assises face à face, la militante et l'enseignante pensaient peut-être à cette situation. Alba resta sans répondre.

— La femme est devenue un simple réceptacle et son ventre un contenant sous haute surveillance, dit Sandra. Personne n'avait prévu cette conséquence des avancées technologiques. Juste après avoir libéré les femmes des grossesses non désirées, la technique les met sous contrôle. Tu dois absolument lire le livre d'Élisabeth Duvauchelle sur ce sujet.

Alba promit qu'elle regarderait et Sandra résuma les thèses de l'historienne, membre des Hérétiques. La science extériorisait des mécanismes internes et invisibles, l'échographie et la cœlioscopie avaient vaincu l'opacité corporelle. Le ventre gravide devenait transparent : ce sanctuaire autrefois privé était désormais un espace public soumis à la loi et empli par une fiction juridique. Grâce aux archives des praticiens, Élisabeth Duvauchelle prenait de la hauteur pour apercevoir ce qui était à l'œuvre.

— Ça t'intéressera forcément, conclut Sandra. Ça aide à comprendre ce qui se joue aujourd'hui pour les femmes, les bénéfices et les menaces de la technique. Leur pouvoir d'enfanter fait l'objet de nouvelles appropriations alors que dans le même temps les théories queers attaquent le féminisme.

Sandra se tournait vers le passé pour saisir le présent, Alba était captive d'une obsession et colonisée par la littérature internet, mais elle écoutait la libraire. Elle n'avait jamais entendu parler de cette Élisabeth Duvauchelle et admirait cette culture militante. Sandra était une personne exceptionnelle, un esprit indépendant que la pression sociale ne réduisait pas. La rencontrer et la connaître avait été un cadeau de mariage. Alba l'aimait aussi parce qu'elle pensait lui avoir ressemblé : comme Sandra, elle avait refusé d'honorer le contrat social patriarcal, la vie de famille. Comme Sandra, elle ne voulait alors être responsable de personne, ne donner son temps à personne, être la dernière de sa branche. Peu importait qu'elle eût finalement changé d'avis. Cela prouvait simplement qu'on ne choisit pas tout ni toujours. Que certaines choses nous dépassent, qui avaient été plus fortes qu'elle. Tout d'un coup la panique l'avait attrapée à la gorge et ce programme solitaire lui avait paru d'une tristesse à mourir. Pourquoi ? Alba n'en savait rien. Elle s'était précipitée sur un site de rencontres. Sandra quant à elle restait une célibataire placide et rigolarde. Les idées sont sa vie, pensait Alba, et elle a des neveux et nièces alors que je suis fille unique. Elle est tante, moi je ne suis rien, je n'ai personne. Sophie et Nicolas ne suffisaient pas.

Sandra Mollière n'avait aucune idée des pensées qui tourmentaient Alba mais savait exactement ce qu'elle-même pensait de l'actuelle condition féminine ou même fœtale.

— Tout le monde oublie que la vie avant la naissance est une invention de notre siècle, dit-elle à Alba. Blastocyste, embryon, fœtus, ces entités d'ordinaire au secret n'existaient pas dans l'esprit des gens. Elles sont tout à coup apparues sur des images et dans des phrases. C'est une rupture fantastique, mais je ne sais pas si les femmes sont gagnantes. Un tiers s'est immiscé dans l'intimité de la grossesse, une nouvelle autorité a supplanté celle de la femme enceinte.

Elle avait en tête une longue histoire de la perception corporelle et sa vigilance s'accompagnait d'une étrange mélancolie : pendant des milliers d'années, l'enfant à naître avait d'abord existé dans l'esprit de la mère qui percevait un premier mouvement – elle seule, dans le secret d'elle-même –, aujourd'hui un dosage hormonal en attestait l'apparition avant le moindre signe réel. Sans regretter les temps anciens, on pouvait s'émerveiller de l'ancestrale intimité des grossesses.

— Les grossesses secrètes étaient fréquentes et toutes n'étaient pas non désirées, la future mère avait le pouvoir de garder pour elle ses perceptions, dit Sandra. Voilà pourquoi les médecins ont inventé l'exploration vaginale, s'amusa-t-elle.

Alba rit.

— C'est la vérité ! En s'autorisant à palper les corps, à y pénétrer, les obstétriciens ont pris le pouvoir. Et en réduisant la mortalité infantile, ils ont obtenu notre consentement. Mais ils ont créé une équivalence dangereuse pour les femmes. *Je suis enceinte* semble signifier *un être humain va naître.* Ce n'était pas le cas autrefois.

— Mais l'avortement est légal, fit remarquer Alba.

— Il l'est, oui, mais il l'a fallu parce qu'il était d'abord devenu illégal.

— Je ne comprends pas ce que tu veux dire.

— Je veux dire que les hommes entre eux ont légiféré sur le ventre des femmes, dans un sens puis dans l'autre. Mais on oublie qu'un temps a existé où la loi ne se mêlait pas de ce secret-là.

Ce qui nous paraît naturel ne l'était pas à des époques antérieures, Alba l'expliquait souvent à ses élèves, et il était étrange de découvrir que l'inverse était vrai et que les futures mères d'aujourd'hui n'avaient aucune idée de la liberté intime de celles d'autrefois. La métamorphose de l'expérience féminine doit être pensée, disait la libraire devant l'étonnement d'Alba. Les historiennes du corps, les féministes, les anthropologues, les philosophes écrivaient sur ce nouvel état de la femme. Il fallait lire les travaux d'Élisabeth mais ceux de Maude David également ou de Mona, la psy des Hérétiques, et bien sûr il y avait Yvonne Knibiehler et Barbara Duden. Alba leva la main en signe de capitulation, jamais elle n'aurait le temps de lire tous ces livres. Sandra insistait. Il fallait regarder en face la femme surveillée, la femme précieuse et détestée pour cela, et asservie, le maillon irremplaçable et convoité. Elle raconta les recherches actuellement menées autour de l'utérus artificiel qui n'était plus un fantasme de la science-fiction.

— Les chercheurs réduisent le temps de gestation à l'intérieur d'un ventre véritable. Certains retardent l'implantation du blastocyste, d'autres améliorent la prise en charge des prématurés. Par un bout ou par un autre, il s'agit bien de se passer peu à peu de l'utérus. C'est une affaire de tuyauterie et de dosages subtils qui pourrait être résolue d'ici cinquante ans au maximum, d'après les experts. Tous travaillent donc à éliminer les mères !

— Et alors ? demanda Alba brusquement fascinée, il se passerait quoi ? Les femmes ne porteraient plus les enfants. La malédiction biblique serait levée ?

On pouvait considérer cette stupéfiante et ultime avancée comme une perte de pouvoir ou au contraire comme une libération. Alba penchait pour la deuxième lecture. Avoir un enfant sans être obligée de le porter pendant neuf mois, quel progrès ce serait ! Voilà qui mettrait les femmes à égalité avec les hommes devant la vie. Et la paternité à égalité avec la maternité.

— Les médecins imaginent qu'il se produira la même chose qu'en matière d'allaitement maternel. Les femmes auront le choix, certaines continueront de porter leur enfant et d'accoucher, d'autres choisiront l'enfantement artificiel. Et bien sûr, dit Sandra, des enquêtes et des statistiques compareront les deux types d'enfants – sauf si une loi l'interdit.

Car on gloserait : certains enfants seraient privés du lien charnel originel, d'autres au contraire en seraient nourris. Par ailleurs les *artificiels* auraient subi des contrôles de qualité dont les *naturels* seraient privés. Le bébé fabriqué supplanterait le bébé engendré.

— Tu imagines la ligne supplémentaire dans la rubrique *état civil* ? Gestation naturelle. Gestation artificielle. Cochez la case correspondant à votre situation.

On se prenait à rêver, pensait Alba. L'accouchement disparaîtrait de certaines trajectoires maternelles. L'asymétrie immémoriale entre les sexes serait réduite. Y penser était un vertige.

— Certains hommes sont impatients, dit Sandra, ils prétendent que les enfants seraient beaucoup plus heureux, parce que la sauvagerie maternelle serait coupée à sa racine.

— Comment le savoir, dit Alba.

Les deux amies firent le calcul : dans un demi-siècle elles auraient quatre-vingt-dix ans, elles avaient de bonnes chances d'être en vie et de voir l'aboutissement de ces recherches.

— Une vieille femme pourra lancer une grossesse artificielle si elle a eu la présence d'esprit de congeler ses ovocytes, dit Alba. L'âge ne sera plus une limite.

Cinquante ans, deux générations, pensait-elle.

— La fille de ma fille pourrait choisir l'utérus artificiel, dit-elle.

Elle voulait partager son désir d'enfant. Au cas où Sandra n'aurait pas compris l'allusion, au cas où elle aurait pensé qu'Alba parlait de Sophie, Alba dit :

— Je rêve d'avoir une fille.

Elle n'avait pas dit *nous* rêvons, elle avait spontanément exclu Alexandre. Sandra n'y fit pas attention, elle eut un rire clair devant cette présomption touchante.

— Je ne savais pas. Je comprends pourquoi tu t'intéresses à la maternité.

Le visage d'Alba prit une expression sérieuse et concentrée :

— Que penses-tu de la possibilité de choisir le sexe de son enfant ?

— Je pense que ça se banalisera parce que c'est lucratif, répondit Sandra, mais je n'y suis pas favorable.

Il fallait craindre les fantasmes de toute-puissance, leur éclosion incontrôlable, disait-elle à Alba qui lentement y succombait.

— Cette rencontre de la profitabilité et de l'intime, ce parfait ajustement du marché au désir est forcément enivrant. On se dit : pourquoi pas moi ? Pourquoi ne pas en profiter ? Mais tout ça se paie d'un contrôle croissant sur le ventre féminin.

Pourquoi ne pas en profiter ? C'était exactement ce que pensait Alba. Elle bénissait le déploiement technique qui ferait son bonheur et elle ne put se retenir de lancer :

— Il est plus facile pour toi de réfléchir froidement.

— Pourquoi ?

— Parce que tu ne veux pas d'enfant.

— Franchement, dit Sandra, ça n'a rien à voir avec moi. Je me demande simplement si l'offre médicale d'assistance à la procréation ne fabrique pas beaucoup plus de souffrances qu'elle n'en console.

Les deux femmes se seraient-elles confrontées plus durement ? L'arrivée d'Alexandre mit fin à leur discussion. Alba entendit la clef dans la porte et se leva prestement pour accueillir son mari.

Le même soir, après le départ de Sandra, et laissant Alexandre se coucher seul à regret, Alba entra dans la barre de Google *Fille ou garçon.* Le moteur de recherche comprenait immédiatement qu'il s'agissait de choisir le sexe de l'enfant. En somme, pensa Alba, la demande était banale.

La PMA pour choisir le sexe de son enfant. Parents.fr

Choisir le sexe de bébé. Recettes d'hier et d'aujourd'hui. Parents.fr

Choix du sexe. Choisir le sexe de son enfant ? Doctissimo

FIV avec choix du sexe du bébé. FIV.fr

Choisir le sexe de son enfant. magicmaman.com

Sélection du sexe. Pas de liste d'attente. emBIO

En cliquant sur les adresses, Alba obtenait les réponses qu'elle cherchait : principes technologiques et géographie des interdits ou autorisations. Le diagnostic préimplantatoire en France n'était autorisé qu'à des fins thérapeutiques. Le tri des spermatozoïdes se pratiquait beaucoup aux États-Unis. Le pourcentage de filles en FIV semblait dépendre du milieu dans lequel étaient cultivés les embryons. Une clinique à Gand s'était spécialisée dans le choix du sexe. *Oui je pratique le* sexing, *et alors ?* disait le praticien à un journaliste venu s'entretenir avec lui. Le contrôle de la composition des fratries était l'avenir. De nombreux professionnels en étaient convaincus. Le Royaume-Uni, la Grèce et Chypre l'autorisaient.

Les sites figuraient de nouvelles cathédrales, de vastes architectures informatiques dont les arcs-boutants étaient des algorithmes qui archivaient l'information et organisaient la promenade des visiteurs intéressés. Une dizaine de grosses agences procréatives en avaient développé de pareils pour vanter et vendre leurs services et leurs itinéraires balisés. Chacune y racontait des histoires, mettant en valeur les succès, évoquant sans s'attarder les risques encourus, les dangers notoires ou supposés. Des témoignages enthousiasmants, qui auraient pu être inventés, étaient présentés. *C'est vrai, les piqûres ce n'est pas agréable, le ventre est un peu ballonné, mais c'est ponctuel et tout à fait supportable, et qu'est-ce que c'est compte tenu de ce que ça peut apporter*, écrivait une donneuse d'ovocytes. *Je pense souvent à cette femme grâce à laquelle j'ai pu porter mon enfant. L'attendre a été un immense bonheur, le sentir en moi m'a permis d'établir des liens uniques et simples : ceux d'une mère avec son enfant*, écrivait Macha qui avait bénéficié d'un don. Sous l'item *Don d'ovocyte*, la grossesse était ainsi valorisée, cette chance de porter son enfant, et le lien génétique était minoré, absent du débat. Sous l'item *Gestation pour autrui*, c'était tout à fait l'inverse et le propos faisait une pirouette. *J'ai permis à ce couple dont la femme était née sans utérus d'obtenir leur propre enfant biologique. Tout le monde veut avoir un enfant à soi*, disait une mère porteuse. *Il faut se préparer mentalement et se dire que l'enfant n'est pas le vôtre*, expliquait Gladys, une Américaine qui avait porté à deux reprises. Cette fois, le lien génétique était éminemment désirable et la grossesse n'avait plus aucune importance. Ces contradictions n'apparurent pas à Alba. Au contraire, elle voyait s'effacer les cadres traditionnels et l'importance des choses se définir par le désir qu'on avait d'elles. La vérité était subjective. L'intention seule sous-tendait la signification d'un acte. Le choix était personnel et à la carte. L'information était compartimentée et absente la réflexion d'ensemble puisqu'il n'y avait rien à conclure. L'action était la seule conclusion et l'envie donnait l'impulsion.

La rubrique FAQ rassemblait les questions les plus fréquemment posées par les internautes. Chaque site avait la sienne. Tout le rassurement imaginable était dispensé là, les inquiétudes les plus légitimes étaient levées. En quelques phrases habiles, les questions médicales, juridiques et pécuniaires se trouvaient réglées. Les grosses difficultés devenaient négligeables. L'aspect psychologique était inexistant. Candidates au don d'ovocytes, futures mères porteuses, parents d'intention, réunis par les vœux qu'attisait la technologie, désireux d'obtenir ce qu'ils voulaient, se trouvaient confortés et réconfortés. Tout devenait mieux que possible : probable et facile. Miracles et marchés grandissaient ensemble.

Sur les forums indépendants se dévoilait cependant un envers du décor : souffrances, échecs, frustrations. Ceux qui n'avaient pas obtenu leur objet d'amour, ceux qui avaient souffert et payé pour rien pleuraient, se plaignaient, attaquaient. Alba découvrit ce qu'ils avaient enduré, entendu, accepté. Pourquoi l'avaient-ils enduré ? Parce que cette médecine expérimentale et empirique était moins effrayante que la perspective de rester sans enfant, pensait-elle. Le plus grave lui sembla ce qu'on n'avait pas dit à ces gens pleins d'espérances, désormais furieux et désabusés. Mais peut-être avaient-ils mal compris. Jusqu'à quel point la désinformation régnait-elle ? Certains prétendaient que les effets secondaires des traitements étaient systématiquement sous-estimés. Leur danger létal était gardé secret. Leur lourdeur également. Les femmes n'étaient pas des vaches, mais on leur imposait des protocoles et des méthodes mises au point dans l'élevage industriel bovin. Par tâtonnement. Une mère porteuse américaine témoignait : on lui avait menti et caché des informations jusqu'au moment où il était trop tard pour revenir en arrière, la rétorsion financière de l'agence étant rédhibitoire. Les agences présentaient les factures à vive allure. L'argent dominait bien plus que l'altruisme. Un journaliste médiatisé avait pourtant vanté l'Amérique généreuse, rien n'était plus beau pour les gestatrices que de donner la vie, elles vivaient un bonheur inouï. Qui croire ? se demandait Alba. Son obsession du mensonge revenait. Puis s'en allait. Car une chose était évidente : la médecine répondait à toutes les demandes. Le besoin et l'envie l'emportaient sur les restrictions du conservatisme, de la raison prudente ou de l'éthique. Équipes médicales et capitalistes œuvraient de conserve aux accomplissements individuels. Biologistes, urologues, gynécologues, chirurgiens, la liste était longue de ceux qui étaient sollicités sans crainte d'incohérence. Les prestations étaient innombrables et contradictoires : prescription contraceptive versus insémination artificielle, accouchement ou avortement, stérilisation ou stimulation hormonale. Des personnes différentes, aussi bien que la même personne à différents moments de sa vie, pouvaient réclamer ces interventions médicales. À la lumière des possibilités techniques se révélaient les fluctuations, les ambivalences du désir et s'élaborait celui d'Alba.

6

Dans cet environnement si souple, délesté du poids de la matérialité contraignante, qui cultivait un optimisme à but inavoué et lucratif, les fantasmes foisonnaient, l'espoir se renforçait, il pouvait même carrément naître. Internet était une forme de harcèlement des désirs latents. Leur expression se libérait devant la multiplicité des options. Qu'est-ce que je veux ? Se poser la question et répondre sans tabou devenait léger et le fut pour Alba. Quel était aujourd'hui son souhait le plus profond ? Celui qui comblerait la deuxième partie de son existence de femme ? C'était désormais une évidence permise : elle voulait un enfant et pas n'importe quel enfant, elle préférait une fille. Elle l'appellerait Anna. Alba et Anna dans un même murmure. J'irai à Gand, s'imaginait Alba, déjà fébrile mais affermie parce qu'en somme, quand on y pensait, ça n'était pas compliqué. La proximité géographique et le cadre européen rassuraient d'emblée. La polyclinique d'endocrinologie pratiquait le choix du sexe pour des clients qui n'avaient pas de difficulté à concevoir. Cette merveilleuse prérogative coûtait une dizaine de milliers d'euros, mais l'argent ne comptait pas quand il s'agissait de combler un besoin vital. En matière de médecine et d'éthique, la Belgique était bien plus en avance que la France, constatait Alba. Les gens avaient là-bas la liberté de leur mort et de leurs choix procréatifs ou amoureux. Cette liberté dynamisait la recherche. À Paris au contraire, le professeur F. était en colère face aux médiocres résultats français en PMA, il en parlait dans les médias et surtout au président de la République, espérant bouleverser le calendrier politique, les mentalités, secouer le vieux pays des Droits de l'homme. Dans la pratique quotidienne, des médecins français envoyaient vers le petit royaume du Nord les patients qui réclamaient cette mort que la loi française leur refusait. Peine perdue : en refoulant ces expatriés éthiques, les médecins belges jubilaient de faire la leçon aux Français. Que ce voisin têtu évolue donc un peu ! À quelques centaines de kilomètres de Paris, l'euthanasie, le *sexing*, la GPA étaient autorisés, c'était dire combien la France était bloquée, un dinosaure.

— Je comprends qu'on le pense, conclut Alba ce jour où tout ce qu'elle avait découvert sur internet se plaça entre elle et Sandra. Légiférer différemment de ses voisins n'a aucune efficacité dans un monde numérique.

Alba s'était esquivée seule dans l'internet configuré et clos, là où l'on peut ne jamais être contredit. Les retrouvailles avec une objection aussi réelle qu'immédiate lui furent une surprise. Car Sandra toucha pleine bille :

— L'efficacité est un souci mais ce n'est pas le critère substantiel du droit.

C'était indiscutable, mais face aux principes Alba plaça le pragmatisme :

— Et si les choses se passent bien quelque part, pourquoi ce ne serait pas le cas chez nous ? demanda-t-elle.

C'était le refrain en faveur d'une libéralisation. Il existait aussi sa version complémentaire : si les choses se passent mal ailleurs, nous serions bienfaisants en les autorisant chez nous afin de pouvoir les encadrer (de sorte qu'elles soient proprement menées).

— Les législations étrangères ne sont pas forcément des modèles, dit Sandra. N'instrumentalise pas la variété des systèmes. Si tout ce qui se fait ailleurs doit se faire chez nous, il y a des choses que nous n'allons pas apprécier. Pense à la peine de mort et tu t'en convaincras. Et pose-toi aussi la question : qui affirme que les choses se passent très bien ? Ceux qui ont intérêt à le dire. Et pour qui se passent-elles très bien ? Pour les mêmes.

Alba admit tout cela, contrainte et forcée. Jamais elle n'avait pensé à cet argument de la peine capitale. Elle resta silencieuse, légèrement rembrunie. Sandra en profitait pour donner son avis :

— Plutôt que de voir certaines choses légalisées, je préfère qu'elles demeurent interdites et que les gens les fassent dans leur coin. L'interdiction a le mérite de contenir le marché. Que chacun bricole comme il peut, voyage, profite des pays où la réglementation n'existe pas, très bien, tant pis, on ne l'empêchera pas et ça me semble moins pire que voir la France abdiquer ses principes pour acquiescer à toutes les nouvelles transactions. Notre droit fait la distinction entre les choses et les personnes, on ne va pas le déplorer.

Le hasard avait voulu que Sandra ce soir-là ne se défendît pas de chercher querelle. Une longue journée l'avait fatiguée. Elle était d'humeur à contredire. Elle avait été contrariée de ne pas trouver chez lui Alexandre à qui elle devait parler d'un problème de copropriété. Alexandre rentrait de plus en plus tard, il laissait la maison et les enfants à son épouse, cela ne la regardait pas mais Sandra s'en était fait la remarque, il avait changé depuis qu'il était marié, elle n'aurait pas cru ça de lui : il revenait à un fonctionnement patriarcal de base. Comme souvent, le dépit s'exprimait sur un sujet qui n'avait rien à voir avec sa cause et Sandra mit beaucoup d'énergie à contester les pratiques qui intéressaient Alba. Alba contint une émotion qui lui causait une oppression dans la poitrine. Sans le savoir, Sandra brisait des jours et des jours de fantasme.

— Est-ce que ta position n'est pas hypocrite ? répliqua finalement Alba.

— Oui elle l'est peut-être, mais bien moins que la légalisation de pratiques à qui on adjoint le label *éthique* alors qu'elles relèvent de l'aliénation des personnes et ouvrent la porte à l'eugénisme, dit Sandra sans essayer de se rendre agréable.

Et comme Alba ne réagissait pas, Sandra ajouta une remarque :

— Tu y feras attention : on ne qualifie jamais d'éthique un acte qui l'est, au contraire, on ajoute ce mot chaque fois qu'on sort du champ de l'éthique. Le qualificatif ne signifie rien d'autre qu'une tentative de limiter les dégâts d'une pratique que l'État ne parvient plus à interdire. Dis-moi un peu, est-ce que ça n'est pas hypocrite de faire comme si ces nouvelles conduites allaient d'elles-mêmes et ne soulevaient pas des questions qui restent sans réponse et interdisent donc qu'on se décide ?

— À quelles questions penses-tu ? demanda Alba.

Elle avait posé ses deux mains de chaque côté de l'assiette à dessert, l'air à la fois d'attendre, d'essayer de ne pas s'agacer, de se préparer à une joute.

— Veux-tu que nous fassions la liste ?

Et comme Alba restait volontairement muette, à la fois hostile et boudeuse, Sandra conclut :

— Laissons ça de côté aujourd'hui et finissons tranquillement de dîner. Je ne suis pas d'assez bonne humeur pour converser. Excuse-moi si je me suis montrée rude.

— Tu as l'honnêteté de donner ton point de vue, tu n'as pas à t'excuser, dit Alba, en s'efforçant de penser ce qu'elle disait.

Les deux femmes parlèrent de choses et d'autres, mais le cœur n'y était plus. Sandra n'attendit pas le retour d'Alexandre pour rentrer chez elle.

7

Alexandre Perthuis n'avait aucune envie de contredire sa femme, il avait cette faiblesse de nombreux époux qui aiment la paix domestique plus que la vérité. Tout au bien-être de sentir sa vie remise en place, il était dans un de ces moments où l'on jouit de ce qu'on vient d'installer. À cela s'ajoutait qu'il était épris et, sa patience sexuelle en donnait le gage quotidien, indubitablement soumis. Alba ne s'en étonnait pas. Les avantages dont nous bénéficions nous semblent presque toujours naturels et nous nous les expliquons facilement ; ainsi faisait Alba. Comment Alexandre n'aurait-il pas été heureux, il vivait tous les amours ! Voilà ce qu'elle pensait avec envie. Il jouissait de la conjugalité et de la paternité. Il était père et mari tandis qu'elle n'était qu'épouse et belle-mère. Je veux être mère, lui disait-elle. Imploration psalmodiée, supplique répétée. Lettre morte s'ils ne parvenaient pas à faire l'amour, pensait Alexandre. Laisse-moi te faire cet enfant, soufflait-il à l'oreille de sa femme en l'embrassant. Son désir d'harmonie l'emportait alors sur ses craintes. Attendait-il une réponse ? Il n'en obtenait pas, ni par le corps, ni par la voix, et les yeux cernés étaient fermés. Tu passes trop de temps devant l'ordinateur, disait-il. Ce n'était pas un reproche. L'écran fatigue l'œil, ajoutait-il en effleurant la tempe d'Alba. Il était presque minuit, Alba l'avait attiré dans leur chambre pour parler avant de s'endormir, il avait mordu à cette invite franche, généreuse promesse.

Fais de moi ton amant, disait-il maintenant. C'était sa prière longanime. Elle chuchota : Tu l'es. Alexandre eut un rire gentil. Choisis-moi comme père, fais de moi le géniteur, dit-il. Il regardait son épouse avec une adoration attendrie. Montre-t-on d'autant plus de douceur que l'autre vous la refuse ? Le charme vénéneux de la fermeté hypnotisait l'enamouré. Amadouer. Circonvenir. Voilà le jeu qu'il acceptait. Tu le seras, dit Alba. Il embrassait le lobe ouvragé et les cheveux odorants, l'immédiate ivresse l'entraînait. Laisse-nous cette chance, murmurait-il tandis qu'il revenait aux gestes de toutes leurs nuits. Quoi qu'il trouvât à lui dire, Alba demeurait impassible. Il l'enlaçait, la serrait dans ses bras, la regardait, sa minceur diaphane, la cambrure et le globe, son dos nervuré par les vertèbres, ses jambes serrées comme les pattes de l'échassier dans son vol. Il posait sa main sur la petite cuisse de rien du tout, s'émerveillait benoîtement. Tu es fine ! Le visage d'Alba souriait, elle n'avait aucune crainte, il était l'amant le plus délicat qu'elle pût imaginer, elle aimait le regard qu'il portait sur elle. Il vit qu'elle souriait. Je t'aime, Alba. Tu es dure mais je t'aime, murmura-t-il. Il se pressait contre sa femme. Je peux te donner cette petite fille que tu désires. Oui je peux ! dit-il, résolu. L'idée l'excitait aussitôt. L'espoir de fécondité se confiait à ce corps qui savait lancer sa semence. L'immémoriale puissance était là, l'instinct de possession sexuelle enflait : il était capable d'emplir cette amante conquise, de transmettre ses gènes à une progéniture. Viens, supplia-t-il. Sa main s'agrippait, serrait la petite cuisse. Je vais te violer, souffla-t-il, comme un résumé de cet instinct que sa tendresse retenait. Alba riait, les bras serrés sur sa poitrine, la joue contre le torse si peu viril de son mari. Il ne lui faisait pas peur. Jamais il ne briserait ainsi leur alliance. Jamais, dit-elle, assurée de ne rien craindre.

Mais il revenait à la charge, avec son désir, ses mains, ses lèvres, aimanté et confiant. Je t'attends, je t'attendrai autant qu'il le faudra. Il était certain de vaincre un jour. Il déferait la suture par la douceur et Alba le requerrait. Elle était faite pour la volupté du corps à corps, pour les fêtes sensuelles, le tact la mènerait à cette félicité. Tu es belle, tu es fabriquée pour l'amour, disait Alexandre. Les compliments étaient des clefs qui ouvraient, nous aimons tous être loués et l'éloge nous dispose. Et Alba en effet se détendait, il la sentait plus souple et délassée dans ses limites, plus livrée à la chorégraphie qu'il inventait en les respectant. Il l'embrassait longuement, son corps entier sensible, il allait où la peau s'affine et frémit de rien, sous les seins, au pli de l'aine, sur la soie des cuisses, et plus haut vers la rosace centrale et le bulbe enraciné qui irradie quand on l'effleure. Ses doigts peignaient le pubis, la toison foncée, et sous ces lèvres de mâle maté, symboliquement castré (mais il ne le pensait jamais), le sexe d'Alba gonflait imperceptiblement, serti dans la pudeur. Alba avait une érection. S'approchait-elle d'une révélation ? Il voulait aviver les sens qui le réclameraient et être enfin désiré. Tu es si tendre, disait Alba, et ta chair est dure comme un fruit vert. Elle repoussait la tête ébouriffée, l'écartait et à son tour l'embrassait. Il faisait ce qu'elle aimait : il la laissait mener l'amour. De quoi as-tu peur ? demanda-t-il. Je n'ai pas peur, je n'ai pas envie. Chuuut ! fit le doigt devant les lèvres charnues. Elle était le silence et la détermination, la femme close et le mystère, le bloc de marbre doux sur quoi poser les mains et la bouche. Sans issue, sans entrée. Maîtresse, où est la porte de ton âme, je t'effleure, je t'attends, je me consume, tu m'accapares, ouvre-moi. Mais le corps était un coffre. C'était le corps du diable ! Qui d'autre au monde ? Alba Perthuis. Ma très chérie, dit Alexandre. Son désir appuyait sur le *très*. Ma *très* chérie. Laisse-moi te chérir. Alba. Il était doux de dire son nom. L'aimait-il parce qu'elle était aimable ? Lui paraissait-elle aimable parce qu'il l'aimait ? L'amour crée ses propres raisons, l'amour persiste au-delà de ces raisons, aussi invincible parfois qu'impossible. Alexandre aimait l'amour et son amour pour Alba, cette surprise, cette fuite, cette renaissance inachevée. Il voulait l'emmener peu à peu à la jonction sauvage, à la rencontre des sexes et leur fusion de don. Il conservait cet espoir. Et malgré la peur, alors ils feraient cet enfant. Parfois, à cette idée, Alexandre croyait apercevoir Ada debout dans l'ombre de la chambre ; le passé reprenait ses tours, la superstition s'insinuait. Je ne peux pas t'imaginer accouchant ! disait-il alors à sa femme. Alba l'embrassait. Moi non plus je ne peux pas, soufflait-elle.

8

Il existait d'autres moyens, pensait Alba. *Bonjour, je m'appelle Lucy, je suis spécialiste en gestation pour autrui et je peux vous aider à trouver votre destination.* Sur le site Surrofair, Lucy apparaissait en haut de l'écran à droite, la tête équipée d'un combiné écouteurs-micro. La conseillère virtuelle portait une veste d'un rose soutenu. Ses cheveux châtains longs et attachés dépassaient sous sa joue comme une queue d'écureuil. Ronds, surplombés par des sourcils en accent circonflexe, ses yeux bruns exprimaient la gaieté, le trait de sa bouche dessinait un sourire en U. Cette femme-tronc était une hôtesse qualifiée, représentée de façon simplifiée dans une position de disponibilité énergique et avenante : la main gauche faisait signe d'entrer, l'autre invisible sur la hanche vous signifiait qu'elle vous attendait. *Consulter Lucy*, proposait le site dont les concepteurs avaient dû beaucoup réfléchir avant de choisir ce prénom. Lucy, âgée de trois millions d'années, non pas ancêtre mais cousine éloignée de l'homme, exhumée en 1974 de la terre éthiopienne. Consultez la femme éternelle, remontez la nuit des temps pour devenir mère, entrez dans la cohorte féconde. Tel était le message subliminal. Par curiosité, Alba cliqua sur la figurine. La fiche *conseiller virtuel* s'afficha à l'écran : une circulaire administrative dans un encadré rose. Lucy insistait sur sa compétence puis proposait quelques items à renseigner. Pour bien répondre à la demande d'un client, il lui fallait le connaître. Suivait une série de cases à remplir. Nationalité, sexe, âge des deux partenaires, langue parlée. À l'étape suivante, une question fondamentale : y a-t-il une cause médicale qui vous empêche d'avoir un enfant ? Une réponse positive ouvrait le monde de la gestation pour autrui. L'Espagne, la Grèce, Chypre… Tandis qu'en cas de stérilité purement sociale, seuls le Canada et les États-Unis demeuraient accessibles. Alba cliqua sur le non. Le petit rond se colora de noir. Telle une Alice au pays d'internet, voilà qu'elle se trouvait devant deux choix : vous souhaitez plus d'informations sur les États-Unis et le Canada ou vous préférez voir les entreprises qui peuvent vous aider. C'était décevant, ce guidage était préfabriqué, Lucy ne personnalisait pas ses réponses. Alba revint à la page d'accueil.

La table des matières était détaillée. La GPA. Qu'est-ce que c'est ? (Les différents types de GPA. Combien ça coûte. Les professionnels. Le contrat.) Les arguments pour et contre. La législation. Devenir parents par GPA. (Parents hétérosexuels. Couples gays. Père célibataire. Mère célibataire.) Les étapes à suivre. (Choisir le pays, l'agence, la clinique. Suivre la grossesse.) La mère porteuse. (Comment la choisir ? Être en relation avec elle ou pas. Contrôle médical. Ses motivations. Rémunération.) Techniques de PMA. (Insémination artificielle [IA]. Fécondation in vitro [FIV].) Témoignages. PAYS.

Destinations pour les Français. États-Unis. Canada. Russie. Ukraine. Grèce. Géorgie. La GPA dans le monde. AGENCES ET CLINIQUES. Choisir Surrofair dans chacun de ces pays. Alba s'arrêta sur ce nom, Surrofair : la substitution honnête. C'était bien trouvé. FORUM. Facebook. Twitter. YouTube. Voilà qui était exhaustif, factuel, neutre. L'internaute n'était pas obligé de tout lire, il cliquait directement sur la rubrique qui lui importait. Alba s'intéressa longuement au contrat. Il était le nœud et le filet de sécurité. Les obligations, les honoraires, les rémunérations, la gestion des risques entre les partenaires, tout y était consigné. Parents d'intention, agence, mère porteuse, clinique et professionnels avançaient de conserve autour des juristes. Pas de gestation par et pour autrui sans avocats. Alba n'en fut pas étonnée, la pratique était simple mais réclamait d'être délicatement menée. Il était logique que chacune des parties eût sa propre assistance juridique, qui relirait le contrat dans l'intérêt de son client. Personne n'avait les mêmes intérêts dans cette affaire ! Les parents imaginaient l'objet de leur rêve le plus ardent : leur bel enfant. La mère porteuse voulait rendre service et gagner un peu d'argent, elle améliorerait les finances de son ménage en réalisant une bonne action qu'elle seule était en mesure d'accomplir. La clinique, les professionnels, l'agence et les avocats espéraient légitimement réaliser des profits, afin de croître, investir, communiquer, et plus tard faire la culbute en revendant qui la clinique, qui l'agence, qui le cabinet. C'était humain, personne ne se donne du mal pour rien, songeait Alba. Et elle se rassurait : l'obligation pour tous ces intervenants d'avoir bonne réputation était une garantie, et lorsqu'il y a de l'argent en jeu, la garantie est bonne.

Avec l'argent, on ne rigolait pas. Les honoraires versés à l'agence étaient non remboursables, entièrement perçus à la signature sous forme d'une redevance unique versée sur un compte en fiducie gérée par l'agence. Histoire d'être bien clair, une photographie accompagnait ces précisions : une tirelire en forme de cochon, dans la main d'un médecin dont le stéthoscope attestait les qualités mais dont le visage était hors cadre, invisible. L'humain comptait moins que la maîtrise technique et les bons comptes qui font les bons amis. La fiducie était maintenue au moins un mois après la fin de l'accord ou après la naissance de l'enfant. À cette dernière nuance on devinait que le bébé pouvait faire défaut. L'issue de cet énorme effort collectif n'était pas à tous les coups heureuse. La nature est une vaste surprise qui ne se laisse pas prévoir et l'être humain un édifice sophistiqué, fragile, unique. L'agence mettait tout en œuvre pour le bonheur de chaque intervenant, de ses clients en particulier, ses commanditaires pleins d'espoirs et d'exigence. Elle les accompagnait surtout dans le choix de la mère porteuse en la sélectionnant d'après une liste de critères objectifs. La santé physique et psychique, bien sûr, mais aussi la connaissance de son corps dans la grossesse, le degré de préparation et d'intelligence de l'acte, ce don altruiste et difficile. La gestatrice n'était en aucun cas la mère du bébé, on la dédommageait pour le savoir et l'accepter. À nouveau une photographie agrémentait la page : le profil d'un ventre gravide, une main le couvant, l'autre tenant des billets de banque. La communication du site était libérée de tout tabou : maternité, filiation et argent se mêlaient avec transparence. Il n'y avait rien de laid à cacher, dire les choses comme elles étaient les simplifiait grandement. Par exemple : la concurrence entre les mères porteuses étant variable, comme le marché, l'agence n'était pas en mesure de prédire aux parents le montant de la compensation financière réclamée. Chaque mot avait son importance, se disait Alba en même temps qu'elle lisait. *Compensation financière* n'était pas *rémunération* ou *salaire*. La gestatrice n'était pas rémunérée, elle était dédommagée. La somme qu'elle recevait était moins astronomique que les frais médicaux et juridiques. On aurait pu s'en étonner ou le déplorer, mais c'eût été une erreur : le cadeau devait avoir un prix (sans quoi il devenait inestimable), mais donner trop d'argent pour une délégation de grossesse aurait été un mauvais signal. Tout comme il était important que la connaissance médicale, la technologie, l'accompagnement juridique fussent hautement considérés. L'argent confisquait ou conférait une signification. Le cynisme n'apparut pas à Alba. En tant que potentielle mère d'intention, elle acceptait ce qui facilitait la réalisation de l'échange.

Sur le même ton de simplicité factuelle, d'autres éléments graves étaient précisés. Par exemple : l'accord de GPA n'était résiliable par les parents d'intention qu'*avant* le transfert des embryons à la mère porteuse. Car que faisait-on d'un enfant qui resterait sur les bras de sa mère porteuse ? Aussitôt lancée la conception, les parents avaient une responsabilité. Tout le monde était d'accord sur ce point. Cela paraissait évident à Alba. Un gros plan sur une poignée de main illustrait cet avertissement.

Le code couleur du site s'accordait à la tradition mariale et familiale. Lucy était habillée en rose vif, les titres étaient en bleu et les clichés pastel, blanc, bleu, comme les manches de chemise des deux contractants photographiés. Tout n'était pas rose pourtant. L'agence prévenait contre l'illusion qu'elle serait en mesure d'assurer la réussite. Non, elle ne maîtrisait que le protocole et ne garantissait aucun résultat. Il était possible qu'il n'y eût pas de fécondation ou pas de naissance. En cas de conception et malgré les échographies, tests génétiques et tout le tintouin, la santé physique et mentale de l'enfant ne pouvait être garantie. Ni la bonne volonté de la mère porteuse. Puisqu'elle était une femme libre, personne ne pouvait absolument jurer qu'elle n'essaierait pas de garder l'enfant. Attention donc : l'agence ne garantissait rien de rien. La qualité des traitements médicaux et le montant des honoraires demeuraient incertains eux aussi. Tout litige appellerait médiation. Le présent accord était divisible : n'importe quelle annulation d'une clause par un tribunal n'annulait aucune des autres clauses. Alba jugea honnête ce discours de protection.

Quand elle avait circulé attentivement dans les rubriques, revenant où elle était passée, martelée d'informations, Alba se prenait la tête dans les mains – ses doigts fins et bagués sur les oreilles qu'embrassait Alexandre. Que penser de ces options nouvelles ? Elle percevait l'opportunité, la complexité, l'incertitude. Aux deux bouts d'une chaîne d'intervenants se tenaient les protagonistes d'une transaction humaine : ceux qui espéraient un enfant, celle qui le mettait au monde. Quel était le rôle des intermédiaires ? Si celui des médecins ou des avocats était évident, pourquoi en revanche s'adjoindre les services coûteux d'une agence qui faisait miroiter le miracle mais ne pouvait rien promettre ? *Puis-je rechercher une mère porteuse de mon côté ou faut-il obligatoirement passer par une agence ?* La question était répertoriée dans la rubrique FAQ. L'agence y répondait en signalant ses avantages sur les parents isolés, se prévalant de techniques de pointe en matière d'examens médicaux et psychologiques ou de vérification des antécédents de la candidate. Toute agence avait aussi le mérite d'éviter si nécessaire les relations directes entre les futurs parents et la gestatrice. Encore une jolie pirouette : l'entreprise bardée de clauses défensives, qui annonçait ses impuissances pour ne pas être attaquée en cas d'échec, se vantait de réussir ce que l'instant d'avant elle avouait ne pas maîtriser. Alba n'y voyait-elle que du feu ? Elle poursuivait ses explorations. Le désir, qui endormait son sens critique, attisait son appétit de possession et d'exclusivité. Il arrive que la crédulité volontaire soit le seul soubassement de l'espoir.

9

Les mères porteuses intriguaient Alba. Quelles femmes acceptaient de porter un enfant pour le compte d'un commanditaire inconnu ? Admiration et curiosité se mêlaient. Ce courage physique et moral pour traverser à la place d'autrui l'épreuve d'une grossesse avait quelque chose de fascinant pour Alba. Subir la puissance impersonnelle de la vie à l'intérieur de soi, accepter cette intrusion et offrir le trésor ! Qui parvenait à cela ? Des femmes ordinaires et généreuses, fières d'avoir passé la batterie de tests qui prouvaient qu'elles étaient saines de corps et d'esprit, aptes à réussir un exploit, expliquait longuement Lucy. Elles sont jeunes et déjà mères, se disait Alba. Même lorsqu'elles avaient à peine plus de vingt ans, elles l'étaient, quelle chance pour elles, elles avaient eu facilement leurs propres enfants. C'était une condition imposée par toutes les agences. La gestatrice parfaite avait une famille équilibrée bien à elle, de sorte qu'elle serait à la fois accompagnée, informée des réalités et plus facilement convaincue qu'elle aidait *une autre famille*. La gestatrice parfaite était heureuse. C'était aussi pour ça qu'elle n'était ni indigente ni malhonnête, jamais elle n'avait de casier judiciaire. Aux États-Unis, vraiment l'affaire se déroulait dans le bonheur et l'harmonie. Le mari en soutien, les enfants intelligents à côté de leur maman, pas de problèmes financiers, la famille était souvent dans un pavillon, le dédommagement permettrait de refaire la piscine ou d'agrandir la maison : du bonheur en perspective, et celui surtout d'offrir à un couple la chance de réaliser son rêve. Sous les yeux de son époux consentant et fier, la gestatrice faisait don de sa féminité et du pouvoir qu'elle recèle, cette magie de porter la vie. De nombreuses femmes des classes moyennes qui aimaient la sensation d'être enceintes songeaient à devenir mères porteuses et se présentaient pour passer les tests. Pourquoi les contrarier ? pensait Alba. Elles semblaient savoir parfaitement ce qu'elles faisaient. Certaines étaient de véritables femmes d'affaires. Illinois, Arkansas, Californie, voyez nos cliniques partenaires, bonne journée, conseillait Lucy.

Les futurs clients trouvaient toutes les réponses auprès de l'assistante virtuelle. Lucy toute-puissante, Lucy prometteuse ! Lucy détrônait Sophie et Nicolas. Depuis qu'elle fréquentait longuement internet, Alba délaissait plus souvent les enfants, et quand elle s'attardait devant l'ordinateur chacun à son tour venait tourner autour d'elle, l'attrapant par le bras, sollicitant sa présence qui manquait. Viens lire avec moi, implorait Nicolas. Et la petite voix pointue de Sophie criait : Tu veux bien faire un jeu maintenant ? Bientôt, répondait Alba. Jouez tous les deux, je vous rejoins tout à l'heure. Il arrivait que Sophie insistât. C'est quand *tout à l'heure* ? geignait la fillette. Aussitôt Alba mettait le holà. Qui commandait dans cette maison ? Qui était la maman ? (Elle posait réellement cette question, sans y penser, de façon instrumentale. Et c'était bien elle, la maman.)

Nicolas pouvait aussi se montrer plus curieux. Que regardait sa belle-mère sur la Toile ? Rapidement il avait repéré le code couleur du site Surrofair et, même à distance, il le reconnaissait. Encore les mamans ! disait-il. Qu'est-ce que tu lis sur les mamans ? Alba demeurait ferme. ça ne te regarde pas Nicolas, disait-elle. Un soir, le garçon se colla contre le plateau du bureau pour atteindre l'écran avec son doigt. Le site présentait la mère porteuse idéale : dans une robe *couleur Lucy*, une main sur son ventre arrondi, l'autre dans celle de son époux qui portait le sac de courses (duquel dépassait un ananas, car la gestatrice idéale mangeait cinq fruits et légumes par jour), accompagnée par un garçonnet et un chien. Mère porteuse saine et jeune, disait la légende. Nicolas appuya son index sur l'image rose.

— Maman avait un ventre gros comme ça, dit-il, et à la fin elle est morte.

Une frayeur lugubre avait instantanément saisi Alba et d'abord elle ne sut pas quoi répondre. Mais le garçon était d'un tel calme qu'elle retrouva le sien.

— Oui, dit-elle, c'est très triste et c'était un accident.

— Un accident très rare et très grave, dit Nicolas.

— Tu as raison. Je vois que tu es grand, tu es capable de comprendre qu'attendre un enfant puisse être dangereux pour une femme.

Alba se donnait un argument de poids : ainsi la GPA pouvait être désirable et bonne pour celles qui n'étaient pas vaillantes. Et elle était de celles-là, comme Ada l'avait été. Nicolas le lui rappelait ! Oh oui, elle se sentait démunie devant son corps, incapable d'être enceinte et d'accoucher. L'idée même lui faisait horreur, cette dilatation puis ce déchirement, elle non plus n'y survivrait pas, elle se briserait. Cela n'avait aucun sens de devenir cet écrin de chair boursouflée si l'on pouvait obtenir le trésor autrement. Et on le pouvait ! jubilait Alba. Il suffisait de voyager, de payer et d'attendre. Nulle n'était plus contrainte d'être un vase portant son enfant. La technologie permettait une division du travail entre celles qui ne veulent pas être enceintes et celles qui en font un travail. Une révolution avait lieu : un service gratuit et obligatoire depuis la nuit des temps était désormais facultatif et rémunéré. Pourquoi existait-il une telle répugnance à voir des femmes vivre de l'usage des fonctions qu'elles étaient les seules en mesure de remplir ? Il fallait s'en réjouir, la liberté s'accroissait, et la solidarité féminine avec elle. Car on accompagnait celle qui prenait votre place, on l'encourageait, elle qui aimait être enceinte, qui en avait la force et qui recevrait en échange de ce service une somme d'argent importante pour sa famille. On la remerciait en la déchargeant de l'enfant, elle n'avait plus aucune responsabilité, elle pouvait disparaître. Ainsi chacun avait ce qu'il cherchait, n'est-ce pas ? Et il était légitime de se protéger dès lors qu'on se sentait fragile. Pour achever de se convaincre, Alba se remémorait que l'embryon et la mère n'étaient pas réellement des êtres fusionnels, ils étaient en lutte l'un contre l'autre : il prenait, elle donnait, mais elle ne voulait pas donner tout. Et elle ne voulait pas donner sa vie. Une autre existence à l'intérieur de soi ! pensa-t-elle, tout sauf cette servitude ! Tout sauf l'accouplement bestial, la grossesse, les nausées, les vergetures, la surveillance médicale, l'accouchement et les hémorroïdes (en mettant cette réalité sur la place publique, le site MonPostPartum.com avait appris à Alba des désagréments qu'elle ignorait). Quand on n'en avait pas envie, pensait-elle – et ce n'était pas le cas des gestatrices évidemment –, ça se passait toujours de travers, le bébé était imprégné de ce refus, il naissait mal, sa mère lui en voulait, parfois elle ne parvenait jamais à l'aimer ! Alexandre ne contredirait pas cela, qui mieux que lui pouvait comprendre ses craintes ?

— Tu rêves ! dit Nicolas. À quoi tu rêves ?

L'enfant interrompait une colère enfouie, Alba lui passa la main dans les cheveux tendrement. La petite Sophie accourut :

— Elle rêve à son bébé.

— Je rêve que vous alliez jouer dans votre chambre ! dit Alba. Vous avez la langue bien pendue, tous les deux.

Sophie avait les joues rouges et sautillait d'excitation. Machinalement, Alba lui retira son tricot.

— Je sais que vous avez parlé de maman, disait la petite en se laissant faire. Parle encore d'Ada, demanda-t-elle à son frère.

Nicolas était fier d'être seul à avoir connu Ada. Il aimait la raconter à Sophie, il aimait qu'elle le supplie encore de lui peindre leur mère. Il la lui décrivit, à nouveau. Il devinait la curiosité d'Alba. Cette fois, de façon plus réaliste et révélant l'inévitable comparaison, il dit :

— Elle était plus grande qu'Alba, beaucoup plus grande. Et blonde avec des yeux noirs qui faisaient peur quand elle se fâchait.

— Comme Alba ! s'exclama Sophie. Pourquoi maman se fâchait, elle était méchante ?

— Non. C'est moi qui étais méchant quelquefois.

Et Nicolas raconta une fois encore ses souvenirs, sa brève vie avec sa mère. Il mettait du bazar au salon et devait ranger *avant que papa ne rentre*. Il avait l'habitude de lire à voix haute avec Ada, dans le canapé tout contre elle, chacun s'occupant de la page qui était de son côté. Il ne raconta pas qu'un jour Ada avait pleuré en lisant *Sans famille*. Sans le savoir, il cherchait à dire le rythme de la vie. Le bain avant le dîner, l'interdiction de mettre de l'eau partout. La nourriture que préparait Ada. Les petites pâtes en lettres, les mots qu'il écrivait dans son assiette. Et les cerises qu'Ada ouvrait en deux et arrangeait en faisant des dessins. Un poisson en cerises ! Une fleur ! décrivait-il à sa sœur.

— C'est trop beau ! disait Sophie sur le ton du regret.

Alba écoutait sans se forcer, curieuse sans se l'avouer. Elle n'avait pas posé de questions à Sandra, préférant imaginer que son amitié avec Alexandre datait de la mort d'Ada. Et jamais Alexandre ne parlait d'Ada. Il avait expliqué sa mort et c'était pour lui bien assez. Ada était le sujet tabou dont il ne disait rien, comme s'il n'avait eu ni passé ni mémoire ou au contraire comme s'il en avait beaucoup trop. Alba savait que cette dernière option était la bonne. Elle était le deuxième amour, elle venait après une autre dont le souvenir était gravé en lettres de sang, et c'était à la mort de cette femme qu'elle devait de vivre avec Alexandre. Il n'est pas rare que les situations où nous nous trouvons soient d'abord du ressort d'autrui. La sagesse est de l'accepter. On peut se sentir en compétition avec les autres, se comparer, vouloir être le premier, l'unique, le maître de sa vie, ou au contraire regarder simplement ce qu'on a. C'était l'intelligence d'Alba, sa dureté aussi : elle voyait qu'Ada lui avait en quelque sorte transmis Alexandre. Et désormais Alexandre lui appartenait. Une femme était capable de beaucoup de choses, pensait Alba. En plus de sa propre vie, elle forgeait ses complices, époux, amant, enfants. Elle était capable de fabriquer des personnes, à elle seule elle était une usine de chair humaine. Elle portait la vie. Elle avait ce pouvoir qu'aucun homme ne possédait. Voilà où se trouvait le cœur incontournable de la différence des sexes. L'espèce mobilisait la femme. Ada avait donné sa vie, Ada avait mis au monde deux enfants. La jalousie envers Ada n'avait pas pour objet Alexandre mais Nicolas et Sophie. L'obsession de l'enfant revenait. Lucy était la fée de l'avenir qui la guérirait.

— Tu as encore des choses à lire sur les mamans !

— Qu'est-ce que je t'ai déjà dit ? Ça ne te regarde pas.

10

Internet avait produit sur Alba un décentrement. Agences, centres de fécondité et de conservation, chercheurs et ethnologues avaient enrichi sa géographie physique et mentale. Le tabou de la maternité, l'éloge de l'instinct maternel, la valorisation de ce rôle exclusivement féminin occultaient d'autres vérités que le réseau procréatif mettait en avant : la circulation des enfants était un trait propre à chaque société, de multiples formes d'adoption existaient, la maternité de substitution en était une, les parentalités pouvaient s'additionner au lieu de se substituer. La maternité ne se résumait pas à la grossesse, l'accouchement ne faisait pas la mère à lui tout seul. Pourquoi nier l'avancée ? Les femmes qui décidaient de *porter pour autrui* étaient avant-gardistes. Alba s'en était convaincue. Les convictions vont-elles forcément dans le sens des intérêts ? On aurait dit qu'elle confirmait cette loi. Elle croyait ce qui lui facilitait l'existence.

Enfin, quoi qu'il en soit elle ne rêvait pas ! pensait-elle. De nombreux pays avaient légalisé cette activité de portage. Il suffisait donc de vérifier les conditions d'encadrement et de choisir les plus éthiques. L'Inde était le contre-modèle, l'Amérique le Graal. En Inde, les porteuses restaient pensionnaires du centre de fertilité neuf mois durant. Elles ne risquaient pas de filer avec l'enfant et mangeraient à leur faim. Ces femmes de bonne volonté vivaient entre elles dans un gynécée médicalisé, en robes de grossesse devant la télévision ou sur leurs lits alignés dans une grande salle en sous-sol, en attendant le jour programmé pour la césarienne. Elles étaient pauvres, habitaient des maisons de boue et espéraient avec cette manne donner à leurs enfants ce qu'elles n'avaient pas reçu. En Asie, l'argent était la seule motivation et les ventres obéissaient. Écarte les jambes, ma chérie, disait le Dr Patel pour pratiquer l'insémination. Inchallah ! La GPA indienne faisait d'emblée moins envie et cette filière donnait des arguments aux détracteurs, on y allait quand on manquait de moyens. Les Indiennes étaient les faire-valoir des gestatrices américaines pour qui la rémunération n'était pas essentielle. Alba s'était pénétrée de l'argumentaire et de tout un vocabulaire. La candidate américaine pour ce poste de confiance était *solidaire* et *altruiste*. Son mari la soutenait dans sa démarche. Il serait peut-être sollicité pour faire à son épouse une piqûre par jour. Intimité oblige, le mari était bel et bien dans le coup. La législation exigeait d'ailleurs son accord. En lisant ces informations, Alba pensait à Alexandre. Avoir besoin de l'accord du mari, c'était patriarcal. Sandra le penserait. C'était patriarcal, mais logique s'il devenait le père de l'enfant. À cette perspective, Alba se sentait sourire.

Alexandre revenait d'un séjour en Chine quand il la trouva ainsi rayonnante dans l'heureuse ordonnance de sa personne. Ce contentement apparent pouvait être l'effet du retour de son mari, comme Alexandre l'imagina, mais il venait aussi des perspectives qui s'ouvraient. Alba resplendissait d'être sûre de son fait. Les soirées passées sur Babygest, Surrofair ou Extraordinary Conceptions l'avaient littéralement éclairée. Observer ce frisson heureux qui précédait l'action, c'était apercevoir le pouvoir mental de cet internet voué à la satisfaction de désirs qu'il attisait en prétendant les combler. Désirs faramineux et innombrables ! Surfer sur la Toile équivalait d'ores et déjà à les réaliser : on se mettait en branle, on se tendait pour réussir. Rassurée, presque certaine de devenir bientôt mère, Alba regardait les enfants d'Ada avec tendresse. Ils seraient les jeunes compagnons du bébé à venir. Dans ses représentations imaginaires, Alba, pourtant précise, oubliait de les faire grandir. Ils étaient tous les deux, Nicolas et Sophie, autour de la petite Anna. Pour l'instant ils ouvraient les cadeaux rapportés par leur père, des pinceaux en poils de chat, une poupée à tête de porcelaine que la petite cajolait tandis que son frère lui chatouillait l'oreille en la peignant. Afin de fêter ce retour, Alba avait convié Sandra, voulant aussi montrer à sa voisine que leur désaccord ne réduisait pas l'amitié.

— Et ça c'est pour vous, dit Alexandre en tendant aux deux femmes des paquets enrubannés.

Alexandre Perthuis était heureux de rentrer chez lui, dans sa famille à la fois joyeuse et bien menée. L'harmonie était reconstruite, le monde avait un goût merveilleux, la niche sensorielle (Alexandre avait appris cette expression à la mort d'Ada) était riche. Le champagne était ouvert, la table était remplie de petites choses à manger et le leitmotiv émerveillé aussitôt de retour avec la bouche qui chantait les louanges : c'était extraordinaire d'avoir préparé tout ça, quelle énergie avait Alba ! Sandra souriait, plus amusée qu'agacée.

— Ma chérie, tu es une fée, disait le mari de retour.

Merveilleuse Alba ! Alexandre avait été embêté de lui laisser la charge des deux enfants, mais elle l'avait poussé à ne pas différer ce voyage. Sandra et Bernard l'aideraient, elle les solliciterait si besoin. Il fallait saisir la chance, disait-elle, et une sentence pareille était bien digne d'elle. Invité à dîner peu avant le départ, Louis Perbeau avait exulté de ces encouragements. Les nouvelles routes de la soie nécessitaient des infrastructures d'envergure dont les gares et les ports seraient les joyaux, expliquait-il à Alba. Alexandre avait réussi à ne pas être oublié, les contrats lui tombaient plus facilement qu'à d'autres, les alliances étaient plus aisées avec de gros cabinets qui les auraient boudés sans cette confiance que lui faisaient les Chinois, une manne providentielle en ces temps de croissance molle. Après les périodes sèches qu'il avait fallu traverser, c'était bon de crouler sous le travail, et tout le monde ne pouvait pas en dire autant, quantité d'architectes passaient leur temps à répondre en vain à des concours et déposaient le bilan après le refus de leurs projets. Certains se reconvertissaient dans la gérance immobilière. Ça te tente, la gérance ? demandait-il à Alexandre en plaisantant. Et les deux associés s'étaient envolés pour un mois de rencontres et de négociations. Pendant ce temps, Alba avait fréquenté internet. Ainsi le voyage en Chine avait-il favorisé la piste américaine. Alors que son mari était absent, Alba était devenue une spécialiste des agences procréatives, considérant les destinations, demandant des devis, notant les noms des avocats spécialisés. Elle lui en parlerait dans les jours à venir, pensait-elle, tandis qu'il racontait la course chinoise derrière les États-Unis, les investissements massifs dans le secteur de l'intelligence artificielle, la reconnaissance faciale et le crédit social. Les Chinois avaient cette conscience réactive qui manquait à l'Europe. À Amazon, la Chine avait répondu par Alibaba, à Google par Baidu, à Samsung par Huawei. Les BATX concurrençaient les Gafami.

— Et nous, conclut Alexandre, qu'avons-nous ?

L'Europe devait créer une IA européenne, disait-il, répétant les propos déjà anciens du mathématicien Cédric Villani, justement invité à Shenzhen pendant qu'Alexandre et Louis y séjournaient. Sandra mentionna la parution prochaine d'un livre du brillant scientifique engagé en politique. Il revenait sur sa trajectoire singulière et défendait la qualité de la recherche française. La France était un point minuscule mais lumineux, capable de fédérer les cerveaux, affirmait la libraire.

— Elle devrait commencer par les empêcher de partir à l'étranger en rémunérant mieux tous ses intellectuels, dit Alba, saisissant l'occasion de raviver son vieux combat.

Beaucoup de nos grands chercheurs s'en allaient aux États-Unis où ils trouvaient de meilleures conditions de travail. Tandis qu'Alexandre hochait la tête, parce que ça se discutait, Alba rêvait de Los Angeles. On ne coupait pas à l'Amérique !

11

Elle avait fait cavalier seul dans le labyrinthe d'une information tour à tour commerciale, militante ou critique.

— Il faut se faire une idée, se désintoxiquer des fantasmes, des sous-entendus, des rumeurs, disait-elle. On est contraint de devenir une sorte d'expert de la question.

L'experte donna à Alexandre sa conclusion définitive : ses doutes, ses craintes, ses interdits s'étaient envolés au fur et à mesure que le parcours ardu et balisé se dessinait. Et une chose était certaine : en matière de gestation pour autrui, l'Amérique était le Graal. Les femmes y étaient habitées par le désir de donner une famille à ceux qui ne pouvaient la constituer sans leur aide. L'aspiration à aider était immense ! Les Françaises ne pouvaient apparemment pas le comprendre. Alba se montrait assertive et intrépide, mais Alexandre peina à se rendre à cette évidence.

— Je me demande pourquoi. Quelle pourrait être la raison de cette disparité ? Je ne vois pas !

— Je n'en ai pas la moindre idée, avoua Alba. Mais c'est un fait, l'Amérique a su créer un enthousiasme, un élan solidaire. Les étudiantes sont donneuses d'ovocytes, les mères de famille gestatrices, et tout le monde est content, on est dans le gagnant-gagnant.

— Pur business. Sans l'argent, ce marché n'aurait aucune chance d'exister.

C'était l'architecte et l'homme d'affaires qui parlait, mais Alba hochait la tête. Faux ! Faux car le désir était là, pensait-elle.

— Réfléchis, dit-il. Qu'est-ce que les Américaines ont de plus ou de moins qui expliquerait cette solidarité ? Rien. Ou peut-être si : elles sont moins protégées socialement, elles ont besoin de reconnaissance sociale et d'argent. Leur consentement est contraint par l'absence d'opportunités. Et tout est orchestré par les agences, qui s'en mettent plein les poches.

— Ces femmes ne se plaignent pas, assura Alba. Pour beaucoup, il s'agit de l'action la plus valorisante qu'elles aient faite dans leur vie.

— Plus valorisante que mettre au monde leurs propres enfants ?

— Oui. Justement parce que ce n'est pas banal. Parce que c'est un geste audacieux.

— Tu trouves que c'est banal de mettre au monde son enfant ?

Ça n'était certes pas à Alexandre Perthuis qu'il fallait dire cela, et pas à Alba de le penser. Elle prit instinctivement garde aux mots qu'elle employait :

— Je ne sais pas, je n'ai pas eu d'enfant. Mère de famille n'est peut-être pas une tâche socialement valorisée en Amérique et ces femmes ont besoin de réussir quelque chose d'exceptionnel.

Qu'est-ce qu'il ne fallait pas entendre ! pensa Alexandre. Mais il ne voulait pas de dispute.

— Viens près de moi ! demanda-t-il en riant, viens réussir quelque chose d'exceptionnel.

Il prit sa femme dans les bras et resta immobile et songeur. Il sentait Alba raide comme un bâton, elle ne plierait pas, pensait-il étonné, il n'avait plus envie de parler.

Mais, dès le lendemain, Alba revenait à la charge.

— Nous n'y pouvons rien, disait-elle, le marché existe sans nous. Il n'a aucun besoin de nous mais nous avons besoin de lui.

— Nous n'en avons aucun besoin, murmurait Alexandre.

Il n'avait pas renoncé à une grossesse naturelle. Tant que la médecine ne saurait dire, tant qu'il resterait cet amant de surface, il y penserait.

— Excuse-moi de te rappeler dans quelles circonstances tu as perdu ta femme. Je pourrais me sentir encore plus angoissée que je ne le suis. Je me sens physiquement inapte. Nous avons de vraies raisons de demander une GPA éthique. Pourquoi veux-tu nous l'interdire ? plaidait Alba.

Il s'agaça : Il ne l'interdisait pas ! Il n'interdisait rien. Il n'avait jamais été ce genre de personne autoritaire et fermée, il acceptait toujours de discuter, elle en avait conscience, n'est-ce pas ? Oui, admettait Alba. Mais elle était décidée : business ou altruisme, puisqu'ils en avaient les moyens, c'était à Los Angeles qu'elle voulait se rendre. Elle posait à Alexandre un ultimatum : Ferait-il cela pour elle ? Viendrait-il avec elle sur place pour se rendre compte par lui-même ? Et pour adoucir son chantage, elle proposa des vacances en Californie avec les enfants.

— Ils adoreront ! dit-elle, et ils entendront parler anglais, c'est toujours utile.

Alexandre fermait les yeux, découragé par la gravité et l'obstination de sa femme.

— C'est une idée, nous verrons, si tu veux, avait-il concédé.

Songer qu'il ne pourrait pas prendre de vacances avant longtemps le rassurait. Alba ne sembla pas y penser, alors qu'elle l'avait poussé à s'engager avec les Chinois. Ravie, elle le pressait encore davantage d'être convaincu comme elle l'était.

— Tu ne dois pas confondre gestation pour autrui et maternité pour autrui, insista-t-elle.

Elle voulait tout lui expliquer. Autrefois, c'était vrai : on arrachait à une femme son enfant. Il avait été conçu avec son ovocyte, elle l'avait porté et mis au monde, et le donnait à une autre. On pouvait alors parler de rupture, de séparation et de souffrance. Mais la gestation éthique n'avait rien à voir avec ça. En dissociant procréation et gestation, elle supprimait cette attache affective et biologique trop puissante pour être rompue. La gestatrice portait un enfant qui n'avait aucun lien avec elle.

— À part l'expérience partagée de neuf mois de grossesse, releva Alexandre.

— Mais ça ne fait pas une mère, dit Alba sans en douter.

C'était faire peu de cas de la chair, du sang et de l'affect, pensa Alexandre. Il se rappelait les conseils des nurses.

— Les émotions fœtales existent et laissent des traces, paraît-il. L'enfant reconnaît celle qui l'a porté. Qui a assez de recul aujourd'hui pour juger des effets de ces séparations prescrites ? Personne.

— Mais pourquoi être certain qu'elles seraient dramatiques ?

— Il suffit d'imaginer qu'elles puissent l'être pour les proscrire. Mais le progressisme ne s'interdit rien et ne s'occupe pas de l'avenir, il va de l'avant au présent. Penses-y.

Elle n'y pensait pas. Alexandre ne la croyait pas cynique mais naïve, ou fragile, trop vulnérable face à la communication. Et puis les profs ne connaissaient rien aux affaires, déplorait-il.

Il expliquait ce qu'il voulait dire :

— Même le progrès scientifique marche main dans la main avec le capitalisme et le marché. Les équipes de recherche visent les découvertes et les récompenses, les capitaux cherchent la profitabilité. Avec cette manne corruptrice, les technologies s'imposent comme des solutions à des problèmes préalablement amplifiés et le monde s'en accommode. Silence, ici on fait de l'argent ! C'est comme ça que ça marche.

La détermination d'Alba, sa demande personnelle et la dureté de son tempérament s'en accommodaient.

— Je me suis documentée avant de me décider, fais pareil. Tu verras que la gestation éthique n'est pas le scandale que dénoncent les opposants, tu seras rassuré. Je te propose d'en parler avec un avocat, proposa Alba.

Quel avocat ? Certains avaient fait leur métier du commerce gestationnel et ne cracheraient jamais dans la soupe. D'autres n'étaient pas impartiaux en raison de leurs préférences sexuelles.

— Tu en connais ? demanda Alexandre.

Il s'étonnait de ce que les choses fussent si avancées.

— J'ai rencontré la meilleure dans le domaine, dit Alba.

V

ALMA

1

Bien sûr il était possible, permis et formidable d'être sur place si on le pouvait, remarquait Me Marchand. Certains parents d'intention s'installaient dès le troisième mois à proximité du domicile de la gestatrice. Ils arrivaient pour la première image à forme humaine de leur fœtus, l'émotion grimpait d'un coup et ils étaient à même de dispenser des douceurs à celle qui couvait leur trésor.

— S'ils veulent qu'elle mange des tomates, ils les lui font livrer, dit l'avocate en guise d'illustration, avant de reprendre ses explications.

La fermeté enrobait un propos précis que la conseillère juridique dispensait avec la motivation d'une militante doublée d'un agent commercial. Une fois le pouvoir et l'autorité contractuelle rebaptisés et transmués en *sollicitude*, le récit prenait un caractère édifiant.

— La gestation pour autrui est une aventure extraordinaire, laissez-moi vous la raconter et oubliez tout ce que vous avez entendu. La plupart des objections sont nourries de préjugés et sans fondement, nous commençons seulement à avoir des études scientifiques pour le prouver, elles seront de plus en plus nombreuses et fournies.

Une étude très opportune s'était intéressée à la qualité des relations susceptibles de perdurer entre les enfants et la mère porteuse. La conclusion des chercheurs était nette : en majorité le contact était maintenu. Des liens d'affection se créaient, qui pouvaient devenir indéfectibles, assurait l'avocate. Et comment s'en étonner ? Une intimité entre les deux familles existait pendant ces mois d'attente : les futurs parents étaient présents aux échographies et aux consultations médicales, ils avaient un accès complet à toutes les informations concernant la patiente, leurs exigences étaient des ordres.

— C'est son ventre, mais c'est votre bébé.

Me Marchand s'appuya contre le dossier de son confortable fauteuil, l'air de se relâcher, elle s'apprêtait à délivrer un message d'importance. Ça n'était pas immédiat, ni facile, mais il fallait admettre que la maîtrise technique humaine avait séparé le fœtus du ventre qui le portait. L'union mythique, qui d'ailleurs n'était pas la symbiose harmonieuse que l'on croyait, avait été rompue, en tout cas comme lien d'appartenance. Les technofœtus étaient autonomes. Le ventre leur était un abri momentané, un lieu de passage, l'incubateur incontournable. Seul le projet parental créait la possession et l'authentique lien, là résidait l'idée-force, et ce droit de propriété autorisait toutes les intrusions dans le parcours physiologique établi et amendé si nécessaire. Les parents d'intention étaient les premiers concernés et les premiers prévenus. Dans la majorité des cas, une césarienne était programmée de sorte qu'ils étaient certains d'assister à la naissance et de couper eux-mêmes le cordon ombilical. De cette manière l'appropriation était immédiate et la grossesse vécue au plus près, avec intensité. Le fœtus entendait la voix de sa future mère, on pouvait même suggérer à la gestatrice de se taire le plus possible pour favoriser l'interaction sonore qui avait un avenir et réduire celle qui à l'inverse était vouée à disparaître. L'épigénétique et la proximité propre à la gestation étaient ainsi neutralisées par un contrôle constant du comportement de la porteuse. Le contrat consignait tout ce que désiraient les commanditaires.

— J'aurai de l'imagination pour vous, promit l'avocate.

Hélas, on n'avait pas encore réussi à réduire la durée de la gestation et neuf mois, c'était long, tout le monde ne pouvait pas se rendre disponible. Ce n'était pas une obligation et cette longue parenthèse enchantée n'était pas une nécessité : on pouvait sentir grandir son bébé à distance sans avoir à déménager près de celle qui le portait.

— J'ai connu le cas d'un futur père gay qui s'exaltait de sentir dans son ventre les coups de pied reçus par la gestatrice sur l'autre continent. Ils étaient à la fois éloignés et proches, rapprochés par l'enjeu en une sorte de télépathie de la procréation.

Me Marchand semblait certaine qu'une mystérieuse communication s'instaurait, la gestation était réellement partagée, c'était un miracle du cœur humain. Elle se montrait très affirmative, Alba était aux anges ; Alexandre, plus sceptique de toute évidence, ouvrant de grands yeux, mais courtois et à l'écoute. Un homme soucieux en tout lieu et à tout moment de se conduire décemment, pensa l'avocate avant de reprendre la parole. L'information initiale du client était primordiale pour son choix et le bon déroulement ultérieur des choses, il fallait envisager le plus d'aspects possible et surtout bien mettre en évidence la souplesse des intermédiaires.

D'autres parents commanditaires au contraire préféraient ne rien savoir, racontait maintenant l'avocate. L'agence avait tout prévu. Elle savait que ses clients étrangers assez fortunés pour recourir à la *gestation éthique* risquaient d'être trop occupés pour venir en Amérique rencontrer leur donneuse ou leur mère porteuse. Leur temps était précieux, il n'était pas question de les obliger à se déplacer. À Los Angeles, les grands organisateurs de l'assistance à la procréation aidaient de nombreux Français et se réjouissaient d'amenuiser grâce aux nouvelles technologies les milliers de kilomètres qui les séparaient de la Californie : la procédure entière pouvait être suivie sur internet, les présentations se faisaient par Skype. Les relations avec la gestatrice pouvaient être réduites à une prise de contact et une signature au bas d'un contrat. Dans un cas comme dans l'autre, le résultat était le même : le rêve enfin atteint, l'infinie gratification d'être mère et père d'un enfant du côté de qui toutes les chances avaient été mises. Car il y avait évidemment quelques critères de sélection des embryons. Me Caroline Marchand leva la main vers les nombreux clichés punaisés sur une plaque de liège : des bébés joufflus et souriants, tous nés par GPA, avec ou sans dons d'ovocytes, en Ukraine, aux États-Unis, en Inde, dans la clinique du Dr Patel.

— Une femme stupéfiante par sa détermination et sa certitude de rendre service à tout le monde. Une sainte.

Alexandre et Alba regardèrent les photographies en silence. Le couple ne se parlait pas, pensa l'avocate sans s'inquiéter pour autant, c'était un phénomène fréquent, les conjoints ne cheminaient pas à la même vitesse, les femmes étaient plus impérieuses.

— Comment vivre ce bonheur ? demanda-t-elle en guise de relance.

Ce n'était pas compliqué, un peu audacieux peut-être car encore illégal en France (mais la stratégie du grignotage est payante, glissa la militante). La procédure complète demeurait onéreuse, soulignait aussi Me Marchand tandis qu'Alba laissait ses yeux admirer les poupons et que la narration reprenait. Une fois considéré ce facteur financier, la première et seule chose à faire était ce qu'ils étaient en train de faire : prendre contact avec une avocate spécialisée qui gérerait l'intégralité des démarches et choisirait un bon prestataire.

— Vous avez fait l'essentiel ! conclut Me Marchand, avant de poursuivre ses explications.

Une fois franchie cette étape et signés les contrats avec l'agence sélectionnée, les parents d'intention avaient accès aux catalogues détaillés et trouvaient les bonnes personnes pour faire un bel enfant. Des contrats spécifiques étaient ensuite établis avec chaque futur intervenant.

— Il faut savoir que l'élection est bilatérale. La mère porteuse a son mot à dire. Vous la sélectionnez selon vos critères mais elle aussi vous adopte ou non, selon les siens.

Mieux valait plaire tout de suite à cette bonne fée, plaisantait l'avocate. En son âme et conscience, forte de renseignements objectifs et de son intuition – son *feeling* personnel –, la fée choisissait à qui elle voulait offrir ce cadeau, neuf mois de son existence, son ventre et un bébé. Certaines préféraient porter pour un couple d'hommes (une manière de militer pour l'égalité des sexes et l'homoparentalité), d'autres au contraire voulaient qu'une femme pût les accompagner dans les désagréments ou tourments proprement féminins et demandaient un couple hétérosexuel. Il suffisait de connaître ces préférences dès le début de la procédure d'appariement et tout se passait bien. Les intermédiaires jouaient bien sûr un rôle à la fois décisif et délicat : ils proposaient des personnes à des personnes, en escomptant que les unes plairaient aux autres.

— C'est le pari sur un *fit*, résuma l'avocate.

Parents d'intention et mère porteuse seraient des partenaires pour une année, non pas de bridge ou de tennis, ni de jeu ou même de sexe, mais de procréation. Qu'il soit intime ou distant selon leur choix, leur lien devait satisfaire les deux parties. L'aventure était enthousiasmante mais nécessitait d'être préparée. La mère porteuse accomplissait sa tâche sous le contrôle des médecins et ensuite, comme lors d'un accouchement sous × ou d'une adoption plénière, elle déléguait la responsabilité, l'éducation de l'enfant ainsi conçu, et toute la jouissance de sa présence. Elle cédait ses droits et ses devoirs à la femme qui, ayant porté le projet d'enfant, se trouvait à l'origine de la conception.

— Porter le projet a plus de sens que porter l'enfant, c'est toute la signification des nouvelles orientations sociétales.

On ne pouvait dès lors même pas dire qu'il y avait *substitution* de mères, ou même *abandon* d'enfant, car la gestatrice dès le début savait que cet enfant dans son ventre n'était pas le sien. Il s'agissait d'un don d'engendrement, librement consenti, par solidarité, par désir de rendre un incommensurable service, éminemment valorisant pour celle qui le rendait.

— Toutes le disent, insista l'avocate. Elles se sentent fières de créer une famille, de secourir des couples qui connaissent l'épreuve du manque. Ce don précieux les rend précieuses. Nous recourons à des femmes qui aiment être enceintes et qui ont plusieurs enfants, elles se montrent généreuses avec celles dont la chance a été moindre dans la loterie de la procréation naturelle.

Il était difficile de ne pas remarquer que les catégories du don altruiste, de la solidarité, du secours, revenaient à la manière d'une incantation. De sorte que ressortaient une fois de plus ces vertus dont les femmes sont gratifiées depuis la nuit des temps sans être tellement remerciées, la nature leur ayant après tout attribué ce rôle qu'elles ont tenu sans désemparer. *Don* de soi, *don* de la vie, *don* d'engendrement, *don* d'une famille… il ne s'agissait jamais que de cela. Et les gestatrices devenaient des cigognes, des bonnes fées, des bienfaitrices. Pourquoi ce discours n'agaçait pas toutes les féministes ? pensa Alexandre Perthuis. Il se rappelait ce que disait Sandra : les femmes colonisées de l'intérieur, le sacrifice installé de force dans leur nature. La manipulation recommençait ! La propagande gestationnelle mettait en lumière une action héroïque proprement féminine, on décorait les héroïnes, on vantait leurs mérites, faisant miroiter cette valorisation de soi qui manque à tant de gens et à tant de femmes en particulier. Un ressort aussi vieux que l'humanité était activé : se croire altruiste, se gratifier infiniment d'un service qu'on a rendu, se féliciter d'une faveur qu'on a faite et qui vous grandit à vos propres yeux.

— Votre famille est la priorité de tous les intervenants, disait Me Marchand. Médecins, biologistes, donneurs éventuels, gestatrice travaillent ensemble pour vous fabriquer un enfant beau et en bonne santé.

Caroline Marchand voulait tout expliquer à M. Perthuis, venu avec son épouse pour sa part déjà renseignée. L'avocate avait jaugé le couple en quelques instants : un remariage, avec les compromis que cela suppose souvent, la femme déterminée, intraitable, qui abondait sans doute en bizarreries et avait une autorité naturelle, le mari plus placide, intelligent, encore sous le charme originel de cette femme précieusement différente, trouvant son bénéfice dans cette alliance car décidé à le trouver, ayant un fond plutôt tendre, une indulgence presque patriarcale pour les éventuels caprices féminins, l'envie de faire plaisir et d'avoir la paix domestique. Rien de très original en somme, un grand classique de la configuration conjugale, et l'enfant se dressait devant eux comme un sommet sans chemin. Comme toujours, madame était sûre de ce qu'elle voulait et monsieur plus incertain sur ce qu'il était capable de supporter, attentiste dans un silence un peu désenchanté, mais qui naturellement serait prêt à tout pour son épouse.

— Ma prestation couvre tous vos besoins et escorte toutes vos démarches. J'accompagne mes clients de l'inscription dans une agence à la conception de l'embryon et jusqu'au retour en France. Je rédige les contrats dont j'ai l'habitude. Des documents qui font parfois plus de soixante pages, précisa l'avocate. Il s'agit en effet de prévoir tout accident ou difficulté afin de garantir son cœur contre les mésaventures.

— Quelles mésaventures ? demanda Alexandre.

— Comme dans toute action humaine, elles sont nombreuses, dit Me Marchand.

Elle avait souri avant d'entamer une liste. La pire des difficultés était peut-être un refus d'avortement en cas de malformation du fœtus.

— À qui dans ce cas appartient l'enfant dont les commanditaires ne veulent plus et que la gestatrice met au monde contre leur gré ? demanda l'avocate avec un effarement joué.

Il y avait aussi les nombreux problèmes liés aux arbitrages entre le bien-être du fœtus et la santé de la gestatrice. Tout cela était précis et fastidieux. Il suffisait de savoir que les précautions juridiques et financières étaient prises. On craignait enfin une rétractation de la gestatrice brusquement désireuse de garder pour elle le nouveau-né. Les pénalités étaient dissuasives et la femme porteuse n'avait jamais les moyens de se payer ce luxe, assura la juriste.

— Cette crainte de ne pas récupérer le bébé est irrationnelle, conclut-elle. En réalité, la plupart des porteuses souhaitent que leur nom n'apparaisse pas sur l'état civil de l'enfant. Les maris en font souvent une condition *sine qua non* à la participation de leur épouse. C'est vous dire qu'ils souhaitent ne jamais avoir la moindre responsabilité ou devoir vis-à-vis de cette progéniture ! Par exemple si les deux parents d'intention venaient à décéder.

Cette dernière phrase avait été prononcée avec moins de vigueur. Puis l'avocate reprit sa narration victorieuse en soulignant l'indifférence garantie des gestatrices. Certaines ne voulaient rien savoir. Ce qui se passait en elles devait avoir lieu sans elles ! Elles se mettaient à distance pendant neuf mois et le jour J demandaient à être endormies, césarisées, et à se réveiller comme si rien ne s'était passé, sans avoir vu l'enfant qu'elles oubliaient d'autant plus facilement.

— Aucune n'est autorisée à allaiter le nourrisson ni à passer du temps avec lui. Aucune n'en a envie, d'ailleurs. Il s'agit de *votre* bébé, insista l'avocate.

Dans la plupart des États américains, la législation en matière de filiation s'était adaptée, la femme qui accouchait apparaissait sur l'acte de naissance puis abandonnait aussitôt ses droits, ce qui conduisait à un nouvel état civil de l'enfant sur lequel était inscrit le nom de la mère d'intention. En France, le combat pour la transcription engageait de plus en plus de bonnes volontés.

— Nous avons des espoirs du côté de la Cour de cassation. Il faudrait être un monstre pour vouloir que les enfants aient à souffrir d'une situation qu'ils n'ont pas choisie, dit Me Marchand.

Sa volubilité s'accroissait au fur et à mesure qu'elle pensait avoir à la fois balayé et clarifié son sujet.

Alexandre demanda si l'enfant une fois adulte était en mesure de retrouver le nom de la femme qui l'avait mis au monde.

— C'est une bonne question, reconnut Me Marchand avant de répondre sans grande rigueur.

Elle ne s'inquiétait pas. On pouvait faire confiance aux familles pour maintenir le lien, assurait-elle, beaucoup s'élargissaient à la gestatrice, qu'on appelait *la maman d'Amérique* et qui existait à ce titre dans l'imaginaire de l'enfant, on fêtait Noël, on organisait des rencontres avec elle. C'était peut-être plus fréquent dans les couples masculins.

— Est-ce la réalité ou ce que l'on veut nous faire croire ? demanda Alexandre pour mettre dans cet entretien une note enfin imprévue.

Il voulait bien écouter et ne pas se montrer désagréable mais croire naïvement tout ce qu'on lui racontait était une autre histoire.

— Les choses ne sont pas aussi compliquées que certains veulent le dire, commença Me Marchand.

Mais Alexandre poursuivait : tout le monde avait entendu parler des affaires réitérées de demande de transcription des états civils d'enfants nés par GPA à l'étranger. La France était montrée du doigt alors qu'elle n'imposait que le maintien de la vérité dans les papiers officiels. La fameuse quête des origines, qui en matière de don de gamètes créait l'unanimité sur la transparence, était en revanche peu évoquée, voire délibérément bafouée en matière de gestation pour autrui.

— Ce que les militants appellent transcription n'est que la transcription d'un mensonge, conclut-il. Une fois en possession des enfants, la mère d'intention veut à tout prix substituer son nom à celui de celle qui les a mis au monde, je ne me trompe pas ? On dirait qu'elle réclame une appellation.

— C'est une question de vie pratique, répondit l'avocate avant de contester le vocabulaire d'Alexandre. *Mettre au monde*, *accoucher*, voilà de grands mots qui sont dorénavant excessifs. Pour toute GPA on supprime évidemment l'accouchement, qui chez les mammifères est le déclencheur essentiel de l'attachement, considérons donc que le terme est obsolète. Les gestatrices mettent-elles au monde les enfants ? La question se pose. La césarienne se fait sous anesthésie générale, il n'y a plus de parturiente mais une femme qui s'endort puis se réveille délivrée de quelques kilogrammes, sans la moindre idée du temps écoulé, des gestes de l'obstétricien et du visage de l'enfant. Quand tout se passe bien, elle se sent surtout légère et disponible pour reprendre sa vie. Et que lui dit la vie ? Que la véritable mère est celle qui va élever l'enfant et qui l'a désiré. Cette vérité doit être écrite afin de faciliter l'existence de ces familles nouvelles. Elles ont besoin du droit légal de décider pour l'enfant.

— Pourquoi ne pas juxtaposer les deux noms ? suggéra Alexandre. Considérons que ces enfants ont deux mères, une mère par la biologie, une mère par la culture.

— Est-ce vraiment ce que vous aimeriez ? demanda l'avocate.

Il comprit qu'elle voulait dire – *ce que vous aimeriez si vous aviez un enfant de cette manière* – et ne répondit pas. Au fond de lui, il savait qu'il ne voulait pas un enfant de cette manière.

— Ce serait une discrimination entre les enfants, assura Me Marchand. On ne peut le permettre.

— Mais on peut permettre que les circonstances d'une naissance soient effacées ? Un acte de naissance est un document de vérité. Un centenaire pourrait encore y lire l'heure de sa naissance à la minute près. Chaque fois que j'ai en main ce document je suis ému et je pense à la mère, dit Alexandre.

Pendant toute cette conversation, Alba n'avait rien dit. Elle pensa que l'heure de la naissance de Sophie était celle de la mort d'Ada. Était-ce la source de l'émotion d'Alexandre ?

— Vous êtes un homme sensible, murmura Me Marchand. Je le dis comme un compliment.

Alexandre Perthuis pouvait argumenter jusqu'à satiété, les positions ne changeraient plus. Les deux femmes avaient pensé tout ce qu'elles étaient capables de penser, enfermées qu'elles étaient, l'une dans une cause, l'autre dans un désir.

— Les familles créées par don d'engendrement font sans doute tout pour l'oublier, conclut Alexandre.

— Est-ce une chose qui peut s'oublier ? répliqua Me Marchand avec habileté et souveraineté.

Elle ne comptait pas insister sur ce point dans le moment où elle souhaitait donner des gages de son activité. Le sujet était complexe, ils auraient l'occasion d'en reparler, promit-elle, elle donnerait toutes les précisions nécessaires, mais avant cela elle désirait montrer quelque chose à Mme Perthuis. Avec son accord, elle s'était permis de faire une première sélection parmi les candidates proposées par l'agence avec qui elle travaillait habituellement.

— Voulez-vous que nous consultions ensemble leurs fiches ? Cela vous donnera une idée concrète des profils.

Alba souhaitait voir toutes les gestatrices du catalogue et l'exprima clairement. Manière de reprendre l'ascendant, pensa Alexandre en admirant la fermeté de sa femme.

On pouvait faire à Alba beaucoup de reproches sans doute, mais quand elle voulait quelque chose elle mettait tout en œuvre pour l'obtenir. Elle ne laissait rien au hasard et savait se montrer simultanément combative et diplomate. Il y avait de la grandeur à savoir si bien ce qu'on voulait, pensait Alexandre. Une fois de plus, Alba imposait ses stratégies et ses manies. Elle figurait une autorité, une éloquence, une souffrance et un bonheur. Il voulait se montrer loyal envers elle et décida de se taire. L'amour et le mariage lui imposaient cette servitude : ne pas la trahir, accepter ses errements et même ses erreurs, l'aider peut-être, la retenir sans doute. Il se demanda quelle ligne de conduite était praticable. Regarder n'engageait à rien.

L'accoutumance venait vite et il était à peine dérangeant de faire défiler sur l'iPad ces photographies de femmes qui se disaient prêtes à porter pour vous votre enfant et qui avaient passé avec succès les tests de sélection. Les clichés, les sourires, les autoportraits rappelèrent à Alexandre sa recherche amoureuse sur OKCupid, ça n'était pas différent : sur la base d'un volontariat, des gens se proposaient à d'autres gens. L'agence offrait pas moins d'une centaine de candidates. Le privilège de faire un enfant pour autrui était éminemment valorisé, et donc valorisant, pour des femmes qui se sentaient de simples mères au foyer, sans puissance et sans intérêt. Tout à coup ces mères de famille anonymes détenaient ce pouvoir : donner un bonheur sans mesure à quelqu'un qui sans elles ne pouvait pas l'atteindre.

— Ces listings sont hautement confidentiels, souligna Me Marchand en laissant Alba considérer les fiches.

Celle-ci vous plaît ? demandait l'avocate, lorsqu'Alba s'arrêtait sur un profil. Et celle-là aussi ? Oui, elle offre toutes les garanties, confirma-t-elle à propos d'une jeune femme du Wyoming. Mais les médecins devront préalablement vérifier la compatibilité biologique avec vous.

Le curseur descendait dans la marge à droite en même temps qu'apparaissaient puis disparaissaient de l'écran des sourires, des coiffures, des visages qu'Alba jugea typiquement américains. Comme une femme afro-américaine venait de s'afficher, Me Marchand intervint :

— Certains couples hétérosexuels blancs choisissent des mères porteuses noires pour accroître la distance mentale entre l'enfant et sa gestatrice. Ainsi, en cas de litige, les tribunaux sont davantage tentés de donner l'enfant blanc à la mère de même couleur. C'est une stratégie. Mais je ne vous la conseille pas, la symbolique est trop forte.

Tout était dit avec un naturel étourdissant. Alexandre envisagea dans son ensemble le discours de Me Marchand. On ne parlait que de femmes généreuses, de couples aux petits soins, de don, de joie et d'amour. C'était un monde +++, où l'on désirait plus son enfant, où on l'aimait tellement mieux que dans les familles souvent dysfonctionnelles qui avaient conçu les leurs naturellement. La famille GPA était idyllique. Vive le progrès ! L'esprit critique était balayé par une vaste mise en mots, circonvenu par un optimisme sans faille, bloqué dans une sidération indolore. Passez, les réactionnaires ! Alexandre regardait sa femme, son énergie concentrée, sa charmante raideur attentive. Alba était parfaitement à l'aise, connaissait tout le processus, s'y voyait déjà. Elle était grisée. Elle n'avait aucune permission à demander à personne. La réalité venait s'ajuster point par point à son rêve. Ce qui autrefois aurait été impossible et inconcevable était à portée de sa main. Le présent offrait bien mieux que des nourrices noires câlinant des bébés blancs et joufflus, le temps des nounous esclaves était dépassé par celui des gestatrices. Et la servitude devenait plus perverse, qui prétendait se fonder sur un consentement. La pauvreté croissante garantirait les effectifs. On pourrait compter sur une armée de réserve féminine à disposition pour fabriquer les rejetons d'une humanité puissante. Les enfants justifiaient tout, pensa Alexandre. Alba était absorbée dans la contemplation de la photographie qui lui plaisait le plus. La fiche présentait une jeune femme de vingt-six ans, déjà mère de deux garçons, au visage frais, aux joues pleines, à la chevelure blonde, dont le sourire laissait voir les fameuses dents californiennes, blanches et parfaitement alignées. Ce modèle d'épanouissement et de santé se proposait pour une gestation altruiste.

— Aucune de ces femmes n'est pauvre, précisa Caroline Marchand. Aucune ne reçoit la moindre aide sociale de la part de l'État américain. C'est la garantie que nous offrons à nos clients. Ces volontaires ne font pas cela pour l'argent, elles le font pour vous. Elles ont ce qui s'apparente à une vocation, répéta l'avocate avec une conviction sincère et personnelle.

Était-ce l'occasion de parler d'argent et le bon moment ? Alexandre s'empara du silence et du sujet. Il plaisanta : Combien coûtaient ces dons généreux ? À qui allaient les sommes déboursées par les parents ? Ces questions étaient loin d'être anodines. Sans la promesse d'une rémunération, aucune femme ne demanderait à être enceinte pour d'autres. On pouvait lui raconter le contraire, il n'en croirait pas un mot. Y aurait-il des volontaires au don et à la gestation si l'opération était bénévole ? Évidemment non.

— Il y en aurait, assura Caroline Marchand, n'en doutez pas. Mais vous avez raison aussi, concéda l'avocate, les gestatrices doivent être défrayées, il le faut, car c'est l'un des aspects révolutionnaires et émancipateurs de l'activité. Le travail de reproduction de l'espèce humaine est enfin payé, on peut s'en féliciter !

Alexandre ne retint pas son rire. Trop c'était trop ! Arrêtez, n'exagérons pas ! disait sa main dans l'air. Alba le regardait d'un air réprobateur. Il glissa vers un sourire qu'il lui adressa et reprit peu à peu un visage à la fois sérieux et dubitatif. Sa chevelure poivre et sel était ébouriffée et lui faisait une sorte de casque, Alba le recoiffa d'un geste distrait.

— Ne riez pas, dit Me Marchand, marmoréenne. Les Indiennes touchent l'équivalent de dix années de salaire. Elles n'ont aucun complexe et ne parlent que de cet argent qui changera leur vie et celle de leurs enfants. Pendant qu'elles sont enceintes pour un couple de parents, elles ne le sont pas de leur mari, c'est au moins un enfant de moins à nourrir et à élever. À l'inverse, les Américaines n'évoquent presque jamais l'indemnité qu'elles touchent, elles sont contentes d'être dédommagées mais c'est la démarche d'ensemble qui les motive, donner une famille à quelqu'un qui en rêve. Tout le monde est convenu d'appeler cela une GPA éthique, l'argent y occupe une moindre place. Quoi qu'il en soit, conclut l'avocate, ne jugez personne. En Inde, les mères porteuses tiennent le Dr Patel pour leur bienfaitrice. Là-bas, on se bat pour être choisie.

— C'est donc éthique lorsque les gestatrices sont peu payées ? dit Alexandre comme s'il n'avait pas bien compris. Être enceinte à la place d'une autre ne pouvant être un travail, il faut en faire un don, c'est ça ?

— Si vous tenez à le dire de cette façon, murmura Me Marchand.

— Quelle rémunération recevra cette femme ? demanda-t-il en désignant d'un geste du menton le visage affiché à l'écran.

— C'est variable, mais je vous le répète, ce dédommagement ne changera pas sa vie, elle souhaite avant tout vous faire le cadeau d'une famille.

— Nous avons déjà une famille, dit Alexandre.

Voulant paraître détendu et sûr de lui, il avait pris à dessein un air distrait alors qu'il était très concentré et combatif dans cette conversation. M. Perthuis était difficile à assouplir, ce n'était pas la première fois bien sûr que Me Marchand faisait face à quelques réticences. Elle se montrait patiente et méthodique, rassurant Alba par des regards de connivence confiante.

— Mais votre femme se sent incapable d'une grossesse tout en désirant un enfant, dit l'avocate avec douceur.

— Et je suis ici pour cette raison, malgré mes réticences.

Il assumait de n'être pas convaincu par un monde où la technologie donnait pour la première fois aux femmes la chance inouïe d'avoir le choix. Me Marchand au contraire vanta cette opportunité sur le ton le plus compréhensif qui soit :

— Notre époque est faite pour aplanir ces difficultés. J'accompagne de nombreux couples dans cette situation de handicap procréatif. Ils ont droit à tous les égards, la société se doit de leur faciliter l'accès à l'engendrement. La France est en retard dans ces domaines de pointe mais les États-Unis ont compris depuis trente ans tous les intérêts de la libéralisation. Leur droit de *common law* facilite les choses, les juges statuent au cas par cas, en fonction des circonstances particulières, sans être empêchés par de grands principes de faire le bien des enfants nés de cette manière encore marginale.

L'avocate était ferme et simple, assurée de sa compétence et certaine de mener le bon combat, consciente des obstacles et armée pour les faire tomber. Elle connaissait la fin de l'histoire. Les phénomènes en cours étaient irréversibles. La famille évoluait, le modèle nucléaire patriarcal craquait de toutes parts, il était vain et peu généreux de le défendre. L'homoparentalité avait gagné ses galons, il était désormais admis qu'un enfant pouvait être bien élevé par deux hommes ou deux femmes. La procréation ne ressemblerait plus jamais à ce qu'elle avait été. Il fallait s'y faire, la famille et les lois étaient utilement questionnées ! Lorsque des minorités demandaient des droits qui n'enlevaient rien à personne, elles les obtenaient toujours. Cela serait de plus en plus fréquent et rapide. De brèves périodes amèneraient de grands changements. Si l'on voulait vivre en harmonie avec ses contemporains, mieux valait vider sur-le-champ son sac à préjugés. En parlant, levant parfois les yeux vers les bébés qui souriaient sur le mur, l'avocate regardait plus souvent Alexandre qu'Alba. Construire une argumentation était son métier. Justifier ses choix était l'une des choses qu'elle avait depuis longtemps l'habitude de faire. Elle était rodée, les objections l'affermissaient. Elle semblait dire : je n'ignore pas combien ma façon de voir vous surprend mais je m'en fiche comme d'une guigne, ma ligne est la bonne et vous y viendrez par la force du monde. Alexandre observait l'architecture de son visage, sa mâchoire marquée, ses yeux petits, ses cheveux noirs coupés plus court qu'il ne portait les siens. Délibérément masculine, pensa-t-il et, comme si l'interlocutrice se tenait du côté des hommes, il se rangea aux côtés des mères.

— Je plains les mères porteuses, dit-il. La violence qu'elles subissent n'a pas de nom.

— Personne ne les traîne jusqu'à la clinique, répliqua Me Marchand.

— La dureté économique s'en charge, murmura Alexandre, et l'embrigadement psychologique est à la portée de tout organisme qui a des moyens.

Il en avait eu la preuve récemment, raconta-t-il. En surfant sur internet, il avait découvert la vidéo d'une *retraite spirituelle* organisée pour des gestatrices. Une soixantaine d'entre elles, assises par terre en cercle autour de bougies allumées, partageaient leurs expériences, leurs inquiétudes, leurs joies. Stéphanie venait avec son gros ventre devant la caméra témoigner de sa motivation. Quel bonheur de donner bientôt cet enfant au couple qui l'attendait ! Mais l'altruisme mégalomane se mêlait à une folie sacrificielle et Stéphanie tout en parlant pleurait toutes les larmes de son corps. *Toutes les larmes de son corps* était l'expression qui convenait, insista Alexandre. Le reportage faisait la promotion du job de mère porteuse, pourtant toutes ces images étaient dignes d'une secte.

— Elles sont volontaires et leur corps n'appartient qu'à elles. Que voulez-vous ajouter à cela ? demanda Mᵉ Marchand.

— Un mot sur leur vulnérabilité, proposa Alexandre.

— Alexandre ! supplia Alba.

Le mot l'avait comme transpercée : elle aussi se sentait vulnérable, pourquoi son mari ne défendait-il que les autres ? Elle sembla affectée comme si elle voyait s'effondrer son rêve. Il comprenait qu'elle voulût une conversation intime et croisa les bras en se taisant. Caroline Marchand concluait :

— Je vous le répète, les agences refusent les candidates en situation de précarité. Faites-moi confiance, vous ne regretterez pas votre choix.

2

Pendant la soirée qui suivit cet entretien, Alexandre ne fit aucun commentaire. Il ne partagea pas un étonnement qui n'avait pas été partagé. Au contraire, il y repensa seul, avec placidité. Il était satisfait d'être mieux renseigné, de savoir comment se déroulaient les choses et aux dépens de qui. Comme l'avait prédit l'inventeur de la FIV, les possibilités ouvertes par la science s'avéraient stupéfiantes, le vaste Meccano d'une reproduction humaine contrôlée était en place, et tel le vent sur un feu, internet tantalisait ses visiteurs. Alba avait dû surfer pendant des heures sur la Toile et succomber à une offre si pléthorique qu'elle prenait trompeusement des allures de démarche légale. Comment se dire qu'en quelques clics on contournait la loi française ?

À l'inverse de son mari, à qui elle n'avait pas fait de reproches, Alba avait envie de parler.

— À quoi penses-tu ? demanda-t-elle à peine étaient-ils arrivés chez eux.

Mais Alexandre était déjà occupé avec les enfants. Il avait remercié tout de suite la nounou qui était partie chez elle, de toute évidence il l'avait fait exprès, pensa Alba, pour éviter la discussion.

— Je sens que tu ne l'as pas aimée ! déplora-t-elle à peine revenait-il au salon.

Elle parlait bien sûr de Me Marchand. Et comme Alexandre ne démentait ni n'acquiesçait, Alba poursuivit :

— Elle ne fait pas de grâces parce qu'elle est la meilleure.

— J'en suis sûr, dit Alexandre, avec dans la voix une nuance d'âpreté incomplètement réprimée.

Il repensait à ce qui l'avait le plus frappé : la mise en récit manipulatrice, ce discours rodé qui opérait une sélection dans la réalité, passant sous silence les souffrances et les contraintes, effaçant les moyens et insistant sur l'objectif. Qui n'est pas heureux devant le spectacle qu'offre un beau bébé avec ses parents ? Il pensait au visage d'Alba hypnotisée par l'expertise de l'avocate, à cette complicité entre elles – la fameuse sororité ? Il avait eu le sentiment de n'être qu'une pièce rapportée, secondaire dans cette affaire et bonne à payer surtout. Mais Alexandre garda tout cela pour lui et se montra particulièrement tendre avec Alba, passant au registre gai sans craindre l'hypocrisie.

— Ma chérie, tu es prodigieuse, dit-il d'un ton réjoui.

Avec le regard d'une personne sur la défensive, qui s'attendait à être critiquée plutôt que louée, Alba le scrutait pour savoir s'il se moquait d'elle. Il ajouta :

— Tu es à la hauteur de ton désir. Tu l'exprimes, tu le poursuis, tu endures l'attente.

Il avait accepté de vivre avec Alba et de l'aimer sans forcément la comprendre, et il voulait continuer. Il voulait être l'homme des rapports heureux. Pour le meilleur et pour le pire.

— Tu sais que je suis ton impassible et affectueux complice, dit-il, alors je comprends qu'un enfant soit maintenant ta plus grande aspiration.

Il ne disait pas ce qu'il pensait : un enfant, oui, à n'importe quel prix, non. Mais il éprouvait un vif élan d'indulgence. Pauvre Alba, terrorisée devant la grossesse comme un petit animal devant le prédateur. Comment lui en vouloir ? Comment lui faire comprendre que toutes les femmes étaient inquiètes mais faisaient là une des grandes découvertes de leur vie ? Attendre un enfant, sentir qu'un être existe à l'intérieur de soi, le libérer. Plus jamais elles n'étaient les mêmes après cette expérience intime, à la fois purement corporelle et profondément psychique. Les scientifiques l'avaient montré : la grossesse modifiait le cerveau et son incidence était durable. Naissance de l'enfant vaut renaissance de la mère, avait dit Ada pour résumer l'arrivée au monde de Nicolas. Des paroles comme celles-là avaient affecté Alexandre, il avait voulu lui aussi faire renaître Ada. La réalité lui avait appris la place de la grossesse et de l'accouchement dans la vie de la mère, du père, de la famille. Et pourtant il venait d'entendre deux femmes discuter comme si un utérus était un réceptacle indépendant, un outil échangeable, un contenant que l'on pouvait prêter, à la manière d'une voiture ou d'un four, pour rendre service et sans en être le moins du monde affectée. C'était pratique évidemment. Combien veux-tu pour me prêter ton ventre ? demandait l'une. Je suis fière de te le prêter, disait l'autre. En sortant du cabinet de Me Marchand, dans l'avenue large dont les tilleuls avaient un feuillage neuf, Alexandre avait pris la main d'Alba et proposé de marcher un peu. Et il n'avait pas davantage accepté la discussion lorsqu'en se suspendant à son bras, et comme si elle savait ce qu'il pensait, elle avait dit :

— Je sais que tout cela peut étonner au premier abord.

Depuis ce moment, la conversation se passait comme si chacun redoutait les pensées de l'autre, comme si chacun se méfiait à la fois de ce qu'il avait à dire et de ce que dirait l'autre.

Le dîner avait été joyeux, animé par les histoires des enfants, Nicolas bavard, Sophie rieuse. Le frère et la sœur s'étaient couchés gentiment sans faire d'histoires. Alexandre les avait entendus parler dans leurs lits, un babillage qu'il aimait, leur relation privilégiée hors de portée des adultes. Puis le silence s'était fait dans leur chambre et il avait enlacé Alba avec une détermination ostensiblement érotique et ludique. Tant qu'il n'aurait pas la preuve qu'ensemble ils n'arrivaient à rien, il espérerait concevoir charnellement : dans la tendresse et les baisers. Pourquoi faire fabriquer un enfant à des inconnus quand on pouvait le faire soi-même ? Il ne le disait pas mais le pensait, *en son âme et conscience*, dans l'intériorité de lui-même, là où l'on arrange sa vie sans se soumettre. Il était dans sa maison et dans son âme, il entraînait son épouse dans son propre monde et son envie. Lui aussi pouvait être à la hauteur de son propre désir et il avait pour cela son amour.

Alba se laissa mener, dans un mouvement de coopération, voulant se montrer aussi conciliante qu'Alexandre l'avait été avec elle. Elle était reconnaissante à son mari d'avoir rencontré Me Marchand. Alexandre avait écouté activement, et il n'avait pas insisté lorsqu'Alba l'avait supplié d'interrompre sa contestation. Maintenant il était tout contre elle, sinueux comme une liane, dans une excitation non dissimulée. Ils dorment, viens, disait-il à l'oreille de sa femme. Par gratitude, elle le suivit dans le couloir vers leur lit, vers la pénombre et le silence de leur chambre, l'espace qu'ils partageaient, le lieu symbolique de la communauté nuptiale. Il l'entraînait vers l'amour comme elle l'avait entraîné à entendre une avocate spécialiste. Viens et tu te feras une idée, avait dit Alba. Viens, disait-il maintenant. (Viens et je te ferai un enfant.) À son tour elle se montrait facile mais certaine de ne pas se soumettre à l'éternel désir masculin, à ce fascinant besoin de palper et de pénétrer, de jouir et de féconder. Elle pensait : de jouir et d'inséminer. Inséminer était un verbe qui lui donnait envie de vomir. Par chance, les médecins ne l'employaient plus : on *implantait* l'embryon – un, deux ou trois, quitte à faire ensuite une réduction. Chez Alba, ces pensées et cette attention aux mots accompagnaient le refus sexuel. Alexandre n'en avait pas idée. Maintenant il serrait la main, tirait le bras, imprimait son élan, et il n'était pas repoussé. Il se sentait gagner du terrain sur la froideur. La concorde sensuelle se tissait, pensait-il, se croyant adroit et délicat tandis qu'Alba n'était que raisonnable, on pourrait dire rationnelle. À cet instant, il était amoureux, elle était calculatrice. Plus elle s'avançait dans le projet de l'enfant artificiel, plus leur corps à corps s'enroulait autour d'une dette : Alexandre gagnait Alba par gratitude anticipée. Il paierait une onéreuse gestation par souci de lui éviter ce poids, il paierait parce qu'Alba le réclamait (sans avoir les moyens de se l'offrir toute seule), elle se devait donc d'être douce et accueillante. Tel était le raisonnement. Mais plus Alba poursuivait l'enfant artificiel, plus Alexandre désirait l'enfant naturel. Extraordinaire malentendu.

Il évoluait autour de sa femme, léger, délicat, animal – un papillon, un chat –, maintenant maître du dévoilement, la déshabillant tout en se dévêtant aussi, l'un et l'autre debout au bord du lit. Elle était parfaitement passive, coquette, qui se voulait désirée sans fin, proche et inaccessible, une prise sans cesse reportée. Quand ils furent nus l'un et l'autre, il la fit asseoir puis l'allongea et sans attendre vint sur elle comme pour se ficher en elle avec ardeur. Non, dit-elle aussitôt, et aussitôt il l'embrassa sur la bouche pour la faire taire. Leurs ventres se touchaient. La toison pectorale sombre effleurait la poitrine blanche, cette peau qui ne voyait pas le soleil. Friction primitive, image du masculin approchant le féminin, rêvant de devenir un dieu en pénétrant la déchirure de la béatitude. Il referma sa main sur un sein. Alba sentait la puissance de l'envie, l'attachement à son corps, l'attraction irrésistible qu'elle exerçait. Pourquoi la chair des femmes enflammait-elle les hommes jusqu'au tourment ? Un buste généreux avait le pouvoir de fabriquer un esclave. Le silence s'emplissait de souffles et de rires. Sois tranquille, disait Alexandre. Fais-moi confiance. C'étaient les paroles de l'avocate. Il n'y pensa pas en les murmurant, chaque situation fait varier le sens des mots, les siens remontaient depuis les profondeurs, depuis le trouble intime et le besoin secret de communion. Comme toujours, Alba avait fermé les yeux. Que refusait-elle, que craignait-elle de voir ? Un visage si près du sien ? Un corps mortel, vivant et imparfait ? Le désir, la convoitise, la tendresse, l'attente, l'espoir ? Lui voulait tout voir de son amante, il refusait d'aimer en aveugle.

Elle ne se donnerait pas ce soir, pas encore, il ne connaîtrait pas cette allégresse, pensa Alexandre, mais il gagnait du terrain. Ne crains rien, souffla-t-il en même temps qu'il approchait son sexe plus près de celui d'Alba. Son gland effleura le clitoris. Leurs muqueuses les plus vulnérables se touchaient, Alba était médusée. Tu es douce, disait Alexandre, je sens ta douceur. Elle se taisait, statufiée par la proximité, cataleptique, suspendue, aux aguets du moindre mouvement. Le moindre mouvement pouvait être un franchissement, une effraction. Mesure l'ampleur de ma confiance, aurait pu dire Alba. Mais c'était inutile, Alexandre mesurait l'effort et le progrès. Il fit descendre son sexe, plaçant l'extrémité de sa verge devant l'ouverture du vagin comme pour y entrer. Peut-être Alba réagirait à cette approche, comme de nombreuses femmes dont le désir s'attisait de l'imminence et de l'attente. Infranchissable Alba. Il était à son orée, l'humidité était là. Un infime coup de reins et il aurait été en elle enfin. Rien n'aurait semblé plus naturel, évident, normal. Utile, salvateur même. Et ce serait un viol, parce qu'elle ne voulait pas. Un viol conjugal, le plus choquant de tous puisqu'il est perpétré par celui à qui on a lié son bonheur et sa sécurité. Alba avait dit non, il l'avait entendue. Non, c'est non. Il n'était pas de ceux qui l'ignorent. Les amantes disaient *oui*. Il se rappelait Ada. Ada criait oui, sa voix de gorge chantait l'acquiescement et l'envie persistante. Ne jouis pas ! disait-elle aussi. Alba restait silencieuse.

Non, c'est non. Mais l'humidité était là. Mieux qu'Alba, le corps d'Alba voulait. Ton sexe m'attend, dit Alexandre à sa femme. Il fallait substituer le plaisir à l'effroi, vaincre le refus en réveillant ce qu'elle avait endormi. Il s'enroula sur lui-même pour amener sa bouche jusqu'à la moiteur qui l'attirait. Non, dit Alba. Mais c'était un moindre non. J'aime t'embrasser, dit-il, tu ne veux pas ? Elle hocha la tête, dubitative. Tu ne comprends pas que ça me plaît, dit-il, tu ne comprends pas mon plaisir. Il glissa sa main entre les cuisses, laissant le bout de ses doigts caresser la face interne beaucoup plus douce. D'une pression faible il ouvrait délicatement les jambes pour prendre sa place, guettant la contrariété – il arrivait qu'Alba les refermât comme s'il allait la blesser. Mais non, cette fois les genoux tombèrent d'un côté et de l'autre, le blanc laiteux apparut dans sa plénitude jusqu'à l'aine, et à ce carrefour intime s'offrirent la toison et le sanctuaire, l'origine. En se courbant davantage, Alexandre en approcha son visage. Un soupir de bien-être le traversa. Sa bouche vint se poser au centre de la vulve, sa bouche d'abord légère, timide, puis rassurée et insistante. Alba ne le repoussait pas. Il la caressait, la léchait, la mordillait, il voulait l'avaler et être avalé, entrer en elle, il aspirait à la fusion profonde. Ses lèvres fouillaient le sexe de sa femme. Il était un groin. Il la pénétra avec sa langue. La boule de ses cheveux noirs et gris oscillait entre les cuisses blanches. La tête d'Alba oscillait aussi. Pour la première fois, il l'entendit distinctement gémir, un infime couinement qu'elle n'avait pas réfréné, et il reprit de plus belle cette succion passionnée. *Quand tu as trouvé l'endroit où la femme aime être caressée, caresse-le, caresse là*. Il pensa que la vie venait dans son épouse. Je t'aime ! dit-il en se redressant. Regarde-moi ! Alba ne bougea pas. Je trouve que nos rapports sont très beaux, dit Alexandre. Comme un cheval fait avec sa tête, elle acquiesça, les yeux fermés, dans l'agrément d'avoir affaire à un homme raffiné. Je sais que nous pouvons faire mieux, souffla-t-il. Mais il ne reprit pas son siège et son approche. Il s'allongea à côté d'Alba. Une autre aurait supplié : Encore ! Pas Alba. Elle souriait cependant. Son visage avait rosi.

3

Alba souriait et agissait. Avoir un enfant était un acte beaucoup trop sérieux pour le faire à deux dans un lit, livrés à la nature, proies du hasard. Moins d'une chance sur quatre par cycle de procréer, une probabilité d'anomalie génétique croissante avec l'âge, au bout du plaisir la malformation, le handicap ! Toutes les peurs étaient au rendez-vous. Il fallait bel et bien des biologistes, des médecins, un avocat. Il fallait l'aide médicale. Il fallait à tout prix s'en remettre à quelqu'un.

Me Marchand fut définitivement choisie pour sa compétence et sa combativité. Alba faisait toute confiance à cette femme qui avait gagné dans des affaires difficiles. L'avocate avait été la bête noire des conservateurs, une passionaria qui ne perdait jamais la raison et menait les tribunaux devant leurs contradictions. Plutôt spécialisée dans la cause LGBTQ+, Me Marchand accepta le dossier Perthuis-Jeufosse parce qu'Alba avait senti juste : son cas singulier de femme asexuelle toucherait cette lesbienne pacsée et sans enfant. Pour cette raison, la barrière de l'intimité s'était levée et le secret avait été révélé. Et en effet la confidence d'Alba porta ses fruits, les deux femmes devinrent complices, cette situation originale attira l'avocate, connaître la vie sexuelle à l'insu du mari lui plaisait, elle aimait cette stérilité sociale invisible, un pied de nez au système en somme. La suppression du critère d'infertilité marquait le passage du strictement médical au sociétal, c'était l'accomplissement total du programme vers la procréation sans sexe. Alba incarnait la mère du futur, il fallait l'aider à advenir.

En employant ses économies personnelles, Alba versa un acompte. Aussitôt Caroline Marchand lançait sa recherche d'une gestatrice fiable et adéquate. C'était une grande faveur, d'ordinaire l'intégralité de la somme était demandée.

— J'espère que vous êtes sûre du ralliement final de votre époux, avait glissé l'avocate.

Futur banquier de cette opération, Alexandre ne savait rien de ces démarches. Alba différait le moment de mettre cartes sur table. Craignait-elle de rencontrer une fin de non-recevoir et qu'il n'en résultât qu'une rupture de l'alliance. Elle s'imaginait l'ultimatum réciproque : Cesse d'avancer dans ce territoire abject ! Cesse de m'interdire d'être mère ! Elle n'était pas en mesure de céder. Ne deviendrait-elle pas folle de douleur si sa vie demeurait stérile, si quelque chose d'elle-même ne se prolongeait pas dans une autre personnalité ? Le mariage avait donné une impulsion irrésistible au désir d'enfant, une lame de fond la soulevait et risquait de tout briser. Alexandre ignorait ces forces obscures autant que les complicités avec Me Marchand. Sa femme aimait la vérité et ne manigançait pas, il l'aurait juré. Il pouvait simplement constater qu'Alba était inhabituellement extravertie et joyeuse, étonnamment florissante même, il s'en réjouissait, et encore plus proche de Nicolas et Sophie qu'elle entraînait dans des élans de bonheur, des farandoles inhabituelles, des fous rires, des jeux et concours de toutes sortes auxquels Alexandre parfois devait mettre fin s'il voulait un moment d'intimité avec sa femme.

— Il est tard ! Au lit ! disait-il, et par une étrange coïncidence il avait le sentiment que ces mots s'adressaient à Alba autant qu'aux deux gamins.

Évidemment, excités par leur entrain, Nicolas et Sophie renâclaient à se coucher, s'agrippant et se serrant contre Alba qui les entourait de ses deux bras avec ferveur et gaieté.

— Je ne suis pas de taille contre vous trois ! protestait Alexandre.

Trois éclats de rire lui répondaient. Il comprenait bien ses enfants, leur motif était simple, mais Alba ? Se servait-elle d'eux pour faire barrière et se protéger des accès de désir qu'Alexandre lui avait témoignés ? Alexandre Perthuis se le demandait. Avait-elle réellement peur de son mari comme de ce membre voué au franchissement, à la perforation ? Venue dîner un samedi soir, Sandra ne se posa évidemment aucune de ces questions. Elle avait vraiment de l'autorité, ou bien une sorte de charisme sans concession, pensa Alexandre, une envergure personnelle qui s'imposait. Avec elle, les gosses se couchaient illico. Et Alba se montra plus coopérative parce que Sandra était là. Sandra : une autre barrière protectrice, pensa Alexandre.

— Au lit, les gosses ! Je vous lis une histoire si vous vous couchez tout de suite, disait la libraire.

Ils coururent dans leur chambre, sautèrent dans leur lit, se cachèrent sous leurs couettes.

— Vous vous êtes brossé les dents ? gronda Sandra.

— Oui !! répondit le chœur enfantin.

— Et on veut des bisous ! criait Sophie.

Quels clowns ils faisaient, pensait Alexandre. Comme ils étaient joyeux, heureux entre deux femmes qui n'étaient pas leur mère. Quelle réussite. C'était une leçon de la vie. Les drames se surmontaient, les rôles délaissés étaient repris. En aurait-on pour autant minimisé les drames ? Personne ne dirait qu'on peut perdre sa mère sans mal sous prétexte que tant de femmes adorables sauront prendre soin de vous. Alexandre se rappelait ce qu'avait dit Sandra : S'occuper des enfants des autres, c'est bien aussi. Et les faire faire par les autres ? Non plus trouver une mère à ceux qui l'ont perdue, mais demander à une mère de les donner à une étrangère ? Il faudrait bien un jour parler de cette violence avec Alba, lui passer la tête de l'autre côté de l'intense propagande. Et regarder les faits de la chair, l'engendrement véritable, le corps touché, l'outrage. Ni la puissance du désir ni le bonheur d'être parent ne réduisaient les objections morales. Alexandre ne parvenait pas à exposer purement et simplement ses objections, il tournait autour du pot avec des arguments sans agressivité.

— Que diras-tu à Sophie et Nicolas ? demanda-t-il un jour. Ils verront que tu n'es pas enceinte et tout d'un coup un bébé débarquera chez eux que tu prétendras le tien.

— Le nôtre, rectifia Alba.

Alexandre acquiesça sur ce qui était à ses yeux un détail.

— Tu vois ce que je veux dire ! dit-il.

Il attendait une réponse.

— La vérité ! s'exclama Alba, je leur dirai la vérité. Il n'y a aucune raison de faire autrement. Les enfants d'aujourd'hui ne s'étonnent plus de rien, tu sais.

Tout avait l'air simple pour ceux et celles qu'encourageait le désir d'enfant. Et les autres, qui ne comprenaient rien, étaient des ringards, des rétrogrades et des donneurs de leçons. Qui avait raison finalement ? Par instants, Alexandre n'était plus sûr de lui. Il ne parvenait pas à s'avouer ce qui allait au-delà d'une opinion ou d'un jugement : une aversion. Alba voulait expliquer aux enfants des gestes inexplicables. Dire la vérité était devenu la panacée, pensa-t-il. Les partisans de l'enfant artificiel s'enorgueillissaient de ne rien cacher à leur progéniture. Aucun couple homosexuel n'avait l'ambition de faire croire que deux personnes de même sexe étaient capables ensemble de fabriquer un enfant ! Mais s'ils se vantaient parfois de la transparence à laquelle les acculait la vraisemblance biologique, c'était justement que les choses n'étaient faciles ni à dire, ni à révéler, ni à comprendre, ni à métaboliser.

Alexandre souhaitait parler avec Sandra. Comment montre-t-on qu'une chose est indicible ? Comment argumenter ? Il fallait qu'il réfléchît avec son amie, en oubliant Alba, sans intérêt personnel ou compassionnel. Alba l'embobinait avec sincérité, elle savait imposer sa vision, elle modifiait les repères qu'il connaissait. Dès qu'on écoute, on s'expose à changer d'avis et davantage encore lorsqu'une affection nous lie à celui qui veut nous convaincre. N'est-ce pas l'essence concrète du sentiment amoureux et de la vie commune : être influencé par l'autre, se transformer mutuellement – et parfois devenir cette étrange unité bicéphale, un couple. Il écoutait Alba, faisait une place à ses désirs de femme, elle avait un projet et conspirait naturellement à le mener, mais il était en droit de se dégager pour prendre sa décision sans risquer un jour d'avoir honte. Peut-être était-il un dinosaure dans un monde où il n'avait enregistré que les changements qui le concernaient. Nouveaux matériaux dans le bâtiment, logiciels de conception avancée, archives en 3D… son métier avait intégré les logiciels auto-apprenants et les mystères de leur créativité. Eh bien dans le même temps la procréation sans sexe s'étendait, la reproduction devenait contrôlée, le petit d'homme n'était plus engendré mais fabriqué. Que fallait-il en penser ?

— C'est une maîtrise magnifique, disait Alba. Voudrais-tu que les familles n'en profitent pas ?

Elle le pressait. Forte comme la mer, insistante, tous les jours elle lui demandait s'il donnait son accord.

— Alors, tu as réfléchi ?

Il repoussait sans cesse sa réponse et promit : au prochain rendez-vous avec l'avocate, il se déciderait.

— Mais il n'y a pas de prochain rendez-vous ! protesta Alba. Nous l'avons vue longuement et nous ne sommes pas ses seuls clients.

Il avouait sa difficulté à se lancer *là-dedans*. Il voulait réellement se montrer patient, intelligent, diplomate, mais les moyens qu'Alba se donnait lui avaient toujours semblé bons pour les autres.

— Invite ta Caroline Marchand à dîner ! Je voudrais l'entendre en face de Sandra.

Et comme Alba rechignait, peu enchantée par cette perspective, déjà prétextant l'emploi du temps chargé de l'avocate – ce n'est pas *ma* Caroline Marchand et elle est submergée de dossiers ! –, le ton se fit plus ferme, la petite nuance d'âpreté revint dans les voix. Me Marchand avait vu juste : la maternité se dressait devant eux comme un jardin sans accès.

— Débrouille-toi, dit Alexandre Perthuis à son épouse. Dis-lui que ton mari ne comprend rien et qu'il faut tout lui expliquer ! Peux-tu faire cela pour moi ?

Mais Alba n'en fit rien. Comment tendre un guet-apens intellectuel à celle qui devait l'aider ? Cette résistance tranquille amena son époux à résister lui aussi. Chacun faisait cavalier seul, l'un vers la conception naturelle, l'autre vers la fabrication artificielle.

4

— Madonna est son pseudonyme de gestatrice, disait maintenant Me Marchand en présentant à Alba le dossier de sa candidate préférée. Au cas où vous la choisiriez, son identité restera secrète et vous ne verrez pas son visage. Pendant les conversations habituelles, la webcam sera pointée sur son ventre, vous y suivrez parfaitement l'avancement du projet parental. Madonna souhaite mener seule la gestation, c'est la condition qu'elle pose, elle réclame la confiance. Elle en est à sa troisième GPA. Lorsque les parents commanditaires sont trop inquiets, elle leur propose la *Roulette de grossesse*, une application simple et pratique qui accompagne la patiente et sa famille dans toutes les étapes. Vous êtes alors informée sans qu'elle ait même à vous parler.

— Mais j'aimerais lui parler au contraire et la voir aussi, apprendre à la connaître ! déplora Alba. Qu'elle ne soit pas qu'un ventre, justement.

— Faites-moi confiance, disait encore une fois Caroline Marchand, si la gestatrice n'est qu'un abri momentané et rien de plus, ce n'est pas une mauvaise nouvelle pour vous. Tenez-vous tant que cela à vous en faire une amie ?

C'était revenir sur bien des affirmations et mettre à nu une vérité inavouable : on pouvait faire mine de se lier avec sa porteuse, la réalité des sentiments était peut-être tout autre, on souhaitait qu'elle disparût comme si elle n'avait jamais existé. Alba, qui n'avait fait que répéter un discours et endosser les us et coutumes généreux officiellement en vigueur en cette nouvelle matière, murmura :

— Je ne sais pas…

Et comme le silence s'installait sur cette ignorance, Me Marchand dit :

— C'est entendu, je vais vous faire d'autres propositions et vous aurez le choix.

Le client était une autorité sanctifiée, son argent était tout-puissant, son désir prioritaire, sa liberté fondatrice. L'entière satisfaction des parties était une condition de la pérennité de ce marché, à aucun moment Caroline Marchand ne l'oubliait.

— Regardez, dit-elle après quelques clics.

Trois fiches extraites du dossier *Gestatrices* s'affichèrent à l'écran.

— Je les avais retenues lors d'une première sélection. Toutes sont biologiquement compatibles avec vous, dit Me Marchand.

Trois visages souriaient à Alba. Elle reconnut celui de Michaëlla sur lequel elle s'était déjà arrêtée, et les deux nouvelles, Alma et Anita, lui plurent. La coïncidence des prénoms en *a* l'amusait. Le visage rieur et épanoui des deux Californiennes lui plaisait. L'apparence saine d'Alma inspirait une confiance immédiate. C'est la bonne personne, pensait Alba devant la photographie, l'évidence s'imposait comme dans un coup de foudre amoureux.

— Je n'ai pas oublié que vous aimiez la personnalité de Michaëlla, dit l'avocate, mais vous devez tenir compte du fait qu'elle serait primo-gestatrice. C'est une incertitude supplémentaire.

— Elle n'a jamais eu d'enfants ? s'étonna Alba, à qui la tension qu'elle ressentait faisait perdre un peu de lucidité.

— Bien sûr que si, s'emporta Me Marchand. Les règles sont les mêmes pour tout le monde, Michaëlla a deux petites filles. Mais elle n'a jamais porté pour autrui. Vous savez bien que c'est un peu différent.

C'était médicalement différent, le fœtus n'ayant rien de commun avec le corps qui le portait, mais l'avocate n'avait pas envie d'en faire état plus avant.

— Excusez-moi, Caroline ! dit Alba. Je suis trop émue et inquiète.

— Inquiète de quoi ?! Résumons-nous, ma chère. Je vous propose deux entretiens par Skype. Alma et Michaëlla ?

L'excitation et l'angoisse d'Alba atteignaient leur comble. Le rêve devenait réel et proche. L'espace immense des possibles s'ouvrait concrètement. Mais Alexandre était encore en retrait, incertain. Elle ne pouvait rien faire sans lui. Il fallait qu'il voie ces photos ! pensa Alba. Les bienfaitrices avaient un visage et rassuraient en apparaissant si incarnées : une personne remplaçait un rôle, une humanité s'imposait et ces femmes n'étaient pas des victimes. Il fallait en convaincre une de choisir leur couple, il fallait qu'Alexandre et Alba racontent leur histoire. Impossible cependant de révéler le drame vécu par Alexandre. Évoquer la mort d'Ada, ce serait prononcer le mot *lapin* sur un navire, se disait Alba. On ne parle pas à une femme enceinte d'un accouchement fatal et encore moins lors d'une grossesse sous contrat. Alba n'en doutait pas, elle saurait exprimer son désir d'être mère. Il était si fort que le manque lui faisait perdre la tête. Rien ne pouvait lui rendre la joie comme cet enfant désiré plus fort que tout.

— Mais promettez-moi de penser à Madonna ! insista Me Marchand, interrompant cette rêverie qu'elle pouvait observer sur le visage de sa cliente. C'est une excellente porteuse. Ses précédentes gestations se sont merveilleusement passées, ce qui vous expliquera pourquoi le dédommagement auquel l'agence lui donne droit est plus élevé. Vingt-cinq mille dollars. Elle veut avant tout aider un couple stérile, l'argent n'est pas une priorité pour elle, il est possible qu'elle accepte de négocier le montant, mais le marché reconnaît sa valeur. Une grossesse facile n'a pas de prix, croyez-moi. C'est pour vous la quasi-certitude d'avoir un enfant.

Chaque mot résonnait et s'inscrivait dans la mémoire d'Alba. Une grossesse facile ! L'argument portait. Dans moins d'un an, tenir le poupon dans les bras. Que ne ferait-on pour cet enchantement ?

— Alors, as-tu réfléchi ? demanda-t-elle le soir de ce fructueux rendez-vous.

Et comme il n'avait pas avancé d'un pouce dans la décision qu'elle attendait, Alexandre plaisanta :

— Tu n'oses pas me faire un enfant dans le dos ?

C'était une blague qui ne lui ressemblait pas et d'autant plus inattendue qu'aucune mésaventure de ce type ne lui était jamais arrivée, au contraire il avait dû ferrailler pour devenir père. Mais justement ! Il sentait une nouvelle fois la pression du pouvoir féminin qui s'exerce dans les deux sens : faire ou ne pas faire un enfant, l'imposer ou le refuser. Il avait eu l'occasion de mesurer cette puissance. Contraception et avortement l'avaient tout entière transférée aux femmes. Alexandre Perthuis n'était ni rétrograde ni religieux, il se félicitait qu'une femme choisît à quel moment et combien de fois elle désirait être mère. Mais l'égalité n'était pas atteinte pour autant puisque l'amant n'avait pas le même choix : on avait changé le sens du déséquilibre. Aujourd'hui un homme qui ne voulait pas devenir père, un jeune homme par exemple, était à la merci d'un accident. En cas de conception imprévue, il n'était pas plus en mesure d'exiger l'avortement que de l'empêcher. La maternité était un choix, la paternité pouvait être contrainte. Et si le géniteur fortuit ne reconnaissait pas l'enfant, un test génétique suffisait à le placer devant les responsabilités qu'il avait pourtant d'emblée refusées. Son refus n'avait pas valeur d'avortement. Après avoir dominé pendant des siècles, le sexe masculin se voyait acculé, privé du moindre pouvoir de décision dans l'engendrement. Les femmes *voulaient* ou *ne voulaient pas* un enfant. La plupart s'enquéraient du désir des hommes, mais pas toutes. Certaines faisaient un enfant seules, d'autres faisaient un enfant sans l'accord de leur amant et l'impliquaient malgré lui. En somme, les femmes étaient en mesure d'imposer à leur enfant de naître sans père ou à leur compagnon d'être le père d'un enfant. Est-ce que ça n'était pas démesuré ? Voilà ce qui avait nourri la plaisanterie d'Alexandre : Tu n'oses pas me faire un enfant dans le dos ?

Mais Alba se fâcha immédiatement :

— Je n'ai aucune envie de rire, tu sais que mon bonheur est en jeu.

— Non, dit-il, je n'avais pas réalisé que tu étais à ce point taraudée et inquiète. J'espérais que Sophie te comblait, j'avais l'impression que c'était le cas. Je me trompais, apparemment.

De toute évidence, il en était navré. Son espoir était déçu.

— Elle me comble, oui, je l'adore ! Et tu en es témoin. Mais Sophie est la fille d'Ada et chaque jour davantage. C'est incroyable, une telle ressemblance.

— Sophie est le portrait de sa mère, c'est vrai, mais qu'est-ce que ça change ? C'est une enfant, et qui n'a pas d'autre mère que toi.

Pendant un instant, ils demeurèrent l'un et l'autre devant cette vérité. Alexandre s'étonnait intérieurement : Comment Alba avait-elle discerné des traits communs à la mère et à l'enfant ? Elle n'avait pas connu Ada et il n'exposait pas de photographies, il avait justement pris garde à cette indélicatesse, sachant trop bien comment souffre celui qui vient après un amour important. Lui qui avait aimé Ada apercevait des expressions bien plus que des traits communs. Alba avait inventé, ou bien elle fantasmait la filiation génétique ! pensa Alexandre. Ou alors elle avait fouiné, secrètement curieuse, à la recherche d'images, internet en contenait toujours, plus rien ni personne ne disparaissait du réseau et Alba passait beaucoup de temps sur la Toile ces derniers temps. Il était capable d'excuser sa femme : elle avait rempli le silence. Jamais ils n'avaient parlé d'Ada, il en venait à penser que c'était une erreur. Elle figurait désormais l'Absente majuscule. Alexandre se représenta l'importance que conférait à la défunte cette confidentialité du passé. Le passé ! Trop en parler ou ne pas en parler étaient les deux écueils. Il ne se trompait pas : Alba avait été partagée entre la peur de découvrir et la curiosité naturelle, entre l'envie de savoir et le scrupule que lui imposait ce grand malheur à respecter. Ainsi le passé enlevait quelque chose à leur présent. Il paralysait sa spontanéité, sa créativité, son indépendance. Alexandre ne pensait qu'à réparer un passé brisé, Alba qu'à enrichir un présent insuffisant. Leurs obsessions secrètes les éloignaient l'un de l'autre.

— Je voudrais moi aussi une fille qui me ressemble, dit Alba avec conviction.

Alexandre sentit que c'était là le nœud crucial.

— On peut souhaiter un enfant, dit-il, pour le reste, le sexe, les ressemblances, le caractère, c'est autre chose, vouloir ne suffit pas.

— Mais il faut vouloir pour réussir, dit Alba.

— Il faut *faire* aussi, faire tout ce qu'on peut, murmura Alexandre.

Alba resta marmoréenne. Les sous-entendus rétrogrades ne méritaient pas de réponse.

— Permets-moi de te le répéter : tu as une fille, tu es mère ! s'écria Alexandre comme pour effacer ce qu'il venait de dire.

— Ce sont des mots, trancha Alba presque avec cruauté.

Tel était son sentiment, et son désarroi devant la persistante valeur de ce qui avait été. Tel était son trouble devant l'éternelle empreinte d'Ada, non pas celle d'une femme que son mari avait quittée mais celle d'une morte.

— Non, c'est une réalité, dit Alexandre.

Il regardait le visage sérieux, les yeux perçants et le nez droit, la bouche pincée.

— Tu fais l'erreur que j'ai faite ! déplora-t-il. Tu passes à côté de ce que tu as parce que tu es obsédée par ce que tu n'as pas.

Alba était blême. Son mari s'attaquait à ce qu'elle pouvait encore souhaiter de la vie ! Il niait qu'il lui manquât quelque chose, alors que l'essentiel lui faisait cruellement défaut. Il prétendait qu'elle faisait une erreur ! Il lui faisait perdre un temps précieux quand le sablier jouait contre elle.

— Il m'est IM-POSSIBLE d'entendre ça, martela Alba de sa voix la plus sèche.

— Entends-le, pourtant ! dit Alexandre, comme un ordre prononcé sur le ton de la plaisanterie, décontracté par souci d'efficacité.

Alba secoua la tête violemment, faisant bouger les boucles nacrées de sa chevelure qu'Alexandre avait aimées et qu'il regarda comme la trace d'un moment ancien inexplicablement influent. Puis elle interrompit ce mouvement trop frénétique pour durer, et dit :

— Je veux me sentir indispensable à quelqu'un.

Alexandre se prit la tête dans les mains, en signe d'incrédulité et de stupéfaction. N'avait-il pas donné suffisamment de preuves qu'Alba lui était essentielle, précieuse ? Ne supportait-il pas pour la garder cette difficulté suprême, avoir une femme sans l'avoir ?

— Écoute-moi bien, dit-il. Tu *es* indispensable et tu *es* mère. Si tu l'ignores, si tu ne le ressens pas, c'est un drame pour moi. Ne deviens pas complètement égoïste et aveugle. Rappelle-toi que nous avons une vie ensemble.

Il ne dit pas que cette vie s'était atrophiée, qu'ils n'avaient aucun projet, pas de vacances en perspective, pas de sorties, rien, et toutes leurs conversations tournaient autour de cette décision qu'il ne prenait pas.

Et comme Alba ne disait rien, gardant les yeux baissés, il pensa à la difficulté qu'elle affrontait :

— Regarde-moi, demanda-t-il, écoute-moi.

Elle sentit que le ton avait changé et l'écouta :

— Une partie de ma vie s'est jouée sans toi et sans toi j'ai eu un enfant, commença-t-il. C'est comme ça. Et puisque c'est une chose qui ne peut être effacée, j'ai tenu à écrire autre chose avec toi. Tu es ma femme devant la loi, je n'en ai pas eu d'autre avant toi, et nous avons fêté ce jour. Les cérémonies ont cette qualité de marquer un avant et un après, de sceller un engagement et un commencement, un recommencement même. Tu es d'accord avec ce que je dis ?

Alba acquiesça.

— Tant mieux, dit Alexandre. Car depuis notre mariage, je pense à te demander quelque chose.

Alba attendait en silence. Il s'aperçut qu'elle n'avait pas idée de ce qu'il allait dire. Elle n'avait pas songé à ce qu'il avait désiré, attendu, prémédité ! Il fut secrètement déçu, blessé même, mais sans en prendre conscience et restant pleinement capable de parler :

— Je souhaite que tu adoptes Sophie. Adopte ma fille maintenant. Je t'en prie.

Il était porté par le sentiment intense de la bonne chose que ce serait. Pour lui, c'était une évidence. Alba devait embrasser officiellement son rôle. Il voyait sa chance à lui, sa spécificité bien à elle, l'avenir qui s'ouvrait encore, tout le sens et l'intelligence du geste.

— Ce genre de décision mérite qu'on y réfléchisse, dit Alba.

Elle aussi avait le pouvoir de remettre à plus tard et de le faire attendre. Il éprouva un instant de silencieuse déception – à nouveau – puis retrouva sa grande réserve d'indulgence et de patience.

— C'est sûr, dit-il.

Chacun avait désormais son sujet de réflexion et chacun attendait de l'autre une réponse. Pour Alexandre, il était clair que l'adoption passait avant l'enfant artificiel. La disparition des parents d'Ada avait levé le dernier obstacle moral à cette procédure et mis les démarches à l'ordre du jour.

— Réfléchis, disait-il. Ce serait une belle chose, pour Sophie comme pour toi.

— Et pour toi, ajouta Alba.

Elle était toujours prompte à relever l'intérêt d'autrui, sa satisfaction. Par manie de la précision et de l'exhaustivité, Alba avait l'œil à tout et sur chacun.

— Bien sûr ! admit-il. Ce serait pour moi le plus grand des bonheurs.

Il ne le niait pas. Il n'avait aucune intention de cacher la joie et le soulagement qu'il ressentirait. Mais Alba le prit de travers. Elle se sentait seconde quand elle voulait être première. Elle s'offusqua :

— Le plus grand ? Plus grand qu'un enfant avec moi ?

— Non. Mais un *autre* bonheur, dit-il d'une voix basse, inhabituellement gutturale, plus sombre encore qu'excédée.

On pourrait dire que le couple *parlait sur des œufs* : les fiertés, les attachements, les instincts de possession, les souvenirs et les perspectives. Il fallait converser sans rien briser. Or chacun cheminait dans son labyrinthe. Alba désespérait de l'asymétrie entre eux, Alexandre était certain qu'ensemble ils pouvaient tout. Alba ne pensait qu'à avoir enfin une fille qui fût à elle, Alexandre pensait à l'engendrer avec elle. Il ne le disait pas, il ne le demandait pas. Son approche devait être lente, croyait-il. Il ne voulait pas de dispute, il sentait déjà assez de tensions pour n'en pas rajouter, l'enfant était une source de discorde dans laquelle il refusait de tomber, tant de couples y perdaient leur lien. Il voulait la paix dans sa maison. Aussi contrôlait-il ses paroles. Dans la mesure du possible, il distinguait ce qui avait de l'importance et ce qui n'en avait pas, ce qui réclamait une discussion ou ce qui n'en valait pas la peine, ce qui était essentiel et ce qui n'était que superficiel. Il n'exprimait pas tout ce qu'il aurait pu dire, loin de là. Cependant il s'était convaincu qu'Alba faisait une erreur. Plus il avait recouvré le plaisir de vivre, plus il était devenu capable de voir la mort d'Ada pour ce qu'elle avait été, un malheureux accident, une malchance rare, et plus il se rappelait l'émerveillement de la grossesse, le corps plein, les mouvements de la paroi abdominale sous les coups de Sophie pas encore née. Le minuscule pied déformait le ventre d'Ada ! Voilà une objection positive, pensait-il, non pas une critique mais une promesse qu'il pouvait confier à Alba.

— Tu regretteras de ne pas porter ton enfant, dit-il un soir où il avait observé la sévérité rageuse d'Alba corrigeant des copies. (Les autres payaient souvent pour nos frustrations.) Tu finiras par en vouloir à la femme qui a pris ta place dans cette aventure et ce sera détestable. Tu seras jalouse et triste.

— Qu'est-ce que tu racontes ? Si je me sens incapable d'être enceinte, je ne jalouserai pas celle qui a la bonté de l'être pour moi.

Il la regardait maintenant avec commisération, avec un air d'attendrissement apitoyé, comme si elle ne comprenait décidément rien.

— La bonté n'a rien à voir là-dedans, dit-il. N'emploie pas des mots qui outrepassent une vérité dont tu n'as pas idée. Il ne s'agit pas de bonté ! Comment peux-tu croire ça ?

— J'aimerais beaucoup savoir comment tu connais les sentiments de ces femmes, dit Alba.

Alexandre n'aimait pas ces pirouettes toutes faites que la professeure avait dans son sac. Sa commisération se mua presque en colère. D'où croyait-elle qu'il s'exprimait ? La bonté ! Est-ce qu'Alba croyait vraiment à cette illusion ? On lui a lavé le cerveau, pensa-t-il. Alba était dupée parce qu'elle n'avait qu'une idée théorique des réalités. Elle ne goberait pas sinon cette propagande aux allures humanistes, arborant le pavillon des droits et des libertés pour réduire en gestation de pauvres filles en manque d'argent et de reconnaissance sociale.

— J'ai connu les sentiments de *ma* compagne lorsqu'elle était enceinte, dit-il gravement. La grossesse est fusionnelle, totale, sans répit. Tout le corps est dans la tête. Ada n'aurait vécu cela pour personne. Pas même pour une sœur.

— Elle était fille unique !

Entendre ce prénom titillait désagréablement, imaginer Ada enceinte auprès d'Alexandre pouvait rendre folle.

— Tu bous parce que tu fais une erreur, dit Alexandre. Tu te crois inapte sans même savoir de quoi il s'agit. Tu te racontes des histoires à propos d'une expérience que tu n'as jamais faite. Si tu te connaissais mieux, tu saurais tout ce que tu es capable de supporter et d'accomplir. En tant que simple être vivant.

— Tu veux dire en tant que femelle ?

— En tant qu'être capable d'engendrer en lui-même.

— Si tu me connaissais mieux, tu saurais ce dont je suis incapable.

Il eut un petit rire. Il savait. Elle ne voulait rien à l'intérieur de son corps. Elle était close sur elle-même. Il fallait l'ouvrir et faire entrer la vie.

5

— Viens voir, dit-il à Alba, un de ces soirs où elle attendait impatiemment un acquiescement définitif. Je voudrais te montrer quelque chose que j'ai trouvé hier en surfant au bureau.

— Tu surfes au bureau, maintenant ?

Contrariée, Alba se laissait aller à la critique voilée, son ton était à la fois moqueur et réprobateur, une façon de parler qu'elle n'aurait jamais eue dans les premiers mois de leur mariage et encore moins avant. L'un comme l'autre aurait pu s'en faire la remarque. Mais le sujet du moment les occupait trop pour cela.

— Lorsque j'y suis obligé, murmura Alexandre.

Chez lui aussi la critique était masquée. Il entraîna Alba vers l'ordinateur. Avait-elle entendu que c'était *elle* qui *l'obligeait* ? En tout cas, elle le suivit, presque penaude, inquiète et intriguée.

— Assieds-toi, demanda-t-il.

Debout derrière elle, enfermant son épouse entre ses bras pendant qu'il tapotait sur le clavier, éprouvant de la tendresse à cette seule proximité physique, Alexandre Perthuis retrouva le témoignage qu'il cherchait. Letty, mère porteuse américaine, souhaitait raconter son expérience et révéler les mensonges qui entourent la GPA.

— Mais je n'ai aucune envie d'écouter ça ! protesta Alba lorsque, lisant l'intitulé de la recherche, elle comprit de quoi il s'agissait.

— Eh bien voilà comment ça fonctionne ! s'exclama Alexandre sur le ton de celui qui tient une preuve. Personne ne veut regarder les problèmes et des fictions aberrantes parviennent à se mettre en place.

— Et comment, explique-moi ? répliqua Alba.

Il répondit, il exposa les détours et l'envers du décor : aux heures de grande audience, des documentaires exhibaient de beaux bébés dans leur poussette sans rien montrer des sacrifices humains qu'avait exigés leur naissance. Si l'on voulait vraiment réfléchir, le cœur du reportage n'était pas le bébé, qui bien sûr faisait le bonheur de ses commanditaires, mais la vie de celle qui avait loué son utérus. Or de ses contraintes et de ses souffrances, on ne voyait quasiment rien. Cette propagande masquée aux frais des contribuables était vraiment choquante. La parole n'était jamais donnée aux adversaires de ces nouvelles pratiques, tout au plus interrogeait-on Jacques Testart en le laissant tout seul.

— Pourquoi refuses-tu que je te montre quelque chose alors que tu t'intéresses à ces falsifications ? Tu n'as pas le droit de ne pas regarder, conclut-il en même temps qu'il lançait la vidéo.

L'écran était encore noir, un cercle blanc tournoyait en son milieu, puis l'image apparut : une femme en teeshirt assise à sa table de salle à manger. Les sous-titres français s'inscrivaient, qui traduisaient ce qu'elle confiait.

La première fois, je suis tombée par hasard sur une annonce par internet. Nous avions vraiment besoin d'argent, Porter et moi. J'étais mariée, j'avais dix-neuf ans et déjà deux enfants. Mais j'étais sans job. Cette offre était pour moi une aubaine. On proposait vingt mille dollars ! Je n'avais aucune idée de ce qu'on allait me demander, je ne connaissais personne qui avait déjà fait une chose comme celle-là. Mes deux grossesses s'étaient passées facilement, j'avais adoré être enceinte, c'est ce qui m'a déterminée. Être payée vingt mille dollars pour faire ce qu'on aime ! Ça n'arrive pas tous les jours, ça ne m'était jamais arrivé.

— Elle a été vendeuse dans un magasin de chaussures, précisa Alexandre, puis caissière dans une grande surface dédiée au bricolage.

Et l'on entendit en effet Letty le raconter. Les magasins avaient fermé avec la concurrence de la vente en ligne, Letty s'était retrouvée sans travail.

— Si ça ne s'appelle pas une motivation exclusivement financière, je suis fou, dit Alexandre. Elle ne pense même pas à l'enfant au moment de se décider.

— Le besoin d'argent n'empêche pas l'altruisme, dit Alba.

— Écoute la suite.

La GPA m'a brisée. Aujourd'hui, je peux affirmer que ce business est odieux. Ce n'est même pas de la publicité mensongère, c'est de l'abus psychologique. Les agences ne disent presque rien aux femmes qu'elles veulent recruter et ensuite, dès que ces femmes ont mis le doigt dans l'engrenage, elles sont prises au piège. L'agence présente tout de suite les factures, impossible de reculer. Si vous changez d'avis quand vous comprenez de quoi il s'agit et ce qui va vous être imposé, la totalité des frais engagés pour tester votre santé et votre aptitude vous est envoyée ! Même les tests préliminaires sont à la charge de celle qui souhaiterait se retirer !

— Tu trouves que ce n'est pas un recrutement forcé ? demanda Alexandre. Comment ton avocate a-t-elle dit ? Aucune gestatrice ne peut se payer le luxe de garder l'enfant ? Apparemment aucune ne peut même renoncer à le porter quand elle a pris conscience des choses. Et c'est encore à cause de l'argent.

Les promesses qui m'avaient été faites n'ont pas été tenues. Je voulais faire l'enfant pour une femme, je l'ai fait pour un couple gay. Je voulais porter un seul embryon, les médecins m'ont implanté des jumeaux ! Le mensonge est présent du début à la fin. Par action et par omission. Tout ce qui est fait est effacé, non dit ! Les mots grossesse *ou* enceinte *ne sont jamais employés. Je portais un enfant, mais on me parlait de* voyage, d'aventure. *Tu parles d'une aventure !*

— Pourquoi coupes-tu ? demanda Alba.

— Je vais te raconter la suite mais je ne veux pas l'entendre.

L'histoire de Letty avait ému Alexandre parce que Letty avait failli mourir en couches. La jeune femme avait fait une crise d'éclampsie. Convulsions, coma, césarienne en urgence, réveil huit heures plus tard. L'enfant et la mère avaient été près de perdre la vie. Par chance, le nourrisson n'avait pas de séquelles et les parents d'intention avaient pu l'emporter. Les commanditaires se sentaient-ils coupables, embêtés ? En tout cas, Letty n'avait eu aucune nouvelle. Dans l'année suivante, elle était tombée dans une dépression sévère. Incapable de tenir sa maison ou de s'occuper de ses deux enfants, désespérée, elle avait voulu se suicider.

— Mais c'est un cas particulier, fit remarquer Alba. Je pourrais te raconter cent histoires où les choses se sont merveilleusement passées, où tout était très beau.

— Qu'est-ce que c'est, *tout* ?

— La grossesse, l'attente, le don, l'installation de l'enfant dans sa famille…

Alexandre interrompit sa femme :

— Nous avons tous entendu parler de ces merveilleuses réussites. Elles sont étalées dans les magazines, à la télévision, sur les ondes. Il est clair que quelques puissants tiennent à nous faire aimer ce qu'ils appellent la GPA. Mais remarque bien comme l'aspect médical est entièrement occulté. On ne voit jamais ni piqûre, ni implantation, ni ponction, ni aucun des gestes concrets subis par la gestatrice. Quant à ce qu'elle peut avoir dans la tête, alors là, c'est passé sous silence.

Il insista sur les sinuosités de la psychologie : retours de mémoire, regrets, désespoirs, sidérations, angoisses, prise de conscience, on faisait comme si ces méandres propres à l'esprit humain n'existaient pas. Il fallait penser à ce qu'avait vécu cette Letty, plaidait-il. Elle n'était pas seule dans son cas.

— C'est pour les jeunes Letty de la planète que la loi existe, conclut-il.

— Tu *sais* que nous ferions en sorte toi et moi que tout se passe bien, insista Alba en regardant son mari droit dans les yeux.

— C'est du paternalisme, Alba ! Tu me fais penser à ces bourgeois gentils avec leurs domestiques mal payés, jamais en vacances, mais qui *faisaient partie de la famille*. C'est drôle, d'ailleurs, tu remarques comme les mots sont exactement les mêmes aujourd'hui ? Mais les choses ne marchent pas comme ça, un pays qui a des lois ne livre pas les humbles au bon vouloir des nantis, même s'ils sont généreux. C'est pareil pour la GPA.

— Mais puisqu'elle est encadrée ! Puisqu'elle est éthique, protesta Alba.

— Comment pourrait-elle l'être ? Elle s'autoproclame, rien de plus.

— Pourquoi elle ne pourrait pas l'être ?!

— Parce qu'il y a une contradiction dans les termes. Si le sigle GPA correspondait à une réalité au lieu d'une évocation de réussite, tu n'accepterais pas *GPA éthique*. De la même façon que tu ne peux pas entendre parler d'assassinat éthique ou d'esclavage éthique. Pourrais-tu entendre ça ? Non !

Comme Alba ne répondait rien, Alexandre reprit ce qui lui tenait le plus à cœur :

— Admettons que ça se passe bien, je voudrais aussi te parler de toi et de ce que tu perdrais dans cette substitution. Tu te priverais d'une expérience charnelle et affective qui est fondatrice. Et ça n'est pas comme si tu n'avais pas d'autre moyen, tu as le choix !

— Tu me l'as déjà dit. Tu me le répètes sans arrêt. J'ai compris !

Alors qu'elle s'emportait, Alba vit apparaître Sophie, debout dans sa chemise de nuit.

— Vous parlez trop fort ! se plaignit la fillette en se frottant les yeux.

Alexandre s'était levé aussitôt et raccompagna sa fille dans sa chambre. Nicolas dormait, le père attendri borda Sophie et l'embrassa.

— Dors ma chérie, murmura-t-il avant de refermer la porte.

Alba était restée assise à la même place, devant l'ordinateur à qui elle tournait le dos, dans le fauteuil pivotant.

— Non, tu n'as pas compris, reprit Alexandre avec calme. Tu ne te représentes pas les émotions réelles. La grossesse t'effraie tellement que tu n'imagines ni le bonheur ni ce qu'elle noue. Cette empreinte est indélébile, je la crois sacrée. Elle déjoue toutes les craintes. Et tu voudrais laisser ce lien à une autre, pour ensuite le briser ?

Il lui parlait de deux choses en même temps, ce qu'elle allait perdre elle-même et ce qu'elle allait imposer à une autre, Alba oublia le premier sujet pour s'engager sur celui qu'elle connaissait :

— La gestatrice ne tisse aucun lien. Ni avec l'enfant ni avec nous. Nous avons le choix de ne pas la rencontrer et le droit de l'oublier ! Caroline me l'a assuré.

Caroline ! Alba appelait l'avocate par son prénom ! Alexandre n'insista pas. C'était un détail révélateur, mais un détail.

— C'est justement ce discours qui me choque, répondit-il d'une voix délibérément douce. Cette femme ne peut pas être oubliée. Ce qu'elle a vécu ne peut pas être gommé, en plus de s'être passé. On nous explique qu'un enfant dorénavant peut être fait par trois femmes. Eh bien, dans ce cas, qu'on le consigne officiellement. Que celles qui ont supporté le fardeau et l'événement d'une grossesse soient nommées, inscrites sur l'acte de naissance, connues des enfants qu'elles ont mis au monde – et même si on ne les laisse pas accoucher naturellement, comme raconte ta Caroline. Que la part et la place de chacune soit respectée : la donneuse, la porteuse, la mère d'intention. Ça fera trois cases à remplir si notre société décide d'avoir recours à ces pratiques.

Cette idée était inattendue. Si la fonction maternelle était éparpillée, qu'il reste une trace de cet éparpillement. Ce n'était pas l'habituelle parade.

— Et si rien n'empêche de n'en remplir qu'une, c'est tant mieux, acheva Alexandre avec autorité. Pourquoi le mot *traditionnel* est-il devenu une insulte, et encore davantage lorsqu'il s'applique à la famille ?

— Je suis résolument culturaliste, affirma Alba, la mère est celle qui élève l'enfant. L'enfant appartient à ceux qui veulent l'aimer.

— L'enfant n'appartient qu'à lui-même.

— Ne joue pas sur les mots, tu vois très bien ce que je veux dire. Bien sûr qu'il est question de responsabilité et pas de propriété. Un enfant est celui de ceux qui ont désiré l'éduquer et l'aimer.

Alba était certaine que la vérité sociologique l'emportait sur la réalité biologique. Dans leur cas, tout serait encore plus facile, annonça-t-elle à son mari, car ils n'auraient pas recours à un don d'ovocyte.

— Tu supporteras cette opération ? s'étonna Alexandre.

— Sous cœlioscopie, ça se fait en régime ambulatoire, dit Alba. Mais je n'aurai pas à le supporter, je l'ai fait il y a longtemps au Canada. J'ignorais l'avenir évidemment, j'étais militante *childfree*, je vantais la stérilisation, j'hésitais pour moi-même. J'ai commencé par faire une conservation ovocytaire comme l'exigeait la procédure légale.

Alexandre resta bouche bée. Les choix d'Alba dépassaient son entendement. On vit toujours en partie avec un inconnu, une personne qui se révèle au hasard des événements, les révélations sont parfois de taille. Ou alors on change, pensa-t-il, on change non pas tant continuellement que continûment, ainsi le désir d'enfant, la frustration avaient fait d'Alba une autre femme, tous ses centres d'intérêt s'étaient évanouis, comme engloutis dans l'enfant manquant. Mais la radicalité était restée. Depuis qu'ils étaient allés chez l'avocate, ils ne parlaient plus que de ce projet. Et maintenant, il découvrait la dinguerie d'un passé auquel il préférait ne pas penser.

— La gestatrice n'aura rien de commun avec un enfant issu de nos gamètes.

— J'ai appris que c'était totalement faux, dit Alexandre, la mère porteuse est aussi une mère biologique.

— Tu as appris beaucoup de choses !

— Grâce à toi.

Et comme Alba faisait une grimace dubitative, Alexandre expliqua. Il avait lu que la gestation agissait sur l'expression des gènes et participait à la transmission de certains caractères. Même si l'industrie procréative le cachait, c'était avéré.

— On appelle ça l'épigénétique.

Alba ne répondit pas, elle ne répéta pas son credo culturaliste. Décryptait-elle les pensées de son mari ? Le voyait-elle venir ? Il était logique qu'elle le connût de mieux en mieux et elle savait ce qu'il pensait de la vie, de la plénitude sexuelle qu'elle devait atteindre un jour avec lui, de la simplicité de faire des enfants en partageant l'amour et le plaisir. Elle connaissait l'univers mental d'Alexandre. Mais il la surprit en la prenant à revers.

— En tout cas, dit-il, retrouvant sa présence d'esprit, si celle qui élève l'enfant est la mère, tu ne peux pas me dire que Sophie est la fille d'Ada, et tu ne peux pas plus longtemps refuser de l'adopter.

Une boucle sembla se refermer autour d'Alba. Voilà que se présentait explicitement la monnaie d'échange à laquelle elle n'avait pas songé. Chacun demandait à l'autre une faveur.

— Embrasse-moi, dit Alexandre.

6

Vers quel dénouement marchaient-ils ? Une chose semblait certaine à Alexandre : ce qu'il demandait était sans rapport avec les exigences d'Alba. Il invitait son épouse à parfaire leur alliance, il embellissait une situation existante, tandis qu'Alba envisageait carrément de mettre une femme à sa propre disposition et demandait à Alexandre d'en être avec elle usager. D'un seul coup deux femmes : l'une, qu'il avait choisie, vivrait avec lui, l'autre, qu'Alba voulait choisir à des milliers de kilomètres, porterait leur enfant. Ainsi Alexandre Perthuis se formulait-il les choses en marchant vers la Librairie des Èves. Les jours avaient rallongé, les deux vitrines n'étaient pas allumées. Il s'assit sur le banc dehors en face de la porte, attendant que Sandra tirât sa grille ou qu'elle l'aperçût. Il pouvait la voir derrière les piles qu'elle faisait sur son comptoir afin de mettre en vedette des livres qui le méritaient ou en avaient besoin. Les clients les avaient sous les yeux juste au moment où ils payaient et pouvaient d'un geste, sur un mot qu'elle en disait, les attraper et les ajouter à ceux qu'ils étaient venus chercher. Un achat impulsif en quelque sorte, une marque de confiance envers le jugement de la libraire. Le pouvoir d'illumination de Sandra était aussi actif que mystérieux, pensait Alexandre. Il s'était décidé à venir bavarder avec elle. Il s'était rappelé tout à coup le lien serré et l'aide qu'elle apportait avec sa vitalité heureuse et son intelligence décontractée. Posséder à ce point et en même temps le goût de l'érudition et le sens de la vie était rare. Sandra était une fille rare. Il disait *fille* parce qu'elle avait un esprit de jeunesse et une allure de gamine, il n'aurait pas pu dire *femme*, peut-être pour se protéger de son propre désir, peut-être parce que Sandra était célibataire, femme de personne, fille libre. *Rester fille* était son choix. Tout en la regardant du dehors, il se demanda jusqu'à quel point de confidence il irait. Il se sentait près de tout lui dire, l'asexualité d'Alba et son intention qui ne manquerait pas d'horrifier Sandra. Et l'adoption de Sophie qu'il désirait, le marché en somme, comment appeler autrement ce donnant, donnant inégal devant lequel Alba et lui se trouvaient. Et puis l'atmosphère que créait le désaccord sur ces projets, les discussions sans fin qui s'ensuivaient. Il n'avait pas su imposer son veto parce qu'il avait manqué de fermeté au commencement, ses brèves hésitations avaient alimenté l'espoir d'Alba et il se retrouvait seul avec sa répugnance. Son propre enfant dans le ventre d'une femme qui n'était pas la sienne, il préférait encore ne pas avoir d'enfant. Voilà ce qui ferait hurler Alba et qu'il n'arrivait pas à lui dire. Elle tenait tant à le convaincre. Dans les six mois ils auraient oublié ce chemin de croix ! répétait-elle. L'enfant serait là et plus rien d'autre n'aurait d'importance, surtout pas la façon dont il avait été conçu. Et en attendant, Alexandre pouvait ne se mêler de rien, assurait Alba. Mais il ne voulait ni se mêler ni être mêlé. Tout ne s'effaçait pas devant le bonheur d'être parent. Non ! marmonna-t-il pour lui-même, sans intention ni interlocuteur, comme si sa volonté s'exprimait malgré lui.

— Tu parles tout seul, maintenant ?

Il n'avait pas vu sortir Sandra, elle se tenait sur le pas de son magasin, en face de lui. Alexandre se leva d'un bond et vint refermer ses deux mains sur les bras de son amie en l'embrassant.

— Tu as l'air crevé ! remarqua-t-elle.

— Ça ne m'étonne pas, dit Alexandre.

— Tu travailles trop ?

— Pas plus que d'habitude.

Même si l'arrivée d'Alba lui avait facilité l'existence, Alexandre n'avait jamais complètement repris le rythme d'activité qui était le sien avant la naissance de Sophie. Il le répéta à Sandra.

— C'est vrai, ça ? demanda-t-elle. Ce n'était pas mon impression.

Ils s'assirent l'un à côté de l'autre en face du magasin.

— J'adore voir la librairie du dehors, murmura Sandra. On dirait que les livres habitent le lieu. Ils l'emplissent complètement, ils se suffisent à eux-mêmes. Je trouve ça extraordinaire. Les textes existent sans nous, presque comme des êtres vivants. Quand je raconte ça, Natalie rigole.

Alexandre chercha du regard la sœur et Sandra précisa :

— Elle est déjà partie.

Le magasin était vide, aucun client ne regardait les tables. Les gens lisaient moins, cette fois c'était tangible. Sandra n'avait pas envie d'en parler et revint à la conversation.

— Pourquoi es-tu fatigué ?

— J'en ai plein le dos, lâcha Alexandre, le buste penché au-dessus de ses cuisses et les bras ballant entre ses jambes.

— De quoi ?

— De notre époque qui marche sur la tête et de ceux qui lui emboîtent le pas.

— C'est sérieux ! s'amusa la libraire.

— On peut dire que ça l'est, oui.

Il se demandait comment il avait pu en arriver à cette situation singulière. Sans doute en acceptant d'emblée un truc inacceptable pour un mec, se disait-il. Et maintenant, Alba lui demandait un enfant sans faire l'amour. Leur couple traversait une crise, la première, pensait-il. Comment en parler à Sandra ? Il cherchait par où attaquer, aussi restèrent-ils tous les deux silencieux sur le banc.

— C'est vraiment bien, ce banc, juste là, dit-il.

— Il me sauve ! Le commerce est un esclavage, il faut être tout le temps présent. Parfois je sors pour respirer. J'observe ceux qui passent, c'est toujours instructif, nota Sandra en s'adonnant à cette curiosité.

C'était le début de la soirée, les gens rentraient chez eux, les hommes en costume avec des sacoches, les femmes avec des sacoches et des sacs de courses plus ou moins gros. Toujours les femmes ! fit remarquer Sandra. Alexandre n'y avait pas fait attention et esquissait une moue dubitative.

— Regarde bien, tu verras, insista-t-elle, sûre de son fait. On est encore loin du partage des tâches. Je crois même qu'on a régressé. Le chômage effraie tellement les familles qu'elles acceptent l'investissement total des hommes, de crainte qu'ils ne perdent leur job ! Et la double journée revient aux femmes. Tu fais les courses, toi ?

Alexandre secoua la tête négativement. Chez lui, ça n'était pas un sujet, il payait une employée de maison.

— La nounou s'en charge, en général, dit-il.

— Nous sommes en première classe pour vivre le naufrage du *Titanic* ! ironisa Sandra.

C'était bel et bien la fin d'une façon de vivre, Alexandre savait qu'elle le suspectait. Fin du salariat, fin du pouvoir de transformation qu'avait eu l'idéal social, effondrement écologique et explosion des inégalités. Désastre culturel, s'attristait aussi la libraire quand elle n'aimait pas les livres qu'elle vendait le plus.

— Qu'est-ce qui me vaut ta visite ? Je ne t'ai pas vu depuis ton retour.

Il comprit qu'elle faisait référence à son séjour en Chine, à ce foutu voyage pendant lequel Alba s'était arrogé le droit de se lancer seule dans une démarche de GPA. Puisqu'il était absent et que le temps pour procréer était compté.

Il n'aborda pas ce sujet de déploration et fut d'abord banal :

— Il y a des choses que je ne peux dire qu'à toi ! avoua-t-il comme s'il en plaisantait.

Sandra ne pouvait qu'acquiescer. Elle n'oubliait pas leurs longues conversations après la mort d'Ada, les verres de vin et de vodka qu'ils avaient ingurgités ensemble, la culpabilité qui avait habité Alexandre, sans le terrasser, sa peur d'être père, et la complicité qu'ils avaient eue dans ce malheur parce qu'elle se sentait obligée d'être généreuse. Il avait peu à peu accaparé Sandra. Et puis Alba était arrivée.

— Comment va Alba ? demanda Sandra.

— Elle est en forme ! soupira-t-il.

— Pourquoi soupires-tu ?

— Elle me harcèle. Depuis que je suis rentré, elle ne me lâche pas. Personne n'est plus têtue qu'Alba quand elle a une idée. Je n'en peux plus, de nos discussions. J'ai parfois envie de repartir. S'il n'y avait pas Nicolas et Sophie, je ne ferais pas autre chose, je ficherais le camp en Chine.

— Je devine ce qu'elle veut ! Elle veut un enfant.

— Bingo !

— C'était prévisible, non ?

— Sans doute, et je n'ai rien contre. Mais c'est plus compliqué que ça.

— Vous n'y arrivez pas ?

— C'est encore plus compliqué.

Ils rirent, le mystère s'épaississait, ils s'approchaient d'un territoire secret.

— Cette fois, tu ne devineras pas, assura Alexandre.

Sandra fit signe qu'elle n'essaierait pas, elle attendrait d'être éclairée par ce qu'il voudrait bien lui dévoiler. Ses yeux souriaient, des yeux auxquels Alexandre n'était pas indifférent parce qu'ils le valorisaient en lui accordant toute leur attention. C'était le regard d'une femme affectueuse, à la fois amicale, attentionnée et bien dans sa peau.

— Je ne peux raconter cela qu'à toi, recommença-t-il, et promets-moi de ne le répéter à personne. Pas même à Natalie. Tu me le jures ?

— Je ne répète jamais rien, tu le sais. C'est un principe. On perd le droit de parler des autres dès qu'on les connaît intimement.

Sandra jura, intriguée. Était-il stérile ? Ou Alba malade ? Avaient-ils ensemble une incompatibilité génétique insurmontable ? Allaient-ils déjà se séparer ? Mais non ! On ne veut pas un enfant quand on divorce. Ou alors voulaient-ils un enfant pour ne pas déjà divorcer ? Alexandre était-il malheureux ? Alba avait-elle fait des fausses couches ? Tout était imaginable. Sandra attendait en imaginant tout. Il voyait comme elle était prête à l'écouter. Son charmant visage disait : raconte, tu peux me parler. Et il fut touché par la tendresse muette qu'elle exprimait silencieusement. C'est ainsi qu'il alla droit au but, sans tourner en rond ni mâcher ses mots :

— Alba s'est mis en tête de solliciter une GPA aux États-Unis. Ne me demande pas comment, elle s'est renseignée, elle pense tout savoir, elle a déjà une avocate spécialisée, elle est sûre de son bon droit et de ses raisons, elle veut un enfant sans le porter et ne voit rien de préjudiciable à cette démarche.

Il attendit la réaction de Sandra – stupéfaction, incrédulité, éclat de rire, réprobation, reproches, colère. Mais Sandra resta dans son silence, attentive, comme si elle lisait en lui et savait qu'il n'avait pas tout dit.

— Et ce n'est pas tout, reprit-il.

Il s'interrompit à nouveau, faute de savoir exprimer la part intime de sa vie amoureuse avec Alba. Sandra le regardait avec une expression de patience affectueuse et comme quelqu'un que le silence ne gêne pas. Il eut le temps de choisir ses mots :

— Nous n'avons jamais essayé de faire un enfant. Alba ne veut même pas essayer.

— Tu veux dire que vous ne faites pas l'amour ? Vous n'êtes pas amants ?

Un mélange d'étonnement, d'amusement et de sollicitude formait le ton de cette question. Sandra ne concevait pas une chose pareille. Si libre et si vivante, elle aurait pu s'exclamer : Tu te fous de moi ! Tu te paies ma tête ! D'ordinaire elle n'avait pas sa langue dans sa poche. Mais l'intuition la retint, elle sentait qu'il fallait se montrer gentille et brider le franc-parler dont elle était friande.

— Rassure-toi, nous le sommes, sourit Alexandre, mais selon les règles d'Alba ! Elle a du mot *amants* une conception inusitée.

Il vit que Sandra ne devinait pas ce qu'il n'avait pas dit. Sans précision supplémentaire, elle ne comprendrait pas. Et comme elle conservait un silence délicat, il ajouta :

— Alba est asexuelle. Elle a éliminé le sexe de sa vie.

— Et toi ? demanda aussitôt Sandra.

On n'imposait pas ça à un partenaire, avait-elle pensé à peine revenue de sa surprise ; dans un cas pareil, on vivait seul.

— Non, bien sûr que non !

— Ouf ! s'exclama la libraire.

Elle souriait avec une petite moue désolée. S'il voulait l'éclairer, il devait être explicite.

Il le fut :

— Alba refuse la pénétration. Je ne risque donc pas de lui faire un enfant.

Cela fut énoncé avec humour et légèreté. En se pliant un peu en avant et en regardant le trottoir entre ses jambes, Alexandre n'avait pas rougi mais ri, aussi Sandra put-elle se détendre, s'amuser avec lui de cette révélation inattendue et pas banale. Après quoi elle redevint sérieuse et presque grave. Alexandre avait jusqu'à ce jour gardé le secret, pensait-elle, espérant sans doute circonvenir Alba et percer l'armure de pudeur. Il n'avait pas réussi. Pour un homme, ce pouvait être une humiliation, le rire n'était pas de mise. Pauvre Alexandre ! Sa seule réponse était la patience de l'amour. Mais comment l'amour résistait-il à cet empêchement ? Cette situation semblait aussi irréelle que fantasque.

— Je ne sais pas quoi dire, reconnut Sandra. C'est incroyable ! Ça me paraît A-HU-RIS-SANT.

— Ça l'est. Et le plus incroyable, c'est que je m'y suis habitué. J'y trouve même du plaisir.

Il leva la tête vers la droite, cherchant l'expression et résuma :

— Avec Alba, j'ai troqué la pénétration rudimentaire contre les sophistications raffinées de l'approche interminable.

Comme c'était bien tourné ! Sandra admira. Et cette fois ils rirent franchement, sans retenue. Il n'était pas faux que le sexe, quels que soient les atermoiements artificiels et les délicatesses qu'on y mettait, finissait de façon trop évidente et désespérément mécanique.

— Tu es un homme accommodant, dit Sandra.

— Je ne l'ai pas été avec Ada !

Voilà que la culpabilité revenait au galop, et l'autocritique, le *mea culpa* qui s'avérait tout à coup avoir eu son influence.

— Chaque femme vous fait renaître, osa Alexandre. Ou bien l'avancée de la vie m'a profité.

Il parlait de la vie et pas de la mort, voilà qui était un bon signe, pensa Sandra. Le deuil était accompli, qui l'avait rendu plus conciliant. Elle avait souvent remarqué que les deuxièmes mariages portaient moins d'exigences. Alexandre avait fait des concessions. Alba n'était pas une passion, elle était un amour raisonnable. D'elle, il n'avait attendu que des choses précises et il les avait obtenues. Alba s'occupait des enfants et Alexandre lui en savait gré, infiniment. Il était heureux que les choses fussent dans l'ordre qu'il se représentait – dans leurs jeunes années les petits vivent du côté des femmes, c'était un fait qu'il tenait pour acquis. Alba apportait sa présence féminine à la maison, il avait voulu et attendu cela. Leur couple pouvait s'expliquer sans le sexe. Il s'était formé autour des enfants qui étaient le noyau, la boussole d'Alexandre. Mais il existait d'autres femmes et Alexandre était jeune. Pourquoi s'être fixé sur Alba ? S'était-il fixé d'ailleurs ? Peut-être avait-il des compensations extérieures ?

— Comment fais-tu ? demanda Sandra. Tu es infidèle ? Tu vas sur YouPorn ? Tu te branles aux chiottes ?

Il ne fut pas étonné par cette liberté de parole, que Sandra ne retenait jamais longtemps. Ni par cette apparente adhésion au vieux mythe patriarcal de l'irrépressible besoin sexuel masculin. Tout le monde ou presque croyait à ce mythe, dès qu'on n'y réfléchissait pas il revenait en force.

— Je fais avec Alba. Et, je viens de te le dire, quelque chose me plaît dans l'amour avec elle.

Il n'en révéla pas davantage. Bien qu'il l'eût pensé, il n'avait pas dit : quelque chose me plaît *au lit* avec Alba. Les confidences sexuelles n'étaient pas son genre. Il détestait les conversations entre hommes qui vantaient, avec force détails parfois déplaisants, leurs propres exploits, leurs conquêtes, leurs baises fortuites ou régulières, leurs prétendues prouesses. Même jeune, il n'avait pas eu cette vulgarité qui se prend pour une fraternité. De toute façon, il ne cernait pas ses motifs. Il n'avait pas démêlé la façon dont il s'était persuadé que quitter Alba serait une catastrophe, qu'elle serait sa dernière compagne, envers laquelle il avait une fidélité qu'on pouvait juger imméritée.

— C'est l'espoir qui te tient, constata Sandra.

— Oui, certainement. Alba est une belle au bois dormant que mes baisers pourraient éveiller à un plus grand désir !

Il semblait plaisanter mais c'était la vérité, il n'avait jamais cru à ce *jamais*, il attendait qu'Alba se livrât entièrement à lui. C'était féerique et romantique. Sandra fut plus prosaïque.

— Tu veux l'éveiller à un désir d'être pénétrée ?

— Tais-toi !

Il riait maintenant, moins libre et à l'aise que son amie, on entrait là dans ce qui ne se partage pas, mais il surmonta finalement sa gêne et répondit :

— Oui. Il me semble impossible qu'elle ne le veuille pas un jour. Si je lui donne du plaisir, pourquoi n'en voudrait-elle pas davantage ?

— Tu lui donnes du plaisir ?

— C'est arrivé, il me semble.

À nouveau il rit parce qu'il était troublé, ou peut-être parce qu'il se sentait présomptueux et ridicule à la fois. Il parlait d'une femme qui ne l'accueillait pas à l'intérieur d'elle. Qui le refusait.

— Au moins, elle ne simule pas ! admit Sandra.

— C'est exactement ça, elle ne fait semblant de rien. Elle reste de marbre.

— Tu sais que beaucoup de femmes simulent ? Elles ne jouissent pas et se croient anormales ou inférieures, alors elles le cachent. Si j'étais un homme, ça me troublerait beaucoup.

— Je t'avoue que je n'y ai jamais pensé, avoua Alexandre.

Une fois encore, ils avaient une conversation très nouvelle pour lui.

— Vous ne vous posez pas de questions et les femmes subissent le grand mythe de l'orgasme vaginal, s'amusa Sandra.

Alexandre s'était levé, regardait les livres en vitrine, d'un côté les essais, de l'autre, les romans. Sandra comprit que cette conversation quasi anatomique le dérangeait. Étrangeté ? Crainte ? Dégoût ? Désintérêt ? Peu d'hommes étaient capables d'aborder ce sujet avec une femme qui semblait en connaître plus long qu'eux.

— Les hommes ont décrit la sexualité féminine en se donnant un rôle à la fois flatteur et profitable pour eux, c'est logique. Mais on sait qu'ils se sont trompés.

Et puisqu'Alexandre n'avait apparemment rien à dire, Sandra ajouta :

— La pénétration n'est pas obligatoire au plaisir féminin. Voilà pourquoi Alba peut être tout à fait comblée.

Elle l'était, pensait-il, objet de mille soins, relâchée, paresseuse, s'abandonnant entre les mains d'un homme tendre et loyal.

— Mais s'il lui faut en plus un enfant, nous avons une difficulté ! glissa Alexandre.

— Que dit Alba ?

— Elle répète qu'elle n'est pas capable d'être enceinte et que je suis traumatisé. C'est une raison suffisante, d'après elle. Elle instrumentalise beaucoup la mort d'Ada. Et puis elle a ses théories, elle parle de stérilité sociale et de liberté. Elle dit que les États-Unis sont le graal où l'éthique l'emporte sur l'argent.

— Tu réponds quoi ?

— Je lui assure que nous pouvons faire mieux.

— Tu gardes espoir, c'est bien !

— Comment croire que je puisse faire un enfant sans faire l'amour ! Quand je tiens Alba dans mes bras, je sais que nous sommes capables de tout.

Il ne raconta pas qu'il se sentait tout près du but. Ni qu'à force de délicatesse, il apprivoisait ce corps fermé. C'eût été trop de détails. Alba lui faisait confiance et se livrait plus librement à ses caresses. Il avait le sentiment qu'il viendrait à bout de sa résistance. Il n'avoua que son appétit d'avenir :

— Je brûle de forcer un peu son désir et de faire cet enfant.

— Mais oui ! Fais-le ! s'emballa Sandra.

Elle avait l'air de tenir cela pour une anecdote. Alba serait-elle de cet avis ? Rien n'était moins sûr et Alexandre craignait de briser la confiance.

— Elle te dira merci. En tout cas, c'est ce qu'elle devrait te dire ! insista Sandra.

À nouveau ils rirent. Alexandre n'était pas tellement fier, pas tellement sûr. Les gens ne disent pas toujours ce qu'ils devraient et Sandra pouvait se tromper, pensait-il. Elle se montrait peut-être présomptueuse, un peu folle et radicale, et trop libre. Elle n'avait aucune idée des entraves, des barrières. Elle était loin de comprendre Alba.

— Alba pourrait considérer que c'est un viol conjugal, objecta-t-il.

Le combat contre le terrorisme intime, les agressions ou le viol entre époux avait occupé l'actualité pendant de longs mois, personne n'avait manqué d'être sensibilisé à ces abus étonnamment répandus, Alexandre y avait été réceptif, tout comme, pour des raisons personnelles, il l'avait été au thème des violences gynécologiques.

— Et toi, tu pourrais faire annuler le mariage pour non-consommation, répondit Sandra.

Le motif et la procédure existaient-ils encore ? Valaient-ils pour un mariage civil ? Ils n'en savaient rien.

— De toute façon, dit Alexandre, rien de tout ça n'est d'actualité, je souhaite construire quelque chose avec Alba.

Sandra convint qu'elle ferait mieux de se taire. Alba était pour elle un drôle de mystère.

— Ne tiens pas compte de ce que je dis, conseilla-t-elle.

— Tu n'as pas besoin de me le dire !

Il voyait que cette histoire étonnait et amusait son amie. Ses curiosités le prouvaient : Quand as-tu su ? Comment te l'a-t-elle dit ? Depuis combien de temps vous fréquentiez-vous quand elle t'a déballé le pot aux roses ? Un souvenir perça et Sandra revint aux circonstances de la rencontre avec Alba.

— Je me rappelle, j'étais étonnée qu'elle ne dorme jamais chez toi. Je supposais que c'était par discrétion envers les enfants.

— Je l'ai cru aussi.

Alexandre répondit avec franchise aux questions de Sandra.

— Cela t'étonnera sûrement, j'étais prévenu. Alba ne m'a pas tout à fait pris en traître. Je l'ai épousée en connaissance de cause.

— Je ne te connaissais pas ce fonds de masochisme. Pourquoi dis-tu *pas tout à fait* ?

— Parce qu'elle a tardé à me dire les choses. J'étais déjà attaché à elle lorsqu'elle m'a parlé de son *orientation*.

Il mit l'accent sur ce dernier mot et expliqua :

— C'est ainsi qu'Alba appelle son asexualité. J'ai voulu me déprendre, continua Alexandre, j'ai rencontré d'autres femmes. Mais je crois que j'avais déjà choisi Alba. Ne me demande pas pourquoi. Je n'en sais rien !

— Il n'y a pas de pourquoi, dit Sandra. L'amour a sa part d'arbitraire et d'inexplicable.

— Sa part théorique, rectifia Alexandre. Je me suis vraiment *vu* dans la vie avec Alba à mes côtés. Sa mise impeccable, sa précision de prof, son côté un peu draconien et sa volonté ferme enveloppée, tout ça me plaisait pour l'éducation de mes enfants.

— Et tu l'as eu ! On a souvent ce qu'on cherchait et alors évidemment on voudrait le reste, tout autre chose.

— Alba ne m'a pas trompé, en tout cas, elle a répondu à toutes mes interrogations, qui étaient nombreuses ! J'avais peur. Elle pouvait être encore vierge. Ou frigide.

— Elle ne l'est pas ?

— Je t'ai dit que non. Au contraire, murmura Alexandre.

Sa certitude était troublante et émouvante. Sandra se défendit d'être touchée et se montra à la fois radicale et légère, amusée par sa propre brutalité.

— Alors ! Fais-lui un enfant, fais-lui découvrir ça ! Ce sera un acte utile.

— Pourquoi utile ?

— Elle pourrait tomber enceinte, pardi.

Et comme Alexandre ne disait rien, la libraire ne mâcha pas ses mots :

— Baise-la, mon vieux ! Elle accepte bien qu'on en baise une autre. Car tu crois quoi ? L'implantation d'un embryon dans un ventre emprunté pour l'occasion, j'assimile ça à un viol. La victime écarte les cuisses et on lui fourgue le colis.

— On t'expliquera qu'elle est consentante, dit Alexandre.

— Il n'y a pas de consentement, il n'y a que des contraintes.

— Je suis d'accord.

— Autrefois les traditions organisaient des viols, pense au droit de cuissage des seigneurs, aujourd'hui la technique a pris le relais. Une GPA est un viol technique en bande organisée.

Alexandre resta frappé par la violence des mots. Mais ça n'était pas lui qu'il fallait sermonner.

— Parle à Alba, dit-il.

— C'est à toi de le faire.

— Mes arguments ne la dissuadent pas.

— Les femmes de quarante ans qui se mettent à vouloir un enfant sont parfois des écorchées vives. Certaines en arrivent à changer de trottoir quand elles aperçoivent de loin une femme enceinte. C'est te dire comme le sujet les rend malades.

— Je les comprends. Vouloir sans pouvoir, est-ce qu'il n'y a pas pire souffrance ? Mais Alba n'est pas stérile !

— Je crève de faim, viens, on va grignoter quelque chose à côté, proposa Sandra.

7

À deux pas de la librairie, ils s'installèrent dans un restaurant de quartier décoré à la façon de certains bars à New York – murs de briquettes rouges, lampes suspendues au-dessus des tables par des filins d'acier (cette mode était advenue d'un coup et s'était répandue jusque dans les appartements privés), photographies en noir et blanc. Le Cosmos était à la mode et chaleureux, Sandra y finissait parfois ses séances de signatures quand un auteur réputé avait attiré beaucoup de monde.

— Je connais bien le patron. Ça m'étonne que tu n'y viennes jamais avec Alba.

— Alba n'aime pas le restaurant, elle tient à savoir ce qu'elle mange. Elle veut être sûre que ce soit bio…

Alba courait après la perfection, après une pureté illusoire. Pas de tache, pas de graisse, pas de maladie, pas de microbes, pas de sang, pas de fluides poisseux, *no sex*, pensa Sandra tout en s'enfonçant contre le dossier d'un petit fauteuil en cuir dont, si menue, elle n'occupait qu'une partie.

— J'adore leurs burgers, la viande vient de l'Aveyron, le père du patron est éleveur là-bas, tu pourras le signaler à Alba.

— Tu ressembles à une gamine, s'amusa Alexandre.

La libraire hocha la tête, signe qu'elle avait entendu mais qu'il n'y avait pas de sujet. Alexandre en chemin lui avait posé une question et elle voulait lui répondre le plus précisément possible, aussi revint-elle à la situation des gestatrices :

— Tu m'as demandé si les mères porteuses américaines étaient vraiment comme on le prétend, heureuses, altruistes et fières de ce qu'elles font. Je ne le crois pas une seconde. Ce sont des femmes qui ont la vie difficile et qui cherchent à l'améliorer. Elles acceptent des dédommagements dérisoires qui attestent leur fragilisation économique bien plus que la générosité de leur acte. C'est un comble de transformer leur exploitation et leur absence de pouvoir en preuve de leur altruisme ! Refuseraient-elles de plus grosses sommes si elles étaient en mesure de les exiger ou si les agences les leur proposaient ? Bien sûr que non. Et, vu ce qu'elles subissent, penses-tu qu'elles s'estimeraient moins généreuses pour autant ? Ça m'étonnerait. Ce qu'elles acceptent ne devrait pas être demandé et n'a pas de prix. La vérité, c'est que le marché leur impose une rémunération à prendre ou à laisser et comme elles n'ont pas le choix, elles prennent. C'est le ressort de la prostitution : la plupart du temps, ces femmes n'ont pas d'autre possibilité de gagner de l'argent. Les vendeurs de procréation médicale en profitent. Une GPA coûte entre cent et cent cinquante mille dollars, essaie-t-on d'en donner une part plus importante à la mère porteuse ? Non. Les juristes se gavent, les médecins et la clinique font leurs affaires, l'agence évidemment, et la femme porteuse – je dis femme parce qu'on lui enlève même la dénomination de mère – reçoit une *somme qui ne change pas sa vie*. Les partisans s'en félicitent, ils croient prouver que cette femme ne fait pas ça pour changer de vie. Et c'est ce qui est tenu pour éthique. Le gage qu'elle cherche à aider c'est qu'elle *ne change pas sa vie avec l'argent*. J'utilise l'expression favorite de Caroline Marchand et de ses clients, leur argument massue. Quelle preuve !

— Tu connais Caroline Marchand ?

— Qui ne la connaît pas ?!

— C'est elle qu'Alba m'a emmené voir.

— La plupart de ses clients sont riches. Ces gens vivent tellement dans leur bulle, avec un argent qui leur permet de tout acheter, qu'ils n'ont pas idée qu'une somme dérisoire pour eux puisse être absolument nécessaire et importante pour celle à qui ils la proposent. Ne pas joindre les deux bouts et s'efforcer de mettre du beurre dans les épinards, ils ne connaissent pas. Une somme dérisoire mais impossible à refuser, ils ne connaissent pas ! As-tu déjà pensé aux maris de ces femmes ? Quelle souffrance ils doivent éprouver de ne pas rapporter assez d'argent à la maison pour éviter à la mère de leurs enfants d'avoir à en gagner de cette manière ! Et ils donnent leur accord, font entrer dans leur intimité un tiers et un contrat, en supportent les clauses les plus indiscrètes, voient leur épouse indisponible et fatiguée, donnant son énergie à des clients et risquant sa santé. Ces grossesses sont extorquées par la rencontre de l'argent et de la nécessité, ça reste la première chose à savoir.

— J'ai senti tout cela, soupira Alexandre, je pense exactement ça.

— Tu me rassures. Il faut aussi informer tout le monde que cette manière de faire des enfants est dangereuse pour la santé. Parler d'innocuité est malhonnête.

Sandra hésita un instant à s'engager sur ce sujet. En 2019, une gestatrice était morte d'une embolie amniotique. Et comment passer sous silence les syndromes d'hyperstimulation, la formation de kystes, les complications circulatoires, les cancers de l'ovaire, autant de conséquences répertoriées à court ou à long terme ? Saignements, atteintes aux vaisseaux sanguins, aux viscères, infections, tout cela était monnaie courante pour la médecine procréative mais n'en représentait pas moins une souffrance fabriquée et une mise en danger des femmes, raconta-t-elle.

— Les médecins complices de ce marché se mettent en contradiction avec l'éthique originelle de leur profession. Ils rompent leur serment : ils causent des maux, ils nuisent terriblement. Nous n'avons pas encore mesuré jusqu'à quel point.

— Ça finira par se savoir, dit Alexandre, je ne peux pas croire qu'on le cache.

— On le cache ! affirma Sandra. Cacher est banal, et parfois utile, il faut l'admettre. Si on avait révélé les études sur la première pilule, jamais les femmes n'auraient eu la contraception.

Le serveur attendait pour prendre la commande. Sandra choisit un burger, Alexandre se contenta de faire comme elle.

— Et du vin ! réclama la libraire.

Alexandre demanda une bouteille de pinot noir. Ce dîner en tête-à-tête lui rappelait d'anciens moments avec Sandra et d'autres conversations.

— Ton féminisme n'est pas près de désarmer, dit-il.

— Nous devons rester vigilantes, c'est vrai. Quand tu penses qu'on voudrait nous faire croire que porter un enfant et s'en séparer n'est pas un geste malheureux. Je me demande comment celle qui a tenu le coup physiquement survit psychiquement à cet acte. Qu'est-ce qui arrive à ces femmes ? Au mieux, elles se construisent une histoire d'héroïsme et d'altruisme ; au pire, elles s'effondrent en dépression.

— Toutes se sont fait bourrer le crâne, assura Alexandre. J'ai vu quelques vidéos qui le prouvent. L'industrie de la procréation met en œuvre de gros moyens.

— Est-ce que c'est du fatalisme, du cynisme, de l'inconscience ? les voix ne manquent pas pour faire une odieuse promotion. Ces pauvres femmes sont captives des discours de notre époque. On met en avant leur liberté de disposer d'elles-mêmes, on prétend leur choix éclairé et généreux, ce sont des mensonges pour enrober la violence technique et marchande à l'affût des proies. Il faudrait dresser la liste des pressions qui s'ajoutent aux conditions économiques déplorables dont ces femmes essaient de sortir leur famille. Les États-Unis ne sont pas le pays où l'on vit facilement, ces temps-ci ! Tu sais que l'espérance de vie diminue là-bas ? La liberté de décision, c'est notre leurre favori. Et quelle affreuse blague ça donne : librement et au nom de la liberté, elles signent pour une aliénation longue. Elles s'obligent à nier le lien originel de l'être humain au monde des humains. Elles se nient elles-mêmes.

— J'avoue que je ne peux pas les comprendre, murmura Alexandre.

— Jusqu'à quel point faut-il être mal en point, insuffisamment estimée et rémunérée, pour envisager de se plier à une chose pareille et mettre en péril sa santé physique et morale. C'est ça qu'il faut comprendre, et ce n'est pas facile. Ni toi, ni moi, ni les hérauts du monde technologique ne connaissent une seule femme capable de porter un enfant pour quelqu'un d'autre.

Alexandre avait eu vent d'un canular sur ce thème et raconta. Une équipe de faux médecins en blouse blanche avait sillonné Paris de ministère en ministère, proposant de donner à *la banque de sperme de l'élite politique*. Une autre demandait aux députés d'exhorter leurs épouses à porter des enfants pour autrui.

— Je crois que les politiques s'en foutent, déplora Sandra, ils ne seront jamais victimes du marché qu'ils créent. La seule chose qui les inquiète, c'est l'état de l'opinion et l'effet sur leur popularité des décisions qu'ils prennent.

— Ils se sont convaincus que ça peut bien se passer. Alba s'en est pareillement persuadée. Elle te donnerait des tas d'exemples de GPA idylliques.

Sans en parler à Alexandre, Sandra était déçue qu'Alba fût elle aussi la proie de la propagande. C'était inattendu de la part d'une femme qui avait appris à réfléchir. Le désir d'enfant était décidément la faille où s'engouffrait le marché. En comparaison, le désir d'enfanter devenait plus sain, il n'engageait que soi.

— Raconte-lui en détail ce qui se passe, conseilla Sandra.

Et d'abord elle le fit : Aussi respectueux qu'on voulût soi-disant être avec ces femmes, on ne les traitait pas comme des personnes. Elles vivaient chez elles sous surveillance, comme des truies dans leur stalle de gestation. Tout dans ce protocole était humiliant. On sélectionnait des reproductrices. On les gavait d'hormones. On implantait dans leur utérus un embryon fabriqué en dehors d'elles, qui ne leur devait rien. Le nœud de la justification était là, en séparant conception et gestation on se convainquait : la femme qui portait l'enfant n'était pas la mère. C'était censé être un bienfait qui facilitait le détachement vis-à-vis de l'enfant. Un bienfait qui donnait beaucoup de mal.

— Une seringue par jour dans leurs fesses pour que la matrice ne rejette pas le corpuscule étranger. Sans piqûre, le corps se débarrasserait de l'intrus. C'est te dire l'artificialité de cette grossesse, le passage en force qu'elle représente, insista Sandra.

Pauvres ventres, pauvres femmes. On avait envers elles toutes sortes d'exigences qui piétinaient leurs droits : l'intimité, la durée du travail, le repos légal, l'habeas corpus, rien n'était respecté. Tout était surveillé, les trajets en voiture, le sport, l'alcool évidemment, le temps de sommeil, les relations sexuelles ! Elles étaient cent pour cent du temps vouées à faire pousser le bout de chou. On scrutait ce trésor, on l'admirait, on le mesurait, on faisait des contrôles qualité. Les gestatrices subissaient plus d'échographies que n'importe quelle femme enceinte. Si l'embryon ne répondait pas aux normes, on le réduisait, on l'avortait. Elles le vivaient souvent comme leur propre échec, mais n'avaient pas leur mot à dire. Cette condamnation ne les regardait pas, sinon par le coût qu'elles subissaient : leur dédommagement serait moindre. Tout comme il le serait, après neuf mois de cet esclavage, si par malheur l'enfant ne naissait pas vivant et viable. C'était la dépossession féminine par excellence, le contenu de leur ventre appartenait à quelqu'un d'autre. Elles avaient dit oui *une fois* et ce consentement valait pour toute la suite du protocole.

— Imagine ! dit Sandra. Sans cesse, à la demande, sur convocation, elles se déshabillent, baissent leur slip, s'allongent, écartent les jambes et attendent. Ces gestes finissent par n'avoir plus aucun sens tellement la pudeur est fréquemment remisée.

Il fallait se représenter ces femmes livrées à la technique ! Les appareils et les mains couraient sur ces peaux. Des seringues prélevaient le sang. Des doigts gantés s'enfilaient jusqu'au col utérin. Et tout ça, pas pour elles-mêmes ! Dans les discours, on donnait de l'importance aux gestatrices, mais elles n'en avaient qu'en tant que contenant. Le trésor passait avant elles. On leur extorquait cette chose si personnelle, si intime : une union charnelle. Elles vivaient une grossesse sans merci. Et puis un jour l'enfant était à point, capable de vivre hors du contenant. On allait le chercher, on le sortait de là. Ce n'était pas l'occasion d'une attente heureuse et personnelle, ça ne serait pas une rencontre, ça n'était pas doux, ça n'était pas spontané. On agissait en avance, on privilégiait la césarienne. On sortait le scalpel. Le bas-ventre était ouvert, les muscles abdominaux écartés, l'utérus incisé, et peu importait si l'on réduisait son avenir procréatif. On extrayait le précieux nourrisson. On recousait les chairs blessées de la parturiente alitée. Dès le lendemain, elle pourrait rentrer chez elle. Il était rare qu'elle vît l'enfant, il n'avait jamais été *son* bébé, seulement son fardeau. Il ne fallait pas qu'elle s'y attachât, il était destiné à voyager, à changer de maison. Lui laisser sentir un instant l'odeur familière de celle qui l'avait porté serait folie douce. On le confiait à ceux qui l'attendaient depuis neuf mois. Un enfant tant espéré était aimé davantage, disait-on. Les commanditaires s'en retournaient chez eux, fous de joie, on ne saurait l'exprimer, aux anges, en adoration. Ils le clamaient sur tous les sites, sur les ondes et dans des livres. Oyez ! Oyez ! Notre enfant est très beau, très heureux avec nous ! Il a été désiré bien plus fort que tous les autres. On le lui dira, on le lui répétera à l'envi, il est bon qu'il le sache. Déjà il sait que son destin est exceptionnel, ses parents se sont battus pour lui. On lui a déjà expliqué qu'une bonne fée a aidé à sa naissance, elle l'a porté dans son ventre parce que sa maman ne pouvait pas le faire ou parce que deux papas ensemble ne font pas un bébé. La bonne fée habite de l'autre côté du monde... Dès le plus jeune âge, l'enfant miraculeux savait tout cela, son esprit d'ailleurs en était plus ouvert. Quelle difficulté aurait-il à comprendre ce don magnifique ? Aucune, parce que les papas et les mamans si heureux sont parfaits.

— J'appelle ça le monde +++, dit Alexandre.

— Oui ! Et ils veulent que l'on y croie.

8

Il était presque minuit lorsqu'Alexandre et Sandra regagnèrent leur immeuble. Alexandre arrêta l'ascenseur à l'étage de sa voisine, l'embrassa et attendit qu'elle eût refermé sa porte pour grimper chez lui par l'escalier sans faire de bruit. Les enfants dormiraient, il espérait qu'Alba elle aussi serait couchée et peut-être endormie. Il ne voulait plus discuter, ni entendre ses arguments, son inquiétude, son impatience, il ne voulait plus subir sa pression. Il craignait l'imprévu d'une colère, l'escarmouche de trop. Des divergences, des négociations, il avait ça toute la journée au cabinet. La seule chose dont il avait envie désormais avec Alba, c'était de lui faire l'amour. L'idée de l'enfant tant désiré qui pourrait être conçu avivait follement ce désir. Alexandre voulait enceinter lui-même. Mais saisir le corps fermé de sa femme était encore moins facile ces temps-ci, Alba n'avait pas la tête aux caresses. Elle se plaignait d'être fiévreuse à propos de son projet, je sens bien que tu t'y refuses, murmurait-elle. Elle se désolait, Me Marchand la prendrait pour une menteuse, l'argent qu'elle avait donné serait perdu, la fameuse Madonna que Caroline lui avait tant vantée porterait pour une autre famille

(Alba la citait comme si elle ne l'avait pas écartée), Alma ne serait plus libre. Alexandre ne parvenait pas à croire que les gestatrices étaient tellement demandées. Si ! insistait Alba, elles le sont de plus en plus. Mais comment ça ? C'est qu'on en manque, alors ! disait-il. Alba était trop sérieuse pour percevoir l'ironie, la critique et l'incrédulité. Elle expliquait la montée de l'infertilité, les échecs des implantations chez les femmes trop âgées, la vaste population sans utérus qui partait vers l'Amérique, la panoplie des demandes sociétales. Aucun de ces phénomènes n'étonnait Alba. Alexandre posa sa veste dans l'entrée. Dès le lendemain, pensa-t-il, il ferait part de sa décision irréversible et négative. Mais pour ce soir il ne désirait que du silence, le silence retombé sur le long monologue de Sandra, sa critique violente, son argumentation irréfutable, et leur amitié palpable qui le ressourçait comme l'étonnement, l'éternité, un miracle.

Hélas, dès qu'il fut entré dans l'appartement, il vit au salon la lumière du lampadaire. Alba lisait dans le canapé.

— J'ai préféré t'attendre, dit-elle gentiment en refermant son livre.

— Si j'avais su, j'aurais moins tardé. J'étais sûr que tu serais couchée.

C'était en somme deux mensonges qu'il lui faisait, du genre qu'on appelle pieux, pour faire plaisir ou du moins ne pas faire de peine.

— Ça n'a pas d'importance. Où étais-tu ? Au cabinet ? J'ai appelé, ça ne répondait pas.

Il fut frappé par leur familiarité, l'habitude qu'ils avaient désormais l'un de l'autre. Peut-être Alba n'avait-elle pas voulu se coucher sans lui, c'était une chose touchante de la part d'une compagne, et peut-être lui en voudrait-elle d'avoir passé la soirée avec Sandra plutôt qu'à travailler au cabinet, peut-être ce qu'elle imaginerait ne lui plairait pas, mais il était incapable de mentir davantage et sûrement pas d'inventer quelque chose.

— J'étais à la librairie, dit Alexandre, je voulais acheter des livres, finalement j'ai bavardé avec Sandra. Elle t'embrasse.

Il regarda les lèvres d'Alba qui ne souriait pas, des lèvres finement gonflées, il s'était habitué à leur pulpe particulière. Chaque détail peut exercer un attrait, pensa-t-il. Il posa un baiser sur la bouche d'Alba qui semblait plongée dans ses pensées.

— Tu n'es pas fatiguée ? demanda-t-il.

Elle fit non de la tête.

— Et toi ?

— Très.

Il voulait se coucher sans traîner, Alba au contraire se sentait d'humeur à raconter les anecdotes de sa journée. Il l'écouta un moment, assis sur le bras d'un fauteuil, à dessein prêt à se lever. Il était content d'entendre que les enfants avaient été faciles toute la soirée. Peut-être Alba voulait-elle lui faire regretter d'avoir manqué ce moment. Nicolas raisonnait sur tout et la beauté de Sophie était de plus en plus spectaculaire, disait Alba. Alexandre avait toujours un pincement au cœur lorsqu'il entendait ce genre de compliment, Alba ne l'ignorait pas. Voulait-elle se mettre son mari dans la poche ? Il prit sa main longue et douce en proposant d'aller dans leur chambre.

Allongés sur le flanc, l'un derrière l'autre, ventre contre dos, ils ne parlaient plus. Depuis peu, Alba acceptait de dormir ainsi, en cuillères, comme deux formes de chair encastrées l'une dans l'autre, deux galbes qui s'accordent, par endroits peau contre peau. Alexandre enfermait dans ses paumes les seins d'Alba, il ne bougeait pas, le sexe contre les fesses de sa femme qui bougeait encore moins. Peur d'éveiller le désir, peur de l'appétit archaïque, éternel, inassouvi, peur de réveiller le tumulte du mâle, peur tout court ? Alexandre était touché par cette fragilité. Il fit glisser ses mains des seins à l'aine. Ses doigts se rejoignaient sur le mont du pubis, il tenait le corps sous la croix de ses bras. Il embrassa la chaleur du cou à la racine des cheveux, l'épaule, l'omoplate, il sentit Alba tressaillir sous son baiser. Silence absolu, respirations inaudibles, froissement infime du drap quand il fit mouvement le long du ventre. La sensualité couronnait l'empêchement, la délicatesse et l'attente. Alba créait des sortilèges, ses refus sacralisaient sa chair et sa personne. Alexandre Perthuis s'endormit les lèvres contre le dos de son épouse chaude et pétrifiée. Il évitait la question récurrente et fatale : As-tu réfléchi ?

9

Peu après sa soirée avec Alexandre, Sandra proposa à Alba de prendre un verre. Je dois te parler de quelque chose, lui dit-elle au téléphone. Tourner autour du pot était inutile. Elle en fut plus certaine encore dès qu'elle se trouva assise en face d'Alba, visiblement prête à l'affrontement et qui, d'emblée, attaqua :

— J'imagine qu'Alexandre t'a demandé de me raisonner ?

— Il m'a parlé de ton projet qui l'effraie.

— De *notre* projet, corrigea Alba. Je sais déjà tout ce que tu vas m'expliquer.

— J'en suis certaine, dit Sandra, désireuse d'ouvrir le dialogue. Mais réfléchis, les questions sont aussi importantes que les souffrances. Penses-tu que la maternité soit seulement un fait technique et médical ? Qu'on peut bricoler avec la charge symbolique et inconsciente qu'elle représente ? Je suis sûre que tu ne crois pas ça !

— Tout le monde en France tient ce discours immobiliste. C'est bien connu, dans ce pays, personne ne peut toucher à la maternité.

— C'est un peu court, non ?

— Pour commencer, soyons précises : la grossesse n'est pas la maternité.

— Laisse-moi te poser une question. Est-ce que rien ne se passe entre la femme et l'enfant pendant neuf mois ? Peut-on substituer les gens sans dommage ?

— Je n'ai jamais pensé que c'était simple, concéda Alba.

— Ce n'est pas non plus compliqué, précisa Sandra, c'est juste inadmissible.

— Et vieux comme le monde.

— Non ! Ne me cite pas Sarah et Abraham, toi qui es cultivée. C'est le grand exemple d'une prétendue GPA, mais c'est une erreur.

Et tandis qu'Alba attendait une précision, Sandra continua :

— Tu sais cela comme moi. Sarah demande à Agar, qui vit dans sa maison, tu le noteras, de donner un enfant à Abraham. Mais cet enfant demeure le fils d'Agar, le nom d'Agar ne disparaît pas et, lorsqu'elle est chassée, c'est avec son fils qu'elle s'en va. Agar n'a jamais cédé ou abandonné Ismaël. Elle ne l'a pas porté en s'interdisant de s'y attacher, et sa grossesse ne s'est pas achevée par une séparation. Un enfant a toute la vie les mêmes géniteurs, quels qu'ils soient, présents ou absents, aimants ou pas, et qu'il doit pouvoir retrouver.

— La fécondation hors du corps a créé un autre monde, dit Alba, que tu le veuilles ou non. L'accouchement ne délivre plus sur la maternité la même certitude qu'autrefois. Désormais, la volonté d'être parent prime et les enfants ainsi conçus sont particulièrement désirés.

— Ils sont particulièrement désirés comme enfants génétiques et supérieurs, et ça n'est pas sans soulever des questions. Autrefois, les futurs parents espéraient un bébé en bonne santé, désormais ils le veulent *de qualité*, au minimum beau et intelligent. As-tu remarqué comme les donneuses d'ovocytes sont choisies beaucoup plus éduquées que les gestatrices ? Chassez le génétique, il revient au galop... Pourquoi les pères gays font-ils implanter deux embryons issus du sperme de chacun ? Chacun doit avoir son enfant génétique. Est-ce que ça révèle un sentiment de propriété ? Je te laisse répondre.

— C'est une hypothèse parmi beaucoup d'autres, et pas plus vérifiable.

— Je te donne un autre exemple : lorsque deux femmes en couple élevant deux enfants dont l'une et l'autre ont respectivement accouché se sépareront, chacune demandera probablement la garde de l'enfant qu'elle a mis au monde.

— Je ne crois pas, je suis même sûre du contraire. Elles demanderont une garde alternée pour les deux enfants.

— Admettons, je ne nie pas du tout les liens que tisse la vie. Mais pour en revenir à la mère porteuse à qui on enlève le bébé : combien d'enfants porte-t-on dans une existence ? Crois-tu qu'on les oublie ? Et si elle voulait garder l'enfant ?

— Elle a le droit de le garder, martela Alba. Elle ne l'utilise jamais. C'est bien la preuve qu'elle réussit à penser que l'enfant n'est pas le sien.

— C'est faux ! protesta Sandra, et ne parle pas de preuve, on fait tout pour qu'elle ne le garde pas. Aux États-Unis, elle peut être déboutée au profit des *propriétaires génétiques.* C'est l'expression ! Le délai de rétractation qui existe dans quelques pays est d'ailleurs un aveu : il revient à reconnaître que la grossesse fait la mère.

— La mère est celle qui élève l'enfant.

— Faux encore. Un enfant peut être élevé par des substituts qui ne réclament pas de prendre cette place. Une grand-mère, une tante, une sœur aînée, même. Et l'orphelin le sait. Il n'y a pas toujours adoption et la mère absente est connue. Accoucher crée un lien et une place. Qui est la mère ? Cette question deviendrait insoluble si la gestation marchande était légalisée. On peut comprendre qu'une société refuse d'avoir à résoudre des problèmes inextricables et décide de ne pas se les créer.

— Les gestatrices ne sont pas oubliées. Personne ne nie la relation que crée la grossesse.

— Pour quelle raison alors disent-elles qu'elles s'imposent la violence d'un clivage, afin de ne pas s'attacher ? Pourquoi répètent-elles à leurs enfants que celui qu'elles attendent n'est pas leur petit frère ? Et qu'est-ce qu'ils en pensent, d'ailleurs, les enfants ?

— Tu ressasses des questions qui sont réglées par le consentement de ces familles. Et tu méconnais la générosité qui les anime.

— Tu y crois, toi ? Cet altruisme-là existe réellement ? Et comment mène-t-il à une telle souffrance morale ?

— Pourquoi serais-je dans la suspicion ?

— La vie est longue et l'itinéraire inconnu, disait maintenant Sandra. Nous allons de surprise en surprise. Nul ne connaît ses sentiments à venir et leur forme est multiple. Le regret de n'avoir pas fait, le remords d'avoir décidé, le désespoir de ce qu'on a perdu par sa faute, le souvenir d'une occasion manquée, tout vient un jour, car les actions ne s'effacent pas, aucune action ne s'efface. Ni dans le monde physique ni dans l'espace mental. C'est comme ça.

Un silence suivit cette évidence plus frappante qu'il n'y paraît. Sandra songeait à un exemple concret qui parlerait à Alba. Elle lui raconta une histoire que les enseignants en lettres connaissent bien : Au temps où les fiancées arrivaient vierges devant l'autel, la fille du puisatier s'était abandonnée à l'amour charnel dans les bras d'un jeune homme. À leur rendez-vous du lendemain, le garçon manquait : son régiment l'avait rappelé et sa mère n'avait délibérément pas porté la lettre qu'il avait écrite à l'intention de sa jeune amante. Peu après ce départ précipité, la fille du puisatier découvrit qu'elle était enceinte et l'avoua aussitôt à son père, veuf et homme de bon sens. En famille et en habits du dimanche, le père fâché et son aînée déshonorée s'en allèrent avertir les parents du jeune soldat. Riches et bourgeois, voilà que ceux-là montèrent sur leurs grands chevaux. Jamais leur fils n'aurait aimé la fille d'un puisatier et, pour bru, ils ne voulaient pas d'une séductrice qui courait après leur argent. Le puisatier, la fratrie et la fille perdue rentrèrent chez eux. Fille-mère, c'était une honte, on envoya la pauvrette chez une tante éloignée. L'enfant naquit en bonne santé. Il vivait dans les champs, au grand air, sous les arbres fruitiers, dans le vent qui séchait les draps blancs. Mais à la guerre les hommes meurent… le jeune amant, qui n'avait rien su de sa paternité, ne fut pas épargné. Ses riches parents reçurent le bordereau funeste. Désormais, ils n'avaient plus que leur argent tandis que le puisatier gazouillait avec son petit-fils. Ce merveilleux poupon était aussi le leur, cette vérité tout à coup leur revint à l'esprit et leur tordit le cœur.

— Je trouve cette histoire instructive, conclut Sandra. Ce retournement de situation, c'est la vie même. Les sentiments changent, parfois tout seuls, parfois avec les circonstances. Ce dont on était tellement sûr est remis en cause. On croyait ne pas tenir au petiot, on ne voulait pas en entendre parler, et voilà qu'on en rêve. Est-ce qu'un enfant, on n'y revient pas toujours ? Imagine une gestatrice qui un jour perd un de ses enfants ? Elle pourrait repenser à celui qu'elle a donné, tu ne crois pas ?

— Et si, et si, et si… ça fait beaucoup de hasards pour prédire que ça se passera mal, répliqua Alba comme si elle n'avait pas écouté.

— Un seul *si* me suffit : si le chagrin d'abandonner l'enfant était inconsolable ? Refoulé, mais prêt à resurgir à tout moment ?

— Tu sais bien qu'il ne l'est pas, protesta Alba.

— Ah bon ? Non, je ne sais rien. Je sais juste que je n'ai jamais attendu un enfant.

— Laisse la littérature. Pour moi, il y a une seule question : Peut-on interdire à quelqu'un d'avoir des enfants ?

Sandra sentit monter la colère. Est-ce qu'Alba croyait vraiment à ce qu'elle disait ? Il suffisait de regarder la femme d'Alexandre pour le voir : Oui, de toute évidence elle était convaincue, dans le déni d'elle et d'autrui.

— Mais on n'interdit à personne d'avoir des enfants ! hurla Sandra. Cet argument est fallacieux. On ne fait qu'interdire certains *moyens* qu'on juge préjudiciables à autrui.

— Je regrette que ce sujet te mette dans cet état, murmura Alba, résolue à dominer par le calme.

— Mais tu ne regrettes pas que les femmes soient manipulées ?

— Je ne crois pas qu'elles le soient.

— Tu te fous qu'on leur mente, qu'on *nous* mente ?

— Qu'est-ce que tu veux dire ?

— On nous a bercées avec le rôle fondamental de la vie prénatale et de la grossesse, maintenant on le désacralise et on le nie pour commercialiser ce corps à corps fondateur. Si ça n'est pas se foutre de la gueule des femmes, qu'est-ce que c'est ?

— J'ai déjà eu cette conversation avec Alexandre. Il n'y a pas de commerce, l'argent n'exclut pas l'altruisme.

— Mais la maternité ne se cède pas.

— Il ne s'agit pas de maternité, il s'agit de gestation. La gestatrice est exactement une gestatrice, elle n'a pas d'autre statut à céder. Et même si elle était tenue pour mère, la preuve est faite qu'elle peut céder cette place. Les enfants nés par GPA existent, ils vont bien, leurs parents les aiment.

— Le fait accompli n'a pas à commander les lois. Depuis quand quelques cas particuliers sont-ils une preuve ? Toi, d'ordinaire si rigoureuse, comment acceptes-tu ça ? Jusqu'à nouvel ordre, l'amour ne construit pas le droit.

Avec un accent de renoncement, parce qu'Alba ne répondait pas, elle demanda :

— Est-ce qu'un désir peut être exaucé au mépris d'autrui ? Je pose la question à la femme littéraire, et pas à celle qui veut un de ces *enfants à tout prix*.

— Où vois-tu du mépris ? Je vois de l'altruisme et de la gratitude, dit Alba.

— Oh arrête, je t'en prie ! Pas toi ! Tu sais bien que c'est une façon de présenter les choses. Tu regardes un trompe-l'œil peint par des partisans qui cachent les contraintes et la réalité d'une aliénation.

— Tout de suite les grands mots ! Je ne crois pas qu'il s'agisse d'*aliénation*. Ce mot est déplacé pour des femmes qui se sentent utiles et heureuses de créer des familles. Il n'est pas si fréquent de participer à l'histoire d'un bonheur.

— La vie est si dure aujourd'hui, on trouverait des gens pour accepter n'importe quoi. Ce n'est pas une raison pour le leur demander. Tu rêves d'avoir une fille, rêveras-tu qu'elle devienne mère porteuse ? C'est un bon job, tu sais !

Le point de non-retour était atteint. Elles ne pouvaient plus discuter ! Pâle, Alba fit signe qu'elle jetait l'éponge, elle refusait de discuter davantage. Sandra pouvait voir comme elle était tendue. Comment s'y prendre ? D'un côté, elle ne voulait pas briser l'amitié avec la femme d'Alexandre, de l'autre, elle refusait de transiger sur des convictions aussi importantes. Elle avait dit ce qu'elle devait.

— N'en parlons plus, proposa Sandra. Ces pratiques objectivement contestables sont contestées dans le monde entier. Un jour, elles seront universellement abolies. Je suis certaine que, toi et moi, nous verrons ce jour. Je te jure de ne plus aborder ce sujet avec toi. Mais toi, promets-moi de réfléchir.

— Je ne fais que ça, qu'est-ce que tu crois.

— Pour parler d'autre chose, sais-tu que Bernard a rencontré une jeune femme ? demanda Sandra.

— Ah non, je ne suis pas au courant. C'est bien ! Et toi ? lança Alba avec un drôle de sourire.

10

Skype était l'outil mirifique qui pulvérisait l'espace. L'absence était vaincue. Le lien se jouait des distances, il se nouait malgré elles. Chacun devenait ubiquiste. Après pareil miracle, qui déclarerait nocive la technologie numérique ? Réunir, installer le dialogue, élargir la vie, unifier le monde dans l'échange, qui déplorerait ces bénéfices ? Une caméra, un micro, un écran, et nos paroles, nos gestes, nos traits, nourrissaient le réseau. Pour réduire l'inégalité devant l'école, Alba avait donné des petits cours à une fratrie du 93, sans se déplacer et sans imposer sa présence ou sa pédagogie à la famille. La caméra lui permettait de montrer des images, toutes sortes de fantaisies étaient possibles, et la mère écoutait sans se laisser voir. Maintenant ce serait un autre usage, Alba passerait une sorte d'entretien auprès de la gestatrice. Elle s'y préparait, ne laissant rien au hasard, voulant absolument sembler souple, cool et joyeuse. Me Marchand lui avait donné le numéro d'Alma, pour qu'elle commence par sa préférée. Elle attend votre demande de contact par Skype. L'acceptation d'Alma avait été rapide. Le rendez-vous était pris.

Alba était certaine d'être dans son droit et de son temps. Les opposants étaient rétrogrades, ils s'arc-boutaient contre le sens de l'Histoire, ils refusaient à tous la liberté qu'offraient les techniques. Sandra croyait être progressiste en s'opposant à un nouvel avatar de l'exploitation des femmes, mais elle se battait contre un progrès. La dissociation de l'activité sexuelle et de la procréation était une émancipation, c'était la fin de la dictature hétéro-patriarcale et de la différenciation des rôles. Les désirs individuels œuvraient pour s'exaucer et de nouvelles complémentarités apparaissaient. Alma porterait l'enfant d'Alba, elle n'en faisait pas *toute une affaire*. C'était *sa* décision, importante mais simple, un engagement valorisant et utile dans lequel elle trouvait un intérêt.

Tout fut simple grâce à Alma. Aux yeux d'une Française, Alma était *américaine*. Sa corpulence l'était, sa culture et ses goûts alimentaires, son style vestimentaire, son sourire, sa façon de parler ! Elle était ronde et large, habillée de vêtements confortables, exubérante, inlassable dans l'expression de la sympathie, de l'enthousiasme et de la joie, aussitôt familière. *Hi Alba! I am so glad to meet you. Caroline told me how you suffered with the missing baby.* Alma s'enchantait de venir en aide à Alba qui était si belle. C'était tout naturel. *You'll make a beautiful mum!* La gestatrice ne comprenait pas pourquoi ce qu'elle faisait était interdit en France. Sans le savoir, elle démontait les arguments des opposants. Elle rayonnait à l'idée d'aider un couple qui ne pouvait pas avoir d'enfant. Participer à la création de leur famille était la plus belle chose qu'elle ferait jamais dans sa vie, elle gagnait sa place au paradis. *I am so glad to be part of this*, disait-elle. Alba regrettait que Sandra n'entendît pas cette conversation. On ne peut jamais affirmer qu'un acte fait du tort à quelqu'un. Il faudrait pour cela connaître à la fois l'histoire complète et la perception qu'en a l'autre. Voilà ce que pensait Alba. Porter un enfant pour le lui donner ne semblait ni une exploitation, ni une obligation, ni une souffrance pour Alma. Alors ? Que faire des préventions de Sandra ? De sa colère contre Alba ? Elles étaient en froid, désormais. Sandra ne venait plus dîner avec Nicolas et Sophie. Alba n'aurait pas l'occasion de lui dire combien les choses pouvaient se passer dans l'harmonie et la bienveillance. Alma était heureuse d'être tellement utile à Alba. Tous, nous nous servons les uns des autres, pensait Alba, mais nous sommes trop présomptueux pour le reconnaître, pour dire : oui j'utilise un tel, oui je suis utilisé. Rien ne semblait moins flatteur que d'être utilisé, pourtant l'amour se résumait souvent à cela. Alexandre n'avait pas tant cherché à aimer qu'à emplir un vide en y installant une femme. Alba n'avait jamais été dupe : elle avait d'abord endossé cette fonction d'exister là où une autre manquait cruellement. Même Sandra avait fait de l'intérim à cet endroit, elle avait été la confidente et l'amie toujours disponible et, si elle n'était pas restée, c'était qu'elle n'y trouvait pas son compte. Sandra avait le goût de la vie à soi chez soi, elle ne voyait pas l'utilité d'un mari, sinon elle aurait épousé Alexandre ou vécu avec lui, bien sûr. Eh bien, c'était pareil pour Alma et Alba : elles étaient utiles l'une à l'autre. Alma savait déjà à quoi elle utiliserait l'argent qui lui reviendrait. Une partie paierait une chirurgie esthétique. Depuis longtemps, elle rêvait de se faire refaire les pieds, et puis les seins, ça ne serait pas du luxe, les grossesses les avaient abîmés. Voilà ce que la jeune Américaine avait raconté à Alba, histoire de la mettre à l'aise. Exubérante, joviale. Oh, le courant était passé ! C'était un grand soulagement. Alba suivrait de près la grossesse d'Alma, d'aussi près que si c'était la sienne. Alma tenait à cette participation et avait de bonnes idées. Si Alba enregistrait sa voix, chantait quelques berceuses, conservait quelques conversations familiales, Alma les ferait entendre au bébé dans son ventre. Il reconnaîtrait les intonations et les rythmes de sa mère. Alma serait doublement efficace. Et Alba aurait enfin son enfant, son bébé potelé, tout rose, tout doux, qui sentirait bon le lait et la propreté, son bébé d'amour qu'elle embrasserait tout son soûl. Et pour toujours elle vivrait le plus essentiel des sentiments, le seul qui ne s'use pas et qui dure toute la vie. Il suffisait d'avoir encore un peu de patience, expliquait Alma. *We both have to be patient.*

11

Lui aussi avait joué un prodigieux jeu de patience. Il avait sans désemparer imposé un voluptueux supplice à sa fierté masculine : l'abstinence, sans se dévaloriser pour autant. Il avait fait preuve d'une extravagante soumission. Il avait eu des réserves d'indulgence. Alba voulait être aimée et conquise, approchée mais jamais possédée, conquise et inaccessible ? Elle l'était, et Alexandre ne l'avait pas pris pour lui, comme on dit. Il avait contemplé, admiré, loué, ne voulant pas avoir un seul reproche à se faire. Il avait tourné autour de la place forte sans la forcer. Il était devenu tout ce qu'il pouvait être, un allié, un associé, un compagnon, un ami, un confident, un amoureux, un soupirant, un mari, mais pas encore pleinement un amant. Y avait-il quelque péril à laisser persister dans leur couple cette incomplétude ? Il ne savait le dire. Mais il lui semblait avoir gagné du terrain. Tout le mérite lui en revenait. Il pouvait penser : je suis un amant qui attend. Il avait attendu puis avancé sans rien briser. Il avait avancé ses mains sur le corps d'Alba et repoussé les bords de l'interdit. Il se permettait des gestes qu'il n'aurait pas eus au commencement de leur mariage. Il effleurait des replis, des dentelures, des moiteurs, des zones de plus en plus intimes. Il s'était approché à l'orée du territoire où se scellent la fécondité et le destin – devenir parent ou pas. Et Alba avait intimement gémi, elle avait eu connaissance du plaisir qu'elle refusait ! Un aperçu, pensait Alexandre, pressé de lui faire découvrir l'acmé, de partager avec elle le solfège immémorial et l'enchantement, la jouissance féminine qui comble tout homme lorsqu'il n'est pas un baiseur vulgaire. Comment prendre le plaisir sans le donner ! Ce que ressentait une partenaire l'emportait sur le reste. Il possédait le temps. Le prélude amoureux pouvait se déployer sans se presser, on ne forçait pas le corps et le plaisir, on soufflait continûment comme sur des braises, comme le vent dans une voile. Alexandre avait l'optimisme des talentueux : il mènerait Alba à travers une initiation indélébile, il lui laisserait une impression durable, elle ne serait plus jamais la femme éminente, distante, farouche. Il voulait donner l'estocade à sa pudeur, à sa peur, à sa réticence. Il se graverait littéralement en elle. Elle n'oublierait jamais le visage et les mains de celui avec qui elle connaîtrait l'extase d'amour.

Il était agenouillé au pied du sommier comme au pied du mur. Dans l'ombre, tendre et attiré, il regardait Alba. Elle dormait la joue sur l'oreiller, tournée vers l'extérieur du lit, en chien de fusil, dans une chemise de nuit légère, un genre de nuisette dont une bretelle était tombée sur le haut de son bras. Il était encore aux pieds d'Alba ! Il faut bien prendre son parti de l'autre et déchiffrer ses raisons pour se faire une raison. La vie le lui avait appris. Il faut voir ce qu'on a, s'était-il répété si souvent après la mort d'Ada. Et maintenant, il était conscient de ce qu'apportait Alba à la famille et du soulagement de savoir assuré le rôle qu'elle remplissait. Se reprochant d'en profiter, d'avoir trop de bénéfice dans leur alliance, scrupuleux, il ne s'était justifié que par les égards qu'ils avaient, des égards incompréhensibles à tout autre (il n'aurait parlé de leur couple à personne). Alba l'avait circonvenu tandis qu'il consommait son dévouement. Il scruta le visage, les yeux clos, pas un mouvement, pas un frémissement, il se redressa sans bruit pour se dévêtir et se coucher. Il défit sa ceinture, retira sa chemise en la déboutonnant, plia son pantalon sur le dossier du fauteuil, de son côté du lit, retira ses chaussettes et son caleçon. Alba dormait profondément. Il était invisiblement nu. Il souleva un coin de la couette et se glissa près de son épouse. À cet instant, elle bougea ! Sans s'éveiller, elle se tourna sur le dos, la tête comme lâchée dans la masse de ses cheveux. Sur le dos : telle une gisante, une défunte, une femme qui n'attend plus, un corps qui n'est plus à prendre. Mais elle respira profondément, elle était vivante et incarnée. Il s'approcha du visage, des yeux fermés, du nez qui venait d'inspirer. Ses lèvres embrassèrent les narines, l'empreinte de l'ange, la lèvre supérieure légèrement boursouflée. Il sentait la chaleur du corps d'Alba, une moiteur de vie enfermée dans le sommeil. Il se rappela les nuits que faisait Ada, celles d'une enfant, si longues et complètes, et silencieuses. Les femmes dormaient plus que les hommes. Ada dormait comme une morte, elle lui faisait même peur, il la prenait dans ses bras, l'appelait, Ada, mon amour, Ada ? Parfois il la réveillait ! Elle soupirait, murmurait : quoi ? Puis pardonnait, embrassait.

Viens ! disait-elle. Il obéissait aussitôt, excité d'être voulu, en elle sans jouir, sans finir, se rendormant l'un dans l'autre, amants emboîtés. Leur nuit alors était communion délassée, fusion dans l'ombre, victoire de l'amour sur la solitude et toutes les pensées du désastre. Rien ne rivalisait avec ces forces profondes, animales, instinctives, qui absorbaient l'être entier, chair et pensées dans la sensualité. Alexandre voulait cela maintenant avec Alba, partager la puissance du corps contre la nuit, il voulait le sexe sans prélude et l'emmêlement jusqu'au matin. Il fit rouler sa femme sur le côté, un quart de tour, et se serra contre elle en relevant la nuisette. Alba lui tournait le dos, il tenait l'étroit bassin dans ses mains. Sa verge s'était roidie, en quelques secondes haussée jusqu'au globe laiteux qu'il pouvait regarder en s'écartant un peu. L'ombre brunissait uniformément la peau mais les fesses étaient plus claires, presque lactescentes, qui rompaient avec le reste. Il pressait son sexe levé contre le sillon qui les divisait. La douceur le fit trembler. Il expira le désir qui occupait son corps : dans ses mains, ses lèvres, son sexe et sa poitrine. Avait-elle pris un somnifère léger ? Alba dormait, inconsciente de ce qu'il convoitait. Fallait-il la réveiller pour l'obtenir ? Pouvait-il l'obtenir en la réveillant ? Pouvait-elle se soumettre à ce qui peut-être la répugnait ? Alba ! appela-t-il. Sois mienne, je t'en prie ! Il murmurait tout bas. Surtout ne réveiller personne. Ni Nicolas, ni Sophie, ni Alba… Alba, ma très chérie. Si tu m'aimes… souffla-t-il. Il voyait le visage clos, la bouche légèrement ouverte, le sommeil. Ce soir était une exception dont il devait s'enrichir. Alba abandonnée. Avait-elle choisi de l'être ? Peut-être avait-elle décidé et renoncé à la conscience pour se livrer. Bois mon corps qui dort. Pénètre ma chair soumise. Féconde-moi en ruse et en douceur. Commets l'acte de l'homme. Considère-moi dans notre lit, vois combien je suis désirable et agis ! Le silence était solennel. Allait-il la chérir avec son sexe, lui dire sans mot tout l'effet qu'elle lui faisait, lui donner à connaître la jubilation d'aimer avec le corps ? C'était à la portée de n'importe quel couple ! C'était la réalité la plus singulière et la plus universelle.

Dans le dos d'Alba, les omoplates saillaient comme deux ailes. Alexandre posa sa main au centre, à plat sur la colonne vertébrale, puis approcha ses lèvres pour embrasser la peau tendue comme un marbre. Il murmura : Alba ? Sans obtenir de réponse. Alba, je veux faire avec toi notre enfant. Il savait qu'elle pouvait être féconde. La fenêtre était proche, les fameux jours pour l'amour. La courbe n'avait pas encore marqué le fléchissement, c'était maintenant le meilleur moment : la semence attendrait, le cycle intérieur changerait de phase, quelque part dans le ventre de sa femme l'ovule rare et gros s'offrirait à la chance infime de devenir une vie. Il se sentait l'instrument de cette vie. Il incarnerait cette chance en entrant au creux intime pour être le géniteur. Ensemble nous pouvons tout réussir, murmura-t-il. Il pensa aux mots de Sandra qui l'avait poussé à ouvrir Alba, son sexe et sa vie. Plutôt le viol à la douce, entre époux amoureux, que le viol technique. Tout plutôt que le viol technique ! Avec une sorte de résolution réfléchie, s'écartant un peu du corps endormi, il posa sa main sur l'épaule d'Alba et la remit sur le dos. L'instant suivant il était au-dessus d'elle, embrassant méticuleusement ses lèvres, butinant sa respiration, l'appelant doucement, comme on réveille un enfant, Alba ? Il ne se montrait pas brusque mais décidé, sûr de son désir élaboré. Il retenait sa dague de chair durcie, douce, vulnérable, rostre porté bas, totem. La lumière de la rue filtrait par les persiennes, éclairait la gorge fine et le visage d'Alba. Alexandre vit s'ouvrir les yeux, surpris et froids qui se fixèrent sur lui. Mais Alba ne cria pas. Ne le repoussait pas. Se laissait-elle fléchir enfin ? Était-elle paralysée ? Il ne voulut pas le savoir. Il ne parla pas, ne demanda pas, ne s'excusa pas. Elle semblait attendre la suite des gestes. Alors, soutenant ce regard immobile, il l'approcha du sien. Il tenait la tête et les cheveux doux entre ses mains, les doigts sur les oreilles la souleva vers lui, en baisa goulûment la bouche, enfonçant sa langue entre les dents, la faisant rouler en liberté. Une impression de déjà vécu l'habita. Avec Alba, avec Ada, la même puissance, la même volonté le commandait. Il voulait être l'élu, faire racine, marquer de son nom une femme et sa descendance. Alors il remonta la nuisette au-dessus des seins, embrassa la chair délicate, sourd à la protestation d'Alba, et laissa les corps explorer ce que leur promettait la nature.

TABLE

OUVRAGE RÉALISÉ
PAR L'ATELIER GRAPHIQUE ACTES SUD
REPRODUIT ET ACHEVÉ D'IMPRIMER
EN JANVIER 2025
PAR NORMANDIE ROTO IMPRESSION S.A.S.
À LONRAI
POUR LE COMPTE DES ÉDITIONS
ACTES SUD
LE MÉJAN
PLACE NINA-BERBEROVA
13200 ARLES

DÉPÔT LÉGAL
1re ÉDITION : MAI 2022
N° impr. : 2406121
(Imprimé en France)